Christiane Lind
Zeit des Mutes

Impressum

Dalwigkstraße 17
34130 Kassel
www.christianelind.de

Buchcoverdesign: Grit Bomhauer, www.grittany-design.de
unter Verwendung von Bildmaterial von
© Adobe Stock - LewaL2010 / Lotharingia / Olena Boronchuk
© Shutterstock - Patryk Kosmider / Vlasov Yevhenii

Lektorat: Katrin Rodeit, www.julia-rodeit.de
sowie Melanie Lahmer, www.siegerland-krimis.de
Korrektorat: Claudia Heinen, www.sks-heinen.de
Satz / Layout: Grit Bomhauer, www.grittany-design.de

ISBN: 978-3-96443-403-6

Bestellung und Vertrieb: Nova MD GmbH, Vachendorf
Drucker: Sowa Sp. z o.o.
ul. Raszynska 13
05-500 Piaseczno, Polska

CHRISTIANE LIND

ZEIT DES MUTES

ROMAN

Den Frauen gewidmet, die vor einhundert Jahren das Wahlrecht erkämpften.

Deutschland 1913: Die schüchterne Emma wird von ihrer Familie zu Verwandten nach England geschickt, um einen Skandal zu vermeiden. Auf Hazelwell Manor taucht Emma in eine neue, ihr fremde Welt und verliebt sich unglücklich in Percival, den jungen Lord. Ihre Liebe scheint aussichtslos, bis sie Zeugin eines tragischen Unglücks wird. Nun hat sie Percival in der Hand und zwingt ihn zur Ehe.

Auch dem jungen Dienstmädchen Lucy fällt es schwer, sich an all die Regeln in Hazelwell Manor zu halten. Doch sie braucht diese Arbeit, um für ihre Familie zu sorgen. Nach dem schicksalhaften Unglück muss Lucy das Herrenhaus und ihr altes Leben verlassen. In London ist sie verloren, bis sie auf die Suffragetten, die Kämpferinnen für das Frauenwahlrecht, trifft.

Auch Emma ist mit ihrem Ehemann, der sie verachtet, nach London gezogen. Als sie Lucy wiedersieht, muss Emma sich entscheiden: Findet sie den Mut, die Wahrheit einzugestehen und ein eigenes Leben zu beginnen?

Ein packender Roman um zwei Frauen aus unterschiedlichen Welten, deren Schicksal miteinander verwoben ist – vor dem Hintergrund der dramatischen Kämpfe um das Frauenwahlrecht in England.

Zur Erinnerung an meine Mutter,
die als Dienstmädchen arbeitete.

Den Kämpferinnen für das Frauenstimmrecht gewidmet –
mit Dank.

DRAMATIS PERSONAE

BERLIN

Emma zu Sommerfeldt
Hedwig Ziegler - Freundin und Mitbewohnerin
Auguste Wölfle - Freundin
Johanna Spangenberg - Freundin

BRAUNSCHWEIG

Arthur zu Sommerfeldt - Emmas Vater
Dora zu Sommerfeldt - Emmas Mutter
Franz zu Sommerfeldt - Emmas Bruder
Ida - Köchin der Familie zu Sommerfeldt
Meta - Emmas Zofe

HAZELWELL MANOR

Lucy Marshman - Hausmädchen
Helen Marshman - Lucys Mutter
Bertie Marshman - Lucys Bruder
Whiskers - Lucys Katze
Eunice und Honora Birdwhistle - Lucys erste Herrschaft

Lord Frederick Blakenham - Earl of Ashworth
Lady Clarice Blakenham - Countess of Ashworth
Percival Blakenham
Florence Blakenham
Georgina Blakenham
Millicent Blakenham
Reginald Sutcliffe - Freund von Percival

Ethel - Küchenmädchen
Jessie - Hausmädchen
Katie - Hausmädchen
Kenneth - Zweiter Diener
Leopold - Erster Diener
Maude - Erstes Hausmädchen
Mr Hutchins - Butler
Mr Pratt - Lord Ashworths Kammerdiener
Mrs Griffith - Köchin
Mrs Nichols - Inhaberin des Dorfladens
Mrs Ogden - Hausdame
Mrs Withers - Nurse
Ms. Fernsby - Zofe von Lady Ashworth
Rose - Nursemaid

LONDON

Bessie Wedge - Lucys Tante
Daisy Wedge - Lucys Cousine
Harold Wedge - Lucys Onkel
Nellie Wedge - Lucys Cousine
Winifred Clarke - Wäscherin
Dorothy Barley - Wäscherin und Sozialistin

Alice Rushforth - Suffragette
Emmeline Pankhurst* - Suffragette
Emily Wilding Davison* - Suffragette
Eleanor Ingham - Suffragette
Mr Davies - Butler von Lady Eleanor Ingham
Polly - Emmas Zofe
** reale historische Personen*

PROLOG

Berlin, 12. November 1918

So etwas kann auch nur mir passieren. Emma seufzte. *Auf den Straßen entscheidet sich die Weltgeschichte und ich verbringe den Tag krank auf dem Sofa.*

Erneut tastete sie ihren Knöchel ab, der immer noch deutlich angeschwollen war und schmerzte, sobald sie ihn berührte.

»Je mehr du daran herumfummelst, desto länger dauert es, bis er sich erholt.« Spielerisch schlug Hedwig Emmas Hand weg. Ihr blonder Schopf wippte bei der Bewegung. »Ich hole dir noch einen kalten Wickel.«

»Ich sollte draußen sein. Wir alle sollten das.« Sehnsüchtig sah Emma zum Fenster, wo ihre Freundin Auguste auf die Straße spähte, aber wohl noch nichts Interessantes erblickt hatte. »Geht ihr ruhig. Ich komme schon allein zurecht.«

»Mach dich nicht zur Märtyrerin.« Augustes dunkle Stimme hatte den weichen schwäbischen Klang nicht verloren, obwohl sie seit sechs Jahren in Berlin wohnte. »Wir bleiben bei dir, weil wir es so wollen.«

Für Emmas Ohren klang alles, was Auguste sagte, durch deren Sprachmelodie etwas behäbig und gemütlich, obwohl ihre schwäbische Freundin die radikalste von ihnen war und lieber eine sozialistische Republik wollte als eine Nationalversammlung. Immer vorneweg war sie gelaufen bei den Demonstrationen, unübersehbar mit ihrem wilden schwarzen Haar und dem knallroten Mantel.

»Wahrscheinlich ist es besser, nicht auf den Straßen zu sein.« Vorsichtig wickelte Hedwig ein in kaltes Wasser getränktes Tuch um Emmas Knöchel. Wie gut, dass ihre Mitbewohnerin Krankenschwester war. »Ich habe gehört, die SPD verbündet sich mit den Generälen. Es wird einen Bürgerkrieg geben.«

»Mal nicht alles schwarz.« Auguste verzog das Gesicht. »Alle sind froh, dass der Krieg vorbei ist. Niemand will weitere Kämpfe.«

Die Schwäbin ging zur Wand und studierte die Zeitungsausschnitte, die Hedwig dort angeheftet hatte. Berichte über das Kriegsende, über die Revolution in Kiel und Hamburg und schließlich auch bei ihnen, in Berlin.

»Ob wir Erfolg haben werden?« Emma sprach aus, was wohl allen durch den Kopf ging. Ihre Freundinnen konnten vor Aufregung ebenso wenig still sitzen wie sie. Auguste stand bereits wieder am Fenster und schaute hinaus, als könnte sie dadurch Johanna herbeizaubern, auf deren Rückkehr sie alle warteten. Ungeduldig wie immer öffnete die Schwäbin die Fensterläden und beugte sich hinaus.

»Schließ das Fenster, es ist kalt.« Emma zog die Decke

enger um sich. Dieser November war besonders kühl. Oder kam ihr das nur so vor, weil sie kaum noch Fleisch auf den Knochen hatte? So wie sie alle. Die Hungersnot der Kriegsjahre hatte in ihren Gesichtern und Körpern deutliche Spuren hinterlassen. »Und es stinkt. Die Leute von unten kochen wieder Steckrübensuppe.«

Auch Auguste rümpfte die Nase. »Wenn ich nie wieder Steckrüben in meinem Leben essen muss, ist das noch immer zu viel.« Sie schüttelte sich, ihr schwarzes Haar, das sie offen trug, flog um ihr Gesicht. Mit ihren dunklen Augen, der scharfen Nase und den wilden Locken sah sie aus wie Carmen, jedenfalls hatte Emma sich Carmen immer so vorgestellt: wild, mutig und frei, allerdings ohne das Schwäbeln.

»Wo der Krieg vorbei ist, wird es besser werden.« Hedwig fand an allem etwas Gutes und sah hoffnungsfroh in die Zukunft, selbst als sie hungerten und der Krieg nie enden wollte. Mit ihren weizenblonden Haaren, der rosigen Gesichtshaut und den immer noch properen Formen sah sie aus, als käme sie aus einem Dorf, wo das Essen gut und die Luft gesund war. Dabei war sie Ur-Berlinerin und wollte niemals aus der Großstadt weggehen.

»Ich kann es noch immer nicht glauben.« Emma verlagerte ihr Bein, aber der Schmerz wollte nicht weichen. »Wir haben keinen Kaiser mehr und können von vorne beginnen. Endlich können wir das erreichen, wofür wir gekämpft haben.«

»Ich bin nicht so sicher wie du, dass die Männer uns wohlgesinnt sind. Weder Scheidemann noch Liebknecht haben uns Versprechen gegeben.«

Emmas Gedanken wanderten drei Tage zurück, zu dem Nachmittag, an dem die Republik ausgerufen werden sollte.

Die ganze Stadt war in Aufruhr gewesen, sodass es ihr klüger erschienen war, das Haus nicht zu verlassen. Gleichzeitig hielt sie nichts drinnen, wenn sich auf den Straßen eine Revolution abspielte. Oft genug hatte sie in den vergangenen Jahren ihre Angst besiegt und für ihr Recht gekämpft. Da wollte sie an dem Tag nicht zurückstehen. Also war Emma mit ihren Freundinnen hinausgelaufen und hatte sich einer Kundgebung angeschlossen. Nur wenige Frauen waren auf den Straßen zu sehen. Möglicherweise wurden sie abgeschreckt durch die Männer, die Gewehre über den Schultern trugen und ihre Forderungen lautstark kundtaten.

»Oder sie müssen versuchen, irgendwo etwas Essbares zu finden«, sprach Emma ihre Überlegungen aus.

»Wie bitte?«, fragte Johanna, immer höflich, immer vornehm. »Wer sucht nach Essbarem? Gibt es hier etwas?«

»Ich habe laut gedacht und mich gefragt, warum nur Männer auf den Straßen sind.« Emma lächelte, blieb aber wachsam. Zu präsent waren ihre Erinnerungen an grölende, hasserfüllte Kerle, die sie angespuckt und betatscht hatten. Auch wenn das bereits fünf Jahre her war. »Wo sind die Frauen? Es geht darum, *unsere* Zukunft zu entscheiden.«

Obwohl Unsicherheit herrschte, ob alle Parteien an einem Strang ziehen würden, lag eine unglaubliche Aufbruchstimmung in der Luft. Auf einmal schienen Veränderungen möglich, an die man zuvor nicht einmal zu denken gewagt hatte. Eine goldene Zukunft, in der der Hunger besiegt war, in der es keine Kriege mehr gab und in denen Frauen endlich mehr Rechte erhielten, schien Wirklichkeit werden zu können.

Wie ihr Leben aussehen würde, entschied sich daran, wer den heutigen Tag gewinnen würde. Die Freundinnen stritten darüber, ob sie sich den Radikalen, die sich vor dem Schloss versammelten, anschließen oder lieber mit der SPD zum Reichstag ziehen sollten.

»Ich traue den Sozialdemokraten nicht. Vor allem dem Ebert nicht«, sagte Auguste. »Niemals werden sie unsere Forderungen erfüllen.«

»Aber sie stellen die Regierung.« Hedwigs Worte überzeugten die Freundinnen, die an den novemberkahlen Bäumen vorbei in Richtung Reichstag gingen.

Dort hatte sich bereits eine Menge versammelt, die unruhig auf und ab wogte und wartete, dass endlich eine Entscheidung fiel.

Punkt zwei Uhr stellte sich Philipp Scheidemann auf den Balkon. Der weiße Spitzbart ließ ihn aussehen wie einen freundlichen Großvater. Erwartungsvolles Schweigen legte sich über die Menge. Ein wenig lächerlich fand Emma den Politiker, als er mit großen Gesten seine Rede begleitete. Seine Worte jedoch ließen sie auf bessere Zeiten hoffen.

»Das Alte und Morsche, die Monarchie, ist zusammengebrochen. Es lebe das Neue, es lebe die deutsche Republik!«

Jubel brandete auf, einander unbekannte Menschen klopften sich auf die Schultern, nur Auguste schüttelte den Kopf.

»Er hat nichts zu unseren Forderungen gesagt.« Sie drehte sich um und drängelte sich durch die immer noch jubelnde Menge hindurch. Über die Schulter hinweg rief sie ihren Freundinnen zu: »Jetzt will ich wissen, was Liebknecht verkündet.«

Also machten sie sich auf zum Lustgarten und dem Stadtschloss. Lange mussten sie nicht warten, dann hielt der Führer des Spartakusbundes seine Rede. Auf einem Lastwagen stehend, rief Karl Liebknecht die sozialistische Räterepublik aus. Deutlich weniger Menschen jubelten ihm zu. Auch Auguste schien nicht zufrieden.

»Ich hab's befürchtet«, murmelte sie. »Für ihn gibt es nur Brüder, wir Frauen spielen in seinem Denken keine Rolle.«

Auf einmal ertönte ein Knall. Sofort duckten die Freundinnen sich und suchten nach einer Möglichkeit, sich zu verstecken. Da war es dann passiert mit ihrem Fuß. Gerne würde Emma erzählen können, dass sie sich ihren Knöchel im Kampf verletzt hatte, dass sie ein Opfer derjenigen geworden war, die nicht wollten, dass Arbeiter und Soldaten die Macht übernahmen. Doch leider war sie ein Opfer ihrer Eitelkeit geworden. Als sie gemeinsam mit Hedwig in Deckung laufen wollte, war der spitze Absatz ihres Schuhs in einem Spalt zwischen den Pflastersteinen hängen geblieben und sie war umgeknickt. Berauscht von der Angst vor Schüssen hatte sie nur einen stechenden Schmerz gespürt und war weitergeeilt. Später sollten sie erfahren, dass es nur ein Freudenschuss eines übereifrigen Sozialisten gewesen war. Erst am Abend hatte Emma mit Schrecken entdeckt, wie sehr der Fuß angeschwollen war. Seitdem lagerte sie ihn hoch und bemühte sich, ihn so wenig wie möglich zu belasten.

»Emma?« Sanft berührte Hedwig ihre Schulter. »Soll ich dir einen Tee kochen?«

»Das wäre wunderbar.«

Hedwig ging in die Küche, wo der Herd eine wohlige Wärme verbreitete, die bis in die Stube hineinreichte. Ihre gemeinsame Wohnung war klein, geradezu winzig verglichen mit den prachtvollen Häusern, in denen Emma bisher gelebt hatte, aber zum ersten Mal in ihrem Leben fühlte sie sich zu Hause. Auch wenn die Möbel abgenutzt waren und ihr Essgeschirr ein buntes Sammelsurium von Porzellan war, manches sogar mit angeschlagenen Kanten, fand Emma ihre Berliner Wohnung viel schöner als das Haus in Braunschweig oder Hazelwell Manor oder ihre Stadtwohnung in London.

»Wir hätten mitgehen sollen.« Auguste ließ sich auf einen Stuhl fallen, nur um sofort wieder aufzuspringen. »Diese Warterei halte ich nicht aus.«

»Es wird schon gut gehen.« Als sie sicher sein konnte, dass keine ihrer Freundinnen sie beobachtete, klopfte Emma dreimal auf Holz. Nur nichts beschwören. Diesen alten Aberglauben konnte sie einfach nicht loswerden. »In Bayern waren sie auch auf unserer Seite.«

So sehr sie sich auch bemühte, all die guten Argumente aufzulisten, die für ihren Erfolg sprachen, so wenig konnte sie den letzten Zweifel zum Schweigen bringen, der einfach nicht verstummen wollte.

Hedwig reichte ihr den Tee in einem Porzellanbecher, der mit einer dunkelroten Rose bemalt war. Sein Goldrand war ausgeblichen vom vielen Waschen. Früher hatten sie für diese Arbeit ein Dienstmädchen gehabt. Seit dem Krieg, wo die Frauen die Arbeiten der Männer übernehmen mussten, leisteten Hedwig und Emma die Haushaltsarbeiten selbst, mehr schlecht als recht.

Ihre Freundin stand nun an Augustes Stelle am Fenster. Als sie es öffnete, ertönte leise das Lied eines Leierkastenmannes, ein vertrautes Geräusch.

»Johanna kommt«, rief Hedwig. »Bestimmt weiß sie etwas.«

Schritte erklangen auf der Treppe und alle hielten den Atem an. Gespannt schauten sie zur Tür, die sich unendlich langsam öffnete, als wollte ihre Freundin die Spannung auskosten.

Johanna, deren Rücken gebeugt von ihrer Arbeit in einer Fabrik war, lächelte die Wartenden an. Sie nahm ihre wollene Mütze ab und schüttelte die braunen Locken aus.

»Noch ist nichts entschieden.« Sie hob die Hände. »Wir werden wohl noch länger ausharren müssen.«

»Als ob wir nicht schon lange genug gewartet hätten.« Auguste stieß ein Schnauben aus. »Was wird aus dem versprochenen Neuanfang?«

»Emma, die lagen unten an der Treppe.« Johanna hielt ihr ein Bündel Briefe entgegen, die aussahen, als wären sie sehr lange unterwegs gewesen. »Aus England. Ist einer von Lady Eleanor dabei?«

Sie lächelte Emma zu, wohl versunken in die Erinnerung an gemeinsame Tage in London.

Hastig blätterte Emma durch den Stapel, um dann den Kopf zu schütteln. Lady Eleanor schien ihr immer noch nicht verziehen zu haben.

»Sind sie von deinem Mann?« Hedwig hielt nichts davon, um den heißen Brei herumzureden.

»Nein.« Sofort überfiel Emma ein schlechtes Gewissen, weil sie es keiner von ihnen gesagt hatte, einfach, weil es ihr nicht wichtig gewesen war. »Nein, das kann nicht sein. Er ist … im Krieg gefallen. Im Mai.«

Betroffenes Schweigen machte sich breit, was Emma sich noch schlechter fühlen ließ.

»Wir waren getrennt. Es tut mir leid, so wie mir alle jungen Männer leidtun, die in diesem furchtbaren Krieg starben, aber ich fühle nicht mehr dabei.«

»Gut, dass der Krieg vorbei ist.« Johanna schauderte. »Eben habe ich einen armen Kerl gesehen, dem beide Beine fehlten. Auf einem Brett sitzt er und muss betteln. Eine Schande.«

»Jaja«, antwortete Emma gedankenverloren und blätterte erneut durch die Briefe.

Erst beim dritten Mal entdeckte sie den *einen* Brief, dessen elegantes Büttenpapier hervorstach.

»Die meisten sind von meiner Freundin«, sagte sie, während sie die Schreiben hin und her drehte. »Wahrscheinlich sind sie durch den Krieg verzögert.«

Erneut fiel ihr Blick auf das Büttenpapier mit dem eingeprägten Wappen und sie wünschte sich, den Mut zu haben, das Schreiben einfach zu verbrennen.

Stattdessen suchte sie nach dem Brieföffner. Eilig schlitzte sie den ersten Brief auf, der in einen schlichten Umschlag gehüllt war. Nur ein einzelnes Blatt fiel ihr entgegen: ein dünnes, weißgraues Papier, das mit einer flüchtig wirkenden Handschrift eng bedeckt war, die sie so gut kannte.

Zum Glück hat sie überlebt. Ich habe mir so furchtbare Sorgen gemacht, nachdem ich nichts mehr von ihr gehört habe. Gleichzeitig habe ich mich nicht getraut, ihr zu schreiben, aus Angst zu erfahren, dass auch sie Opfer des furchtbaren Krieges wurde.

Meine liebe Emma, las sie und kämpfte gegen Tränen an, weil sie ihre Freundin auf einmal so schmerzlich vermisste.

Durch den Krieg hatte sie nicht einmal gewusst, ob diese noch lebte.

Meine liebe Emma,
ich weiß nicht, ob dieser Brief Dich je erreichen wird. Noch immer kann ich nicht begreifen, dass Du und ich Feindinnen sein sollen, nur weil unsere Länder einander den Krieg erklärten.
Ob Emmeline Pankhurst recht behalten soll, dass es weniger Kriege geben würde, wenn wir Frauen endlich das Stimmrecht erstritten haben?
Nicht, dass wir jetzt noch dafür kämpfen würden. Alles, wirklich alles dreht sich nur noch um den Krieg.
So sehr ich Dich auch vermisse, es ist besser, dass Du nicht mehr in London bist. Der Hass auf alles Deutsche ist so stark, dass selbst Dackel mit Steinen beworfen werden. In was für einer Welt leben wir?
Alle sprechen davon, dass die Kämpfe nur wenige Wochen andauern werden, bis Deutschland besiegt ist.
Ich wünsche mir sehr, dass bald Frieden herrscht, und hoffe, Dir geht es gut

Das Schreiben musste Monate, wenn nicht gar Jahre alt sein, es war ein Wunder, dass es sie überhaupt erreicht hatte. Waren die anderen Briefe etwa auch so alt? Lebte ihre Freundin vielleicht gar nicht mehr und sie las Grüße einer Toten? Emma wünschte sich, allein zu sein, allein mit den Schreiben und ihren Erinnerungen.

»Geht. Ich sehe doch, wie ihr mit den Füßen scharrt.« Sie vollführte eine große Geste mit der Hand. »Ich werde auf euch warten und hoffen, dass ihr gute Nachrichten bringt.«

»Kann ich dich wirklich zurücklassen?« Hedwig sah sie prüfend an. »Es macht mir nichts aus, dir Gesellschaft zu leisten. Das weißt du.«

»Ich nutze die Zeit, um die Briefe zu lesen.« Emma deutete auf den Stapel. »Versprich mir nur, dass du sofort zurückkommst, um mir zu berichten, was sie entschieden haben.«

Nachdem ihre Freundinnen sie verlassen hatten – Hedwig hatte ihr noch einen Tee und eine Stulle gebracht –, eilten Emmas Gedanken weit zurück in die Vergangenheit, in eine Zeit, als sie eine ganz andere Frau gewesen war.

KAPITEL 1

Braunschweig, 1913

Liebes Tagebuch,
nur dir kann ich mich anvertrauen. Niemand sonst wird verstehen, dass mein Herz gebrochen ist, dass mein Leben keinen Sinn mehr hat, dass ich ebenso gut bereits tot sein könnte.

Emma legte den Füllfederhalter zur Seite und stieß einen Seufzer aus. Das Blatt ihres in rotes Leder gebundenen Buches verschwamm vor ihren Augen, weil ihr wieder die Tränen kamen. Dabei hatte sie in den vergangenen Tagen so viel geweint, dass sie ausgetrocknet sein müsste. Sie suchte in der Schublade der Frisierkommode, die ihr als Schreibtisch diente, nach einem Taschentuch und schnäuzte sich ausgiebig. Es war ja niemand hier, der Anstoß daran nehmen konnte.

Nachdem sie ihre Fassung wiedergewonnen hatte, las sie durch, was sie geschrieben hatte.

»Das verdient er nicht«, murmelte sie und stieß ein Schnauben aus. »Außerdem klingt es furchtbar pathetisch. Später werde ich mich dafür schämen, so etwas formuliert zu haben.«

Sie griff nach dem Blatt, zögerte aber. Sollte sie es wirklich herausreißen? Sollte sie ihre tiefen Gefühle verraten, nur weil diese ihr später – wann immer das auch sein mochte – peinlich sein könnten? Man führte ein Tagebuch, um sich der Wahrheit zu stellen. Also nahm sie den Füllfederhalter wieder auf, holte tief Luft und setzte an.

»Gnädiges Fräulein. Sie wollen bestimmt nicht zu spät zu Tisch kommen.« Meta, das Erste Hausmädchen, das auch als Zofe für Emma arbeitete, trat ins Zimmer. »Die Köchin hat sich heute besonders viel Mühe gegeben.«

»Ich habe keinen Hunger.« Das war nicht gelogen. Seit Tagen verspürte sie keinen Appetit mehr und zwang sich bei Tisch dazu, ein paar winzige Happen zu essen, um nicht den Argwohn ihrer Mutter zu erwecken. Dabei wollte die, dass Emma schlanker wurde, um dem gängigen Ideal einer schönen Frau zu entsprechen.

»Wenn ein Mann mich liebt, dann muss er mich so lieben, wie ich bin«, war stets Emmas Antwort, was ihre Mutter mit einem »Papperlapapp« zur Seite wischte.

»Wenn Sie nicht zum Abendessen kommen, verärgern Sie Ihre Eltern.« Meta, äußerst vorlaut für ein Dienstmädchen, verdrehte die Augen. »Das sollten Sie *jetzt* wohl besser nicht, oder?«

Selbst die Dienstboten zerrissen sich die Münder über ihre Schande. Am liebsten hätte Emma geschrien oder wäre geflohen, ganz weit weg, doch sie war gefangen. Hier in der hochherrschaftlichen Braunschweiger Villa, gemeinsam mit ihren Eltern und ihrem Bruder. Die einzige Chance auf Freiheit hatte man ihr genommen.

»Sag unten Bescheid, ich bin gleich da.«

»Soll ich Ihre Frisur richten?«

»Nein.« Emma schaute sich im Spiegel an. Ihre dunkelbraunen Haare hatten sich aus der Hochsteckfrisur gelöst, als sie wieder und wieder mit den Fingern hindurchgefahren war, getrieben von bitteren Erinnerungen. »Oder besser doch.«

Während sie im Spiegel beobachtete, wie geschickt Meta die Strähnen zu einer eleganten Haartracht knüpfte, wollten ihre Gedanken erneut wandern, aber Emma verbat es ihnen. Sie hatte schon viel zu viel Zeit und Überlegungen verschwendet. Sie wollte nicht trauern, sondern leben, denn das wäre die beste Rache. Eine neue Liebe finden und glücklich werden. Oder einem weißen Hasen in ein Wunderland folgen. Wer sollte sie schon lieben?

»Bitte schön.«

»Danke. Geh voraus und gib Bescheid, ich habe noch zu tun.«

Sie konnte sie förmlich auf Metas Gesicht ablesen, die Frage, was ein junges Fräulein wie sie schon zu arbeiten hätte, aber das Dienstmädchen schwieg und ging.

Emma hielt eine Brosche an ihr Kleid, entschied sich dagegen, nahm eine Gemme, die ihr auch nicht gefiel. Sie trödelte, obwohl sie wusste, wie sehr ihre Eltern es hassten, wenn sie sich zum Abendessen verspätete. Doch sie ertrug dieses familiäre Beisammensein kaum. Ihre Kehle fühlte sich an wie zugeschnürt und der Appetit war ihr vergangen, wenn sie daran dachte, was sie erwartete. Vielleicht sollte sie vorgeben, krank zu sein, um wenigstens einen Abend Ruhe zu haben.

»Dafür bin ich zu feige. Wie für so vieles.« Sie schaute in den Spiegel, kniff sich in ihre runden Wangen, damit diese Farbe bekamen, und begab sich auf den Weg zum Speisezimmer.

Was wäre heute Abend wohl das Thema, zu dem ihr Vater seine Meinung zum Besten geben würde? Manchmal konnte Emma es nicht mehr aushalten, ihn schwadronieren zu hören. Immer wieder stellte sie sich vor, wie sie aufsprang und schrie: »Ich ertrage das nicht mehr! Halte einfach den Mund!«

Oft malte sie sich vor dem Einschlafen diese Szene in den buntesten Farben aus. Sie sah es vor sich, wie ihr Vater erst stutzte, dann die Augen aufsperrte, während sein rundes Gesicht hinter dem gewaltigen Schnurrbart rot anlief. Aus seinem aufgerissenen Mund kam kein Ton, sodass er sie an einen der Karpfen erinnerte, die es jedes Jahr zu Weihnachten gab. Der arme Fisch lebte drei Tage in einem Zuber in der Küche, bevor Ida, die Köchin, ihm Heiligabend den Garaus machte.

Doch in der Wirklichkeit fehlte Emma der Mut, genau wie ihrem drei Jahre jüngeren Bruder und ihrer Mutter. Stumm hörten sie sich an, was der Vater zu sagen hatte, und dachten sich ihren Teil. Obwohl sie sich bei Franz nicht sicher war, ob der überhaupt etwas dachte.

»Unglaublich, was in London geschieht.« Der spitze Zeigefinger ihres Vaters durchstach die Luft. »Wilde Weiber, die Bomben legen.«

Auf der Anrichte lag die »Braunschweigische Tageszeitung«, in der er wohl etwas entdeckt hatte, was seinen Zorn erregte. Das konnte vieles sein: Arbeiter, die mehr Rechte forderten; etwas, das Heinrich Jasper, Mitglied der Braunschweiger Stadtverordnetenversammlung und – schlimmer noch – SPD-Mitglied, gesagt hatte; überhaupt alles, was Veränderungen bedeuten konnte. Für ihren Vater war die Welt gut, so wie sie war.

»Das Wahlrecht wollen sie. Was ist dann das Nächste?« Ihr Vater stieß ein Schnauben aus, mit der er stets ihm abwegig erscheinende Ideen begleitete. »Eine Frau gehört in die Familie. Das ist gottgewollt.«

»Arthur, bitte. Gibt es *heute* kein passenderes Thema?«

Was hatte das zu bedeuten? Warum griff ihre Mutter ein und versuchte, den Vater von seinem Monolog abzubringen? Sollte sie etwa für das Wahlrecht sein? Emma kniff die Lippen zusammen, damit sie nicht kicherte. Diese Vorstellung war gar zu abwegig.

»England ist kein sicheres Land mehr.«

»Arthur!«

Endlich hatte ihr Vater sich genügend echauffiert und schaufelte Rindfleisch in sich hinein.

»Emma, bitte denk daran«, erklang die helle Stimme ihrer Mutter, wie immer begleitet von einem tadelnden Unterton. »Eine Dame isst wie ein Spatz, nicht wie eine Dogge.«

Sofort ließ Emma das Besteck fallen, das mit hellem Klirren auf dem weißen Porzellan landete. Sie hatte weder bemerkt, wie viel, noch, was sie gegessen hatte. Automatisch hatte sie die Gabel zum Mund geführt, während sie versuchte, die Worte ihres Vaters an sich vorbeifließen zu lassen.

»Entschuldige«, flüsterte Emma. Gierig schaute sie zu, wie ihr Bruder sich das zweite Mal vom Fleisch nahm. Vielleicht würde Ida ihr später eine Stulle mit kaltem Braten machen, wenn Emma sie darum bat. Oder besser noch: ein Stück ihres köstlichen Schokoladenkuchens, dessen schwere Süße so wunderbar tröstlich war. Ja, damit würde sie sich dafür belohnen, dass sie auch heute Abend die brave Tochter gespielt hatte, obwohl sie sich nichts sehnlicher wünschte, als ihrem Elternhaus zu entfliehen. In die nächste Gefangenschaft, wie sie zu gut wusste. Es gab für sie nur eine Möglichkeit, frei zu sein – sie musste heiraten. Dann allerdings wäre sie dem Willen ihres Ehemanns unterworfen. Ob das wirklich so viel besser war? Männern konnte man nicht trauen, wie sie bitter hatte lernen müssen.

Außerdem würden sich die Heiratskandidaten nicht gerade die Klinke in die Hand geben. Sie war keine Schönheit, das zeigte Emma jeder Blick in den Spiegel. Sie war zu groß, sie war zu dick, ihre dunkelbraunen Haare waren zu fein, ihre Nase zu breit, ihre grünen Augen zu klein – ach, ellenlang war die Liste ihrer Unzulänglichkeiten. Das Einzige, worauf sie hoffen konnte, war ihre Mitgift – und selbst die war nicht so üppig, dass sie Männer anzog wie Honig die Fliegen. Ganz zu schweigen davon, dass sie sich selbst durch ihre Dummheit wohl jede Aussicht auf eine Ehe genommen hatte.

Emma rang nach Luft, als sie erneut die Vision ihrer Zukunft überkam, in der sie weiterhin mit ihren Eltern lebte und diese ewig gleichen Abendessen bis in die Unendlichkeit hinein erdulden musste. Niemals! Sie würde alles unternehmen und irgendeinen Mann heiraten, um ihren Eltern zu entkommen.

»Emma!«

»Ja, Mutter. Entschuldigung.«

Warum lächelte ihre Mutter, obwohl Emma sich weggeträumt hatte und damit wieder einmal die hohen Erwartungen ihrer Mutter nicht erfüllt hatte? Das bereitete ihr beinahe noch mehr Sorge als der Vater, dessen Zeigefinger seine Worte voller Verve begleitete.

»Emma. Wir haben eine wunderbare Überraschung für dich.«

»Ja?« Womit sollte sie so etwas verdient haben? Eigentlich hatte Emma eher mit einer Bestrafung gerechnet. Doch andererseits, konnte sie sicher sein, dass ihr die angekündigte Überraschung wirklich gefiel?

»Du wirst den Frühling in England verbringen.«

»In England?« Sie hasste es, wenn sie sich anhörte wie der Papagei ihrer Patentante, aber zu viele Gedanken überschlugen sich in ihrem Kopf. War das die Strafe für ihre Dummheit? Wurde sie verbannt? Oder hofften ihre Eltern, dem Skandal zu entgehen, wenn sie Emma wegschickten?

»Glaubt ihr, in England findet sich ein Mann für sie?« Emma verabscheute es, wenn ihr Bruder über sie redete, als säße sie nicht mit am Tisch. »Warum sollte sich dort einer opfern?«

»Franz! Das ist rüde und deiner nicht würdig.«

Beinahe hätte Emma nicht aufgepasst und das triumphierende Gesicht allzu deutlich gezeigt. Gerade noch rechtzeitig senkte sie den Kopf, damit niemand das Lächeln bemerkte, das ihre Mundwinkel umspielte. Endlich einmal bekam ihr Bruder etwas zu hören, weil er sie schikaniert hatte. Bisher konnte der Wunderknabe ja anstellen, was er wollte. Ihre Eltern beteten den Boden an, auf dem er ging. Dieser Triumph war so gewaltig, dass sie beinahe vergaß, was Franz Böses gesagt hatte.

Ihre Eltern wollten sie nach England schicken. Allein! Der Schrecken war so groß, dass Emma Schluckauf bekam. So sehr sie sich auch wünschte, ihrer Familie zu entkommen, so sehr grauste es ihr vor der Vorstellung, allein in einem fremden Land zu sein, dessen Sprache sie nur unzureichend beherrschte. Hatte ihr Vater nicht das Abendessen mit einem Plädoyer gegen das Land begonnen?

»Aber …«, begann sie mit piepsiger Stimme. »Aber was soll ich denn dort?«

»Du wirst nach Hazelwell Manor reisen. Lady Ashworth ist eine Großcousine von mir. Sei dankbar, dass sie dich eingeladen hat.«

Wieso sollte sie mich einladen? Sie kennt mich ebenso wenig wie ich sie. Sicher hat Mutter ihr einen Brief geschrieben, in dem sie gebeten hat, mich aus Braunschweig zu entfernen. Alles nur, weil ich dumm war.

»Was will Lady Ashworth wohl mit Emma?« Franz schien den Tadel bereits verwunden zu haben und stichelte weiter, etwas, was er perfekt beherrschte. »Hat sie einen Sohn, für den es in ganz England keine Frau gibt, weil er einen Buckel hat und sabbert?«

»Auf dein Zimmer.« Ihre Mutter klang zornig, wie Emma sie bisher noch nie erlebt hatte. »Und versuch nicht, dir nachher in der Küche das Dessert zu holen.«

»Aber, Mutter.« Franz wirkte rechtschaffen und zu Unrecht beschuldigt, doch bevor er ein weiteres Wort sagen konnte, griff ihr Vater ein.

»Keine Diskussion. Tu, was deine Mutter befohlen hat.«

Wütend sprang Franz auf, stieß den Stuhl um und stürmte aus dem Zimmer, ganz der verwöhnte Kronprinz, als den ihre Eltern ihn immer behandelten. Am liebsten hätte Emma ihm die Zunge herausgestreckt, aber das erschien ihr zu kindisch. Außerdem knallte Franz bereits die Tür hinter sich zu. Vater und Mutter wechselten einen Blick, der deutlich erkennen ließ, dass ihr Bruder dieses Mal nicht so einfach davonkommen würde. So sehr sie ihm das gönnte, begann Emma sich zu fragen, was so bedeutend sein konnte, dass ihre Eltern sich ausnahmsweise auf ihre Seite schlugen.

»Emma, dein Vater und ich müssen uns eingestehen, dass wir unseren Teil der Schuld an diesem … an diesem Desaster tragen.« Das Gesicht ihrer Mutter wirkte, als hätte sie in eine Zitrusfrucht gebissen. Ihre Oberlippe kräuselte sich, ein Ausdruck der Verachtung, den Emma hasste. »Wir haben dir zu viele Freiheiten gelassen und deine Erziehung vernachlässigt.«

Vater und du – als hättet ihr euch je um mich gekümmert. Alles, was ich gelernt habe, verdanke ich Frau Rotbusch.

Der Gedanke an ihre geliebte Gouvernante lenkte Emma einen Moment von der unerfreulichen Wendung ab, die das Tischgespräch genommen hatte.

»Äußere dich.«

»Ich kann niemals allein nach England reisen«, griff Emma nach dem ersten Strohhalm, der sich ihr darbot. »Das schickt sich nicht.«

»Selbstverständlich wird Meta dich begleiten.«

Das würde eine wunderbare Reise werden, begleitet von einer Zofe, die sich gern Frechheiten herausnahm.

»Emma.« Ein Hauch Ungeduld schwang im Tonfall mit, was Emma nur zu gut kannte. »Du wirst bald einundzwanzig und bist ohne Aussicht auf eine Ehe. Nicht nach dem, was du dir zuschulden hast kommen lassen. Vielleicht hast du in England ja Glück.«

»Ja, Mutter.« Die Nachspeise, ein wundervoll nach Zimt duftender Apfelstrudel, schmeckte wie Asche, als Emma sich eingestand, dass ihr Bruder recht hatte: Warum sollte ein Engländer sich in sie verlieben?

KAPITEL 2

England, Hazelwell Manor 1913

Steh auf, du Langschläferin.« Eine Hand rüttelte an Lucys Schulter. Noch benommen und im Halbschlaf schlug sie nach dem Ärgernis, aber ohne Erfolg. Die Störung blieb bestehen, begleitet von dringlich klingenden Worten. »Komm, Lucy, wir dürfen nicht zu spät kommen.«

»Ich komm ja«, murmelte sie und öffnete die Augen. Jessies Gesicht war so nah, dass Lucy jede Sommersprosse auf der Nase des anderen Hausmädchens erkennen konnte – und das waren viele. Sie passten wunderbar zu der winzigen, koboldhaften Jessie mit den roten Haaren, denen es immer wieder gelang, sich aus dem Knoten zu lösen und sich unter dem weißen Häubchen hervorzustehlen. Wenn Jessie grinste, so wie jetzt, erschien ein tiefes Grübchen auf ihrer linken Wange. Ihre Freundin war all das, was Lucy so gerne wäre: zart, hübsch und absolut unerschrocken. Lucys Haare waren mausfarben und blieben stets brav im Knoten.

Korrekt wie Lucy selbst, die sich stets bemühte, sich an alle Regeln zu halten. Was ihr auf Hazelwell Manor schwerfiel, denn es gab unglaublich viele davon, die sie oft nicht verstand. Und das frühe Aufstehen hasste sie, besonders wenn es draußen noch dunkel war.

Lucy richtete sich auf und stieß mit dem Ellenbogen *Rules for the Manners of Servants in Good Families* herunter. Das Buch lag bereits seit Wochen auf dem schmalen Nachttisch neben der Kerze, die ihr als Leselicht diente. Lucy hatte es fünfmal begonnen und war jedes Mal darüber eingeschlafen, so sehr sie sich auch bemühte. Die Benimmregeln für Bedienstete vermochten sie einfach nicht zu fesseln. Wie viel einfacher war das Leben als Hausmädchen bei den Schwestern Birdwhistle gewesen, wo Lucy vier Jahre in Diensten gestanden hatte.

»Einmal ausschlafen, das wäre himmlisch«, murmelte sie und setzte sich auf. Schlagartig wurde sie wach, als ihre bloßen Füße den eiskalten Holzboden berührten. »Man könnte meinen, es wäre Winter.«

»Dann schlaf halt mit Socken, so wie ich.« Jessie stand vor dem Spiegel und prüfte ein letztes Mal ihre Frisur.

»Und was mache ich dann, wenn es wirklich kalt ist?«

Jessies Antwort bestand aus einem Schulterzucken.

»Ich bringe Mrs Ogden und Ms. Fernsby ihre Tees, aber beeil dich.« Jessie rückte ihr weißes Häubchen zurecht, strich eine Falte an ihrem bedruckten Kleid glatt und schlüpfte aus der Kammer.

»Danke«, rief Lucy ihr hinterher, war aber nicht sicher, ob ihre Freundin sie überhaupt gehört hatte. Dann würde es morgen früh ihre Aufgabe sein, den Tee für Zofe und

Hausdame zu kochen. Schwer kämpfte sie gegen die Versuchung an, einfach liegenzubleiben. Immer wieder drohten ihre Lider zuzufallen, aber es half nichts. Ihr Tagwerk musste getan werden.

Nachdem ihre Freundin die Tür zur Dachkammer hinter sich geschlossen hatte, spürte Lucy den Sog der warmen Bettdecke, aber sie widerstand. So wie jeden Morgen. Schließlich trug sie Verantwortung für ihre Familie und konnte daher nicht einfach im Bett herumlümmeln, so gern sie das auch getan hätte. Manchmal, an Morgen wie diesen, wenn ihr kalt war und die Müdigkeit einfach nicht weichen wollte, fragte sie sich, warum die Welt so ungerecht war. Warum sie kurz nach Sonnenaufgang aufstehen musste, um ein prächtiges Haus behaglich zu machen, während Florence und Georgina Blakenham, die Töchter der Herrschaft, sich noch Stunden in ihren feinen Laken aalen durften, um sich dann an einen gedeckten Tisch zu setzen und sich an einem opulenten Frühstück zu laben.

Was sollen diese unnützen Gedanken? Ich muss mich sputen.

Obwohl sie spät dran war, lief Lucy ins Dienstboten-Bad, wo sie kaltes Wasser in eine Kanne füllte. Das goss sie in die Waschschüssel und wusch sich schnell, bevor sie das schwere Nachthemd auszog und in ihre Unterwäsche schlüpfte. Auch heute kämpfte sie mit den Schnüren des Korsetts und wünschte sich, Jessie wäre hier, um ihr zu helfen. Dann musste es eben so gehen. Sie griff nach dem bedruckten Kleid, wie es Hausmädchen für die morgendlichen Reinigungsarbeiten trugen.

Wie immer, wenn sie es eilig hatte, ging alles schief. Erst stieß sie mit dem Ellenbogen gegen die Kante des Messingbettes, was sie mit einen Schmerzenslaut kommentierte, froh, dass niemand sie hören konnte. Dann riss das Schnürband an ihrem linken Schuh. Mühsam verknotete sie es, weil ihr keine Zeit blieb, einen neuen Senkel einzuziehen. Ohne einen Blick in den Spiegel zu werfen, lief sie aus ihrer Kammer. Mit geschürztem Rock flitzte sie den langen Flur entlang, wobei sie im Stillen betete, dass weder der gestrenge Butler noch die ebenso resolute Hausdame sie erwischten, wie sie rannte.

Sie sprang die Hintertreppen hinab, wobei sie zwei Stufen auf einmal nahm, und dann hatte sie endlich das Herz des Dienstbotentrakts erreicht: die Küche. Immerhin war es dort behaglich warm. Der gewaltige eiserne Herd bullerte; von dem Kocher, in dem heißes Wasser brodelte, stieg Hitze auf.

Nur wenig Morgenlicht fiel durch die kleinen Fenster, die weit oben angebracht waren. Ethel, das Küchenmädchen, hatte bereits die Gaslampen entzündet und scheuerte den schweren Holztisch, auf dem Fleisch und Gemüse geschnitten wurden.

»Guten Morgen, Lucy.« Ethel nickte ihr zu. Obwohl sie schon seit 4:00 Uhr morgens auf den Beinen war und die Küche hatte aufräumen müssen, summte sie leise vor sich hin. Ethel war immer zufrieden, selbst wenn die Köchin sie antrieb oder sie vor den Ohren aller anderen beschimpfte, weil sie angeblich einen Fehler gemacht hatte.

»Mir geht es hier gut. Ich bekomm mehr zu essen, als ich je in meinem Leben gesehen habe«, hatte sie Lucy einmal gesagt. »Ich hab ’n Bett für mich und verdien Geld. Was will ich mehr?«

Ob es wohl schon einen Tee gab, der Müdigkeit und Kälte vertrieb? Bevor Lucy sich danach umschauen konnte, hörte sie, wie jemand ihren Namen rief.

»Wo bleibst du denn?« Maude, das Erste Hausmädchen, war zwar nur zwei Jahre älter als Lucy, aber hielt sich für etwas Besseres, weil sie seit fünf Jahren auf Hazelwell Manor diente. »Soll *ich* etwa die Kamine säubern?«

»Mein Schnürsenkel ist gerissen«, murmelte Lucy.

Erneut sputete sie sich, um Jessie zu helfen, die sicher bereits im *Drawing Room* mit der Arbeit begonnen hatte.

Gemeinsam mit ihrer Freundin öffnete sie die schweren Vorhänge des Salons, bevor sie den Kamin säuberte. Jessie verteilte feuchte Teeblätter auf dem Teppich, die den Staub aufnehmen sollten. Gemeinsam räumten sie Gläser ab, die die Familie gestern Abend hatte stehen lassen. Während ihre Freundin die Teeblätter auffegte, entzündete Lucy ein Feuer, das ihr Gesicht erhitzte. Jessie schüttelte die Kissen aus und ordnete sie auf dem Sofa an, sodass Lucy die Gläser zum Spülen in die Küche brachte. Obwohl Ethel ihr einen Tee anbot, widerstand Lucy der Versuchung, sich einen Moment auszuruhen. Schließlich mussten noch viele Zimmer in Ordnung gebracht werden, bevor die Familie aufstand.

Als sie ins Esszimmer kam, entdeckte sie Jessie im Gespräch mit Leopold, dem Ersten Diener. Der hochgewachsene schlanke Mann hielt locker den Korb in der Hand, mit dem er Kohlen und Feuerholz heraufgetragen hatte.

»Leopold, du darfst gar nicht hier sein.« Lucy blickte über ihre Schulter. »Wenn Mrs Ogden uns zusammen sieht, bekommen wir einen Haufen Ärger.«

»Ich habe auf euch gewartet.« Obwohl der Lakai Kohlen nach oben getragen hatte, war sein dunkler Anzug makellos. »Sonst kann ich immer nur unter Aufsicht mit euch reden.«

»Was ist so wichtig, dass du uns in die Bredouille bringst?«, blaffte Lucy ihn an. »Schnell, sag es und dann verschwinde.«

»In drei Wochen ist Kirmes im Dorf. Ich wollte euch fragen, ob ihr mich begleitet.«

»Auf jeden …«, setzte Jessie an, aber Lucys Ellenbogenstoß in ihre Rippen ließ sie verstummen.

»Wir überlegen es uns und sagen dir demnächst Bescheid. Und jetzt geh.«

Er warf ihnen zwei Luftküsse zu und ging davon. Die schweren Kohleeimer schwenkte er, als würden sie gar nichts wiegen.

»Warum hast du mich geboxt?« Jessie schlug Lucy auf den Oberarm. »Natürlich gehen wir mit ihm auf die Kirmes.«

»Leopold sieht nicht nur gut aus, er weiß das auch.« Lucy zuckte mit den Schultern. »Er versucht sein Glück bei jeder Frau.«

»Außer bei Mrs Ogden. Obwohl ich das zu gern sehen würde.« Jessie kicherte. »Aber du musst zugeben, Leopold und Kenneth wirken beeindruckend in ihren dunklen Anzügen und weißen Hemden.«

»Jeder Mann macht etwas her, wenn man ihn in so eine Uniform steckt«, wiegelte Lucy ab, die sich nicht eingestehen wollte, wie ausnehmend gut aussehend sie Leopold fand. Sie wollte keine weitere Trophäe für ihn sein. Außerdem trug sie Verantwortung für ihre Mutter und Bertie. Deren Leben würde sie nicht für einen Windhund wie Leopold aufs Spiel setzen, mochte er noch so wundervoll dunkle Augen haben und schön mit Worten umgehen können. »Beeil dich!«

»Fertig!« Jessie richtete sich auf und griff mit der Hand an den Rücken. »Endlich Frühstück.«

Als ihr Magen vernehmlich knurrte, sputete sich Lucy, voller Vorfreude auf die Mahlzeit. Sie setzte sich auf ihren Platz und sandte ein »Guten Morgen« in die Runde. Wie jeden Tag saßen diejenigen, die nicht für den Kamindienst und das Putzen zuständig waren, bereits an dem großen Tisch aus hellem Holz, der vom vielen Scheuern rau und unansehnlich geworden war. Mr Hutchins, der Butler, thronte wie immer am Kopfende und schaute kurz auf. Automatisch glitt Lucys Hand zu ihrem Häubchen, um zu prüfen, ob es auch richtig saß. Mr Hutchins machte sie nervös, obwohl sie bereits ein halbes Jahr hier arbeitete. In seinem schwarzen Anzug mit dem stets blütenweißen Hemd wirkte er so hoheitsvoll, dass sie sich immer wie ein Bauerntrampel vorkam.

»Guten Morgen, Lucy, du siehst aus wie das blühende Leben.« Leopold zwinkerte ihr zu. Sie antwortete ihm nicht, weil sie nie wusste, ob er sich über sie lustig machte oder es ernst meinte.

Mrs Griffiths, die Köchin, beantwortete ihren Gruß mit einem kurzen Nicken und drückte ihr eine Tasse Tee in die Hand, der so heiß war, dass sie sich fast die Zunge verbrannte. Lucy konnte es kaum erwarten, Porridge mit Sahne und Zucker zu essen. Oder sollte sie mit dem duftenden, noch warmen Brot beginnen, das Ethel gebacken hatte?

Viel zu schnell endete die Mahlzeit, als der Gong ertönte, der das gemeinsame Morgengebet in der großen Halle ankündigte. Nachdem Lord Ashworth den Psalm gelesen hatte, ging die Familie frühstücken. Für Maude, Jessie und Lucy das Zeichen, nun die Schlafräume der Herrschaft zu reinigen und die Betten zu machen.

Als all das erledigt war, blieb nur noch eine Aufgabe für den Morgen: das Fegen der eleganten, geschwungenen Treppe. Normalerweise übernahm Maude diese Aufgabe, aber sie wollte sich heute den Blumengestecken widmen, wie sie es nannte, sodass Lucy und Jessie gemeinsam die Arbeit erledigten.

Dann hieß es wieder, die vielen Treppenstufen bis zu ihrer Kammer unter dem Dach hinaufzulaufen, um sich für den Nachmittag umzuziehen. Lucy streifte das gemusterte Kleid über den Kopf, um das schwarze anzuziehen, das sie mit einer weißen Schürze trug.

»Warum wird von uns erwartet, dass wir die Kleidung wechseln?«, fragte sie zum wiederholten Mal. »Uns sieht doch sowieso niemand von den feinen Herrschaften. Wir sind und bleiben unsichtbar.«

»Wieso musst du immer so viele Fragen stellen?« Jessie gähnte. »Es ist, wie es ist. Basta.«

Erst am Nachmittag kehrte etwas Ruhe ein, natürlich nur für die Hausmädchen. Die Küchenmädchen und die Köchin waren lautstark damit beschäftigt, den *Afternoon Tea* zuzubereiten. Einen Moment hatte Lucy überlegt, ob sie in ihre Kammer gehen und sich hinlegen sollte, aber sie entschied sich dagegen. Die Vorstellung, all die Treppenstufen nach oben und dann wieder hinabsteigen zu müssen, schreckte sie ab. Also suchte sie sich eine Näharbeit aus dem Korb, der in der Dienstbotenstube stand, und fädelte einen Faden ein. Mit halbem Ohr lauschte sie den Gesprächen, die zwischen den anderen Hausmädchen verliefen und sich, wie so oft, um deren Zukunft drehten. Keine von ihnen wollte auf Hazelwell alt werden. Maude hoffte auf eine Heirat, Katie wünschte sich eine Anstellung in London oder Manchester und Jessie wollte Zofe werden.

Wenn ich nicht für meine Familie sorgen müsste, was für eine Zukunft würde ich mir vorstellen? Darf ich so etwas überhaupt denken? Es fühlt sich wie ein Verrat an Mum an. Aber Bertie könnte endlich anfangen, Geld zu verdienen, sodass ich nicht alles allein schultern muss.

Bevor sie sich in ihren Gedanken verlieren konnte, erwarteten sie bereits weitere Aufgaben. Manchmal erschien es Lucy, als fänden die Tage nie ein Ende. Als wäre sie gefangen in einer Tretmühle ewig gleicher Tage mit ewig gleichen Tätigkeiten. Aber es ging ja nicht nur ihr so, auch auf die Diener, die Küchenmädchen, ja selbst auf den Butler, die Hausdame und die Zofe warteten Aufgaben, die ihnen vorgegeben waren. Den *Upper Servants* ging es nach Lucys Ansicht schlechter als ihr, weil sie ständig für ihre Herrschaft zur Verfügung stehen mussten, während Hausmädchen und Küchenmädchen festen Abläufen folgten.

Lucys Magen knurrte vernehmlich, ein sicheres Zeichen, dass es bald Dinnerzeit war. Sehr schnell hatte sie sich an die festen Essenszeiten gewöhnt, auch wenn sie die Rituale der Mahlzeiten immer noch etwas albern fand. Bei den Schwestern Birdwhistle war die Nahrungsaufnahme ein notwendiges Übel gewesen, das die beiden Damen von dem abgelenkt hatte, was sie eigentlich interessierte: ihre Muschel- und Büchersammlung. Lucy hatte mit der Köchin und dem Küchenmädchen in einem kleinen Raum neben der Küche gegessen, wann es den Birdwhistles passte.

Hier auf Hazelwell Manor war sogar das Dinner der Dienstboten eine äußerst formelle Angelegenheit, von der auf keinen Fall abgewichen werden durfte. Kaum hatte sie diesen Gedanken gefasst, läutete bereits die Glocke, die anzeigte, dass gleich die *Pug's Parade* bevorstand. Die Upper Servants wie der Butler und die Hausdame hielten sich für etwas Besseres, was ihnen von den Lower Servants wie Jessie und Lucy den Spitznamen Pugs eingebracht hatte. Jessie hatte damit begonnen, sie hatte es von einer Freundin gehört, die in einem großen Londoner Haus in der Küche arbeitete. Ob die oberen Dienstboten wohl wussten, dass man sie heimlich Möpse nannte, weil sie so hochnäsig und ihre Mundwinkel stets herabgezogen waren?

Wie jeden Abend hatten sich die Upper Servants in Mrs Ogdens Räumen versammelt und marschierten nun, mit ernster, ihrer Bedeutung angemessener Miene, in den Speiseraum. An der Spitze befand sich natürlich Hutchins, der äußerst elegant aussah in seinem schwarzen Frack. Ein unwissender Mensch, so wie Lucy, als sie nach Hazelwell Manor gekommen war, hätte ihn für seine Lordschaft halten können.

Wie ebenfalls jeden Abend warteten die *Lower Servants*, bis die Pugs ihre Plätze eingenommen hatten. Mrs Ogden saß an einem Kopfende, der Butler am anderen. Dazwischen saßen die Dienstboten, die Männer rechts, die Frauen links.

Lucys Blick fand den von Jessie, die spöttisch ihre Augen

verdrehte, darauf bedacht, dass keiner der Upper Servants dies bemerkte. Schon oft hatten die beiden Freundinnen sich über dieses aufgeplusterte Gehabe lustig gemacht, aber natürlich nur untereinander.

Lucy musste zugeben, dass es ihr schmeichelte, wenn einer der Diener ihr die Platte mit dem Fleisch reichte. Für eine kurze Zeit konnte sie sich fühlen, als wäre sie ein Teil der Herrschaft und nicht das Hausmädchen, das deren Dreck wegputzte.

KAPITEL 3

Hazelwell Manor 1913

Vor Aufregung war Lucy heute Morgen noch vor Jessie aufgewacht. Denn es war Sonntag und sie würde endlich ihre Familie wiedersehen. Selbst Maude, die sonst unfreundlich und von oben herab war, lächelte ihr zu.

»Sie trifft sich nach dem Kirchgang mit dem Gärtner«, flüsterte Jessie Lucy hinter vorgehaltener Hand zu. »Sie soll bloß aufpassen, dass sie nicht erwischt wird.«

Jeder im Haus wusste, dass das Erste Hausmädchen für den Gärtner schwärmte und er für sie. Jedes Mal, wenn er Blumen ins Haus brachte, hatte er einen kleinen Strauß für Maude dabei. Zierlicher und bescheidener als die Gestecke, die im ganzen Haus verteilt auf die Tische gestellt wurden, aber Lucy dachte immer, man sähe dem Gebinde für Maude an, dass es mit Liebe gemacht war.

»Ob die beiden wohl heiraten werden?« Es erschien Lucy romantisch, sich vorzustellen, wie Maude mit dem Gärtner durchbrannte und ein besseres, ein freieres Leben mit ihm führte. »Wenn sie nicht schnell genug ist, sucht er sich eine andere.«

»Wenn Maude so dumm wäre, sich auf die Liebschaft einzulassen, verliert sie ihren Job.« Jessie schüttelte sich, als hätte ihr jemand Schnee in den Nacken gesteckt. »Du weißt doch: *No Follower.*«

Ob Mrs Ogden ernsthaft fürchtet, eine von uns würde ein Techtelmechtel mit einem der Diener anfangen?

Das hatte sich Lucy bereits am ersten Tag gefragt, als ihr gezeigt wurde, dass die männlichen und die weiblichen Dienstboten weit entfernt voneinander schliefen. Es gab sogar getrennte Eingänge, als wäre einer von ihnen nach einem langen harten Arbeitstag noch darauf aus, eine Liebelei anzufangen.

»Ja.« Lucy seufzte. Das hatte ihr Mrs Ogden mehrfach gesagt. Ein Hausmädchen darf keinen Freund haben. »Außerdem, wie soll unsereins einen Mann kennenlernen? Wir sind doch fast immer unten oder unsichtbar.«

»Maude hat es auch geschafft und wir sind viel hübscher als sie.«

»Glaubst du, sie würde alles hier aufgeben?«

Lucy ging auf die Knie, wobei ihr das Korsett in den Bauch pikste. Mit dem Handfeger kehrte sie die Asche aus dem Kamin in den gusseisernen Behälter. So wie jeden Morgen. Inzwischen hasste sie den feinen Staub, der sich auf Hände, Gesicht und Kleidung legte, auch wenn sie noch so vorsichtig zu Werke ging.

»Pass doch auf!« Jessie stieß Lucy an, die so in ihre Gedanken versunken war, dass die Hälfte der Asche neben dem

Eimer gelandet war. »Wir haben sowieso schon zu viel zu tun, wegen der Gäste. Gib dir also Mühe, sonst schaffen wir unsere Arbeit nicht.«

»Entschuldige.« Eilig fegte Lucy die Asche zusammen und gab sie vorsichtig in den Behälter. »Hat schon eines der Hausmädchen geheiratet?«

»Bist du verliebt?«

»Nein.« Lucy wischte sich mit dem Handrücken über die Stirn und verteilte sicher noch mehr Asche auf ihrem Gesicht. »Ich frage mich nur, ob es nicht noch ein anderes Leben für uns gibt.«

»Komm, die Kamine säubern sich nicht von selbst.« Jessie hatte Holz aufgestapelt und entzündete ein Feuer, das bald behagliche Wärme verbreiten würde. Auch wenn die Tage inzwischen frühlingshaft waren, blieben die Nächte empfindlich kalt. »Für solche wie dich und mich gibt es nur Arbeit. Wenn dir das Hausmädchenleben nicht gefällt, geh nach London.«

»London.« Lucy schloss einen Moment die Augen. »Wünschst du dir nicht, dass sie dich einmal zur *Season* mitnehmen?«

Obwohl Lucy sich vor der Größe Londons fürchtete, wäre sie gern einmal Teil der Season gewesen, der Zeit der Debütantinnenbälle, der Kunstausstellungen, der Pferderennen, selbst wenn sie nur eine Nebenrolle gespielt hätte.

Abrupt blieb Jessie stehen. Ihr Gesichtsausdruck war so ernst, wie Lucy ihn bisher nie gesehen hatte. Ihre Stimme klang dunkler als sonst, als sie die Worte ausspuckte: »Ich will nichts mit ihnen zu tun haben. Ich bin froh, meinen Platz zu haben. Glaub mir, für sie bedeuten wir nichts.«

Bevor Lucy ihre Freundin fragen konnte, was sie damit meinte, hörte sie Mrs Ogden nach ihnen rufen. Die Hausdame sollten sie besser nicht warten lassen.

»Beeil dich.« Lucy wippte von den Zehenballen auf den Hacken und wieder zurück. Jessie polierte ihren Schuh, als ob sie sich darin spiegeln wollte. »Ich will meinen freien Tag genießen.«

»Pfft«, antwortete Jessie. »Genießen. Du wirst ihn mit deiner Familie verbringen. Wie abenteuerlustig du doch bist.«

»Ich vermisse sie. Hast du nie Heimweh?«

»Nach Irland?« Jessie zog den Lappen ein letztes Mal über das Leder und richtete sich auf. »Nein, mir geht es hier besser. Meistens.«

Endlich schien der Schuh ihren Ansprüchen zu genügen. Nachdem Lucy und Jessie sich zweimal über die Schulter geblickt hatten, ob niemand anders zu sehen war, hüpften sie die Hintertreppe hinab wie übermütige Fohlen bei ihrem ersten Weidegang im Frühling.

Arm in Arm schlenderten sie die Landstraße entlang. Die zwei Meilen ins Dorf zogen sich hin, obwohl der Tag es gut mit ihnen meinte und eine sanfte Sonne auf sie herab schien.

»Du kannst wirklich mit zu meiner Familie kommen«, bot Lucy erneut an. Der schwere Korb rutschte wieder aus ihrer Ellenbogenbeuge und sie entzog Jessie ihren Arm, um den Korb wieder hochzuschieben.

»Nein, ich käme mir vor wie das fünfte Rad am Wagen. Außerdem will ich etwas erleben.«

»In Westbury. Das dürfte fast so aufregend sein wie ein Tag in London.« Ein Stich des Neids begleitete Lucys Worte. Manchmal wünschte sie sich, sie könnte ihr weniges Geld verprassen, so wie Jessie es tat. »Hast du keine Angst, allein mit dem Zug dorthin zu fahren?«

»Wer sagt, dass ich allein reisen werde?« Jessie zwinkerte ihr zu. »Da du Leopold nicht wolltest, habe ich meine Chance genutzt.«

»Pass nur auf, dass dich niemand sieht.« Ohne Jessie wäre das Leben auf Hazelwell Manor langweilig und einsam. »Und erlaube ihm keine Frechheiten.«

»Himmel, du hörst dich an wie die Gouvernante von Florence und Georgina. Die immer so vornehm tut.« Ein Schatten zog über Jessies Gesicht. »Mach dir keine Sorgen. Ich kann mich meiner Haut wehren.«

Nachdem sie sich von ihrer Freundin verabschiedet hatte, die es kaum erwarten konnte, zu Leopold zu kommen, eilte Lucy so schnell ans andere Ende von Bownham, wie es die Schicklichkeit zuließ. Nicht auszudenken, wenn ein Dorfbewohner sie rennen sah und bei Mrs Ogden anschwärzte. Also mäßigte sie sich zu einer Gangart, die einer jungen Dame anstand, obwohl sie es kaum erwarten konnte, endlich nach Hause zu kommen.

Als sie das schmale Häuschen aus hellem Sandstein sah, fiel ihr als Erstes ins Auge, dass Bertie den Garten noch immer nicht in Ordnung gebracht hatte, obwohl sie es ihm am letzten Sonntag gesagt hatte. Zwischen dem Gemüse wucherte das Unkraut, die Hecke sprießte in alle Richtungen. Was würden die Nachbarn denken, wenn der kleine Flecken Grün vor dem Haus so verwilderte?

Sie holte tief Luft und versuchte, ihren Ärger herunterzuschlucken, damit Mum ihn nicht auf der Stirn ablesen konnte. Erst nachdem sich ihr Lächeln echt anfühlte, öffnet sie die Tür des kleinen Cottages.

»Lucy, Liebes, wie gefällt es dir im Herrenhaus?« Bereits die wenigen Schritte, um sie zu begrüßen, hatten die Wangen ihrer Mutter rot anlaufen lassen. Sie keuchte, als wäre sie einen Berg hinaufgerannt und nicht nur bis zur Tür gegangen. »Hast du genug zu essen? Du bist so dünn.«

»Ich habe sogar etwas zu essen für uns mitgebracht.« Lucy schwenkte den Korb, in dem sich die Leckereien verbargen, die die Köchin ihr zugesteckt hatte. Reste des Abendessens der Herrschaft, aber so viel besser als alles, was Lucy je zuvor gesehen hatte. Stolz stellte sie die Lebensmittel auf den Küchentisch. »Hier. Brot, französischer Käse und Obstpasteten.«

»Das soll man essen können.« Bertie, ihr drei Jahre jüngerer Bruder, schnupperte an dem Käse und wandte sich dann mit angeekelter Miene ab. »Warum kannst du nicht etwas Vernünftiges wie eine Fleischpastete mitbringen?«

»Weil die Herrschaft das nicht isst.«

»Weil die Herrschaft das nicht isst«, äffte er sie nach. »Tu nicht so vornehm.«

»Genug, Bertie. Es ist ausnehmend nett von Lucys Herrschaft, so großzügig zu uns zu sein.«

»Eigentlich war es die Köchin. Kann ich dir helfen? Die Wäsche waschen?«

»Das habe ich schon erledigt. Bild dir nicht ein, wir brauchen dich. Nur wenn du sonntags für einen Nachmittag nach Hause kommst.«

»Bertie!« Sofort nach dem scharf ausgesprochenen Wort begann ihre Mutter zu husten. Lucy goss ihr Wasser aus dem Krug ein, der auf der alten Spüle stand.

Wütend schnaubte ihr Bruder auf und stürmte hinaus, wobei er die Tür hinter sich zuknallte.

»Hat Dr. Culpepper dir neue Medizin verordnet?«

Ihre Mutter setzte das Glas Wasser erneut an.

»Mum?«

»Ich kann sie nicht bezahlen.«

»Ich habe Geld mitgebracht. Meinen Lohn.«

»Davon muss ich Essen für Bertie und mich kaufen.«

»Er könnte arbeiten. Alt genug ist er.«

»Der Junge ist nicht verkehrt und hilft, wo er kann. Aber er soll zur Schule gehen, damit er es später einmal besser hat.«

Ich hätte gerne weiter gelernt, viel lieber und besser, als Bertie es je können wird, aber ich musste zu den Birdwhistles gehen. Vielleicht hätte ich sogar Lehrerin werden können. Klug genug dafür bin ich, hat Mr Hopgood immer gesagt.

Sofort schämte sie sich für die bitteren Gedanken. Ihre Mutter hätte sicher gewünscht, dass Lucy länger zur Schule ginge, aber es war nicht möglich. Nicht nach Dads Tod, der ihnen den Ernährer genommen hatte. Erst recht nicht nach dem Ausbruch von Mums Krankheit, die sie ans Haus fesselte und so sehr schwächte, dass sie nicht einmal mehr Wäsche oder Näharbeiten annehmen konnte.

Das schlechte Gewissen traf Lucy mit Macht. Wie konnte sie ihren Bruder beneiden, wusste sie doch, wie sehr ihre

Mutter darunter litt, dass sie der Tochter kein besseres Leben geben konnte. Wenn Bertie es wenigstens zu schätzen wüsste, dass er noch zur Schule gehen und lernen durfte, dass er eine Zukunft vor sich hatte, die mehr beinhaltete, als den Dreck reicher Menschen wegzukehren und für ihren Komfort zu sorgen. Stattdessen beschwerte er sich bei jeder Gelegenheit – und ihre Mutter stellte sich immer auf seine Seite. Ob es daran lag, dass Bertie dem Vater so ähnlich sah? Oder hatten es Jungen einfach immer besser im Leben?

»Mum, setz dich hin. Ich kümmere mich um das Essen.« Lucy packte die Mitbringsel aus, verstaute sie in der Speisekammer und deckte den Tisch.

»Wo ist Whiskers?« Suchend blickte sie sich um. Normalerweise kam die Kätzin sofort angelaufen, wenn Lucy nach Hause kam. Es kam ihr vor, als vermisste das Tier sie genauso wie sie es. Lucy hatte Whiskers vor sechs Jahren in einem Straßengraben gefunden. Das schwarze Kätzchen war winzig und hatte gerade erst die Augen geöffnet. Mit viel Liebe und Ziegenmilch war es Lucy gelungen, das Tierchen durchzubringen. Obwohl es damals schon knapp bei ihnen war, hatte ihre Mutter nie Einwände dagegen erhoben, dass Whiskers bei ihnen lebte. Nachdem sie ausgewachsen war, zeigte sich die Katze als veritabler Mäusefänger und hing voller Liebe an Lucy, als wüsste sie, dass das Mädchen ihr das Leben gerettet hatte. Bertie ging sie aus dem Weg und der Mutter gegenüber blieb Whiskers freundlich. Ihre Katze zurückzulassen, als sie die Stelle als Dienstmädchen antrat, hatte Lucy beinahe das Herz gebrochen. Aber es musste sein und sie war sicher, dass ihre Mutter sich gut um Whiskers kümmerte.

Allerdings nahm die Katze es Lucy übel, dass sie sie verlassen hatte. Bei ihrem ersten Besuch hatte Whiskers Lucy angefaucht und war davongelaufen, sobald Lucy versuchte, sich ihr zu nähern. Beim zweiten Besuch allerdings schien die Katze verstanden zu haben, dass Lucy sie nicht im Stich gelassen hatte, und kuschelte sich wieder auf ihrem Schoß ein.

»Sag, wie gefällt es dir?«

»Ach, Mum, es ist immer das Gleiche. In Jessie habe ich eine wundervolle Freundin gefunden. Bei den Birdwhistles war es besser, aber …«

Was hatte es für einen Zweck, der ersten Anstellung nachzutrauern. Nachdem Miss Eunice mit 66 Jahren gestorben war, hatte Miss Honora, die ältere Schwester, den Lebensmut verloren und war im Hospital gestorben. Zu Lucys Glück hatte sie die Anstellung auf Hazelwell Manor bekommen, was viel näher an Bownham lag.

»Lucy, es tut mir leid. Ich habe wieder Näharbeiten angenommen.«

»Nein, Mum, das musst du nicht.«

»Erzähl mir von dir.«

Während Lucy ihrer Mutter das Leben im Herrenhaus als eine Ansammlung lustiger Anekdoten mit freundlichen, leicht verschrobenen Menschen schilderte, wurde ihr Herz schwer. Wenn Mum trotz ihrer Schwäche wieder Näharbeiten verrichtete, mussten sie klammer sein, als Lucy befürchtet hatte.

Zum Essen war auch Bertie wieder da. Lucy verspürte einen Stich aus Neid und Eifersucht, als Whiskers ihrem Bruder in den Schoß sprang. Aber so konnte sie sicher sein, dass es ihrer Katze gut ging, selbst wenn sie im Herrenhaus war. Weh tat es trotzdem.

»Ich muss los.«

»Bleib doch noch.«

»Um 21:00 Uhr schließt Mr Hutchins die Haustür. Wer dann nicht auf Hazelwell Manor ist, muss mit Strafe rechnen.«

Auch ihr kam es vor, als wäre der Tag viel zu schnell vergangen. Sie umarmte ihre Mutter, klopfte Bertie auf die Schulter und kraulte Whiskers unter dem Kinn. Den Weg nahm Lucy kaum wahr, weil Tränen ihren Blick verschleierten. Wo sollte sie nur mehr Geld bekommen, um Mums Medizin bezahlen zu können?

KAPITEL 4

Hazelwell Manor 1913

Riechst du es schon?« Jessie schloss die Augen und reckte ihre Nase in die Höhe. Ihre Nasenflügel blähten sich, als sie vorgab, etwas zu erschnuppern. »Der wunderbare Duft von Porridge am Morgen.«

»Es macht satt. Und mit Butter und Honig schmeckt es nicht schlecht.«

»Baah.« Jessie schüttelte sich. »Hallo Leopold.«

Als Lucy hinter Jessie die schmale Stiege zur Küche hinabging, kam ihr Leopold entgegen, der ein Tablett balancierte. Obwohl das Essen unter einer silbernen Haube verborgen war, lief Lucy das Wasser im Mund zusammen, so verführerisch duftete es, als der Diener sich an ihr vorbeidrängte. So würzig wie der Geruch war, gab es heute wohl *Kedgeree*, ein Gericht, das Lucy bereits aus dem Haushalt der beiden Schwestern Birdwhistle kannte. Miss Eunice und Miss Honora waren weit gereist und trieben ihre Köchin mit ihren exotischen Wünschen oft zur Verzweiflung. Kedgeree, die aus Indien stammende Speise aus geräuchertem Schellfisch, Reis, Butter und gekochten Eiern, gehörte zu den gewöhnlicheren Vorlieben der Schwestern.

»Jessie.« Ein Lächeln erschien auf seinem kantigen Gesicht. »Lucy.«

»Hast du schon einmal dieses Ketteridge probiert?«, fragte Jessie, als wollte sie Lucy von Leopolds Lächeln ablenken.

»Es heißt Kedgeree. Ja, ich kenne es. Mir hat es geschmeckt.«

Allerdings war das Essen in dem kleinen, mit Souvenirs vollgestopften Haus der Birdwhistles eher spartanisch, wenn auch ungewöhnlich, gewesen. Von dem, was in Hazelwell Manor allein zum Frühstück gereicht wurde, hätte Lucys frühere Herrschaft eine Woche lang gelebt. Die Ashworths aßen Porridge, Toast, Schinken, Nieren, geräucherten Fisch und kalten Braten zum Frühstück. Es gab Marmeladen, die Mrs Griffiths selbst kochte, und, und, und …

Obwohl Lucy nie Hunger litt, verspürte sie allzu oft Verwunderung und auch ein bisschen Neid über die Massen, die der Herrschaft serviert wurden. Auch wenn Ethel sehr gut kochte, waren die Mahlzeiten für das Personal weitaus bescheidener als die, die Mrs Griffiths für die Familie Blakenham zauberte.

»Wo ist Mr Hutchins?« Suchend blickte Lucy sich um. »Eine Lampe in der Bibliothek brennt nicht richtig.«

»An seinem Lieblingsort.« Kenneth, der Zweite Diener, zwinkerte ihr zu, was sie ignorierte, um ihn nicht noch zu bestätigen. »Im Weinkeller.«

»Sagst du ihm bitte Bescheid?« Lucy ließ sich auf ihren Platz fallen und wünschte sich, die Beine hochlegen zu dürfen. »Ich muss gleich wieder nach oben, die Zimmer der Herrschaft sauber machen.«

Er nickte und ging. Lucy schloss die Augen und wünschte sich, einen Moment der Ruhe zu genießen, aber das war unmöglich.

»Nun beeil dich ein bisschen.« Jedes Mal, wenn die Köchin die Küchenmädchen antrieb, war Lucy unendlich dankbar, als Hausmädchen zu arbeiten. Nicht, dass ihre Aufgaben leicht gewesen wären, aber ihr Leben erschien ihr einfacher als das der armen Mädchen, die unter der launischen Mrs Griffiths zu leiden hatten. Vor allem, wenn große Dinner mit vielen Gästen anstanden, war die Köchin kaum zu ertragen. Tadel gab es ständig von ihr, Lob oder gar Dank nur selten. Aber kochen konnte sie, das musste Lucy ihr lassen. Insbesondere die Desserts, die Mrs Griffiths zauberte, hatten es ihr angetan und sie hoffte jeden Abend, dass die Herrschaft nur wenig davon essen würde.

»Heute muss ich schon wieder mit *ihr* zu einem dieser Basare.« Überrascht öffnete Lucy die Augen. Normalerweise ließ sich Ms. Fernsby, die Zofe von Lady Ashworth, nie dazu herab, mit ihr zu reden.

»Warum ärgern Sie sich darüber?«

»Wie soll ich dann meine Arbeit schaffen?« Die Zofe schürzte verächtlich die Lippen. »Ich werde niemals den Hut umändern können, wie sie es mir aufgetragen hat, wenn wir so viel unterwegs sind.«

»Aber es ist doch großherzig von Lady Ashworth, wie sehr sie sich für arme Menschen einsetzt«, sagte ein Küchenmädchen, das seine roten, aufgesprungenen Hände mit einem Balsam einrieb, den Mrs Ogden herstellte. »Andere Ladys sitzen nur zu Hause und tun rein gar nix.«

»Großzügig?« Die Zofe stieß ein Schnauben aus. »Eines der Kleider von Worth kostet mehr, als die Basare einbringen. Sie könnte ja das Geld mal spenden.«

»Nicht an meinem Tisch.« Obwohl Mrs Ogden sehr leise gesprochen hatte, zuckten alle zusammen. Keine von ihnen hatte die Hausdame kommen gehört. »Wenn es Ihnen bei uns nicht gefällt, können Sie sich jederzeit eine bessere Anstellung suchen, Ms. Fernsby. Und du, Lucy, geh gefälligst nach oben.«

»Mrs Ogden hat gerade Ms. Fernsby gemaßregelt«, musste sie Jessie sofort berichten, die in Miss Georginas Zimmer auf Lucy wartete.

Man merkte deutlich, dass Lady Ashworth die Einrichtung der Zimmer ihrer Töchter bestimmt hatte. Schwere weiße Teppiche lagen auf dem Boden von Miss Georginas Raum, was Lucy hasste, weil sie unglaublich schwer zu reinigen waren. Die Prägetapeten an den Wänden trugen sanfte, weibliche Farben. Die Gemälde in den goldenen Rahmen zeigten fröhliche Szenen: Schäferinnen auf zartgrünen Wiesen mit glücklich wirkenden Lämmern, deren Weiß mit dem der Teppiche konkurrierte.

»Würdest du gern Zofe sein?« Diese Frage hatte Jessie ihr bestimmt schon hundertmal gestellt, aber Lucy konnte nur allzu gut verstehen, warum ihre Freundin etwas suchte, um sich wegzuträumen. Weg von der kalten Asche, weg von dem schmerzenden Rücken, weg von der Müdigkeit, die einen den ganzen Tag verfolgte.

»Glaubst du wirklich, Ms. Fernsby hat ein besseres Leben als du und ich? Sie darf auch nur reden, wenn sie angesprochen wird.«

»Sie muss nicht so früh aufstehen und keine Teppiche fegen. Sie bekommt schöne Kleider von Lady Ashworth geschenkt und begleitet sie auf allen Reisen.«

»Dafür muss sie die Seidenwäsche waschen und nähen.« Lucy dachte noch einen Moment nach. »Und diese ständige Umzieherei. Unsere Arbeit hat wenigstens einen Sinn. Alles ist sauber, aber Lady Ashworth fünfmal am Tag beim An- und Ausziehen zu helfen … Nein, für mich wäre das nichts.«

»Willst du immer Hausmädchen bleiben?«

»Ich brauche das Geld, das weißt du doch. Was soll ich sonst machen?«

»Kannst du schon das Zimmer von Miss Florence machen?« Jessie verzog den Mund. »Hier liegt so viel Wäsche, das braucht Zeit.«

Lucy nickte und ging in den nächsten Raum, der noch prächtiger war als der von Miss Georgina. Was für leuchtende Farben der Teppich hatte! Lucy konnte sich an dessen Schönheit nicht sattsehen. Ob Miss Florence diese Pracht überhaupt noch bemerkte oder war sie so sehr daran gewöhnt, dass sie keinen Blick daran verschwendete? Bevor sie die Nachtwäsche aufsammelte, arrangierte Lucy den Blumenstrauß, den der Gärtner heute Morgen geliefert hatte, neu. Die Bluebells und weißen Narzissen standen etwas zu dicht, was ihre Schönheit nicht glänzen ließ.

»Heute Nachmittag kommen sie an.«

»Weiß man schon, wann?« Lucy spürte Aufregung in sich aufsteigen. Seit Tagen gab es kein anderes Thema mehr bei den gemeinsamen Essen in der Küche. Da sie erst ein halbes Jahr auf Hazelwell Manor arbeitete, hatte sie Mr Percival, den einzigen Sohn von Lord und Lady Ashworth, bisher noch nicht gesehen. Erst hatte er sein Studium in Oxford beendet, dann war er auf eine Reise durch Europa gegangen. Und Weihnachten hatte die ganze Familie bei den Eltern von Lady Ashworth in Schottland verbracht. Eine Reise, auf die nur Kammerzofen und Hausdiener mitkamen, die Lucy glühend um dieses Abenteuer beneidete. Sie war mit der Köchin, den anderen Hausmädchen und den Dienern zurückgeblieben, um sich um Hazelwell Manor zu kümmern.

»Seit den furchtbaren Automobilen kann man das nicht mehr sagen.« Mr Hutchins warf ihr einen finsteren Blick zu, schließlich gehörte es sich nicht, dass ein Lower Servant wie Lucy ungefragt plapperte. »Früher, als alle mit dem Zug fuhren, konnte man Besuche noch vernünftig planen.«

Lucy wartete, bis sich die Upper Servants zu ihrem Kaffee zurückgezogen hatten, bevor sie es wagte, den Mund wieder aufzumachen. Wie jedes Mal ging eine Welle der Erleichterung durch die Gruppe der Lower Servants, die nun miteinander scherzten und redeten, wie sie wollten, ohne auf eine Aufforderung warten zu müssen.

»Wie ist der junge Herr?«, fragte sie Jessie, die sich überraschenderweise nur wenig um die Aufregung und das Durcheinander scherte. Sobald jemand den Namen Percival erwähnte, stand sie auf und ging davon. »Kennst du ihn?«

»Mehr als mir lieb ist«, antwortete ihre Freundin. »Du solltest ihm besser aus dem Weg gehen.«

»Ich … er wird mich nicht sehen.« Auf was für Ideen Jessie kam. »Entweder bin ich in der Küche oder putze. Nichts davon zieht die Aufmerksamkeit eines Gentlemans auf sich.«

»Er ist kein Gentleman«, platzte Jessie heraus. Gleich darauf verschloss sie sich wie eine Auster, sodass Lucy sich wunderte, welche Laus ihr über die Leber gelaufen war. Seitdem es geheißen hatte, dass der junge Herr zu Besuch käme und einen Freund mitbrächte, schien Jessie wie verwandelt. Sie sang nicht mehr, lächelte kaum noch und selbst ihre widerspenstigen Haare hingen glatt und leblos herab. Lucy konnte sich keinen Reim auf diese Veränderung machen, wagte aber auch nicht mehr, ihre Freundin danach zu fragen, nachdem sie Lucy eines Nachts harsch abgekanzelt hatte.

Bevor sie etwas sagen konnte, kam Leopold zurück in die Küche. Auch wenn er sich bemühte, gelassen und arrogant wie immer zu wirken, konnte Lucy ihm ansehen, dass er sich von der allgemeinen Begeisterung hatte anstecken lassen.

»Sie sind gleich da. Wir sollen uns dann oben aufstellen.«

Lucy verspürte einen Anflug von Enttäuschung, nachdem Mr Percival Autofahrkappe und Brille abgesetzt hatte und sie ihn erstmals sah. Irgendwie hatte sie ihn sich attraktiver vorgestellt, eine Art männliches Gegenstück zu seinen wunderschönen Schwestern. Doch Mr Percival kam mehr nach seinem Vater als nach seiner Mutter. Lady Ashworth hatte in ihrer Jugend als eine der schönsten Debütantinnen des Landes gegolten, während Lord Ashworth neben ihr eher langweilig wirkte. Das Beste an dem jungen Gentleman war die Fülle dunkler Haare, die er etwas länger trug, als es die Mode gebot. Die Nase war schmal und spitz, so wie auch die seiner Vorfahren, deren düster blickende Porträts überall im Haus hingen. Überraschend eisblaue Augen schauten unter elegant geschwungenen Brauen die Reihe der Dienstboten entlang. Als er Jessie entdeckte, verzog sich sein schmaler Mund zu einem Lächeln, das Lucy nicht deuten konnte, das ihr aber keinesfalls gefiel.

»Was für ein Prachtbau!«

Erst dieser Ausruf zog Lucys Aufmerksamkeit weg von Mr Percival hin zu dem zweiten Mann, der nun aus dem Auto stieg. Bei ihm allerdings sah es aus, als klappte er sich auf wie ein Regenschirm, der schon bessere Tage gesehen hatte. Nachdem er sich endlich aus dem Wagen gewunden hatte, begrüßte er seine Lordschaft und ihre Ladyschaft, bevor er sich Miss Georgina und Miss Florence zuwandte.

»Percy hat nicht übertrieben, als er sagte, dass seine Schwestern die schönsten Rosen Englands sind.«

Beide Mädchen kicherten. Aber neidlos musste Lucy eingestehen, dass er recht hatte. Miss Georgina und Miss Florence waren ausnehmend gutaussehend mit ihrer hellen Haut, den veilchenblauen Augen und den blonden Haaren. So musste Lady Ashworth vor 20 Jahren ausgesehen haben. Auch jetzt war sie noch eine schöne Frau, aber das Alter ließ sich nicht verbergen.

»Das habe ich nicht gesagt, Sutcliffe, alter Junge.«

Mr Percivals Begleiter erinnerte Lucy an ein übergroßes

Fohlen – nur Beine und spitze Knochen. Sein Kopf mit dem wilden Busch brauner Haare wirkte viel zu groß für den schmalen Körper, was sicher auch an seinem eckigen, unverhältnismäßig breiten Kinn lag. Auch die Nase war für den schmalen Hänfling sehr breit und zog Lucys Blick auf sich, sodass sie seine schönen tiefbraunen Augen erst beim zweiten Hinsehen entdeckte. Er zwinkerte ihr zu, als er bemerkte, dass sie ihn musterte. Sofort senkte sie den Blick und spürte, wie Ohren und Wangen heiß wurden. Sicher lief sie rot an und verriet ihm so, wie peinlich es ihr war, beim Starren ertappt worden zu sein. Hoffentlich zog er keine falschen Schlüsse …

KAPITEL 5

Braunschweig 1913

Weil ihre Mutter Wert darauf legte, dass Emma den Zug gewiss erreichte, waren sie viel zu früh am Bahnhof angekommen. Während Meta und ihre Eltern vorausgingen, trödelte Emma ein wenig. Auf einmal war der Tag der Abreise da gewesen, obwohl sie gehofft hatte, dass ihre Eltern es sich anders überlegten und sie in Braunschweig bleiben könnte. Aber dermaßen entschlossen, wie ihre Familie auf den Bahnsteig zustrebte, war damit nicht zu rechnen.

Emma seufzte und wollte ihnen gerade folgen, als sie etwas sah, was ihr zutiefst ins Herz schnitt. Dann mussten ihre Mutter und ihr Vater sich eben noch etwas gedulden, erst musste sie hier eingreifen.

»Hören Sie sofort auf damit!« Emma hasste es, wenn ihre Stimme sich vor Aufregung überschlug, aber sie konnte den Anblick, der sich ihr bot, einfach nicht ertragen. »Das arme

Tier ist völlig erschöpft. Da können Sie noch so sehr auf es einschlagen.«

Der Kutscher, ein hagerer alter Mann, der ebenso abgekämpft aussah wie der struppige Braune, der mit hängendem Kopf vor dem Wagen stand und das Peitschen über sich ergehen ließ, schaute sie an. Zorn spiegelte sich in den wässrig-blauen Augen unter grauen Brauen.

»Was geht es Sie an? Lassen Sie einen ehrlichen Mann seine Arbeit tun.«

»Emma, wo bleibst du?« Im Tonfall ihrer Mutter schwang Ungeduld mit, aber dieses Mal würde Emma nicht nachgeben. Wenn sie es schaffte, nach England zu reisen, würde es ihr auch gelingen, dem armen Pferd zu helfen.

»Wie viel Geld brauchen Sie, damit Sie dem Tier für heute Ruhe gönnen?« Mit zitternden Fingern nestelte sie ihre Geldbörse hervor und warf einen Blick über die Schulter, in Sorge, dass ihre Mutter sich einmischen würde. Doch Dora stritt mit dem Mann, der Emmas Gepäck in dem Eisenbahnwaggon verstauen sollte.

Meta, die Zofe, stand daneben und schmollte. Ihre Begeisterung, eine derart lange Reise auf sich zu nehmen, hielt sich in Grenzen. Bestimmt zehnmal hatte sie in den vergangenen Tagen auf das Schicksal der *Titanic* hingewiesen. Emmas Antwort, dass sich voraussichtlich kein Eisberg in den Ärmelkanal verirren würde, hatte Metas Schmollen nur verstärkt.

Auch Emma war sich nicht sicher, ob sie seefest genug für die Überfahrt nach England war. Warum mussten ihre Eltern sie ausgerechnet auf eine Insel verbannen?

Diese Frage war obsolet, jetzt galt es, das Dilemma zu

beheben, das direkt vor ihr lag. Bevor der Kutscher antworten konnte, fischte Emma ein paar Münzen aus ihrer Börse, die sie ihm hastig überreichte. »Bitte gönnen Sie dem Pferd heute etwas Ruhe. Und sich auch.«

Eilig wandte sie sich um, um zu ihrer Mutter zu gelangen, bevor diese zu ihr kam. Die Dankesworte des Mannes folgten ihr, als sie mit leicht angehobenem Rock zu ihrer wartenden Familie trippelte. Hoffentlich hatten weder ihre Mutter noch ihr Vater gesehen, was Emma eben getan hatte. Ihre Eltern würden ihr nur eine fehlgeleitete Sentimentalität vorwerfen und den Kopf darüber schütteln, wofür sie ihr Geld verschwendete. Doch das Glück war ihr nicht gewogen.

»Warum hast du dem Mann Geld gegeben?« Ihr Vater baute sich vor Emma auf, die automatisch einen Schritt zurücktrat. »Wir haben einen eigenen Kutscher.«

Konnte er nicht einmal *heute* freundlich zu ihr sein? Sicher, sie hatte einen großen, einen furchtbar dummen Fehler begangen, aber würde ihr Vater ihr das ewig vorhalten? Gab es für ihn wirklich nur Etikette und preußisches Pflichtbewusstsein? Kannte er keinerlei Gefühle für seine einzige Tochter?

»Ich … ich … er …«, stammelte Emma, nicht in der Lage, dem Vater gegenüber Stärke zu zeigen. »Er hat das Pferd geschlagen.«

»Dann wird der Gaul es verdient haben.« Sein Kopfschütteln zeigte überdeutlich, wie wenig er von ihrem Verhalten hielt. »Bist du wirklich so naiv zu glauben, er wird das Tier nicht mehr prügeln?«

Ja, ich bin überzeugt davon, dass in jedem Menschen ein guter Kern steckt, wollte sie antworten, aber sie wagte es nicht, die Worte auszusprechen, ahnte sie doch, was seine Antwort wäre. Wie kam es nur, dass ausgerechnet sie diese Eltern haben musste? Ob ihr Bruder niemals darunter litt, wie kalt Vater und Mutter waren?

»Emma! Arthur! Wo bleibt ihr denn? Soll das Mädchen den Zug verpassen?« Ganz undamenhaft hatte ihre Mutter die Stimme erhoben, ein deutliches Zeichen, wie angespannt sie war. »Es ist alles gebucht.«

Emma nutzte die Gelegenheit, sich an ihrem Vater vorbeizuschlängeln. Er folgte ihr, wobei er etwas über Geldverschwendung und Dummheit murmelte. Sie entschied sich dafür, vorzugeben, seine Worte nicht verstanden zu haben.

»Warte«, sagte ihr Vater. »Ohne Fahrkarte wirst du nicht auf den Bahnsteig gelangen.«

Er drückte ihr das Papier in die Hand, während er für sich selbst eine Bahnsteigkarte am Schaffnerhäuschen löste.

»Danke.« Emma spürte die Wärme in ihren Wangen. Hätte sie nicht selbst daran denken können?

Mit gesenktem Kopf eilte sie am stehenden Zug entlang zu ihrer Mutter, die in eine zischend geflüsterte Diskussion mit der Zofe verwickelt war.

»Meta, du kannst ja zurückkehren, wenn es dir auf Hazelwell Manor überhaupt nicht gefällt.« Obwohl die Worte freundlich klingen sollten, begleitete ihre Mutter sie mit einem Seufzer und einer bitteren Miene. »So, wie wir es vereinbart haben.«

Unter normalen Umständen hätte ihre Mutter sich niemals dazu herabgelassen, mit dem Personal darüber zu streiten, was dessen Aufgaben waren. Aber dank Emmas Fehltritt musste man mehr Rücksicht auf die Dienstboten nehmen, die alle davon wussten. Das hatte ihre Mutter Emma mehr als einmal vorgehalten. Manchmal kam es Emma vor, als trüge sie Schuld am Unglück der Welt, wenn man ihren Eltern zuhörte.

»Begebt euch jetzt in euer Abteil.« Täuschte Emma sich oder schwang Erleichterung im Tonfall ihres Vaters mit? Freude darüber, dass seine Tochter nun für eine lange Zeit aus dem Blickfeld verschwinden würde? Nur, weil sie sich in einen unpassenden Mann verliebt hatte, wurde sie verbannt.

»Auf Wiedersehen.« Meta knickste vor Emmas Eltern und stieg in den Waggon, der sie zur nächsten Etappe ihrer Reise bringen würde. Erst fuhren sie per Eisenbahn, dann per Schiff, um schließlich wieder in einen Zug zu steigen, der sie nach Bownham führen sollte, dem Dorf, das zu dem Herrensitz Hazelwell Manor gehörte. Viel Zeit würden Meta und sie gemeinsam verbringen. Emma hoffte, dass dies dazu beitragen würde, in der Zofe eine Verbündete im fremden Land zu finden. Sie beneidete Meta glühend darum, dass diese nach Braunschweig zurückkehren durfte, wenn es ihr gefiel, während Emma sich nach den Vorgaben ihrer Eltern zu richten hatte.

Emmas Mutter hatte eine Agentur beauftragt, die sich um alle Formalitäten und Verbindungen gekümmert hatte, sodass Emma und Meta entspannt reisen konnten. Jedenfalls, soweit es ihr möglich war, dieses Abenteuer zu genießen, begleitet von einer unwirschen Zofe und mit der Aussicht auf ein Dasein als aufgedrängter Gast in einem fremden Land.

Nun nahte der Abschied. Obwohl sie sich so oft gewünscht hatte, endlich ihre Familie verlassen zu können, verspürte sie plötzlich eine tiefe Wehmut. Ihr Vater und ihre Mutter konnten ja nichts dafür, dass sie waren, wie sie nun einmal waren. Sicher war es für die beiden auch nicht einfach gewesen, eine Tochter wie Emma zu haben. In einem Anflug von Überschwang wollte sie ihre Mutter umarmen, doch die hielt Emma auf Abstand.

»Versuche, uns keine weitere Schande zu bereiten.« Auf dem Gesicht ihrer Mutter ließ sich nicht ablesen, ob diese Emma vermissen würde. »Wenn sich ein passender Ehemann für dich findet, wäre das gut. Clarice wird dich bei der Suche unterstützen.«

In dem Moment durchschaute Emma das bittere Spiel. Es war nicht die Idee der englischen Verwandten gewesen, sie einzuladen, sondern ihre Mutter hatte gewiss darum gebeten, dass die unbekannte Großcousine dafür sorgte, dass Emma endlich einen passenden Mann fand. Nicht nur, dass ihre Eltern den Skandal vermeiden wollten, nein, ihnen schien es am liebsten zu sein, wenn Emma für immer in England bliebe, damit nur ja niemand von ihrem Fauxpas erführe.

Franz hat recht gehabt, die ganze Zeit, ging es Emma durch den Kopf. Ihre Wangen brannten vor Scham. Wie sollte sie mit ihren ihr unbekannten Verwandten unbefangen sprechen und umgehen können? Nun, wo sie wusste, dass dieser Besuch nur einem Ziel diente: Emma endlich angemessen zu verheiraten.

Niemals!, dachte sie und ballte ihre Hände zu Fäusten. *Ich werde mich nicht diesem gemeinen Spiel unterwerfen. Es muss andere Möglichkeiten für eine Frau geben, wie sie frei leben kann. Studieren möglicherweise.*

Doch kaum waren diese rebellischen Gedanken aufgetaucht, verklangen sie auch schon wieder. Studieren – was stellte sie sich nur vor? Für eine Frau wie sie gab es nur die Wahl zwischen den Eltern oder dem Ehemann; mehr Möglichkeiten, wie sich ihre Zukunft gestaltete, fielen Emma nicht ein.

»Wir wollen nur dein Bestes.« Ihr Vater konnte ihr nicht einmal in die Augen sehen, als er diese Abschiedsworte von sich gab. »Schicke uns ein Telegramm, wenn du in England angekommen bist.«

»Ja«, konnte sie nur antworten. Jedes weitere Wort hätte entweder Tränen oder unschicklichen Zorn hervorgerufen. Daher wandte sie sich ohne ein weiteres Abschiedswort um und stieg in den Waggon. Weil ihr Tränen in den Augen brannten, blinzelte Emma, damit sie nicht über ihren Rock stolperte oder das Abteil verpasste, in dem Meta bereits auf sie wartete. Als sie die Tür aufschob, gab Emma sich ein Versprechen.

Ich werde nie wieder zurückkehren. Nicht zu einer Familie, der ihr guter Ruf mehr wert ist als mein Glück. Ganz gleich, was ich in England auf mich nehmen muss, um eine passende Partie zu finden, ich werde es tun.

KAPITEL 6

Hazelwell Manor 1913

Schnell, schnell, Lucy«, drängte Maude, die sich gern aufführte, als wäre sie Mrs Ogdens verlängerter Arm. »Miss Florence und Miss Georgina wollen heute ausreiten. Es bleibt uns nicht viel Zeit, ihre Zimmer in Ordnung zu bringen.«

Nachdem sie die Wäsche eingesammelt, die Teppiche gekehrt und Staub gewischt hatten, widmete sich Jessie der Reinigung des Bades, während Lucy die vielen Treppenstufen hinabeilte, um das schwere Bündel nach unten in die Wäschekammer zu bringen. Als sie an der Küche vorbeikam, hörte sie die Köchin leise vor sich hin schimpfen. Anscheinend gefiel ihr das Gemüse nicht, das der Gärtner vorbeigebracht hatte.

»Lucy!«, rief Mrs Griffiths. »Komm sofort her, Mädchen!«

Derart unvermutet angesprochen, brach Lucy der Schweiß aus, ihr Herz pochte so laut, dass die Köchin es sicher hören musste. Was konnte sie nur angestellt haben? Lucy ging im Kopf den Vormittag durch und konnte keine Verfehlung erkennen. Außerdem hatte Mrs Griffiths ihr genau genommen nichts zu sagen.

»Ja?« Sie musste sich mit der Köchin gut stellen, wollte sie nicht die Lebensmittel einbüßen, die ihr Mrs Griffiths großzügig für ihre Mutter mitgab.

»Der Gärtner hat mir Beeren gebracht, die verrottet sind. Lauf schnell nach Bownham in den Dorfladen. Ich schreibe dir eine Liste.«

»Ich gebe Maude und Jessie Bescheid.« Lucy bemühte sich, sich ihre Freude nicht anmerken zu lassen. Wie viel schöner war es, ins Dorf zu gehen, als die Zimmer zu putzen.

Wie wundervoll es wäre, sich einmal, wirklich nur einmal, etwas für sich zu gönnen. Lucy sah sich im kleinen Dorfladen um. Sicher, die Auswahl hier war überschaubar, aber sie kannte es nicht anders. Maude hatte von den großen Kaufhäusern in London erzählt, die sich über mehrere Stockwerke erstreckten und alles boten, was es auf der Welt gab. Selbst unter Aufbietung ihrer gesamten Fantasie konnte Lucy sich das nicht vorstellen.

»Mrs Nichols, hier ist die Einkaufsliste.« Lucy hielt das Papier, beschrieben in der großflächigen Schrift der Köchin, über den Tresen.

»Warte, ich suche dir alles zusammen.« Die Ladenbesitzerin, die Lucy ihr ganzes Leben lang kannte, nickte ihr zu. Es kam Lucy vor, als veränderte sich Mrs Nichols kaum.

Vielleicht hatte sich ein bisschen Grau in ihr blondes Haar eingeschlichen, womöglich war sie etwas runder geworden, die Falten ein wenig tiefer – aber sie sah immer noch aus wie das erste Mal, als Lucy etwas bei ihr eingekauft hatte.

Lucy nutzte die Gelegenheit, sich im Laden weiter umzuschauen. Nahezu magisch zog es sie zu den hohen Gläsern, in denen die Zuckerstangen und Süßigkeiten präsentiert wurden. Wie jedes Kind im Dorf hatte sie diese Leckereien mit sehnsuchtsvollen Augen betrachtet, aber nur zu besonderen Gelegenheiten wie zu ihrem Geburtstag oder Weihnachten etwas davon bekommen. Und auch nur damals, als ihr Vater noch lebte. Lucy seufzte, was die Ladenbesitzerin mit einem Lachen quittierte.

»Ich verschenke nichts«, sagte Mrs Nichols mit gelassener Stimme. »Wenn ich einem Kind etwas gebe, dann kommen bald alle und ich bin arm.«

Wie oft Lucy diesen Spruch schon gehört hatte. Gestern hatte sie ihren Lohn bekommen und das Geld fühlte sich in ihrer Tasche an, als wollte es ein Loch hineinbrennen.

Gib mich aus. Gönn dir etwas. Du arbeitest so schwer, schien es ihr zuzuflüstern. Es muss ja nur eine Kleinigkeit sein. Denk einmal an dich.

Nein! Ich muss Mum unterstützen. Lucy wandte sich von den Verführungen ab und schaute die Gläser mit Konserven an, die weniger interessant waren.

»Was wollen wir hier?«, hörte sie eine Männerstimme, die ihr vage bekannt vorkam, vor der Tür des Ladens. »Was wird es hier schon geben?«

»Zuckerstangen, mein Bester.« Die Stimme erkannte sie sofort. Mr Percival – wie kam es nur, dass er sich ins Dorf verirrte? Und warum ausgerechnet heute? Lucy schaute an sich herab. Ihr Kleid und ihre Schürze unter dem braunen Mantel waren zum Glück makellos sauber, sie würde Hazelwell Manor also keine Schande machen. Schnell strich sie sich die Schürze glatt, als auch schon die Tür aufging.

»Ich kenne dich.« Mr Percival blieb vor ihr stehen und musterte sie von oben bis unten. »Du arbeitest auf Hazelwell.«

»Ja, als Zimmermädchen.« Sie knickste und spürte das bekannte Brennen in ihren Wangen, wenn diese rot anliefen. Sie hätte nicht sagen können, warum es ihr unangenehm war, aber es fühlte sich falsch und ungut an.

Sein Blick verweilte auf ihren schmalen Brüsten. Instinktiv ballte Lucy die Hände zu Fäusten, aber da drehte er sich bereits um.

»Such dir etwas aus, Sutcliffe. Ich spendiere dir, was du willst.«

»Was wünschen die jungen Herren?« Mrs Nichols, die wohl ein gutes Geschäft witterte, tauchte aus dem Dunkel der Vorratsräume auf. »Ich habe gestern Lakritze und Anisbonbons hereinbekommen.«

Lucy leckte sich die Lippen, als sie die Namen der wunderbaren Süßigkeiten hörte.

»Wir nehmen von allem.«

»Willst du dem Mädchen nicht etwas anbieten?«, fragte Mr Percivals dürrer Freund, der sich bereits eine Zuckerstange in den breiten Mund geschoben hatte. »Sicher gönnt sie sich das nicht oft.«

Er lächelte ihr zu, was Lucy zaghaft erwiderte. Wie großartig wäre es, von den Süßigkeiten zu kosten.

»Nein.« Der junge Herr schaute sie an, grinste und schüttelte den Kopf. »Sie bekommt auf Hazelwell genug zu essen. Da muss ich ihr nicht noch etwas spendieren.«

Diese Worte trafen sie wie ein Schlag. Lucy reckte sich und sah ihn an.

Von Ihnen will ich nichts haben, wollte sie ihm entgegenschleudern, hielt sich aber rechtzeitig zurück. Sich eine Frechheit gegenüber dem einzigen Sohn der Blakenhams herauszunehmen, war der sicherste Weg, ihre Stelle zu verlieren. Und wer sollte dann das Geld für ihre Mum und Bertie verdienen? Hier im Dorf gab es keine anderen Arbeitsmöglichkeiten für Frauen. Und die Vorstellung, ihre Heimat noch einmal verlassen zu müssen, war für Lucy ein Grauen.

Als sie schwer bepackt mit ihren Einkäufen zurückkehrte, herrschte erneut große Aufregung in der Küche. Ein sicheres Zeichen, dass weiterer Besuch erwartet wurde.

»Hier sind die Einkäufe.« Lucy stellte die Körbe und Taschen auf den Küchentisch. Normalerweise hätte Mrs Griffiths sofort die Qualität der Waren geprüft und sicher etwas zu meckern gefunden. Heute jedoch wirkte die Köchin abgelenkt. Sie hielt den Rührlöffel wie einen Zeigestock in der Hand und nutzte ihn, um ihre Worte zu unterstreichen.

»Schneller! Schneller! Schneller!«

Kam es Lucy nur so vor oder scheuchte Mrs Griffiths die Küchenmädchen heute noch mehr als üblicherweise?

»Das Dinner wird niemals fertig, wenn ihr weiter so trödelt.«

Die Köchin hatte niemals gute Laune. Lucy erinnerte sich nicht daran, sie jemals lachen gehört zu haben. Selbst wenn Lady Ashworth extra in die Küche kam, um Mrs Griffiths' Kochkunst zu loben, hoben sich die Mundwinkel der Köchin nur für einen winzigen Moment. Man musste schon sehr genau hinsehen, um es überhaupt zu bemerken. Am schlimmsten war es vor dem Dinner – dann lagen die Nerven von Mrs Griffiths blank und kein Küchenmädchen war vor ihrem Zorn sicher. Selbst die Hausmädchen und Diener mussten aufpassen, ihr nicht in den Weg zu geraten.

Bis zum Dinner blieb jedoch noch viel Zeit, was also brachte die Köchin so in Rage?

»Eine Deutsche.« Mrs Griffiths verzog ihre fleischige Oberlippe, was ihrem runden Gesicht einen äußerst missmutigen Ausdruck verlieh. »Was soll ich für *die* denn kochen?«

Obwohl Mrs Ogden die Mädchen immer wieder dazu anhielt, nicht vorlaut zu sein, sondern brav im Hintergrund zu bleiben, musste Lucy ihrer Neugier nachgeben.

»Was für eine Deutsche?«, flüsterte sie Jessie zu, die Mrs Griffiths' Monolog mit glänzenden Augen verfolgte.

»Lady Ashworth hat Mrs Ogden heute mitgeteilt, dass ein Gast aus Deutschland kommt. Wohl, um hier einen Mann zu finden.«

»Das hat Mrs Ogden gesagt?«

»Natürlich nicht.« Jessie kicherte, was ihr einen zornigen Blick der Köchin einbrachte. »Das hat Maude erzählt. Und Mrs Griffiths regt sich auf, weil sie nicht deutsch kochen will. Komm, erzähl mir, was es Neues im Dorf gibt.«

Als Lucy ihrer Freundin in die Dienstbotenhalle folgte,

wo Tee und Kekse bereitstanden, sah sie, dass sie nicht allein waren. Leopold und Kenneth streckten ihre langen Beine unter den Tisch und scherzten mit Rose, der *Nursemaid*, die ihnen ab und zu Gesellschaft leistete. Jessie verzog das Gesicht und setzte sich möglichst weit von Leopold weg.

»Hast du etwas Süßes mitgebracht?«

»Ich hatte kein Geld und Mr Percival wollte mir nichts schenken.«

Noch immer fühlte es sich an, als hätte er sie geohrfeigt mit seinen bösen Worten.

»Sei froh, du hättest sicher einen Preis dafür zahlen müssen.«

»Was meinst du?«

Ein schrilles Geräusch zog alle Aufmerksamkeit auf sich. Obwohl nachmittags bis zum Afternoon Tea meist Ruhe herrschte und die Dienstboten sich eine Pause gönnten, ließ keiner von ihnen das Klingelbrett aus den Augen, das die schmalere Wand der Dienstbotenhalle beherrschte. Über jeder Klingel stand der Name des Zimmers, zu dem sie gehörte, sodass jeder Dienstbote sofort erkennen konnte, ob der Ruf ihm galt. Schon oft hatte Lucy dieses Brett verflucht, hatten die Glocken doch die unangenehme Angewohnheit, immer dann zu schellen, wenn sie ihren schmerzenden Rücken streckte und es wagte, die Füße hochzulegen. Das war selbstverständlich nur möglich, wenn Mrs Ogden und Mr Hutchins nicht in der Nähe waren.

»Ich bin so müde.« Jessie legte ihren Kopf an Lucys Schulter. »Wenn ich nur einen Tag ausschlafen oder wenigstens früher als halb elf ins Bett gehen könnte.«

»Dafür gibt es Urlaub.« Lucy versteckte ihr Gähnen hinter der Hand. »Wird es nicht ruhiger, wenn die *Season* ansteht?«

»Wie gern würde ich London einmal sehen. Allerdings ohne die Herrschaften. Nur ich allein.« Jessie schien in Träumen versunken zu sein. »Vielleicht auch mit dem richtigen Mann.«

»Mir wäre London zu groß.«

»Interessiert die Stadt dich gar nicht? Der Tower, die Themse, Selfridges, Harrods …«

»Die Schwester meiner Mutter lebt dort. Sie sieht nicht glücklich aus, wenn sie zu Besuch kommt.«

»Ich würde dort glücklich sein.«

»Lucy, Jessie, auf, die Arbeit erledigt sich nicht von selbst.«

»Ja, Mrs Ogden.«

Es hängt mir so zum Hals raus, immer brav Ja sagen zu müssen, dachte Lucy, als sie hinter Jessie die Treppen zu den Wohnräumen der Herrschaft hochstieg. *Jeden Abend muss ich die Kleidung anderer Menschen einsammeln, ihnen die Nachtwäsche bereitlegen und ihre Zimmer angenehm machen.* Zum Glück war sie heute für die Bereiche von Lady Ashworth und Miss Florence verantwortlich, die viel ordentlicher waren als Miss Georgina.

Sorgsam strich Lucy die Bettdecke glatt, bevor sie ans Fenster trat, um die Vorhänge zuzuziehen. Sie nahm sich die Zeit, den Ausblick zu genießen. Vor ihr erstreckte sich im sanften Licht der untergehenden Sonne der unglaublich große Park. Der marmorne Springbrunnen mit der gruseligen Statue eines Mannes, der mit Schlangen kämpfte, bildete den Eingang zu den Gärten und zog ihren Blick auf sich. Er war gewaltig, beinahe größer als das Cottage, in dem ihre Familie lebte. Gab es ein deutlicheres Symbol für den Reichtum Hazelwell Manors?

Nach einem letzten Blick zog sie die Vorhänge zu, schüttelte die Bettdecke und die Kissen auf und legte Nachtwäsche für Miss Florence auf die Überdecke des Bettes.

Ihr Tagwerk war getan. Nun konnte sie sich ausruhen, falls Mrs Ogden oder Mrs Griffiths nicht noch eine Aufgabe für sie fanden.

»Was ist das?« Obwohl sie wusste, dass die Köchin es nicht gern sah, wenn die Hausmädchen in ihrem Reich herumlungerten, war Lucy fasziniert von den unglaublichen Speisen, die Mrs Griffiths zubereitete. Selbst nach einem halben Jahr im Dienst auf Hazelwell Manor gab es noch Neues zu entdecken. So wie heute: Ethel, das Küchenmädchen, dem die Köchin am meisten zutraute, dekorierte halbierte gekochte Eier mit winzigen leuchtend orangefarbenen Perlen.

Neugierig geworden, waren auch Maude und Jessie in die Küche gekommen und schauten Ethel über die Schulter.

»Feinster Beluga-Kaviar. Steht mir nicht im Weg.«

»Hast du das schon mal probiert?« Neugierig trat Lucy einen Schritt näher. Vielleicht blieb von der unbekannten Köstlichkeit ja etwas übrig und sie könnte später etwas bekommen, wenn Ethel guter Stimmung war.

»Ist nur salzig. Hummer mag ich lieber.«

Das waren seltene Momente, in denen Lucy überlegte, als Küchenmädchen zu arbeiten, aber dieser Wunsch verschwand sofort, nachdem sie Mrs Griffiths brüllen hörte: »Mein Pfirsich Melba soll sich mit dem von Escoffier messen können. Also halt ihn nur kurz ins Wasser, dumme Trine.«

»Wer ist dieser Es…Eskoffer?«, flüsterte Lucy Ethel zu,

die nun die Möhren für das Abendessen der Dienstboten säuberte. »Und was ist Melba?«

»Escoffier ist *der* französische Koch, dem alle anderen nacheifern. Melba ist irgendeine Opernsängerin, für die er das Dessert erfunden hat.«

»Das ist ja romantisch«, mischte sich Maude ein. »Stell dir vor, ein berühmter Mann macht so etwas für dich und dein Name wird unsterblich.«

»Die Kartoffel Maude, das wäre ein passender Name«, neckte Jessie sie.

»Habt ihr nichts zu tun?« Mr Pratt, der Kammerdiener von Lord Ashworth, stand in der Tür. »Hier, Lucy. Du weißt, was deine Aufgabe ist. Gib sie mir morgen wieder.«

Der Kammerdiener drückte ihr einen Haufen Münzen in die Hand. Lucy nickte und nahm das Geld, um es zu waschen. Automatisch begann sie, es zu zählen. Von den Münzen, die die Hausgäste achtlos hatten herumliegen lassen, könnte ihre Familie eine, nein sogar zwei Wochen gut leben. Was für eine Versuchung es war, dieses Geld, das die Gäste anscheinend nicht benötigten, für sich zu behalten. Warum es gewaschen werden musste, nur damit die Münzen schimmerten, wenn der Kammerdiener sie der Herrschaft überreichte, das wollte Lucy einfach nicht in den Kopf. Aber wie bei so vielen Dingen hatte sie gelernt, ihre Gedanken für sich zu behalten und ihre Arbeit so zu tun, wie man es von ihr verlangte.

KAPITEL 7

Hazelwell Manor 1913

Bereits auf der Zugfahrt nach Bownham hatte Emma die Schönheit der englischen Landschaft bewundert, an der ihr Weg sie entlangführte. Sanft geschwungene Hügel, hellbraune Felder und tiefgrüne Wälder wechselten sich ab; die typischen viereckigen Kirchtürme waren das erste Zeichen, dass sie sich kleinen Dörfern näherten, deren pittoreske Cottages aus den für diese Region typischen gelblich-braunen Steinen erbaut waren.

Hier zu leben, muss wunderbar sein. Diese Landschaft streichelt die Seele und beruhigt selbst verletzte Herzen wie meines.

Auf einmal erschien ihr die Aussicht, hier etliche Wochen verbringen zu müssen, gar nicht mehr so düster. Selbst Metas Klagen über ihre Seekrankheit konnten Emmas gute Stimmung nicht trüben.

Da nur ihre Zofe und sie an dem kleinen Bahnhof ausstiegen, wartete der schlanke Mann in Chauffeursuniform wohl auf sie. Als Erstes fiel ihr die gewaltige Brille auf, die er auf den Rand seiner dunklen Mütze geschoben hatte. Fesch sah er aus mit den gewienerten schwarzen Stiefeln und der dunkelgrünen Uniform, von der sich goldene Knöpfe abhoben. Nur sein mürrischer Gesichtsausdruck passte nicht zur Eleganz seiner Kleidung.

»Sind Sie Miss zu Sommerfeldt?«

Es fiel ihm hörbar schwer, den deutschen Namen auszusprechen. Emma nickte, weil ihr vor Aufregung kein einziges englisches Wort einfallen wollte.

»Ich soll Sie abholen.«

»Danke. Thank you.«

Der Chauffeur gab dem Kofferträger ein Trinkgeld, nachdem dieser Emmas und Metas Gepäck auf dem Wagen verstaut hatte. Dann öffnete er ihnen die Tür des Automobils, ließ sie einsteigen und knallte die Tür zu.

»Was für ein unhöflicher Geselle«, raunte Meta ihr zu, die hin und her rutschte, um es sich bequem zu machen. »Hoffentlich sind die nicht alle so.«

Die Sorge, wie die englischen Dienstboten sie behandeln würden, war nach der Seekrankheit das zweite Thema, von dem Meta nicht lassen mochte.

Emma lehnte sich zurück, roch das Leder der Sitze und schloss die Augen, als wollte sie schlafen. Das Rütteln des Automobils auf der Landstraße fühlte sich an, als würde jemand sie in den Schlaf wiegen. Emma hob ihre Hand zum Mund und gähnte verstohlen.

»Gleich sind wir da.«

Sofort öffnete Emma die Augen und beugte sich ein wenig nach vorn, um einen ersten Blick auf das Haus zu werfen.

Die baumbestandene Allee, die zu Hazelwell Manor führte, kam ihr unendlich lang vor. Das lag sicher an der Mischung aus Neugier und Aufregung, die angewachsen war, seitdem sie aus dem Zug gestiegen waren.

Das Herrenhaus der Blakenhams war weitaus prächtiger und größer, als Emma es sich vorgestellt hatte, mit unzähligen Erkern und Türmchen. Aber es wirkte ein wenig … heruntergekommen war nicht das passende Wort, alt ebenfalls nicht, aber Hazelwell Manor sah aus, als hätte es schon bessere Tage gekannt.

Vielleicht war es nur ein Versuch, die Nervosität kleinzureden, die sie mit Macht überkommen hatte, je näher sie dem Landsitz kamen. Eine prächtige, mit Kies bestreute Auffahrt führte dorthin. Die Reifen des Autos knirschten auf dem Sand.

»Was für ein gewaltiges Haus«, flüsterte Meta andachtsvoll. »Sie müssen sehr reich sein.«

Während der Fahrt vom Bahnhof hatte die Zofe kein Wort gesprochen. Wahrscheinlich nahm sie es Emma immer noch übel, dass sie ihretwegen diese Reise auf sich nehmen musste. Wenn es nach Meta gegangen wäre, würden sie noch immer im heimischen Braunschweig weilen. Emma war sich sicher, dass die Zofe so schnell wie möglich nach Deutschland zurückkehren würde.

»Über Geld spricht man nicht«, zischte Emma ihr zu. Was würden Lord Ashworth und seine Familie von ihr halten, wenn sich ihre Zofe so daneben benahm. Das Wenige, was Emma sich über England angelesen hatte, ließ sie vermuten, dass man hier noch viel mehr Wert auf Etikette legte als zu Hause.

Werde ich dem nie entfliehen können? Werde ich je frei sein? Werde ich immer darauf achten müssen, was ich sage, wie ich mich benehme, wie ich mich kleide?

Bevor Meta etwas antworten konnte, meldete sich der Chauffeur zu Wort, der bisher ebenso schweigsam wie Meta gewesen war.

»Sie müssen wichtig sein. Es sind alle angetreten.«

»Wie bitte?« Erstaunlich, dass ein Dienstbote sich so freimütig äußerte. Wahrscheinlich war dem Mann bewusst, wie wenig Chauffeure es gab, sodass er sich ein paar Frechheiten herausnahm.

»Für weniger bedeutende Gäste lässt der Butler nicht alle Spalier stehen.« Mit dem Kopf deutete er nach vorne.

Emmas Blick folgte seiner Geste und dann sah sie, was er meinte: Neben der gewaltigen Haustür standen Dienstboten aufgereiht wie Perlen auf ihrer Kette. Links die Männer in eleganten schwarzen Anzügen, zwei von ihnen überragten alle anderen. Rechts die Frauen. Die meisten trugen schlichte schwarze Kleider und weiße Schürzen mit ebenso weißen Häubchen auf dem Kopf. Die gestreng blickende Dame mit dem gewaltigen Schlüsselbund am Gürtel war sicher die Hausdame. Neben ihr stand eine Frau in einer derart eleganten Garderobe, dass Emma sie gewiss für Lady Ashworth gehalten hätte, würde sie nicht bei den Dienstboten stehen. Das war wohl die Zofe der Lady, die ein abgelegtes Kleid ihrer Herrschaft trug.

Gut, dass diese Sitte bei uns nicht so verbreitet ist. Ich möchte mir Meta nicht in einem meiner abgelegten Kleider vorstellen.

Emma leckte sich die trockenen Lippen. »Contenance«, würde ihre Mutter sagen, »bewahre die Contenance.« Also lehnte Emma sich zurück und sagte sich, dass sie eine zu Sommerfeldt war und daher nicht befürchten musste, bei ihren englischen Gastgebern nicht willkommen zu sein. Selbst wenn ihre Mutter wahrscheinlich alles bemüht hatte, damit Emma Braunschweig verließ, bevor es zu einem Skandal gekommen war, so wussten ihre britischen Gastgeber sicher nichts davon. Wie hatte Emma nur auf ihren Zeichenlehrer und dessen Versprechungen von ewiger Liebe hereinfallen können?

Als das Automobil zum Halten kam, öffnete sich die Haustür und sechs Menschen traten heraus, drei Frauen und drei Männer. Als Emma die hochgewachsenen, schlanken Damen in ihren eleganten Kleidern sah, fühlte sie sich sofort unwohl und vollkommen unpassend gekleidet. Sie hatte gedacht, dass ihr Reisekleid modisch genug war, um einen guten Eindruck zu machen, aber das erwies sich nun als Trugschluss.

Ihr Blick glitt weiter zu dem älteren Mann in dem eleganten Anzug, das war sicher Lord Ashworth. Welcher der beiden jüngeren Männer war sein Sohn? Es konnte nur der elegante Gentleman sein, der sich so gerade hielt und eine unglaubliche Selbstsicherheit ausstrahlte. Obwohl Emma der Liebe abgeschworen hatte, fühlte sie ihr Herz schneller schlagen.

Als ihre Mutter ihr die Namen der Blakenhams aufgelistet hatte, hatte Emma kichern müssen. Percival – das klang wie der Held eines Schnulzenromans. Jetzt jedoch, wo sie ihn das erste Mal sah, fragte sich Emma, wie sie sich nur je über seinen Namen hatte mokieren können.

Die Begrüßung stand sie wie in einem Traum durch, gefangen von Percivals Augen, gehindert durch ihr stammelndes Englisch, das er in ihr hervorrief. Sie fühlte sich, als hätte sie sich zu lange in einem Kreis gedreht und würde gleich schwindelig zu Boden fallen. Glücklicherweise erkannte Lady Ashworth ihre Not.

»Lasst unseren Gast sich erst einmal frisch machen. Wir können uns beim Dinner unterhalten.«

Dankbar lächelte Emma sie an und folgte einem der hochgewachsenen Diener, der ihre Koffer trug. *Zu Sommerfeldt* stand in eleganter geschwungener Schrift auf einer kleinen Karte in einem schmalen Messingschild neben der Tür zu ihrem Schlafzimmer. Welche Funktion das wohl erfüllte, fragte sich Emma. Sicher, Hazelwell Manor war beeindruckend groß und verwinkelt, aber verlaufen würde sie sich im Wohntrakt sicher nicht. Oder – und dieser Gedanke raubte ihr schier den Atem – diente das etwa als Hinweis für andere Gäste, wo sie zu finden war? Wer würde sie schon besuchen wollen?

Emma hatte sich nur kurz ausruhen wollen, als plötzlich ein lauter Gong ertönte. Kurze Zeit später betrat Meta das Zimmer, einen wunderschönen Raum mit zarten Landschaftsaquarellen und zierlichen Möbeln.

»Es gibt gleich Essen. Alle versammeln sich im Drawing Room, was immer das auch ist.«

»Schnell, hilf mir in ein Kleid und mach mir die Haare.«

Hoffentlich blieb ihr noch Zeit, sich umzuziehen und frisieren zu lassen, bevor sie Percival entgegentrat. Nachdem Meta ihr in ein hellblaues Kleid, das Emmas Augen betonte, geholfen hatte, setzte sich Emma vor den Frisierspiegel. Oh nein, auf ihrer Wange zeichneten sich Abdrücke des Kissens ab, auf dem sie gelegen hatte. Warum musste nur immer alles schiefgehen?

»Es gefällt mir nicht bei den Dienstboten. Die sind so unglaublich steif und machen sich über mich lustig, in dieser komischen Sprache«, klagte Meta ungefragt. »Ich will zurück nach Hause.«

»Warte doch noch ein oder zwei Tage. Bestimmt sind sie freundlicher, wenn du sie besser kennst.«

»Ihre Mutter hat es versprochen.«

»Ich werde heute Abend mit unseren Gastgebern reden.«

Wenn sich eine Gelegenheit ergibt. Ich werde mich nicht blamieren, indem ich die Wünsche meiner renitenten Zofe anspreche.

Beim Abendessen saß Emma neben Percival, was sie so verwirrte, dass sie sich den Mund vollstopfte, um nicht allzu viel Konversation betreiben zu müssen. Aber seine Nähe und ihre gestammelten Antworten ließen für sie alles wie Milchbrei schmecken.

»Du heißt wirklich Emma.« Florence oder Georgina – es fiel Emma schwer, die Mädchen auseinanderzuhalten, obwohl sie keine Zwillinge waren – kicherte, was Emma nicht nachvollziehen konnte. »So heißen nur Kammerzofen oder Hausmädchen.«

»In Deutschland ist das ein normaler Name. Ich heiße nach meiner Patentante, der Gräfin von Rapp.«

Das beeindruckte das Mädchen überhaupt nicht, stattdessen nickte Florence auffällig-unauffällig ihrer Schwester zu und deutete mit dem Kopf in Emmas Richtung. Georgina schaute sie an und kicherte.

»Florence! Georgina!« Eine deutliche Schärfe schwang in Lady Ashworths Stimme mit. »Es ist unhöflich, sich über einen Gast zu belustigen.«

Emma verschluckte sich an der Suppe, die sie gerade zu sich nahm, und bekam einen Hustenanfall, den sie mit einem Schluck Wein herunterspülen wollte, was es nicht besser machte. Der Husten war so hartnäckig, dass sie die Serviette vor ihren Mund hielt aus Sorge, Suppe und Wein über den Tisch zu spucken. Tränen traten ihr in die Augen, ob aus Scham oder aufgrund des Hustens, das hätte sie nicht sagen können. Endlich – nach einer Zeitspanne, die ihr unendlich vorkam – ebbte der Husten ab und sie tupfte sich mit der Serviette die Augen- und Mundwinkel ab.

»Geht es Ihnen gut?« Percivals Frage brachte die Tränen zurück. Emma wäre es lieber gewesen, wenn die Familie stillschweigend über ihren Fauxpas hinweggegangen wäre.

»Danke«, flüsterte sie und richtete ihren Blick auf den Teller, als könnte sie verbergen, wie plump sie war.

»Florence, bist du bitte so freundlich, Ms. zu Sommerfeldt zu erklären, was dich so amüsiert hat.«

»Es tut mir leid, Mutter«, flüsterte Florence, was es Emma beinahe wert erschien, sich dermaßen blamiert zu haben.

»Entschuldige dich nicht bei mir, entschuldige dich bei unserem Gast.«

»Es tut mir leid.« Der Blick, mit dem Florence ihre Worte begleitete, strafte diese Lügen. »In England trinken wir Suppe von der Seite des Löffels.«

Wieder eine der Tischsitten, die für Emma wie Stolpersteine waren, die jemand ihr in den Weg geworfen hatte. Sie spürte, wie sich ihre Wangen röteten: Was mussten ihre Gastgeber nur von ihr denken? Alles hier kam ihr unglaublich fremd vor, als wäre sie eine Reisende, die ihren Baedeker zu Hause vergessen hatte.

KAPITEL 8

Hazelwell Manor 1913

Das Leben auf Hazelwell Manor verlief völlig anders, als Emma es sich vorgestellt hatte. Während der langen Reise mit Eisenbahn und Schiff hatte sie sich ausgemalt, was sie erwartete, hatte Gartenfeste, Fuchsjagden und Picknicks vor sich gesehen. Eine Zeit voller Aufregung, anregender Gespräche und interessanter Menschen hatte sie sich erhofft.

Stattdessen fühlte sie sich wie das fünfte Rad am Wagen und langweilte sich seit ihrer Ankunft unglaublich. Sicher, sie kannte es von zu Hause, von Dienstboten umgeben zu sein und keine Aufgabe zu haben, aber in England schien sich das ganze Leben nur um die Mahlzeiten zu drehen, die Struktur und Ordnung gaben. Allerdings begann der Tag mit einer Psalm-Lesung, die jeden Morgen Punkt 9:15 Uhr vorgenommen wurde, was sie am Anfang irritiert hatte. Inzwischen war es zu einem vertrauten Ritual geworden, das ihr die Gelegenheit gab, alle Mitglieder des Hauses in der Haupthalle versammelt zu sehen. Unglaublich, wie viele Dienstboten es gab, die zumeist unsichtbar blieben, vor allem die Frauen. Den Butler und die *Footmen*, wie man die Lakaien nannte, kannte sie von den Mahlzeiten, aber die meisten der jungen Frauen, die müde und erschöpft wirkten, sah sie immer nur während der morgendlichen Psalm-Lesung. Nur eine von ihnen kannte sie – Jessie oder Jenny, die Lady Ashworth ihr als Zofe zugeteilt hatte, nachdem Meta nach Braunschweig zurückgereist war. Die anderen waren wohl Haus- und Küchenmädchen, die im Hintergrund wie eine gut geölte Maschine arbeiteten, damit im Vordergrund alles reibungslos und leichtgängig funktionierte.

Oder sie sind die Bühnenarbeiter, die dafür sorgen, dass die Schauspieler leuchten können und alle Aufmerksamkeit auf sich ziehen.

»Was denkst du nur für einen Blödsinn?«, würde Mutter bestimmt sagen, sollte sie solche Überlegungen jemals ihr gegenüber äußern. »Eine Dame macht sich keine Gedanken über das Personal.«

Volltönend klang der Bariton von Lord Ashworth, der die letzten Worte des heutigen Psalms sprach. Die Dienstboten eilten davon, während Emma Florence und Georgina folgte, die ins Frühstückzimmer gingen.

Auf der Anrichte standen viele Köstlichkeiten unter Servierhauben verborgen. Da sie sich von Florence und Georgina beobachtet fühlte, nahm sich Emma von den Leckereien nur sehr wenig.

Die Zeit zwischen den Mahlzeiten verbrachten die Herren mit Ausritten und Jagden, während die Damen Tee tranken und sich gepflegt unterhielten. Bei den nachmittäglichen Zusammentreffen im kleinen Salon hatte Emma immer das Gefühl, dass sich Georgina und Florence über sie lustig machten, über ihren deutschen Akzent, über ihre Garderobe, die nicht unbedingt dem Londoner Standard entsprach, wie ihn die Schwestern auch nach Hazelwell Manor brachten. Lady Ashworth beteiligte sich nur selten an den nachmittäglichen Gesprächen. Sie verbrachte viel Zeit im Garten, der ihr anscheinend wichtiger war als ihre Familie.

Nach den Nachmittagen, die sie mit Georgina und Florence verbrachte, konnte Emma nur zu gut verstehen, warum Lady Ashworth die stummen Pflanzen ihren Töchtern vorzog. Am Anfang hatte Emma versucht, mit ihren Gastgeberinnen über etwas zu sprechen, das sie alle interessieren könnte, doch Georgina und Florence lasen keine Romane, sondern nur *Lady's Pictorial* und *Woman's Weekly.*

Wie hatte ihre Mutter nur glauben können, dass Emma sich auf Hazelwell Manor einpassen könnte? Lady Ashworth behandelte sie mit gleichgültiger Höflichkeit, Lord Ashworth schien sie kaum wahrzunehmen und Florence und Georgina verbrachten wohl nur Zeit mit ihr, weil sie es mussten. Die Einzige, die ihr wirklich freundlich begegnete, war das Nesthäkchen Millicent, ein entzückendes vierjähriges Kind, dessen tiefblaue Augen voller Freude und Lebenslust in die Welt schauten.

Jeden Abend, wenn die Kleine von der *Nanny* oder der *Nursemaid* zum gemeinsamen Treffen mit der Familie in die Bibliothek gebracht wurde, leuchtete der Tag ein wenig. Emma hätte nicht erwartet, dass sie Kinder so sehr mochte.

Möglicherweise lag es auch nur an Millicent, die ausnehmend liebenswert war.

Und dann gab es natürlich ihn – Percival. Wäre er nicht, würde Emma ihren Aufenthalt in Hazelwell Manor als furchtbare Zeitverschwendung betrachten. Seit sie ihn das erste Mal gesehen hatte, malte sie sich im Kopf aus, wie sie elegant mit ihm parlierte oder mit ihm gemeinsam durch die Wälder ritt, die Hazelwell Manor umgaben. Niemals hätte sie gedacht, noch einmal in ihrem Leben so tief für jemanden empfinden zu können. Nach ihrer unglücklichen Liebe in Braunschweig hatte sie sich geschworen, nie wieder einem Mann romantische Gefühle entgegenzubringen. Und nun schmachtete sie nach Percival Blakenham wie eine der Heldinnen in den Romanen von E. Marlitt. Nein, selbst diese Frauen waren vernünftiger als sie.

Emma fieberte den gemeinsamen Mahlzeiten entgegen und fürchtete sie gleichzeitig, denn bisher war es ihr nicht gelungen, unbefangen mit Percival zu reden. Sobald er das Wort an sie richtete, lief sie rot an, stotterte und gab nur dummes Zeug von sich, in einem furchtbar holprigen Englisch mit ausgeprägtem Akzent.

Doch heute wollte sie das ändern. Generalsstabmäßig würde sie sich auf das heutige Dinner vorbereiten, würde in der Bibliothek Zeitungen und Zeitschriften studieren, auf der Suche nach einem Thema, das ihn interessieren könnte.

Ihr blieben drei Stunden bis zum Lunch. Zeit, die sie mit Lesen verbringen wollte. Nach dem Lunch gab es wieder eine kurze Pause, bis der Afternoon Tea serviert wurde, den Emma liebte, weil die Köchin eine unglaubliche Auswahl an köstlichen Küchlein und Sandwiches zauberte. Dafür nahm sie selbst die Anwesenheit von Florence und Georgina in Kauf.

Die Dinner hingegen waren so übertrieben vornehm, dass Emma ständig das Gefühl hatte, sich unangemessen zu benehmen.

Genug davon, jetzt blieb Zeit für sich, die sie auszunutzen gedachte, bevor Florence und Georgina sie wieder einmal dazu überreden wollten, mit ihnen einen Ausritt zu unternehmen.

Die Bibliothek war ihr der liebste Raum in Hazelwell Manor. Kurz nach ihrer Ankunft hatte sie den hohen Raum mit einer Vielzahl von dunklen Holzregalen entdeckt und schüchtern darum gebeten, sich ein Buch ausleihen zu dürfen, um ihre Sprachkenntnisse zu verbessern.

»Oh, sei nicht albern«, hatte Lady Ashworth gesagt. »Nimm dir jedes Buch, das dir gefällt. Die Dinger sind schließlich dafür da, gelesen zu werden.«

Emma konnte ihr Glück kaum fassen und las und las und las. Es fiel ihr schwer, eine Auswahl zu treffen, zu verführerisch lockten sie Autoren und Titel.

Oh, könnte ich nur meinen Aufenthalt hier bis in alle Ewigkeit verlängern. Das muss der Himmel sein – eine ausnehmend gut gefüllte Bibliothek und unendlich viel Zeit, die ich hier verbringen kann.

Es hatte Emma verwundert, wie üppig und vielfältig die Auswahl an Büchern war, dic hier in hohen Regalen aus dunklem Holz standen. Weder Lady noch Lord Ashworth kamen ihr vor wie große Leser. Auch Florence und Georgina interessierten sich höchstens für Zeitschriften. Daher hatte Emma wenig erwartet, als sie den großen Raum das erste Mal betreten hatte. Doch in den deckenhohen Regalen entdeckte sie immer wieder Überraschungen, sodass die Zeit dort viel zu schnell verflog.

Zu ihrer Verblüffung gab es in der Bibliothek nicht nur Sachbücher über die Jagd und Landwirtschaft, sondern eine faszinierende Auswahl an Romanen. Wer mochte diese Pracht wohl angeschafft haben? Gern hätte sie geglaubt, dass es Percival gewesen war, aber selbst in ihrer Schwärmerei musste sie eingestehen, dass er nicht jemand war, der *Wiedersehen in Howards End* von E. M. Foster oder Edith Whartons *Das Haus der Freude* las. Beides Romane, von denen sie viel gehört hatte und auf die sie sich freute.

Percival entsprach eher dem Ideal des englischen Landedelmannes, der sich körperlich ertüchtigte, jagte und um die Pächter kümmerte. Es würde schwer werden, ein Thema zu finden, das ihnen beiden gefiel.

In der Mitte des Raumes standen ein Samtsofa und zwei Sessel mit hohen Lehnen um einen runden Tisch, auf dem eine bunte Mischung an Magazinen und Zeitschriften lag. *Country Life* lag neben *The Times*, halb verdeckt von *The Daily Sketch*. *The Strand Magazine* teilte sich den Tisch mit *The Gentlewoman: An Illustrated Weekly Journal for Gentlewomen* und *The Lady*. Emma nahm ein Magazin und blätterte es durch, aber nichts fand ihr Interesse, sodass sie sich den Regalen zuwandte.

Mit dem Finger strich Emma an den Buchrücken entlang und stutzte. Ja, dort standen, etwas versteckt, zwei Romane der als verrucht geltenden Elinor Glyn, traulich vereint neben den *Scarlet-Pimpernel*-Geschichten von Baroness Orczy, mit der Emma den Vornamen teilte. Vorsichtig zog sie einen Band heraus und blickte sich um, ob auch niemand sie sehen konnte, wie sie etwas derart Frivoles las. Aber die Gefahr war gering, denn tagsüber gehörte der Raum nahezu ausschließlich Emma.

Sofort nach dem Frühstück war sie heute hierhergeeilt, bevor Florence und Georgina auf die Idee kamen, sie zu einem Ausritt oder schlimmer noch einem der langweiligen Besuche bei entfernten Nachbarn einzuladen. Warum man stundenlang fuhr, um dort nur eine Tasse Tee zu trinken, vermochte Emma nicht zu begreifen. Wie viel schöner war es doch, mit einem Buch im Sessel zu sitzen und sich in eine andere Welt zu träumen.

Sie war so versunken in der Geschichte, dass sie nicht bemerkte, dass jemand den Raum betrat. Erst als sie eine Männerstimme hörte, erkannte Emma, dass sie nicht mehr allein war. Panisch rutschte sie tiefer in ihren Sessel, obwohl sie nicht einmal einen Roman von Elinor Glyn las.

»Die dicke Deutsche kann ihre Augen nicht von dir wenden.« Ein lautes Lachen begleitete die Worte. »Wenn du nicht aufpasst, macht sie dir noch einen Antrag.«

»So hoch kann ihre Mitgift gar nicht sein.« Das war eindeutig Percivals Stimme.

Emmas Herz drohte stehen zu bleiben. Nachdem sie die bitteren Worte vernommen hatte, hielt sie den Atem an.

»Die dicke Deutsche« – ihre Wangen brannten vor Scham, während ihr Blick über ihren Bauch wanderte, der sich trotz des einschnürenden Korsetts unter ihrem Kleid abzeichnete. Tränen traten ihr in die Augen und sie biss sich auf das Innere ihrer Wange, damit sie keinen Laut von sich gab. Was wäre peinlicher – wenn die beiden Männer, die sich über sie lustig machten, sie entdeckten oder wenn Emma sich weiter anhören musste, wie sie sich über sie mokierten? Warum hatten sie ausgerechnet die Bibliothek für ihr Gespräch gewählt? Warum hatte sie das Buch nicht mit auf ihr Zimmer genommen und wäre so davon verschont geblieben, zu einer Lauscherin zu werden?

»Mit der richtigen Mitgift würdest du es dir also überlegen?« Täuschte sie sich oder kamen Stimmen und Schritte direkt auf sie zu? Emma versuchte, sich noch mehr zurückzuziehen, zuppelte panisch an ihrem Kleid, damit das nicht hinter dem Sessel hervorschaute und sie verriet. Nicht auszudenken, wenn Reginald Sutcliffe oder Percival sie entdeckten. Vor Scham wünschte sie sich, in einem Kaninchenbau verschwinden zu können wie die Titelheldin von *Alice's Adventures in Wonderland*, dem Buch, das sie liebte.

»Als ob ich mich für sie interessieren könnte.«

»Sie hat schöne Augen.«

»Das ist dir aufgefallen?«

»Nun ja, sie ist mir keinen weiteren Blick wert. Dir etwa?«

Es folgte ein Lachen, das sich in Emmas Herz bohrte und es zu zerreißen drohte.

Das wird euch leidtun. Das werdet ihr mir büßen.

Einen Moment lang fühlte sie sich versucht, aufzuspringen und die beiden mit dem Opfer ihrer bösartigen Scherze zu konfrontieren, aber dann entschied sie sich, ihre Rache lieber zu planen. Sie wagte es kaum zu atmen, um ihre Anwesenheit in der Bibliothek nicht zu verraten. Da erklangen Schritte. Emma schloss die Augen, als wäre sie ein Kind, das hoffte, nicht gesehen zu werden, wenn es selbst nichts sah.

»Da seid ihr ja. Kommt, Mutter will uns mit ihrer Anwesenheit beim Tee beehren.«

Die Schritte entfernten sich und Emma stieß erleichtert den Atem aus. Aber die bange Frage blieb: Wie sollte sie ihm nun gegenübertreten? Wie sollte sie Percival jemals wieder in die Augen schauen können, nachdem sie wusste, wie wenig er von ihr hielt?

Nein! Ich werde nicht klein beigeben und mich dafür schämen, wer ich bin. Wenn sich jemand schämen muss, dann sind das die beiden, die so gemeine Sachen über mich gesagt haben.

Obwohl sie sich das wieder und wieder sagte, brannten ihre Wangen und sie wünschte sich, ihre Koffer zu packen und nach Hause zu fahren. Aber dort wäre sie nicht willkommen. Ihre Mutter würde es ihr nie verzeihen, sollte Emma den Aufenthalt in England vorzeitig abbrechen und ohne passenden Gemahl nach Deutschland zurückkehren.

»Ich hasse dich, Percival Blakenham«, flüsterte sie und erschrak über die Leidenschaft, die in ihrem Ton mitschwang. Noch mehr entsetzte es sie, dass ihre Worte eine Lüge waren. So tief seine Gemeinheiten sie auch verletzt hatten, noch immer verzehrte sie sich in unerwiderter Liebe nach ihm.

KAPITEL 9

Hazelwell Manor 1913

Lucy hatte gerade einen Schluck Tee getrunken, als die Glocke von Mrs Ogden ertönte.

»Heute bist du dran.« Jessie stieß Lucy mit dem Ellenbogen an. »Sie will bestimmt ihren Tee.«

Irgendwie ist es nicht richtig, dass Dienstboten eigene Dienstboten haben, dachte Lucy, als sie sich auf den Weg zu den Räumen der Hausdame machte. *Als ob sie etwas Besseres als wir Hausmädchen sind und sich ihren Tee nicht alleine holen können.*

»Einen Moment noch«, erklang Mrs Ogdens Stimme, nachdem Lucy an der Tür zu ihrem Arbeitszimmer geklopft hatte.

Immer, wenn sie in den *Pug's Parlour*, das Zimmer der Hausdame, gerufen wurde, fürchtete Lucy, eine Predigt zu erhalten, ohne etwas ausgefressen zu haben. So sehr sie sich auch bemühte, immer schien sie anzuecken. Im Nachhinein lernte sie ihre vorherigen Dienstherrinnen, die Schwestern Birdwhistle, zu schätzen. Bei den exzentrischen Damen hatte sie viel Freiheit genossen, was ihr auf Hazelwell Manor fehlte. Hier gab es Tausende von Regeln, die Dienstmädchen einzuhalten hatten.

Während Lucy im Vorraum wartete, schaute sie sich um und musste ein Grinsen unterdrücken. Pug's Parlour, der Mops-Salon, erschien Lucy allerdings nicht als passende Bezeichnung für das bescheiden eingerichtete Zimmer. Mrs Ogden war niemand, der Wert auf protzige Möbel, auffallende Kissen oder bunte Bilder legte. Stattdessen erinnerten ihre Räume in ihrer Kargheit Lucy an Klosterzellen, die sie auf Bildern in der Dorfschule gesehen hatte.

Endlich ging die Tür auf und die zierliche Haushälterin, die stets dunkle Farben trug, streckte ihren Kopf heraus. »Komm herein, Lucy.«

»Danke, Mrs Ogden.« Lucy wartete, bis die Hausdame ihr durch eine Handbewegung zu verstehen gab, dass sie sich setzen durfte.

»Lucy, ich muss mit dir reden.« Mrs Ogden nahm hinter ihrem zierlichen Schreibtisch Platz. Dort lag aufgeschlagen das Haushaltsbuch und Lucy entdeckte endlose Zahlenkolonnen, mit denen die Hausdame wohl beschäftigt gewesen war.

Ich habe nichts angestellt, oder? Wenn Mrs Ogden mich entlässt, was wird dann aus Mutter? Habe ich etwas Freches gesagt? Hat sich die Deutsche beschwert, weil ich neulich in ihr Zimmer geplatzt bin, obwohl sie noch darin war? Woher hätte ich denn wissen sollen, dass sie las, obwohl es Zeit fürs Dinner war?

Ein Blick in Mrs Ogdens Gesicht beruhigte sie. Die Hausdame wirkte müde, aber nicht zornig oder empört, weil es eine Beschwerde über eines der Hausmädchen gegeben hatte. Langsam entspannte sich Lucy und rutschte ein Stück auf dem Sessel nach hinten.

»Lucy, kennst du dich mit Kindern aus?« Mrs Ogden kniff sich mit Daumen und Zeigefinger in die Nasenwurzel, sie sah erschöpfter aus als sonst.

»Ich habe einen jüngeren Bruder.« Was hatte das zu bedeuten? Sollte sie noch mehr erzählen? »Er geht noch zur Schule.«

»Hast du dich um ihn gekümmert, als er klein war?«

»Das musste ich, weil meine Mutter arbeiten ging.«

Sollte sie die Wahrheit sagen und eingestehen, wie sehr sie es gehasst hatte, sich um Bertie sorgen zu müssen, der ein furchtbar freches Kind gewesen war? Ständig hatte sie ihm nachrennen müssen.

»Das ist gut. Lucy, ab heute bekommst du eine neue Arbeit.« Mrs Ogdens Blick war dermaßen ernst, dass Lucy befürchtete, etwas Schlimmes angestellt zu haben, doch ihr wollte kein Fehlverhalten einfallen. »Rose hat uns verlassen und du wirst ihre Aufgaben übernehmen.«

Auf gar keinen Fall, schoss es Lucy durch den Kopf. Abwehrend hob sie die Hände, die Handflächen feucht vor Schweiß. Das Blut rauschte in ihren Ohren, während sie nach einem Ausweg für sich suchte. *Ich weiß gar nicht, wie ich mit einem verwöhnten Kind umgehen soll. Ich würde vor Angst sterben, dass der Kleinen in meiner Obhut etwas passiert. Darf ich Millicent überhaupt etwas verbieten?*

»Ist das nicht eher etwas für Maude? Die ist doch schon

länger hier«, wandte sie ein, auch wenn sie wusste, dass Mrs Ogden Widerspruch nicht schätzte. »Sie weiß besser, was die Herrschaften wünschen als ich.«

Nervös strich sie sich mit der Hand durchs Gesicht, kratzte sich an der Unterlippe und spürte Mrs Ogdens kritischen Blick, der jedes Anzeichen von Unsicherheit bemerkte.

»Maude ist das Erste Hausmädchen. Ich kann ihr nicht zumuten, als Nursemaid zu arbeiten.«

Aber mir kann man das zumuten. Blitzschnell überlegte Lucy, was Rose bei den wenigen Gelegenheiten, als sie mit den Dienstboten gesprochen hatte, über ihre Arbeit erzählt hatte.

»Muss ich wirklich in die *Nursery*?«, wagte Lucy einen weiteren Vorstoß. Sie wollte Jessie nicht verlieren und allein mit der *Nurse* und dem Kind in einem getrennten Bereich des Hauses leben. »Kann sich die Nanny nicht ausnahmsweise allein um Millicent kümmern?«

»Du wirst Nursemaid. Punktum.« Mrs Ogden blieb gelassen, auch ihre Stimme klang sehr ruhig, aber Lucy verstand dennoch die versteckte Drohung, die darin verborgen lag. »Stell dich heute bei Mrs Withers vor. Ab morgen früh trittst du deinen Dienst dort an.«

»Ja, Mrs Ogden.«

Es wird schon gut gehen, dachte sie bang und mit klopfendem Herz. *Schließlich habe ich mich um Bertie gekümmert und auch auf andere Kinder im Dorf ab und zu aufgepasst. Außerdem muss ich ja nur Mrs Withers, der Nurse, zur Hand gehen.*

So sehr sie auch versuchte, sich Mut zuzureden, es blieb

der Gedanke, dass eine große Verantwortung auf sie wartete. Nur zu gut erinnerte sie sich, wie Rose sich beklagt hatte, was für ein unbändiges Kind die kleine Millicent wäre.

»Wenn man sie nur einen Moment aus den Augen lässt, stellt sie bestimmt etwas an.« Rose schüttelte den Kopf und nahm dankbar den Tee, den Lucy ihr reichte. »Aber weil sie so niedlich ist, kann ich ihr einfach nicht böse sein.«

»Was sagt Mrs Withers?« Die Nanny war Lucy stets als jemand erschienen, die sehr genau wusste, was sie wollte und wie sie das durchsetzen konnte. »Ich kann mir nicht vorstellen, dass sie Millicent etwas durchgehen lässt.«

»Oh, die Kleine hat auch sie um ihre pummeligen Fingerchen gewickelt. *Ich* hingegen bekomme ständig zu hören, was ich falsch mache.«

Ob Mrs Withers' Gemecker der Grund für Roses Kündigung gewesen ist?, fragte sich Lucy, nachdem sie sich daran erinnerte. *Aber sie kannte das doch. Es muss etwas anderes gewesen sein. Was hat Rose wohl dazu gebracht, einfach so zu verschwinden? Sie hat sich nicht einmal von uns verabschiedet, obwohl sie lange hier gearbeitet hat.*

Aber Kindermädchen hielten sich oft für etwas Besseres, weil sie den Herrschaften viel näher waren als die meisten anderen Dienstboten. *Vielleicht hat sie es nicht für nötig erachtet, uns zu informieren.*

»Wo geht Rose hin? Warum hat sie aufgehört?«, platzte Lucy neugierig heraus. »Sie hat sich von niemandem verabschiedet.«

Sofort verdüsterte sich Mrs Ogdens Miene, was Lucy deutlich daran erinnerte, wie sehr die Hausdame Klatsch und Tratsch ablehnte.

»Das brauchst du nicht zu wissen. Geh jetzt nach oben und mach mir keine Schande.«

Lucy nickte nur. Ihre Beine zitterten, als sie sich umdrehte, um Mrs Ogdens Zimmer zu verlassen. Die Verantwortung, die sie übernehmen sollte, lastete schwer auf ihr wie ein Bündel Schmutzwäsche, das sie in den Waschraum bringen sollte. Ihr war so blümerant, dass sie sich an der Wand abstützen musste, bevor sie in die Dienstbotenhalle ging.

Nun, wo sie die anderen verlassen musste, erschien ihr der Raum auf einmal wie ein Zuhause. Warum hatte sie es vorher nicht mehr zu schätzen gewusst, wie angenehm die gemeinsamen Nachmittage gewesen waren?

»Was ist mit dir?« Jessie sprang auf. »Ist etwas mit deiner Familie?«

Lucy schüttelte stumm den Kopf. Wenn sie auch nur ein Wort gesagt hätte, wäre sie bestimmt in Tränen ausgebrochen. Sonst hatte sie nicht so nah am Wasser gebaut, aber die Vorstellung, Jessie und alle anderen, selbst Leopold, verlassen zu müssen, schnitt ihr ins Herz.

»Lucy verlässt uns. Fürs Erste.«

Jeder hatte Mrs Ogden kommen hören, das Klingeln des gewaltigen Schlüsselbundes, den sie am Gürtel trug, verriet sie.

»Was?«, fragte Jessie, was ihr einen vorwurfsvollen Blick der Hausdame einbrachte. Sofort senkte Jessie den Kopf – selbst sie wagte es nicht, Mrs Ogden frech zu kommen. »Entschuldigung.«

»Rose hat uns verlassen und Lucy wird die neue Nursemaid, bis wir Ersatz gefunden haben.«

»Wer wird Lucys Aufgaben übernehmen?«, fragte Maude mit deutlicher Besorgnis im Tonfall. »Ausgerechnet jetzt, wo Gäste auf Hazelwell weilen.«

»Wir werden das schaffen. Mit vereinten Kräften. Es ist ja nicht für ewig.« Die Hausdame klang so resolut, dass niemand ihr zu widersprechen wagte.

Obwohl sie morgen früh aufstehen musste, lag Lucy immer noch wach. Sie hatte auf Jessie gewartet, um der Freundin von ihrem ersten Tag zu erzählen.

Endlich öffnete sich die Tür und Jessie kam herein. Ihr Gesicht wirkte grau vor Erschöpfung, ihre Schultern waren gebeugt, als wäre sie am Tag gealtert.

»Wie ist es mit der Kleinen?« Jessie gähnte. »Ist die Withers wirklich so ein Drache, wie ich denke?«

Sie setzte sich vor den Spiegel, den Miss Florence ihr geschenkt hatte, weil er einen Sprung hatte, und versuchte, ihre wilde rote Mähne in Zöpfe zu zwingen. Ohne Erfolg.

»Ich mach dir die Haare.« Lucy stand auf, obwohl ihr Bett ihr so bequem erschien. Der Tag war anstrengender gewesen als ihre normalen Arbeitstage. Mrs Withers hatte sie hin und her gescheucht und nie hatte Lucy es ihr recht machen können.

»Millicent ist niedlich, aber viel zu verwöhnt. Selbst die Withers kann ihrem Lächeln und ihren großen blauen Augen nicht widerstehen.« Vorsichtig zog Lucy einen Kamm durch Jessies widerspenstige Haare, bis diese so glatt waren, dass sie sich flechten ließen. Wie sehr sie sich wünschte, so wundervolles Haar zu haben, das im Sonnenschein leuchtete.

»Hat sie etwas gesagt, warum Rose gegangen ist?« Täuschte sich Lucy oder hatte sich Jessies Miene verdüstert? »Dass sie sich nicht einmal verabschiedet hat …«

Also war es nicht nur ihr aufgefallen, wie überstürzt das Kindermädchen Hazelwell Manor verlassen hatte. Konnte es sein? Hatte Rose sich etwa auf ein Techtelmechtel mit einem Jungen aus dem Dorf eingelassen und war nun …?

Nein, davon hätte Lucy bestimmt erfahren. Bownham war so klein, dass heimliche Liebschaften keine Möglichkeit hatten, verborgen zu bleiben.

»Ich habe mich nicht getraut zu fragen.«

»Also ich kann mir vorstellen, was der Grund war.« Jessies Blick begegnete dem vom Lucy im Spiegel. Ihre Freundin sah zornig und verbittert aus, wie Lucys sie noch nie erlebt hatte.

»Was ist mit dir?«

»Ich will nicht darüber reden.« Jessie senkte den Blick und presste die Lippen zusammen, als wollte sie die Worte daran hindern, ihr zu entkommen. »Nur eins sage ich dir: Halte dich von Mr Percival fern.«

KAPITEL 10

Hazelwell Manor 1913

Wenn nicht der gemeinsame Kirchenbesuch am Sonntag gewesen wäre, wäre in Emmas Augen ein Tag wie der andere vorbeigezogen. Ihr kam es vor, als verginge die Zeit auf Hazelwell Manor anders, als flösse das Leben hier dahin wie ein Fluss aus Honig. Als würde nie etwas geschehen, was auch nur ein wenig Bedeutung hatte. Selbst mit Freundlichkeit konnte man das Leben auf Hazelwell, wenn nicht gerade Gäste zu Besuch kamen, nur als langweilig bezeichnen. Vor allem jetzt, wo Emma die Bibliothek mied, aus Sorge, dort erneut Percival oder Reginald Sutcliffe zu begegnen. Schlimm genug, dass sie Percival bei den Mahlzeiten sah und vorgeben musste, alles wäre wie zuvor. Wenn sie jedoch seine Stimme hörte, diesen eleganten britischen Akzent, dann fühlte sie sich hin- und hergerissen zwischen Zorn und Liebe.

Sie könnte die Zeit nutzen, ihren Eltern einen Brief zu

schreiben, denn das schob Emma seit Tagen vor sich her. Aber was hatte sie schon zu berichten?

Obwohl hier niemand von meinem Fehltritt weiß, will es mir nicht gelingen, einen Gentleman für mich zu gewinnen.

Das wäre die bittere Wahrheit, aber die wollte ihre Mutter sicher nicht hören. Also könnte Emma ihr nur schreiben, wie die Tage auf Hazelwell Manor abliefen. Der Gedanke daran langweilte sie so sehr, dass sie es einfach nicht über sich brachte, das Papier mit dem eingeprägten Wappen der Familie mit etwas derart Trivialem zu füllen. Noch blieb ihr etwas Zeit, denn der Briefkasten in der imposanten Eingangshalle wurde zweimal am Tag geleert. Wenn sie nur endlich etwas mitzuteilen hätte, das ihre Eltern zufriedenstellte.

Wenn hier nichts geschah, musste sie eben für etwas Berichtenswertes sorgen, dachte sie trotzig.

»Heute werden wir etwas unternehmen«, sagte sie ihrer Zofe, die eigentlich ein Hausmädchen war, aber freundlich und geschickt. »Ich möchte mir das Dorf und die Umgebung anschauen.«

»Wollen Sie mit dem Auto oder mit der Kutsche fahren?«

»Wir gehen zu Fuß.«

Der Ausdruck auf dem hübschen, sommersprossigen Gesicht war Gold wert. Aber Jessie oder Jane – Emma konnte sich ihren Namen einfach nicht merken – protestierte nicht, sondern half Emma in Hut und Mantel und folgte ihr brav in die Umgebung von Hazelwell Manor.

Das Dorf mit dem eher langweiligen Namen Bownham sei ein typisches Cotswolds-Dorf, hatte ihr Lord Ashworth in einem der wenigen Gespräche erklärt, die sie miteinander geführt hatten. Die kleinen Häuser sahen eines aus wie das andere: heller, gelblicher Sandstein, schmale Fenster und graue Ziegel auf den Dächern. Malerisch konnte man sie nennen oder pittoresk, jedenfalls dann, wenn die Sonne geschienen hätte. Unter einem grauen Himmel, auf dem sich dunkle Wolken türmten, erschienen Emma die Häuschen nur alt und sicher unbehaglich im Inneren. Aber die Landschaft war schön: sanfte grüne Hügel, durchzogen von tiefgrünen Wäldern und einer Vielzahl kleiner Flüsse.

Wie konnte es nur sein, dass so eine sanfte Landschaft so unfreundliche, ichbezogene Menschen wie Florence, Georgina und auch Percival hervorbrachte? Emma kam es vor, als suchten die beiden nur nach dem nächsten Fehler, den *The German* mit Sicherheit wieder machte. Es wäre eine Lüge zu behaupten, dass sie sich auf Hazelwell Manor willkommen fühlte. Doch zu ihren Eltern konnte sie auch nicht zurück.

Hat Mutter wirklich erwartet, dass ich Percival für mich gewinnen kann? Selbst wenn seine Familie Geld benötigen sollte, gibt es ganz andere Frauen, die er heiraten kann. So wie die Amerikanerin, die gestern mit ihrem Ehemann, einem Viscount, was immer das auch ist, auf einen Tee vorbeigekommen war.

Immerhin war Nancy deutlich freundlicher zu ihr gewesen als die Blakenhams. Unkonventionell war sie schon, wie sie Emma zur Seite nahm und unverblümt über die Amerikanerinnen sprach, die nach Europa kamen, um sich adelig zu heiraten.

»Ich weiß, dass man uns Freibeuterinnen nennt.« Die Amerikanerin hatte mit ihren perfekt geformten Schultern gezuckt, die aus dem eleganten Kleid herausragten. »Doch es sind die britischen Gentlemen, die sich nur allzu gern von uns aus den Kolonien kapern lassen.«

Die Amerikanerinnen waren so unvorstellbar reich, mit ihnen konnte Emma niemals konkurrieren. Also würde sie ihre Mutter wieder enttäuschen.

Um sich von den bitteren Gedanken abzulenken, schaute Emma sich um. Die dunklen Laubbäume, die sich einen Hügel hochzogen, erinnerten sie so sehr an ihre Heimat, dass Heimweh sie mit ungeahnter Wucht überfiel. Nie hätte Emma erwartet, dass sie Braunschweig dermaßen vermissen würde. Aber nun traten ihr Tränen in die Augen, ihr Magen fühlte sich flau an und sie wünschte sich nichts mehr, als sofort wieder nach Hause zurückkehren zu können. Gleichzeitig war ihr bewusst, wie wenig sie zu Hause willkommen wäre, wenn sie weiterhin keinen Ehemann vorweisen konnte. *Spinster* nannte man unverheiratete Frauen hier in England, was in Emma sofort Bilder von grauen Gestalten, unglücklich und spinnwebenverhangen, hervorgerufen hatte. Sie seufzte leise auf. Nach der unschönen Szene in der Bibliothek waren die Chancen wohl gering, dass sie ihr Spinster-Dasein beenden würde und Percival heiraten konnte. Nicht, weil sie ihn liebte, sondern weil er eine passende Partie war, die ihr möglicherweise den Respekt ihrer Eltern zurückbrachte.

Auf Liebe wage ich nicht zu hoffen. Weder bei meinem zukünftigen Gemahl noch bei meinen Eltern. Der Liebe habe ich abgeschworen, seit …

Selbst ihr war bewusst, wie pathetisch ihre Worte sich anhörten. Zu ihrem Erstaunen fühlte sie keinen Schmerz mehr, wenn sie an Johannes dachte, nur Enttäuschung, dass er ihre Zukunftspläne niemals ernst genommen hatte, dass er sie verraten hatte. Und die kleine Hoffnung, dass es ihm einmal ähnlich ergehen würde.

Ermattet blieb sie auf halbem Weg zur Anhöhe stehen. Das Korsett machte es ihr schwer zu atmen, während es ihrer Zofe, Jessie hieß sie wohl, leicht fiel wie einem jungen Füllen, den kleinen Berg hinaufzuklettern. Mit seinen roten Haaren und den Sommersprossen erinnerte das Mädchen Emma an einen Kobold, aber es war schweigsam, so wie alle Dienstboten hier. Von Florence hatte Emma erfahren, dass es dem Personal nicht erlaubt war, die Herrschaft ungefragt anzusprechen, was ihr absurd erschien. Aber da sie nicht noch mehr auffallen wollte wie ein weißer Rabe, enthielt Emma sich jeglicher Vertraulichkeit und behandelte die Dienstboten so, wie ihre Gastgeber es ihr vorlebten.

Daher hielt sie auch etwas Abstand zu dem Mädchen, als sie endlich die Spitze des Hügels erklommen hatte. Von hier aus hatte man einen wundervollen Blick über die Täler. Direkt unter ihr entdeckte Emma eine Kirche, deren viereckiger Turm sie eher wie eine wehrhafte, normannische Burg aussehen ließ. Jedenfalls so, wie sie sich eine normannische Burg vorstellte. Ob sie jemanden der Blakenhams dazu überreden könnte, mit ihr eine echte Burg zu besuchen?

Unweit der Kirche erspähte sie ein graues Haus mit vielen Türmchen, deutlich größer als die Häuser der Pächter, die sie bisher gesehen hatte.

»Wer wohnt dort?« Mit dem Finger deutete Emma auf das Gebäude.

Die Zofe zuckte mit den Schultern, bis ihr anscheinend

einfiel, dass sich das nicht schickte, nicht einmal im Umgang mit dem deutschen Gast.

»Ich weiß es nicht. Ich bin nicht von hier, kann aber Lucy fragen. Die kennt alle im Dorf.«

»So wichtig ist es nicht.« Emma drehte sich einmal um sich selbst. Auch auf der anderen Seite erstreckte sich ein sanfter Hügel, bedeckt mit saftig-grünen Weiden, die von dunkleren Hecken umsäumt waren wie von einer Stickerei. Immer wieder durchbrachen Gruppen von Laubbäumen die Weite. Doch es waren zu wenige, als dass man sie einen Wald nennen konnte. Die Landschaft war so schön, so mild und sanft, dass Emmas schweres Herz sich besser fühlte.

Hier könnte ich leben. In diesen Hügeln könnte ich meinen Frieden finden.

Die Idylle wurde harsch unterbrochen, als zwei Fasane aus dem Unterholz brachen und sich panisch in die Lüfte erhoben. Ihnen folgte wild kläffend ein mächtiger, zotteliger Hund, der Emma vage bekannt vorkam.

»Oscar, hierher, verdammtes Biest«, erklang eine Stimme, die sie sofort erkannte.

Musste sie ausgerechnet heute Percival begegnen? Wie immer folgte ihm Reginald Sutcliffe wie ein Schatten.

»Was machst du hier?« Percival zügelte seinen Schimmel, der den Kopf so wild hochriss, dass Emma zwei Schritte zurücktrat. Dabei fiel ihr Blick auf das Dienstmädchen, das Percival anstarrte, voller Hass, wie es Emma schien.

»Ich … ich …«, stammelte sie wieder einmal, »wollte mir das Dorf anschauen.«

»Wir haben Kutschen.«

»Das Wetter war so schön.«

»Sutcliffe, komm, sonst verlieren wir den Köter.«

»Meinst du nicht, wir sollten die Damen nach Hause geleiten?« Sein Freund machte eine galante Handbewegung.

»Begleite du sie.« Percival zuckte mit den Schultern. »Ich muss den verfluchten Hund einfangen.«

»Viel Erfolg.« Reginald Sutcliffes Lächeln wirkte leicht ironisch. Eleganter, als es sein schlaksiger Körper erwarten ließ, glitt er aus dem Sattel. »Darf ich mich Ihnen anschließen?«

»Warum nicht?«

War er jemand, den sie als Ehemann in Betracht ziehen könnte? Sollte sie etwa jeden Mann nur noch unter diesem Gesichtspunkt anschauen? Dann wäre sie nicht besser als ihre Mutter. Eine erschütternde Vorstellung.

»Kannst du mit Pferden umgehen?« Erst dachte Emma, er spräche mit ihr, doch Reginald Sutcliffe hatte sich zu der Zofe umgedreht, der er die Zügel seines Braunen in die Hand drückte, nachdem sie genickt hatte.

»Mylady?« Äußerst höflich bot er Emma seinen Arm, den sie dankbar annahm. Im Nachhinein kam ihr der Spaziergang nicht mehr als kluge Idee vor. Sie hatte sich selbst überschätzt und war froh, sich auf ihn stützen zu können.

»Danke.« Unsicher, ob sie ihre Gedanken aussprechen konnte, schwieg sie einen Augenblick. »Der Hügel ist steiler, als ich erwartet habe.«

»Warum sind Sie nicht geritten?«

»Pferde und ich verstehen uns nicht«, versuchte Emma zu scherzen. »Wir sind einander wohl unheimlich.«

»Wenn ich im Damensattel reiten müsste, wäre mir das auch suspekt.«

Aus dem Augenwinkel konnte sie das Lächeln sehen, das sein Gesicht erhellte und sofort attraktiver wirken ließ.

»Dann mögen Sie die Fuchsjagd sicher auch nicht?«, fragte er und schien ehrlich interessiert an ihrer Antwort.

»Das arme kleine Tier.« Emma schüttelte sich voller Grauen. »Von Hunden und Reitern zu Tode gehetzt. Was daran sportlich sein soll, ist mir unerklärlich.«

»Das lassen Sie Percival oder Lord Ashworth besser nicht hören«, flüsterte er ihr in verschwörerischem Tonfall zu. »Die beiden leben für die Jagd.«

»Und Sie? Werden Sie dabei sein?«

»Nur, wenn es sich nicht vermeiden lässt.« Er blieb stehen, bis sie sich ihm zuwandte. Da zwinkerte er ihr zu. »Die Damen freuen sich immer, wenn sich ein Gentleman findet, der mit ihnen den Nachmittag verbringt. Sie hoffentlich auch?«

Beinahe wäre sie auf ihn hereingefallen, hätte sich auf das Geplänkel eingelassen, doch rechtzeitig fiel ihr ein, wie unfreundlich er sich in der Bibliothek über sie geäußert hatte. *Vielleicht sollte ich mich öfter irgendwo verstecken, damit ich herausfinde, was all die höflichen Menschen in Wahrheit denken, was sich hinter dem ewigen Lächeln und den Floskeln verbirgt. Aber will ich das wirklich?*

»Gibt es Mauern wie diese auch in Deutschland?« Reginald Sutcliffe deutete auf grau-braune, sehr schmale Steine, die aufeinandergestapelt waren und aussahen, als wären sie durch Wind und Wetter verwittert.

»Ich glaube nicht.« Sie lächelte ihn an, als wüsste sie nicht, dass er sie für die dicke Deutsche hielt. »Allerdings muss ich eingestehen, dass ich keine Expertin für Steinhaufen bin.«

»Steinhaufen. Tsts. Wie können Sie so etwas Unfreundliches nur sagen?« Er richtete sich noch ein wenig mehr auf, sodass er auf sie herabsehen konnte. »Wir Engländer sind sehr stolz auf unsere trockenen Mauern.«

»Warum steht die oberste Reihe hochkant?«, fragte Emma. »Ist die Gefahr nicht groß, dass die Steine herabfallen und jemanden erschlagen?«

»Ertappt.« Er entzog ihr seinen Arm und hob in einer Geste der Hilflosigkeit die Hände. »Ehrlich gesagt bin ich auch kein Experte für Mauern. Ich wollte Sie nur beeindrucken.«

»Das ist Ihnen leider misslungen.« Emma lächelte sanft, ihre Mutter und ihre Gouvernante wären stolz auf sie gewesen. »Aber ich werde großzügig darüber hinwegsehen und es niemandem verraten.«

Kein Bewohner war auf der schmalen Straße zu sehen, die sich durch Bownham zog. Die kleinen Häuser lehnten sich aneinander an, als würden sie sich gegenseitig stützen. Wie viele Menschen wohl in so einem Cottage lebten? Ob sie genug zum Leben hatten? Emma meinte sich zu erinnern, wie ihr Vater über die extreme Armut in England doziert hatte. Natürlich war das gewesen, lange bevor ihre Familie beschlossen hatte, sie hierher zu verschiffen, damit sie einen Mann fände. Armut wäre sicher kein angemessenes Gesprächsthema für einen Spaziergang.

»Mit Gästen reden wir nicht über Politik oder Religion.« Das gehörte zu den wenigen Dingen, die Lady Ashworth Emma über die guten Sitten bei Tisch erläutert hatte. Vieles andere hatte sie sich abgeschaut, da es sich in erstaunlich vielem von dem unterschied, was ihr als Tischbenehmen beigebracht worden war.

»Wie schön wäre es, wenn sich hinter dem Horizont das Meer befände.« Emma deutete nach rechts, wo weiße Wölkchen wie Schafe über den Himmel glitten. »Wie weit ist es von hier?«

»Ein paar Stunden mit dem Wagen.« Reginald schob seinen Arm wieder unter ihren. Sein Körper war so nah, dass sie seine Wärme spürte. »England ist ein kleines Land. Eine kleine Insel. Das Meer ist nie weit entfernt.«

»Was sind das für Bäume, die in schmalen Reihen zwischen den Feldern und Wiesen stehen?«

»Meine liebe Emma, Sie stellen mir furchtbar schwierige Fragen.« Reginald Sutcliffe gab einen gespielten Seufzer von sich. »Ich bin ein Londoner. Die Natur ist mir fremd.«

»Wie ist London? Ich kann mir so eine riesige Stadt gar nicht vorstellen.«

»Bald ist die Season, dann werden Sie London kennenlernen.«

»Ich kann es kaum abwarten.« Emma biss sich auf die Unterlippe, aber die Worte entkamen ihr trotzdem. »Hier ist es etwas langweilig.«

»Wenn Sie Lust haben, möchte ich Sie zu einer Fahrt nach Bourton-on-the-Water einladen.« Reginald Sutcliffe legte fragend den Kopf schief.

»Was für ein wunderschöner Name«, antwortete Emma, um Zeit zu gewinnen. Heute Nachmittag hatte er sich um sie bemüht, war äußerst interessiert und freundlich, aber sie konnte einfach nicht vergessen, wie vernichtend er in der Bibliothek über sie gesprochen hatte.

»Der Ort wird ihm gerecht. Wir nennen ihn das Venedig der Cotswolds oder Little Venice.«

»Liegt er ebenfalls in einer Lagune?«

»Nein, aber unglaublich viele Brücken führen über den Fluss.« Er blieb stehen und griff nach ihren Händen. »Sagen Sie Ja. Bitte.«

Als spürte es Emmas Konflikt, begann das Pferd zu schnauben und nervös zu tänzeln. Immer mehr zog der Braune an den Zügeln, Jessie konnte ihn kaum noch halten.

»Ich erwarte Ihre Antwort heute Abend.«

»Ob man ihm trauen kann?«, murmelte Emma, nachdem er davongeritten war.

Zu ihrer Überraschung stieß das Hausmädchen ein Schnauben aus. »Mehr als dem jungen Herrn auf jeden Fall.«

KAPITEL 11

Hazelwell Manor 1913

Wie konnte es sein, dass die Arbeit mit einem kleinen Kind ihr anstrengender vorkam als die Aufgaben, die sie als Zimmermädchen täglich zu erledigen gehabt hatte? Nachdem sie nun fünf Tage auf Millicent aufgepasst hatte, fragte Lucy sich nicht mehr, warum Rose gekündigt hatte, sondern warum Rose nicht viel, viel früher gegangen war. Bertie erschien ihr als ein überaus pflegeleichtes und freundliches Kind, verglichen mit dem Nesthäkchen der Blakenhams.

Millicent meinte es sicher nicht böse, aber da sie von allen, selbst der gestrengen Nurse verwöhnt wurde, war sie es gewöhnt, ihren Kopf durchzusetzen. Nachdem sie den ersten Wutanfall des Kindes erlebt hatte, bei dem Millicents Gesicht tomatenrot anlief und sie nach Luft schnappte wie ein Karpfen, schien es Lucy einfacher, der Kleinen ihren Willen zu lassen, als jeden Tag Kämpfe, Geheul und Zornesausbrüche zu überstehen. Wenn sie mit ihrem Brüllen keinen Erfolg hatte, verlegte Millicent sich aufs Betteln. Mit ihren großen blauen Augen, dem runden Gesichtchen und den blonden Locken sah sie ohnehin überaus niedlich aus. Wenn sie dann noch die Unterlippe schmollend vorschob und ihre Augen bittend aufriss, konnte man ihr einfach nicht widerstehen.

Mrs Withers, die Nurse, schien die Kleine genauso wenig bändigen zu können wie Lucy, obwohl sie eine überaus respekteischende Person war. Lucy jedenfalls fürchtete sich vor der hageren Dame, vor deren durchdringendem Blick sie niemals sicher zu sein schien.

Trotz der Zornesausbrüche war Lucy Millicent ebenso verfallen wie der Rest der Familie. Obwohl Lady und Lord Ashworth ihre jüngste Tochter nur für eine Stunde am Tag sahen, konnte man erkennen, wie viel die Kleine ihnen bedeutete.

»Lady Ashworth hat nicht mehr damit gerechnet, noch ein Kind zu bekommen«, verriet Mrs Withers ihr unter dem Siegel der Verschwiegenheit. »Nachkömmlinge werden oft von allen Seiten verwöhnt.«

Warum sollte Lucy als Einzige versuchen, Millicent Grenzen zu setzen? Außerdem sah Lucy es nicht als ihre Aufgabe an, die jüngste Tochter der Familie zu erziehen. Schließlich war sie nur eine Nursemaid, eine untergeordnete Person, die für Aufräumen und Putzen zuständig war. Bereits am ersten Tag hatte die Nurse ihr all die Tätigkeiten genannt, die Lucy zu übernehmen hatte. Zu deren Überraschung unterschied sich ihr Tagwerk nur wenig von dem, was sie als Hausmädchen zu tun hatte. Auch in der Nursery waren

Kamine zu fegen, Nachttöpfe zu leeren und Wäsche aufzusammeln. Auch als Kindermädchen musste Lucy morgens um 6:00 Uhr ihre Arbeit beginnen.

Obwohl es ungewöhnlich war, hatte Lucy bei Mrs Withers durchsetzen können, dass sie weiter mit Jessie in ihrer Kammer unter dem Dach schlief.

»Mrs Ogden hat gesagt, ich soll hier nur aushelfen, bis eine neue Nursemaid gefunden ist.«

»Also gut.« Mrs Withers gab schließlich nach, wohl weil sie sonst die Putzarbeiten hätte erledigen müssen, was deutlich unter ihrer Würde war. »Aber ich erwarte, dass du pünktlich bist.«

Also stand Lucy noch vor Jessie auf, damit sie ihren Dienst in der Nursery ohne Verspätung antreten konnte. Nachdem sie – möglichst leise, um das Kind nicht zu wecken – die Reinigungsarbeiten erledigt hatte, holte sie das Frühstück für Mrs Withers, Millicent und sich selbst. *Das* wiederum war eine deutliche Verbesserung zu ihrer vorhergehenden Tätigkeit. Lucy bekam das Gleiche zu essen wie das Kind und die Nurse, oft fast so eine große Auswahl wie die Herrschaft.

Allerdings verlief das Frühstück oft anstrengend, weil Millicent viele Lebensmittel nicht mochte. Die Vorlieben und Abneigungen des Kindes schienen täglich zu wechseln. Auch heute hatte die Kleine wieder einen überaus eigenen Kopf.

»Ich kann das alleine«, beharrte Millicent und streckte ihre Patschehändchen nach dem Besteck aus. Vor allem die Gabel, deren Zinken Lucy furchtbar spitz erschienen, hatten es ihr angetan. »Ich will das nicht.«

»Lucy, bitte schneide Miss Millicent das Fleisch klein.« Mrs Withers bemühte sich sichtlich, ruhig zu bleiben, aber auch ihre Nerven schienen heute überstrapaziert zu sein. »Miss Millicent, bitte benimm dich.«

Was stimmte nur mit dem Kind nicht? Bereits nach dem Aufstehen hatte Millicent sich auf den Boden geworfen, mit den Fäusten auf den Teppich eingeschlagen und unglaublich durchdringend gekreischt, weil sie das blaue Kleid nicht hatte anziehen wollen.

Das runde Gesichtchen lief rot an, Tränenspuren trockneten auf ihren Wangen und Rotz rann ihr aus der Nase. Auf einmal sah das kleine Engelchen nicht mehr niedlich aus. Wenn Lucy mit ihr allein gewesen wäre, hätte das Kind das grüne Kleid tragen dürfen, nach dem es mit quengelnder Stimme verlangte, aber ausgerechnet heute beobachtete die Nurse sie mit Argusaugen.

»Sie dürfen niemals nachgeben, vor allem nicht, wenn sie einen Wutanfall bekommt«, hatte Mrs Withers gesagt, sodass Lucy die Kleine in das Kleid gezwängt hatte, was diese mit einem Biss quittiert hatte. »Miss Millicent, das gehört sich nicht für eine Lady.«

»Bin keine Lady.« Schmollend schob das Mädchen die Unterlippe vor. »Ich bin ein Pony.«

Nur mit Mühe konnte Lucy sich das Lachen verbeißen. Eine Woge von Zärtlichkeit für dieses verzogene, aber dennoch liebenswerte Kind wallte in ihr auf. Auch wenn Mrs Withers das sicher nicht gutheißen würde, gab Lucy Millicent einen Kuss auf die Wange. Die Kleine erwiderte dies mit einer Umarmung.

Nun beim Frühstück bereute Lucy diese Geste bereits

wieder, vor allem, als Millicent mit dem Löffel nach ihr schlug.

Ob ich wohl Mrs Ogden dazu überreden kann, meine alte Stelle wiederzubekommen? Ich bin einfach nicht dafür geboren, mit Kindern zu arbeiten. Vor allem nicht mit einem Gör wie Millicent. Verglichen mit ihr war selbst Bertie ein Musterknabe.

Millicent nutzte die Gelegenheit, als Lucy ihren Gedanken nachhing, und schlug nun mit dem Löffel in die schwere Soße, sodass diese sich über den Tisch verteilte. Ein gewaltiger brauner Fleck machte sich auf dem blauen Kleid breit.

Also würde sie Millicent nach dem Frühstück umkleiden müssen. Nun bekam das Kind doch seinen Willen und würde das grüne Kleid anziehen können. Ob Millicent sich absichtlich mit Soße bekleckert hatte? Nein, für derart strategische Handlungen war sie noch zu klein, oder?

Nachdem sie die Kleine gewaschen und neu eingekleidet hatte – ein weißes Kleid, das grüne gefiel Millicent auf einmal nicht mehr –, setzte Lucy sich an den Tisch, um endlich selbst etwas zu essen und eine Tasse Tee zu trinken. Dabei behielt sie ihren Schützling im Auge, der auf dem Boden saß und mit einer Porzellanpuppe spielte, ebenso blond und pausbäckig wie Millicent selbst.

Mrs Withers war zu Lady Ashworth gerufen worden, hoffentlich, um mit der Herrschaft über eine neue Nursemaid zu reden.

»Nächste Woche schauen wir uns drei Mädchen aus dem Dorf an«, erklärte die Nurse, nachdem sie zurückgekehrt war. »Da wird sicher eine dabei sein, die deine Aufgaben übernehmen kann. Allerdings kann ich nicht begreifen, dass dir die niedere Tätigkeit eines Hausmädchens besser gefällt als deine Arbeit in der Nursery.«

Was kann ich sagen? Dass es mir fehlt, mit Jessie zu scherzen, dass ich die gemeinsamen Gespräche bei Lunch und Dinner vermisse, dass ich mit Mrs Withers einfach nicht warm werde und mich hier einsam fühle?

»Putzen kann ich«, flüchtete Lucy sich in eine höfliche Lüge, »aber ich fürchte immer, bei Millicent etwas falsch zu machen.«

Als wäre das ihr Stichwort, fing das Mädchen an zu weinen, weil ihm die Puppe aus der Hand gefallen war.

»Das Wetter ist heute so mild. Geh mit der Kleinen im Garten spazieren.« Mrs Withers seufzte. »Die Bewegung wird sie hoffentlich müde machen.«

»Komm, Miss Millicent.« Lucy streckte ihre Hand nach der des Mädchens aus, das jedoch den Kopf schüttelte. »Wenn du in den Garten möchtest, musst du meine Hand nehmen.«

»Nein.« Millicent stampfte mit dem Fuß auf. Ihre Wangen röteten sich, ein deutliches Indiz, dass ein weiterer Zornesausbruch bevorstand. »Will nicht.«

Hilfesuchend sah Lucy zu Mrs Withers, die mit den Augen rollte. Sie beugte sich zu dem Kind. »Miss Millicent. Wenn du nicht tust, was Lucy dir sagt, bekommst du beim Lunch keinen Nachtisch.«

Schmollend schob das Mädchen die Unterlippe vor. Man konnte es dem runden Gesichtchen förmlich ablesen, wie ernsthaft die Kleine überlegte. Endlich streckte Millicent ihre Hand aus, die Lucy ergriff. Das würde bestimmt ein anstrengender Spaziergang werden. Mrs Withers nannte es die Trotzphase, aber Lucy hatte den Eindruck, dass Millicent einfach von allen Seiten verwöhnt wurde, weil sie der Nachkömmling und darüber hinaus niedlich war.

Zu ihrer Überraschung schien das Kind sich mit seinem Schicksal abgefunden zu haben und ging brav an Lucys Seite die steinernen Treppen zum Rosengarten hinab.

»Komm, wir schauen uns im italienischen Garten die Wasserspiele an.« Lucy wusste, wie fasziniert Millicent von Wasser war, als wäre sie einer der Jagdhunde von Lord Ashworth, die in jeden Teich sprangen und mit dreckigen Pfoten die Flure verschmutzten.

»Will zum Brunnen«, lautete Millicents Antwort. Zielstrebig ging sie auf die hohe Marmorstatue zu.

Lucy wäre es lieber gewesen, wenn Millicent sich ihr gebeugt und mit ihr in den italienischen Garten gegangen wäre. Etwas an dem düsteren Brunnen, der Männer im Kampf mit riesigen Schlangen zeigte, machte ihr Angst, eine tief aus ihrem Inneren kommende Furcht, die sie nicht begründen, aber auch nicht überwinden konnte.

»Wenn du mit mir in den Garten gehst, bitte ich die Köchin um einen Kuchen – nur für dich«, versuchte sie, das Kind zu locken, aber Millicent war zu störrisch, um sich überreden zu lassen. Zielstrebig wackelte sie auf ihren pummeligen Beinchen weiter.

»Brunnen«, sagte Millicent in einem Tonfall, der Lucy verriet, dass es klüger war, mit dem Mädchen zum Brunnen zu gehen. Die Kleine war begeistert von den hohen Marmorstatuen und den spritzenden Fontänen, die diese ausstießen. Als Millicent und Lucy sich dem Brunnen näherten, vernahm Lucy Stimmen, die ihr bekannt vorkamen. Suchend blickte sie sich um, konnte aber niemanden außer ihr und dem Kind im Garten entdecken.

Doch je näher sie dem Brunnen kamen, desto deutlicher erklangen die Worte. Erst auf den dritten Blick vermochte Lucy zu erkennen, dass der junge Herr und sein Freund im Wasser planschten, eine Freiheit, um die sie die beiden beneidete. Auch Millicent hatte ihren Bruder erkannt.

Mit lauten »Percy! Percy!«-Rufen zerrte sie an Lucys Hand und versuchte, sich loszureißen, doch Lucy gab nicht nach.

Lachend erhoben sich die beiden jungen Männer. Wasser perlte von ihren Körpern und Lucy erkannte voller Schrecken, dass sie vollkommen nackt waren. Sie riss die Hand zum Mund, als der junge Lord sich höher über den Brunnenrand erhob. So hoch stieg er, dass sie alles sehen konnte, wirklich alles. Da stieß sie einen kleinen Schrei aus, die Hand von Millicent entglitt ihren rutschigen Fingern und sie rannte davon, begleitet vom lauten Gelächter der beiden Männer.

»Warte auf uns, Mädchen!«, hörte sie Mr Percival rufen. »Renn nicht weg. Schau, wir ziehen uns etwas an.«

»Komm, Percy, wir laufen ihr nach!« Als Lucy diese Worte hörte, beschleunigte sie ihre Schritte und jagte davon, schneller als je zuvor in ihrem Leben.

Ich muss zu Mrs Withers, damit sie Millicent holt, dachte sie, nachdem ihre Panik nachließ. *Wie konnte ich das Kind nur allein lassen?*

KAPITEL 12

Hazelwell Manor 1913

Was war das? Emma, die am Fenster stand und, vom bunt gemusterten Vorhang verborgen, neugierig hinausspähte, schob den schweren Stoff zur Seite. Obwohl sie sich dafür hasste, konnte sie nicht anders und beobachtete Percival und Reginald Sutcliffe, die im Brunnen herumalberten, als wären sie kleine Kinder. Zu Emmas großer Überraschung hatten die beiden Männer sich ausgezogen bis auf ihre Unterhosen, um ins Wasser zu steigen. Nun gut, es war ein ausnehmend warmer Tag und bis auf die Familie – und die Dienstboten – würde sie niemand sehen, aber dennoch … Angemessene Badekleidung war das nicht!

Emma kniff die Augen zusammen und wünschte sich, sie hätte ihr hübsches Perlmutt-Opernglas hier, damit sie alle Details wahrnehmen könnte. Percival so zu sehen, mit bloßem Oberkörper, faszinierte und erschreckte sie zugleich. Sie konnte den Blick nicht von ihm abwenden, folgte dem

Glitzern der Wassertropfen, die von seiner glatten Brust abperlten und wünschte sich, es wären ihre Finger, die über die Haut strichen.

Wieso begehre ich ihn, obwohl ich weiß, wie wenig er von mir hält? Niemals werde ich seine Liebe gewinnen. Ich bin nicht schön genug für ihn. Habe ich nicht der Liebe abgeschworen nach dem furchtbaren Verrat? Habe ich nicht bitter lernen müssen, wie wenig man den Worten eines Mannes Glauben schenken kann?

Als hätte Percival jemals süße Worte für mich übrig, als sähe er jemals mehr in mir als einen langweiligen, dicken Gast aus Deutschland. Mutter wird tief enttäuscht sein, dass es mir selbst hier nicht gelungen ist, einen Mann zu finden.

Die düsteren Gedanken drohten, sie zu überwältigen, sodass sie sich vom Fenster abwenden wollte. In dem Moment erspähte sie Millicent, die mit ihrem neuen Kindermädchen – Jessie, Lucy, Ethel – zum Brunnen ging. War der Nursemaid denn nicht bewusst, wie verführerisch das glitzernde Wasser für ein so kleines Kind war? Was würden Percival und sein Freund wohl sagen, wenn sie in ihrem Badevergnügen durch das Nesthäkchen gestört wurden? Wahrscheinlich würden sie mit Millicent herumalbern, so wie sie es oft taten, wenn die Nanny das Kind zur Familie brachte. Es hatte Emma überrascht, wie gelöst und fröhlich alle sonst so steifen Mitglieder der Familie wurden, sobald Millicent den Raum betrat. Emma hatte sich eingestehen müssen, dass sie das Kind beinahe beneidete um dessen Fähigkeit, die Herzen der Menschen für sich zu gewinnen. Eine Gabe, die ihr so vollkommen fremd war.

Emmas Neugier war stärker als ihre Vernunft und sie blieb

weiter am Fenster stehen und hoffte, dass niemand der Familie sie entdeckte. Es wäre entsetzlich peinlich, dabei ertappt zu werden, wie sie den badenden Percival anschmachtete. Andererseits: Konnte sie sich wirklich noch mehr blamieren? Bisher hatte sie jedes Fettnäpfchen getroffen, das ihr in den Weg gestellt worden war. In diesem Haus, das von seltsamen Regeln beherrscht wurde, die ihr verborgen blieben, fühlte Emma sich wie der dicke graue Kater, der zu Hause einmal in ihre Puppenstube geklettert war, sich dort verhakt hatte und in Panik geraten war. All das winzige Mobiliar hatte er umgerissen in dem verzweifelten Bemühen zu entkommen.

»Oh nein!« Erschrocken riss Emma die Augen auf und hob die Hand zum Mund, um den Laut zu dämpfen, der ihr entfuhr. Dann schloss sie die Augen, erschüttert über das Bild, das sich ihr bot. Irgendwie hatten Percival und Reginald sich beim Schwimmen ihrer Unterhosen entledigt und präsentierten sich nun nackt dem Kindermädchen. Und unwissentlich auch ihr.

Nein! Du schaust dir das nicht an. Das gehört sich nicht.

Doch Emma konnte sich nicht an die Ermahnungen halten, die sie sich erteilte. Sie öffnete die Augen, nur um zu entdecken, dass Percival und Reginald sich Handtücher um die Lenden geschlungen hatten und dem armen, sichtlich verschreckten Kindermädchen hinterherliefen. Was waren das nur für dumme Kerle, die sich einen Spaß daraus machten, eine Dienstbotin zu jagen? In so einen Mann sollte eine Frau mit Charakter sich nicht verlieben, nicht wahr? Warum fiel sie nur immer auf die Falschen herein?

Endgültig erschüttert wandte Emma sich um, griff nach dem schweren Vorhang, um ihn wieder vor das Fenster zu ziehen, als sie im Augenwinkel etwas bemerkte, das ihre Aufmerksamkeit auf sich zog. Ihre Hand verhielt am Stoff, den sie noch etwas weiter zur Seite schob.

Was war das? Erneut kniff Emma die Augen zusammen, um besser sehen zu können. Da schwamm etwas im Brunnen, etwas Weißes. Sicher die Unterhosen, derer die beiden Männer sich entledigt hatten. Doch nein, dafür war es zu groß. Es dauerte ein, zwei Momente, bis Emma die Erkenntnis dämmerte.

»Oh nein!« Nachdem sie den Schreckenslaut ausgestoßen hatte, drehte sie sich um. Wie von selbst bewegten sich ihre Beine, sie schürzte ihre Röcke und rannte zur Tür, die in den Garten führte. Ausnahmsweise war es ihr vollkommen egal, ob sich das für eine Dame schickte oder nicht.

Als sie hinausstürmte, sah sie eines der Hausmädchen, das Frühlingsblumen in einer Vase arrangierte, und schrie ihm zu: »Hol einen Arzt! Und Lord und Lady Ashworth! Schnell!«

Das Mädchen erstarrte kurz, eilte aber ebenso hastig davon wie Emma.

Getrieben von Panik stieß Emma die Tür auf, rief lauthals »Hilfe! Hilfe!« Doch ausgerechnet heute war weder ein Gärtner noch sonst jemand vom Personal in der Nähe des unglückseligen Brunnens. Es war also an ihr, Millicent vor dem Ertrinken zu retten.

Dieser Gedanke trieb sie weiter, obwohl ihre Lungen zu bersten drohten, obwohl ihr Herz gegen das einschnürende Korsett schlug, als wollte es platzen. Emma lief quer über den Rasen, stolperte, ging in die Knie und fing sich.

Weiter! Nur weiter!

Nach einer Zeit, die ihr unendlich lang vorkam, erreichte sie den Brunnen. Ihr Herz schlug schneller, ihr Atem ging hechelnd und dröhnte in ihren Ohren, aber all das war unwichtig neben dem entsetzlichen Anblick. Millicent trieb auf der Wasseroberfläche, die blonden Haare wie einen Heiligenschein um sich ausgebreitet. Ohne zu zögern, beugte Emma sich über den Brunnenrand und griff nach dem Kind, das ihrer Hand jedoch entglitt. Sie neigte sich noch weiter über die marmorne Brüstung, die sich selbst durch ihr Kleid hindurch kalt und hart anfühlte, aber sie vermochte das Mädchen nicht zu erreichen. Emma blieb nichts anderes übrig, als in den Brunnen zu steigen und Millicent so zu fassen zu bekommen. Sofort sog sich ihr Kleid voll Wasser und drückte sich an ihre Beine, was Emmas Fortkommen erschwerte. Endlich, endlich packte sie Millicent und zog sie zu sich heran. Die Kleine war schwerer als erwartet und es kostete Emma wertvolle Zeit, bis sie das Kind endlich an sich pressen konnte. Vorsichtig, als wäre das Mädchen aus feinstem Porzellan, drehte Emma es um und strich ihm die nassen Haare aus dem Gesicht. Die Farbe der Haut erschien Emma entsetzlich blass, die Haut selbst fühlte sich kalt an, kälter als das Wasser des Brunnens. Unsicher, was zu tun war, tastete Emma nach dem Puls. Nichts war zu spüren. Das konnte jedoch auch an ihr liegen, wusste Emma doch kaum etwas über den Herzschlag. Sanft hob sie das Kind an, dessen nasses Kleid sich verhedderte, als wollte es Emma die Rettung erschweren. Sie näherte ihren Kopf den Lippen des Kindes und fand ihre schlimmsten Befürchtungen bestätigt.

Millicent atmete nicht.

Was sollte sie nur tun? Wie konnte sie dem Mädchen helfen? Wie viel Zeit mochte vergangen sein, seitdem Millicents Atem gestockt war? Gab es überhaupt noch Möglichkeiten, das Kind zu retten? Warum war sie nur so nutzlos?

Tränen der Hilflosigkeit traten Emma in die Augen. Mit verschwommenem Blick sah sie Menschen auf sich zukommen, hörte Worte, die sie jedoch nicht verstand, weil ihr Verstand sich nur auf das arme Kind in ihren Armen konzentrieren konnte.

»Millicent! Gib sie mir!« Wie immer klang Lady Ashworth befehlsgewohnt, allerdings übertönt von einem panischen Beiklang. »Was ist passiert? Wie geht es ihr?«

Emma konnte es nicht aussprechen, sie konnte die furchtbaren Worte einfach nicht sagen und überreichte Lady Ashworth den kleinen, leblosen Körper. Die strich ihrer Tochter das Haar aus dem Gesicht und suchte nach Anzeichen von Leben.

»Millicent! Millicent! Sag doch etwas, mein Kind!« Hilfesuchend wandte Lady Ashworth sich an ihren Mann. »Frederick! Bitte, tu etwas.«

»Suche Leopold!«, befahl Lord Ashworth dem Dienstmädchen, dem Emma gesagt hatte, es sollte einen Arzt holen. »Er ist zur See gefahren. Er muss wissen, was zu tun ist. Der Arzt kommt gleich, Liebes.«

So sanft, wie Emma es nie von ihm erwartet hätte, strich er seiner Frau über die Schulter. Sein Blick, mit dem er Millicent anschaute, war voller Traurigkeit.

»Wir müssen doch etwas für sie tun können. Millicent … sie, sie ist stark.« Wieder und wieder streichelte Lady Ashworth den Kopf ihrer Tochter. »Bitte, Liebling, atme.«

Emma, die immer noch im Brunnen stand, gelang es, die Tränen zurückzudrängen, in der Hoffnung, dass sie etwas tun könnte, dass sie helfen könnte. Mit klarem Blick sah sie Lord Ashworth, ein Hausmädchen und den hochgewachsenen Diener Leopold, der mit großen Schritten angelaufen kam.

Hoffentlich behielt Lord Ashworth recht und der Diener konnte der armen Kleinen helfen. Emma hielt den Atem an, bis Leopold sie endlich erreicht hatte.

»Bitte, Lady Ashworth«, sagte der Mann leise, als könnte er Millicent aufwecken. »Wir müssen sie beatmen.«

Gab es Hoffnung? Endlich holte Emma wieder Luft und taumelte, schwindlig von den Gefühlen, die auf sie einstürmten. Mit einer Hand hielt sie sich an der Statue fest, einer der grässlichen Schlangen, die sich um Laokoon und seine Söhne rangen. Wer war nur auf die Idee gekommen, dass dieses grausige Bild einen passenden Schmuck für einen Brunnen bot? Nun kam es Emma vor, als trüge das Schicksal des trojanischen Priesters bereits das Omen von kommendem Unglück in sich. Aber dass dieses ausgerechnet die arme Millicent befallen musste! Und nur, weil ihr Bruder und sein Freund sich einen dummen Scherz erlaubt hatten. Moment, wo waren die beiden, die Verursacher des Unglücks? Emma watete zum Brunnenrand. Vor sich sah sie die Rücken von Lord und Lady Ashworth, die vor dem Diener und Millicent standen, sodass Emma nicht erkennen konnte, wie der junge Mann das Kind zu retten versuchte.

Ihr Blick glitt weiter. Halb hinter einer Hecke verborgen meinte sie, etwas Helles aufblitzen zu sehen. Dort versteckten sich wohl Percival und Reginald Sutcliffe, zu feige, sich ihrer Tat zu stellen. Sollte sie den Blakenhams berichten, was geschehen war? Nein, das wäre unpassend – jetzt galt es, Millicent zu retten.

»Sie atmet. Gott sei Dank, sie atmet.« Lady Ashworths Stimme klang, als würde sie Tränen unterdrücken. »Danke, Leopold, von Herzen danke!«

»Lasst sie uns ins Haus bringen.« Nun, wo die Gefahr gebannt schien, übernahm Lord Ashworth wieder das Kommando. »Der Arzt kommt gleich.«

Während Leopold, mit Millicent auf den Armen, und Lady Ashworth zum Herrenhaus gingen, blieb Lord Ashworth stehen und drehte sich zu Emma um.

»Um Himmels willen, komm endlich aus dem Brunnen, Mädchen.« Er stockte einen Augenblick, als würde ihm bewusst, wie unpassend seine Worte waren. Dann reichte er Emma die Hand, die eher würdelos aus dem Wasser kletterte.

»Danke«, flüsterte sie. Ihr klatschnasser Rock schmiegte sich eng und unangenehm kühl um ihre Beine. Weil sie nicht wusste, was sie sagen sollte, zuppelte sie daran herum, aber der schwere Stoff wollte sich ihr nicht fügen.

»Ich danke dir.« Lord Ashworth hatte seine Contenance wiedergefunden. »Ohne dich hätten wir unser Kind nicht retten können. Was für ein Glück für uns, dass du auf Hazelwell Manor weilst.«

Seine Stimme stockte, als würde Rührung ihn überwältigen. Dann jedoch wurde sein Blick kühl: »Was ist passiert? Hast du etwas gesehen?«

Noch immer konnte sie nicht fassen, was geschehen war. So schnell war alles gegangen. Sollte sie ihm die Wahrheit sagen? Sollte sie Percivals Dummheit verschweigen? Das musste wohlbedacht werden.

»Ich wollte einen Spaziergang machen … und da habe ich Millicent gesehen.«

»Was für ein Glück im Unglück.« Lord Ashworth wandte sich um, doch dann blieb er noch einmal stehen. »Wo ist das verfluchte Kindermädchen?«

KAPITEL 13

Hazelwell Manor 1913

Als sie heute in den Pug's Parlour zitiert wurde, wusste Lucy, was sie erwartete. Nach ihrer kopflosen Flucht war sie sofort in die Nursery zurückgekehrt, um Mrs Withers um Hilfe zu bitten. Die war allerdings nicht dort gewesen. Also war Lucy in die Dienstbotenhalle gegangen, wo sich alle um Leopold versammelt hatten.

»Der Arzt hat gesagt, ohne mein Eingreifen wäre die Kleine jetzt tot«, erklang seine volltönende Stimme.

Lucy blieb stehen, als hätte sie eine Kugel getroffen. Ihr wurde heiß und kalt und ihr Magen fühlte sich an, als hätte sie etwas Schlechtes gegessen. Ihr Instinkt riet ihr, sich umzudrehen und davonzulaufen, so schnell sie nur konnte. Doch wohin sollte sie fliehen? Außerdem musste sie unbedingt erfahren, was mit Millicent passiert war. Sie hatte das Kind doch nur kurz aus den Augen gelassen. Mister

Percival und sein Freund waren bei der Kleinen gewesen. Was also war geschehen?

»Wie … wie geht es Millicent? Was ist mit ihr?«

»Lucy?« So aufgeregt hatte sie Mr Hutchins noch nie erlebt. Der Butler sprang auf, so heftig, dass die anderen Dienstboten auseinanderstoben. »Du kommst mit uns, sofort. Mrs Ogden.«

Der Blick, den die Hausdame ihr zuwarf, ließ Lucy erstarren. Sie wollte sich verteidigen, wollte berichten, welchen dummen Streich die beiden Gentlemen ihr gespielt hatten, dass ihr keine andere Möglichkeit geblieben war. Aber sie brachte kein Wort heraus, sondern schlich Mrs Ogden nur hinterher, nachdem sie ihre Beine dazu überreden konnte, sich vorwärtszubewegen. Sie spürte die Blicke der anderen Dienstboten, die in ihrem Rücken brannten.

»Was hast du nur getan?«, hörte sie Jessie flüstern. »Um Himmels willen, Lucy, was hast du nur getan?«

Nicht einmal ihre beste Freundin glaubte an sie. Wie sollte sie der gestrengen Mrs Ogden und dem düster dreinblickenden Mr Hutchins nur erklären, was sich abgespielt hatte?

Wie eine arme Sünderin blieb sie in der Tür stehen, während der Butler und die Hausdame sich ihr gegenüber auf zwei Stühle setzten. So stellte Lucy es sich vor einem Gericht vor. Niemals hätte sie, die immer nur alles richtig machen wollte, sich hier gesehen, mit gesenktem Kopf, dem Urteil der beiden ausgeliefert.

Obwohl sie zitterte, obwohl sie nicht sicher war, dass ihre Stimme sie nicht im Stich ließe, musste sie die eine Frage stellen, die ihr auf der Seele brannte.

»Was ist mit Millicent? Geht es ihr gut?«

Mrs Ogden und Mr Hutchins wechselten einen Blick, den Lucy nicht deuten konnte. Enthielt er Empörung oder eher Mitgefühl?

»Bitte«, flüsterte sie. »Bitte, ich muss es wissen.«

»Das arme Kind ist beinahe im Brunnen ertrunken.« Mrs Ogden knetete die Hände, als könnte sie so den Schrecken bannen. »Dr. Culpepper sagt, dass sie überleben wird, aber …«

»Wie ist das passiert? Was meint Dr. Culpepper?«

»Was geschehen ist, weißt du wohl am besten.« In Mr Hutchins' Tonfall lag so viel Verachtung, dass Lucy zusammenzuckte, als hätte er sie geschlagen. »Weil du sie im Stich gelassen hast, hat Millicent beinahe ihr Leben verloren.«

Lucy öffnete den Mund, wollte die Wahrheit sagen, brachte aber kein Wort heraus.

»Du hast dir eine unglaubliche Pflichtverletzung zuschulden kommen lassen.« Mrs Ogdens Stimme zitterte vor Empörung. Sie schüttelte den Kopf, als wäre es ihr unbegreiflich, wie eine ihrer Untergebenen dermaßen versagen konnte.

»Aber«, versuchte Lucy, sich zu rechtfertigen, doch die Hausdame unterbrach sie rüde: »Ich will nichts von dir hören. Pack deine Sachen.«

»Aber ich bin doch nur …«

»Genug! Sei dankbar, dass die Kleine überlebt hat und dass die Familie dich nicht der Polizei meldet.« Mr Hutchins erhob sich. Für ihn war das Gespräch wohl zu Ende. »Geh, bevor sie es sich anders überlegen.«

Der Schrecken über diese Worte war so groß, dass Lucy flau im Magen wurde, als hätte sie tagelang nichts gegessen.

Ihre Hand tastete nach dem Stuhl, doch zu spät, ihre Beine sackten unter ihr weg. Dann spürte sie nichts mehr.

Ein scharfer Geruch nach Kampfer brachte sie wieder zur Besinnung. Sie wandte den Kopf zur Seite und hustete. Vor ihr kniete die Hausdame, ein Riechfläschchen in der Hand. Sie half Lucy, sich hochzustemmen, und stützte sie, bis sie einen Stuhl erreichten, auf den Lucy sich setzte. Mr Hutchins schien ihre Ohnmacht dazu genutzt zu haben, sie zu verlassen.

»Ich sehe ja, wie leid es dir tut«, hörte sie Mrs Ogden in versöhnlicherem Tonfall sagen. »Aber die Familie kann dir nicht verzeihen.«

»Was soll ich denn tun?« Lucys Unterlippe zitterte. Sie wollte nicht weinen, wollte empört sein über die Ungerechtigkeit, die ihr widerfuhr, aber es blieben nur Tränen und Angst. »Ich … ich brauche die Anstellung.«

»Selbst als Hausmädchen kann ich dich nicht behalten. Lucy, begreifst du nicht, was du angestellt hast?«

»Ich … aber …« Würde jemand ihr glauben? Würde jemand ihr zuhören? Wenn selbst Mrs Ogden gewiss war, dass Lucy diesen furchtbaren Fehler begangen hatte, warum sollten ihr Lord Ashworth und Lady Ashworth glauben? Egal, was sie sagen würde, Lucy hatte keine Chance. Sie seufzte.

»Kind, du solltest so schnell wie möglich gehen.«

»Bekomme ich einen *character*?« Obwohl Lucy es hasste, wie flehend ihre Stimme klang, musste sie über ihren Schatten springen. »Ohne … ohne Referenz bekomme ich keine neue Stelle.«

Das musste Mrs Ogden besser wissen als Lucy selbst. Dienstmädchen, die ohne Zeugnis entlassen wurden, erhielten nie wieder eine neue Anstellung. Jeder neue Arbeitgeber musste denken, dass Lucy eine Diebin oder Tratschtante war, auf jeden Fall jemand, dem man nicht vertrauen und den man daher nicht in sein Haus lassen sollte.

»Das hättest du dir vorher überlegen müssen.« Mrs Ogden seufzte. Ihr schien dieses Gespräch mindestens genauso unangenehm zu sein wie Lucy. »Pack deine Sachen und verlasse uns. So schnell wie möglich.«

»Darf ich mich von Jessie und den anderen verabschieden?«

»Nein! Geh jetzt.«

Mrs Ogden sorgte dafür, dass alle anderen Dienstboten in der Halle blieben, während Lucy die unendlich vielen Stufen der Hintertreppe hinaufschlich. Selbst nach einem langen Arbeitstag waren ihr die Beine nicht so schwer gewesen.

Lucy holte ihr Tageskleid und ihre Unterwäsche aus dem Schrank. Die Schürze fühlte sich seltsam schwer an und klapperte.

Die Münzen! Das Kleingeld, das sie vor fünf Tagen von Leopold zum Waschen erhalten und wegen der neuen Stelle als Kindermädchen vergessen hatte. Niemand schien das Geld bisher vermisst zu haben.

Die Münzen. Genug, um davon eine Weile zu leben. Wenn mich sowieso alle für jemanden halten, der pflichtvergessen ist, kann ich das Geld auch an mich nehmen. Es hilft Mutter, Bertie und mir über die erste Zeit, bis ich eine neue Stelle bekomme.

Lucy zögerte, dann öffnete sie die alte, abgetragene Reisetasche. Nachdem sie ihre wenigen Habseligkeiten hineingelegt hatte, setzte Lucy sich auf ihr Bett und ließ den Tränen freien Lauf. Es war doch nicht ihre Schuld. Jedenfalls nicht allein. Warum wurden der junge Herr und sein Freund nicht dafür bestraft, die der Grund dafür waren, dass sie davongelaufen war? Warum gab man ihr nicht einmal die Gelegenheit, ihre Seite der Geschichte zu erzählen.

»Zum Glück ist Millicent nichts passiert«, flüsterte sie in die Stille der Kammer, die ihr eine Heimat gewesen war. An der Tür drehte sie sich um, um einen letzten Blick hineinzuwerfen.

Ich wollte nie für immer hierbleiben, aber so wollte ich nicht gehen.

An der Treppe wartete Mrs Ogden auf sie, als fürchtete sie, dass Lucy sich in der Kammer verbarrikadieren könnte.

»Hier.« Lucy reichte ihr das gewaschene Kleingeld. »Das habe ich vergessen. Es tut mir leid.«

»Ich wünsche dir alles Gute, Lucy.« Mrs Ogden öffnete die Tür. Zu Lucys Überraschung hielt sie ihr die Hand entgegen. »Ich wünschte, es wäre anders gekommen.«

»Danke.« Lucy drückte die Hand. »Bitte … bitte grüßen Sie alle und sagen ihnen, wie leid es mir tut.«

Auf dem Weg nach Bownham überlegte Lucy hin und her, was sie ihrer Mutter sagen konnte. Selbst eine Notlüge würde nicht helfen. Es wäre nur eine Frage der Zeit, bis Gerüchte über das Geschehen den Weg in ihr Heimatdorf fanden.

Während ihre Füße durch den Staub der Landstraße schlurften, drehten sich ihre Gedanken immer um die Fragen: Was hätte sie anders machen können? Warum war sie nur weggelaufen?

»Lucy! Was machst du hier?« Ihre Mutter musterte Lucy aufmerksam und konnte wohl an ihrer Miene ablesen, dass etwas Furchtbares geschehen war.

»Mum!« Lucy warf sich ihrer Mutter in die Arme. Tränen, die sie bereits versiegt geglaubt hatte, strömten aus ihren Augen. »Sie haben mich entlassen.«

»Mein Schatz, was ist passiert? Komm, ich mache uns einen Tee.«

Während ihre Mutter das Wasser aufsetzte, erzählte Lucy stammelnd, von Schluchzern unterbrochen, welche unerträgliche Ungerechtigkeit ihr widerfahren war. Sie hielt nur kurz inne, um einen Schluck Tee zu trinken, in den ihre Mutter großzügig vom kostbaren Honig gegeben hatte.

»Lucy, du kannst hier nicht bleiben.« Mums Augen glänzten wie im Fieber. Ihre Wangen waren gerötet und ihre Hände, die sie auf Lucys legte, fühlten sich heiß an. »Jeder Tag wäre ein Spießrutenlaufen für dich.«

»Es tut mir so leid um Millicent.« Lucy kämpfte dagegen an, erneut in Tränen auszubrechen, aber sie spürte deren warme Feuchtigkeit auf ihren Wangen. Es war so gemein.

»Aber es war nicht allein meine Schuld.«

»Niemand wird dir glauben, Liebes.«

»Irgendjemand muss sie gesehen haben.«

»Keiner der Dienerschaft wird dir zur Seite stehen.«

Lucys Lippe zitterte, ihre Nase fühlte sich aufgequollen an und es kostete sie drei Versuche, bis sie endlich sprechen konnte.

»Wo soll ich denn hin? Was soll aus dir werden?«

»Lucy.« Die dunklen Augen ihrer Mutter wurden noch dunkler. »Ich lebe nicht mehr lange.«

»Sag das nicht.«

»Lass mich ausreden. Mein Leben ist bald vorbei. Deines beginnt erst. Geh nach London.«

»London?«

Ihr Herz fühlte sich an, als wollte es aus ihrer Brust springen. Das konnte Mum ihr nicht antun. Lucy war noch nie mehr als dreißig Meilen von zu Hause weg gewesen. Sie kannte nur ihr kleines Dorf und Banbury, wo die Schwestern Birdwhistle gelebt hatten. In einer gewaltigen Stadt wie London würde sie untergehen, sie würde sich verlaufen, würde die sanften Hügel, den Himmel, die Weite ihrer Heimat unendlich vermissen.

»Tante Bessie lebt dort. Sie wird sich um dich kümmern.«

Lucy hatte ihre Tante das letzte Mal vor fünf Jahren gesehen und erinnerte sich nur dunkel an sie. An eine zornig wirkende Frau mit hoher Stimme und bunten Kleidern, die auf ihre Familie herabgesehen hatte. Warum sollte Bessie ihre Nichte bei sich aufnehmen?

»Sie wird es machen, Bessie ist mir noch etwas schuldig.«

»Was wird aus … Bertie, wenn …« Sie konnte die furchtbaren Worte nicht aussprechen, wie ein Knäuel aus Stacheldraht saßen sie in ihrem Hals.

»Er kann hierbleiben und wird etwas finden.«

»Was wird aus Whiskers? Sie … sie wird es nicht verstehen, wenn ich nicht mehr jeden Sonntag zu Besuch komme.«

»Wir kümmern uns um sie. Das weißt du.«

»Warum kann ich nicht bleiben? In einem halben Jahr denkt bestimmt niemand mehr an …«

»Niemand hier wird dich einstellen. Alle fürchten die Familie Blakenham.«

»Dann gehe ich eben nach Westbury.«

»Lucy.«

Mehr musste Mum nicht sagen, wusste Lucy doch selbst, wie gering ihre Möglichkeiten waren. Alle Dörfer hier waren von Hazelwell Manor abhängig. Niemand würde dem Mädchen Arbeit geben, das beinahe die kleine Millicent umgebracht hatte. Auch wenn es nicht ihre Schuld gewesen war. Nun gut, das musste sie eingestehen, wäre sie nicht so panisch davongerannt, wäre das Mädchen noch gesund und glücklich. Aber warum erhielten weder Mr Percival noch sein Freund eine Bestrafung dafür, dass sie Lucy erschreckt hatten? Warum kamen sie davon und konnten weiterleben, als wäre nichts geschehen, und sie musste nach London gehen? Allein. Von den wenigen Ersparnissen, die ihrer Mutter geblieben waren.

»Ich werde versuchen, so schnell es geht, in London eine Stelle zu finden, damit ich euch Geld schicken kann.«

Sie bemühte sich, das Zittern in ihrer Stimme zu unterdrücken, damit ihre Mutter sich nicht noch mehr Sorgen machte.

KAPITEL 14

Hazelwell Manor 1913

Emma wartete drei Tage, bis sich die Aufregung etwas gelegt hatte und sie sicher sein konnte, dass Millicent überlebte. Sofort nach dem Unglück war Reginald Sutcliffe abgereist, als fürchtete er, noch zur Verantwortung gezogen zu werden. Percival hingegen verhielt sich, als wäre er frei von jeglicher Schuld. Sicher ging er davon aus, dass niemand außer dem Kindermädchen ihn gesehen hatte – und das war entlassen worden, wie ihre Zofe Emma berichtet hatte.

Emma galt als Heldin, was ihr den Respekt der Dienstboten und eine unerwartete Zuneigung von Lady und Lord Ashworth einbrachte. Selbst Florence und Georgina behandelten sie freundlich. All das erschwerte es Emma, an ihrem Vorhaben festzuhalten.

Die vergangenen Nächte hatte sie schlecht geschlafen, weil sie ihren Plan wieder und wieder im Kopf durchgegangen war und sich gefragt hatte, ob sie nicht das Unglück auf sich zöge, wenn sie ihr Vorhaben in die Tat umsetzte. Durfte man sein Glück auf dem Elend eines anderen aufbauen? War sie wirklich derart verzweifelt oder skrupellos, dass sie keine Scheu kannte?

Immer wieder hatte sie sich diesen Zweifeln gestellt, immer wieder war sie zu dem gleichen Ergebnis gekommen.

Ja, es war verwerflich, ja, wahrscheinlich führte der Weg, den sie beschreiten wollte, sie direkt in den Abgrund, aber er war der einzige Weg, den sie vor sich sah. Wenn sie ein besserer Mensch wäre, würde sie niemals auch nur über diese Möglichkeit nachdenken.

Aber ich bin nun mal nicht so gut, wie ich es gerne wäre. Ich habe nur diese eine Chance auf mein kleines Glück – und wenn ich dafür auf etwas Böses zurückgreifen muss, dann muss das eben sein. Heißt es doch, dass der Zweck die Mittel heiligt.

Obwohl alle Überlegungen sie immer wieder an diesen Punkt gebracht hatten, fühlte sie sich flau und hatte keinen Hunger. Selbst die schönste Leckerei, die die Köchin zauberte, vermochte Emma nicht zu begeistern. Sie stocherte in den Braten, Pasteten und Beerentörtchen und musste gegen einen Würgereiz kämpfen, sobald sie nur einen Bissen zu sich nahm. An den Gesprächen beteiligte sie sich noch weniger als sonst und bemühte sich vor allem, Percival nicht in die Augen zu sehen.

Endlich kam der Tag, an dem sie ihren Plan in die Tat umsetzen wollte. Beim Frühstück schob sie Percival den Zettel zu, auf den sie ihm eine kurze Nachricht geschrieben hatte. Möglichst unverfänglich, falls jemand anders danach greifen sollte.

Triff mich um 12:00 Uhr in der Bibliothek. Es ist wichtig. Emma

Es war ihr als ausgleichende Gerechtigkeit erschienen, ihn zu dem Ort hin zu zitieren, an dem er die üblen Worte über sie gesagt hatte. Dort hatte sie gelitten, nun würde er dafür büßen. Falls er denn käme.

Sie beobachtete ihn, wie er den Zettel auffaltete und die Notiz las. Dann schaute er auf und sie direkt an. Emma zwang sich dazu, seinen Blick zu erwidern, obwohl ihr so flau war, dass sie fürchtete, gleich den Tee erbrechen zu müssen. Eine Weile, die ihr entsetzlich lang vorkam, starrte er sie an. Schließlich nickte er, erhob sich und ging aus dem Frühstücksraum.

Zum ersten Mal seit drei Tagen verspürte Emma Hunger und stand auf, um sich etwas zu essen zu holen. Unter der ersten Servierhaube, die sie aufhob, entdeckte sie Nieren. Nein, so hungrig war sie wahrlich nicht. Stattdessen nahm sie sich Rührei, Schinken und Toast und etwas Obst.

Zum siebten Mal schaute sie auf die gewaltige Standuhr, deren Zeiger sich einfach nicht bewegen wollten, was ihre Nervosität nur steigerte. Warum hatte sie auch 12:00 Uhr gesagt und nicht »sofort«? Das Warten zerrte an ihren Nerven, die ohnehin durch den tragischen Unfall und die drei Nächte voller Überlegungen gespannt waren und zu reißen drohten. Bereits ein winziger Druck würde genügen, um Emma zusammenbrechen zu lassen. War sie wirklich stark genug, sich Percival entgegenzustellen?

»Sie ist mir keinen Blick wert«, hatte er gesagt. Diese Worte hatten sich in ihr verliebtes Herz gebohrt wie ein spitzer Dolch oder ein Skalpell, so fein, dass man den Schmerz erst spürte, nachdem es tief genug geschnitten hatte, um ernsthaft zu verletzen. Percival würde erfahren, wie es sich anfühlte, in der Hand eines anderen Menschen zu sein, sich fügen zu müssen.

Bin ich wirklich so rachsüchtig?

Rastlos sprang Emma auf und ging im Zimmer auf und ab. Sie warf einen Blick in den Spiegel, aus dem ihr ein Gesicht mit dunklen Ringen unter den Augen, herabgezogenen Mundwinkeln und einem Blick voller Angst entgegensah.

So ein Mensch bin ich nicht. So will ich nicht sein. Es muss einen anderen Weg für mich geben.

Genug!

Ich habe alles tausendmal hin und her gewendet und meine Entscheidung getroffen. Was immer auch ihre Konsequenzen sein werden, ich werde es ertragen.

»Was willst du?«, fragte er, sofort nachdem er die Tür hinter sich geschlossen hatte. »Soll *ich* mich ebenfalls bei dir bedanken? Reicht es nicht, wie sehr meine Eltern dich hofieren?«

»Ich habe vom Haus aus gesehen, was geschehen ist.«

Einen Moment lang verdunkelte Schrecken Percivals Gesicht, doch sofort hatte er sich wieder im Griff und lächelte sie an.

»Ich weiß nicht, wovon du redest.«

»Das Dienstmädchen, Lucy, sie ist nur davongelaufen, weil Reginald und du euch einen dummen Spaß mit ihr erlaubt habt.«

Percival schwieg. Er wandte ihr den Rücken zu und ließ einen schmalen, eleganten Finger an der Buchreihe vor ihm entlangwandern.

Habe ich zu hoch gepokert? Bisher gingen meine Überlegungen nur in die Richtung, ob ich ihn zwingen will. Ich habe mir keine Gedanken gemacht, wie ich reagieren soll, wenn er alles leugnet oder mich auslacht.

Sie fühlte sich auf einmal so matt, dass sie sich in den Sessel fallen ließ. Ironischerweise in jenen, in den sie sich vor Kurzem vor Percival und Reginald Sutcliffe verkrochen hatte.

Endlich drehte er sich zu ihr um, einen Ausdruck von Ekel auf seinem attraktiven, ebenmäßigen Gesicht.

»Was willst du?«

»Wenn du mein Schweigen willst, musst du mich heiraten.«

»Niemals. Meine Mutter wird mir verzeihen. Es war nur ein dummer Streich.«

»Dr. Culpepper hat gesagt, dass Millicent unter Spätfolgen leiden wird.« Auch wenn sie sich furchtbar fühlte, weil sie das tragische Schicksal des Kindes für sich nutzte, konnte Emma nicht anders. Percivals Dummheit hatte ihr die Gelegenheit geboten, von der sie immer geträumt hatte. Sie würde den Mann heiraten können, den ihr Herz so begehrte, und sie würde nie mehr nach Deutschland zurückkehren müssen.

»Was hast du davon, wenn ich dich heirate? Bist du scharf auf den Titel?«

Emma presste die Lippen zusammen. Sollte sie ihm die Wahrheit sagen oder würde sie das in eine Abhängigkeit von ihm treiben? Percival erschien ihr nicht als ein Mensch, der freundlich zu anderen war, die ihm eine Schwäche offenbarten. Und so jemanden wollte sie heiraten?

Ich liebe ihn, obwohl ich um seine Fehler weiß, und ich bin bereit, ein Leben mit ihm zu wagen. Was habe ich schon für eine Wahl: eine Heirat mit Percival oder als Spinster in Braunschweig enden, verspottet für eine Liebe, an die ich damals glaubte. Von Percival erwarte ich nichts – da kann er mich weder verletzen noch enttäuschen.

»Dein Titel ist mir gleichgültig.« Sie raffte ihren Mut zusammen, holte tief Luft und stand auf, bis sie ihm gegenüberstand. »Ich … ich liebe dich. Vom ersten Tag an.«

Erst reagierte er nicht, was ihr Herz so laut schlagen ließ, dass er es hören musste, dann jedoch verzog ein spöttisches Lächeln seine Lippen.

»Das ist mir nicht verborgen geblieben. Sicher niemandem in Hazelwell.«

Emma presste die Lippen aufeinander, damit sie nichts sagte. Scham drohte sie zu überwältigen. Hatten wirklich alle von ihrer Liebe gewusst? War es so deutlich, was sie für Percival empfand? Vor ihrem inneren Auge spielten sich Bilder ab, die ihr die Schamesröte auf die Wangen trieben. Sie sah Florence und Georgina, die sich über sie lustig machten, unterstützt von Percival und Reginald Sutcliffe. Sicher hatten auch die Dienstboten nichts Besseres zu tun gehabt als über ihre Narretei zu tratschen. Zutiefst getroffen ballte Emma die Hände zu Fäusten – wenn er sie heiratete, würde damit ein für allemal Schweigen herrschen. Dann hätte sie gewonnen.

»Also«, sagte sie mit erstaunlich fester Stimme. Zorn und

Scham gaben ihr den Mut, ihm ein Ultimatum zu stellen. »Wirst du mich heiraten oder soll ich die Wahrheit sagen?«

Er schaute sie an, als wäre sie ein ekliges Insekt, das den Augen der Hausmädchen entgangen war. Unter diesem Blick fühlte sie sich fett und hässlich. Sie presste die Lippen zusammen, damit sie nicht mit einer Entschuldigung herausplatzte oder sich um Kopf und Kragen redete, nur damit er sie nicht weiter so ansah. Endlich reagierte er. Mit einem Lachen, was sie vollends verwirrte.

»Wie armselig.« Percival stieß ein schnaubendes Geräusch aus, das einem Lachen ähnelte. »Du musst einen Mann zur Ehe erpressen. Ist dir das nicht peinlich?«

»Ja oder Nein?« Emma reckte ihr Kinn und verengte die Augen. Mochte er denken, was *er* wollte. Sie würde bekommen, was *sie* wollte. »Ich zähle bis drei. Dann gehe ich zu deiner Mutter.«

Erneut schwieg er, sein Blick war gleichzeitig Eis und Feuer, aber sie hielt ihm stand. Percival ballte die Hände zu Fäusten und sie wich zurück, in Sorge, dass er sie schlagen würde.

»Gut, dann lass es uns gleich allen sagen.«

»Brauchst du keine Zeit zum Überlegen?«

»Habe ich eine Wahl?«

Emma schwieg.

»Komm, meine Liebe.« Mit einer gespielt-galanten Geste bot er ihr seinen Arm, was sie annahm. Seine Nähe ließ ihre Wangen brennen und alle Zweifel zurückkehren. Aber nein, es war beschlossen.

Arm in Arm gingen sie wortlos in den Salon, wo die Familie auf den Lunch wartete.

»Wir haben euch etwas mitzuteilen.« Hätte sie es nicht besser gewusst, hätte Emma Percivals Lächeln für echt gehalten. »Emma und ich haben uns verlobt.«

Schweigen erhielten sie als Antwort. So nachdrücklich war die Stille, dass Emma sich wünschte, sich in Luft auflösen zu können. Lord und Lady Ashworth wechselten einen Blick, in dem Emma Zweifel und Überraschung zu erkennen glaubte, aber beide ließen sich nicht anmerken, was sie dachten.

»Das ist eine Überraschung.« Lady Ashworth rang sichtlich nach Worten. » … und so schnell.«

»Ich weiß, ihr hattet andere Pläne.« Percival zog Emmas Hand an seine Lippen. »Aber ihr wollt unserem Glück sicher nicht im Weg stehen.«

»Für mich ist Emma wie eine vierte Tochter«, mischte sich unverhofft Lord Ashworth ein. »Sie hat Millicent das Leben gerettet.«

Erneut legte sich Schweigen über den Raum, so intensiv, dass Emma meinte, ihr Herz schlagen zu hören. Wie in der düsteren Geschichte von Edgar Allan Poe. Würde auch ihr Herz sie verraten? Die Wahrheit wollte sich aus ihrer Kehle drängen, aber bevor sie ein Wort aussprechen konnte, trat Lady Ashworth auf sie zu.

»Herzlichen Glückwunsch, ich freue mich so sehr.« Ihre zukünftige Schwiegermutter zog Emma in ihre Arme. »Willkommen in unserer Familie.«

Nachdem auch Lord Ashworth – »So eine gute Wahl hätte ich dem Jungen nicht zugetraut.« – und Florence und Georgina ihr gratuliert hatten, begann Emma langsam daran zu glauben, dass sie heiraten würde.

»Hutchins, bringen Sie uns Champagner. Wir haben etwas zu feiern.« Lady Ashworth lächelte Emma zu. »Hast du schon eine Vorstellung, wann du heiraten möchtest?«

»So schnell wie möglich«, antwortete Percival an ihrer Stelle. »Wir beide können es kaum noch erwarten. Nicht wahr, Liebes?«

»Ja. So schnell wie möglich.« Warum nur wollte sie am liebsten weglaufen, jetzt, wo sie der Erfüllung ihres Traumes so nahekam? Nach dem zweiten Glas Champagner legte sich ihre Aufregung, nach dem dritten fühlte Emma sich beinahe glücklich.

Während Lord Ashworth und Lady Ashworth mit Percival über die Gästeliste und mögliche Termine redeten, stürzten sich ihre zukünftigen Schwägerinnen auf Emma.

»Kannst du Mutter dazu überreden, dass wir nach Paris fahren, um Kleider für die Hochzeit zu kaufen?« Plötzlich war Emma für Florence und Georgina interessant geworden.

»Alle anderen werden bestimmt etwas von Worth tragen. Da können wir nicht zurückstehen.«

Für Florence und Georgina schien es nichts Wichtigeres im Leben zu geben als die Frage, was sie auf der Hochzeitsfeier tragen würden. Selbst das tragische Schicksal ihrer kleinen Schwester stand hinter dieser unglaublich bedeutenden Frage zurück.

»Wir waren noch nie bei Worth.« Florence schaute Emma so bittend an, dass diese sich versucht fühlte, nachzugeben, um ihre Ruhe zu haben. »Mutter wollte die Reise nicht auf sich nehmen.«

»Ich fürchte, Lady Ashworth wird zu viel mit den Hochzeitsvorbereitungen zu tun haben, als dass sie reisen könnte.«

Und ich möchte nicht nach Paris, nur für ein Stück Stoff. Mir ist das nicht wichtig. Außerdem bin ich weder schlank noch hübsch genug, dass sich ein Kleid von »House of Worth« für mich lohnt.

»Dann lass uns wenigstens nach London fahren, ins Maison Lucille.«

Verrückt, dass ein Engländer in Paris seinem Modehaus einen englischen Namen gibt, während Lady Duff-Gordon ihrem Salon einen französischen Anstrich verleiht.

»Oh ja, sie soll ihren Kleidern Namen geben.« Georginas Wangen waren vor Begeisterung gerötet. »Do you love me? heißt eines von ihnen.«

Das sollte ich als Hochzeitskleid tragen, obwohl ich nicht glaube, dass Percival die Ironie verstehen würde. Was bin ich nur für eine glückliche Braut!

KAPITEL 15

London 1913

Schlaflos wälzte Lucy sich von einer Seite auf die andere, wobei sie sich bemühte, so wenig Lärm wie möglich zu machen, schliefen doch ihre Cousinen Daisy und Nellie mit ihr in dem winzigen Zimmer. Die beiden mussten sich ein schmales Bett teilen, weil ihre Tante Lucy das zweite gegeben hatte. Das führte dazu, dass ihre Cousinen sie hassten und ihr heute einen toten Vogel ins Bett gelegt hatten. Als ob sie Lucy damit Angst einjagen konnten! Schließlich hatte sie auf dem Land gelebt und von Whiskers oft tote Mäuse oder Vögel geschenkt bekommen.

Die Gemeinheit ihrer Cousinen war nicht der Grund für Lucys Schlaflosigkeit, sondern Heimweh, so intensiv und schmerzhaft, dass es sie aufzufressen drohte. Sie vermisste ihre Mum, sie vermisste Whiskers, selbst Bertie erschien ihr plötzlich liebenswert. Ihre Kehle fühlte sich an wie zugeschnürt und Panik schlug über ihr zusammen wie eine

Welle, wenn sie sich vorstellte, den Rest ihres Lebens hier verbringen zu müssen.

Lucy hatte wenige Vorstellungen von London gehabt, nur dass die Stadt gewaltig groß wäre und voller Leute. Womit sie überhaupt nicht gerechnet hatte, war der unglaubliche Verkehr: Automobile, von Pferden gezogene Kutschen, Fahrradfahrer und Fußgänger teilten sich die Straßen, kamen einander immer wieder ins Gehege, was zu furchtbarem Krach führte. Autofahrer hupten, Kutscher fluchten und Passanten riefen um Hilfe. Nachdem sie am Tag ihrer Ankunft beinahe von einem Pferdefuhrwerk überfahren worden war, traute Lucy sich kaum vor die Tür. Nur mit Begleitung ihrer Cousinen oder ihrer Tante wagte sie es, den Weg bis zum Händler zu gehen, wo sie Lebensmittel kauften. Ihren Onkel Harold bat Lucy nicht um Unterstützung, irgendetwas an ihm war ihr unheimlich.

Daisy und Nellie machten sich einen Spaß daraus, einfach im Gewühl der Menschen zu verschwinden, die sich ständig auf den Straßen befanden und mit gewichtiger Miene von hier nach dort eilten. Jedes Mal, wenn ihre Cousinen das taten, fürchtete Lucy, nicht wieder zum Haus ihrer Verwandten zurückzufinden. Bisher war sie immer wieder heimgekommen, aber Daisy und Nellies Streiche führten dazu, dass Lucy noch mehr Angst vor dem Leben in London hatte.

Bei Tante Bessie konnte und wollte Lucy sich nicht beschweren, musste sie doch dankbar sein, dass die Verwandten sie aufgenommen hatten und durchfütterten, ohne dass sie viel zum Haushalt beitragen konnte.

Um ihre Schulden ein wenig abzuzahlen, half Lucy, wo sie nur konnte. Sie putzte die enge, dunkle Wohnung, ging einkaufen und kochte, so gut es ihr möglich war. Dankbarkeit erntete sie dafür nicht, höchstens Spottworte, wenn der Eintopf zu dünn oder die Kartoffeln zu fest geraten waren. Erst kurze Zeit lebte sie hier, aber es kam ihr bereits wie eine Ewigkeit vor. Bei der Vorstellung, noch Wochen, Monate, gar Jahre in London bei ihren Verwandten leben zu müssen, wurde ihr das Herz schwer und der Magen flau.

So sehr sie sich auch vor der Stadt fürchtete, sie musste sich eine Arbeit suchen, musste eine Möglichkeit finden, ihrer Mum wieder Geld zukommen zu lassen. Voller Angst fragte sie sich, wie lange die knappen Ersparnisse ihrer Mutter noch reichen würden. Ob Bertie wohl endlich seinen Beitrag leistete oder würde er weiterhin darauf hoffen, dass er vom Arbeiten verschont bliebe?

Lucy strampelte die kratzige Wolldecke weg, weil ihr plötzlich heiß wurde, als sie an ihre Familie dachte. *Hoffentlich geben sie Whiskers nicht weg, jetzt, wo ich nicht mehr zu Hause bin. Ich muss mir etwas einfallen lassen, damit ich Mum Geld schicken kann. Aber womit kann ich etwas verdienen?*

Eine Stelle als Dienstmädchen bekomme ich bestimmt nicht, solange ich keine Referenzen aus Hazelwell Manor vorzuweisen habe. Was kann ein Mädchen sonst arbeiten?

Sie hatte von Fabriken gehört, in denen Hunderte von Frauen miteinander eingesperrt waren und von früh am Morgen bis spät am Abend schufteten. Das konnte sie sich nicht für sich vorstellen, das wollte sie nicht einmal als Idee zulassen, aus Angst, dass daraus dann Wirklichkeit würde. Eingesperrt zu sein, von einer Glocke morgens zur Arbeit gerufen zu werden und abends von einem Klingeln den Feierabend eingeläutet zu bekommen, erschien ihr eine furchtbare Vorstellung. Aber war es denn wirklich so viel anders als ihre Stelle auf Hazelwell Manor? Auch dort hatte sie springen müssen, wenn die Glocke ertönte, und ihre Tage waren lang gewesen. Trotzdem, in einer Fabrik zu arbeiten – nein, der Gedanke raubte ihr den Atem. Doch was waren die Alternativen?

Als letzte Möglichkeit, darüber hatte sie Maude und eines der älteren Hausmädchen auf Hazelwell einmal flüstern hören, blieb einer Frau nur die Straße. Lucy schauderte und drehte sich auf die andere Seite. Gestern hatte sie zwei dieser Frauen gesehen, erkennbar an ihren grell geschminkten Mündern und der abgrundtiefen Verzweiflung in ihren Augen.

Würde ich so tief sinken, meinen Körper zu verkaufen, um meine Familie zu ernähren? Würde ich es wirklich tun, wenn mir keine andere Möglichkeit bleibt? Ich habe gar keine Erfahrung mit Jungen, mit Männern.

Wieder sah sie das Bild vor sich, als Mister Percival und sein Freund nackt aus dem Brunnen gestiegen waren. Nicht einmal ihren Bruder hatte sie so gesehen. Lucy schauderte, vor Grauen, aber auch vor Zorn, weil der junge Herr ungestraft blieb, obwohl alles seine Schuld war. Aber so war es wohl in der Welt. Die Oberen durften tun, was sie wollten, und Menschen wie Lucy und ihre Mum mussten darunter leiden.

Sie spürte einen Druck auf der Blase, blieb aber liegen. Selbst wenn sie sich noch so sehr bemühte, leise zu sein, wachten ihre Cousinen jedes Mal auf, sobald Lucy den Nachttopf benutzte, und beschimpften sie dafür. Also bemühte sie sich, das drängende Bedürfnis zu unterdrücken und sich abzulenken, damit sie wieder einschlief.

Die Frage allerdings, ob sie sich verkaufen wollte, um endlich wieder Geld zu verdienen, war nicht geeignet, um ihr einen geruhsamen Schlaf zu bringen. Also reiste sie in Gedanken zurück nach Bownham, suchte nach glücklichen Erinnerungen, die ihr die dunkle Nacht erhellten.

Als der Morgen dämmerte und in den Nachbarwohnungen die ersten Geräusche des Tages zu hören waren, wachte Lucy auf. Einen Augenblick lang dachte sie, sie wäre noch auf Hazelwell Manor und müsste sich sputen, um ihr Tagwerk zu beginnen, doch schnell sickerte die Erkenntnis ein, dass dieser Abschnitt ihres Lebens unwiederbringlich verloren war.

Nicht weinen. Ich darf nicht weinen. Daisy und Nellie würden mich verspotten und mich für noch schwächer halten. Dann kann ich mich bestimmt gar nicht mehr vor ihnen retten.

Leise stand Lucy auf, zog sich im Halbdunkel des frühen Tages Korsett und Kleidung an – waschen würde sie sich später – und ging in die Küche, von der aus die beiden Schlafkammern abzweigten.

In dem ohnehin engen Raum musste man ständig den Kopf einziehen, weil überall Leinen gespannt waren, auf denen die Wäsche der Familie zum Trocknen aushing. Auch jetzt blubberte bereits Lauge in einem großen Topf, in dem die Wäsche vor sich hin kochte, bis Lucy sie bearbeiten würde.

Aus der Nachbarwohnung war wieder lautstarker Streit zu hören, weil die Frau bei den Frauenrechtlerinnen war, was der Ehemann ihr mit Gewalt ausprügeln wollte. Lucy konnte beides nicht verstehen: weder, warum die Nachbarin ihre Zeit mit den reichen Ladys verschwendete, noch, warum sie ihren Ehemann nicht verließ.

Ihre Tante Bessie war ebenfalls wach, kochte Wasser für Tee und Porridge. Obwohl sie Mums jüngere Schwester war, sah Bessie viel, viel älter aus. Ihre Haut war grau, das Gesicht rund mit auffallenden dunklen Ringen unter den blauen Augen, deren Farbe aussah, als wäre sie ausgewaschen.

Obwohl Mum krank ist, sieht sie besser aus als meine Tante. Macht London das mit Menschen? Altern sie vor ihrer Zeit? Wie werde ich wohl in einem Jahr aussehen?

»Was hast du schon wieder? Fang bloß nicht an zu heulen!«

»Kann ich dir helfen?«

»Setz dich. Wir müssen reden.« Ihre Tante schob ihr einen Emaillebecher zu, dessen zerkratzter Boden durch den dünnen Tee zu sehen war. »Hier, trink.«

Die Schale mit dem wässrigen Porridge folgte. Lucy wagte es nicht, nach dem Zucker zu greifen, wusste sie nur zu gut, dass sie ihn nicht verdiente. Sicher wollte Bessie darüber mit ihr sprechen. Wenn ihre Grübelei gestern Nacht Lucy doch nur eine Lösung gezeigt hätte. Angelegentlich schaute sie in den Becher, den sie mit Händen umklammert hielt, als könnte der Tee die Kälte vertreiben, die Tante Bessies Worte mit sich gebracht hatten.

»So geht das nicht weiter.« Tante Bessie kniff kurzsichtig die Augen zusammen. Die Arbeit als Näherin, oft beim schwachen Schein einer billigen Kerze, hatte ihr die Augen verdorben. »Ich kann dich nicht länger durchfüttern. Such dir eine Arbeit.«

Lucy verschluckte sich an dem dünnen Porridge, das es zum Frühstück gab. Wie sehr sehnte sie sich nach dem wunderbar dicken Haferbrei, den Mrs Griffiths gezaubert hatte, oft gekrönt von einem Klecks Sahne. Bei der Erinnerung leckte sie sich die Lippen. Dann jedoch holten die harschen Worte sie wieder ein und ließen ihr Herz schneller schlagen.

»Was soll ich denn machen? Ich habe nichts gelernt außer putzen.«

»Du wirst ja wohl waschen können.«

»Hier?« Zweifelnd schaute sie sich in der engen Küche um. Wo sollte sie denn weitere Wäsche aufhängen?

»Selbstverständlich nicht.« Tante Bessie stieß einen Seufzer aus, der mehr als tausend Worte sagte, wie sehr sie es bedauerte, ihre Nichte, den Dorftrampel, bei sich aufgenommen zu haben. »Ich kann dir bestimmt einen Platz in der Wäscherei besorgen.«

»Ist das weit von hier?« Lucys Stimme hörte sich an wie die einer Maus, die in Whiskers' Fänge geraten war und um ihr Leben quietschte. »Ich … ich finde mich in London noch nicht so gut zurecht.«

Das war eine vollkommene Untertreibung, aber sie fürchtete, von ihrer Tante nur Hohn und Spott zu ernten, Verständnis konnte sie von ihr sicher nicht erwarten.

»Winifred Clarke von nebenan nimmt dich mit.« Bessies Blick verengte sich, dieses Mal wirkte er bedrohlich. »Wehe, du stellst dich dumm an.«

»Hast du es ihr gesagt?«, erklang eine tiefe Stimme hinter ihr, was Lucy einen Schauder über den Rücken jagte. Sie mochte ihren Onkel nicht. Etwas an ihm, an der Art, wie er sie ansah, wie seine Hand zufällig ihre Brüste streifte, und die raue Unflätigkeit, mit der er Bessie behandelte, führte dazu, dass sie ihm aus dem Weg ging, so gut es in der winzigen Wohnung möglich war. Doch jetzt war sie gefangen, saß am Tisch. Sie roch bereits, dass er sich ihr näherte. Sauer war sein Geruch nach Schweiß und Bier und dem schalen Gestank von Zigarettenrauch. Es konnten nur noch wenige Schritte sein, die ihn von ihr trennten. Das Porridge wurde immer mehr in ihrem Mund und Lucy musste gegen ein Würgen ankämpfen.

Da ertönte ein lautes Klopfen.

»Ich bin's, Winifred. Ich will die Kleine abholen.«

Erleichtert schlang Lucy den letzten Löffel Porridge herunter und sprang auf. Die Nachbarin, eine zierliche Frau mit schwarzen Haaren und tiefbraunen Augen, lächelte ihr zu.

»Willst es also mit dem Waschen versuchen.«

Lucy nickte nur, ihre Kehle fühlte sich an wie zugeschnürt und sie wollte doch Winifred Clarke für ihre Hilfe danken. Vielleicht später. Um sich abzulenken, sah sie sich aufmerksam um, versuchte, sich den Weg und die Straße einzuprägen, damit sie nicht verloren ging.

Hier im East End waren die Gassen eng, die Bürgersteige nur schmal. Zwischen den roten Backsteinfronten der Häuser waren Wäscheleinen aufgespannt, auf denen Unterhemden und Betttücher aufgehängt waren. Selbst früh am Morgen waren schon Kinder auf den Straßen, barfuß, egal wie kühl der Morgen war. Ein Mädchen umklammerte eine dreifarbige Katze, die diese rüde Behandlung gewohnt zu sein schien.

Whiskers. Lucys Herz wurde noch schwerer, als sie an ihre Katze dachte, die sie wohl nie mehr in ihren Armen halten würde.

»Ist die Arbeit schwer?«, fragte sie, um sich abzulenken.

»Leicht isse nicht. Bessie hat gesagt, du warst Hausmädchen. Dann biste hartes Arbeiten ja gewohnt.«

Sie konnte nur nicken.

Vorn an der Straße entdeckte Lucy eine tote Ratte, neben der eine steife schwarze Katze lag. Am ersten Tag hatte sie noch um die armen Tiere getrauert, die wie Unrat auf der Gasse lagen, inzwischen hatte sie sich daran gewöhnt. Es waren einfach zu viele, als dass Lucy weiterhin Mitleid aufbrachte. Würde es London gelingen, ihr jegliches Mitgefühl auszutreiben?, fragte sie sich, als sie neben Winifred Clarke der Straße folgte.

KAPITEL 16

London 1913

Nachdem sie sich in der Morgendämmerung aus dem schmalen Bett gequält hatte, wünschte Lucy sich wieder einmal zurück nach Hause zu ihrer Mutter oder nach Hazelwell. Aber was sollten diese Gedanken, sie lebte nun in London und musste lernen, sich der Stadt anzupassen. Mit jedem Tag, der verging, gelang es ihr besser, vor allem, seit sie die Arbeit aufgenommen hatte und sich nun nicht mehr als arme Bittstellerin fühlen musste, sondern als diejenige, die neben Tante Bessie ein regelmäßiges Einkommen bekam.

Onkel Harold hatte seine Stelle verloren. »Sie ham drei Mädchen eingestellt, weil die billiger sind. Es ist nich Recht, wie Weiber uns Männern die Arbeit wegnehm.«

Jeden Abend gab er diese Tirade von sich. Niemand hörte ihm mehr zu, weder seine Frau noch seine Töchter, Lucy erst recht nicht. Daisy und Nellie arbeiteten ab und zu in einer Zigarettenfabrik, aber sie waren noch zu jung, um eine feste Anstellung zu bekommen. Jedenfalls behauptete Tante Bessie das, obwohl Lucy in der Wäscherei jüngere Mädchen hatte arbeiten sehen.

»Guten Morgen, Winifred.« Wie jeden Morgen ging sie gemeinsam mit der Nachbarin zur Wäscherei. »Wie geht es dir?«

»Gut.« Winifred sprach nicht viel, sodass Lucy ihren Gedanken nachhängen konnte. Nächste Woche würde sie endlich den ersten Lohn erhalten. Einen Teil musste sie an ihre Tante geben, aber es würde bestimmt etwas übrig bleiben, was sie ihrer Mutter schicken konnte.

Je mehr sie sich der Fabrik näherten, desto mehr Frauen in dunklen Kleidern, mit dunklen Hüten oder Kappen auf dem Kopf kamen aus den schmalen Straßen, als wären sie Ameisen, angezogen vom Duft von verschüttetem Zuckerwasser. Nur wenige Männer, auch sie in dunklen Anzügen, waren ebenfalls auf dem Weg zur Wäscherei. Waschen war Frauenarbeit, harte Arbeit, aber Frauenarbeit.

Die wenigen Männer, die in der Fabrik tätig waren, waren entweder Vorarbeiter oder hatten die besseren Stellen. Oft arbeiteten sie als Boten und verteilten die braunen Pakete mit sauberer und gebügelter Wäsche in London. Lucy beneidete sie um die Freiheit, aber wollte nicht mit ihnen tauschen, nicht solange die Stadt ihr noch fremd war.

Zu ihrer Überraschung fand Lucy Freude an der Arbeit in der Wäscherei. Sicher, es war eine körperlich schwere Tätigkeit, aber das war ihre Stelle als Dienstmädchen auf Hazelwell Manor auch gewesen.

Nachdem sie ihre Arbeitskleidung angezogen hatte, eilte sie zu ihrem Arbeitsplatz, vorbei an Frauen, die jetzt bereits tief gebeugt über den Waschbrettern standen und mit aller Kraft rieben, um Flecken und Schweiß aus Kleidungsstücken zu entfernen. Lucy gehörte zu denen, die die gewaschene Wäsche bügelten und ordentlich zusammenlegten. Sie war sehr dankbar, diese Arbeit bekommen zu haben, denn die am Waschbrett erschien ihr viel fordernder. Immer gebeugt zu sein, die Hände im heißen Wasser – das musste furchtbar sein.

»Geht es dir gut, Kleine?«, rief ihr die Frau ihr gegenüber zu, die Lucy ihren Namen nie genannt hatte, sie aber jeden Morgen freundlich begrüßte.

»Danke. Und selbst?«

»Es muss.«

»Genug geschwatzt. Macht euren Job.« Wheeler, der Vorarbeiter, machte seine morgendliche Runde. Es kam Lucy immer vor, als neidete er den Frauen alles, was gut war, und ließ nichts unversucht, ihnen das Leben schwer zu machen. Als wäre die Arbeit nicht bereits anstrengend genug, ohne dass er sie ständig antrieb.

Lucy strich sich mit dem Handrücken das Haar aus der Stirn, das durch den Dampf aus den Kupferkesseln und von den Waschkübeln feucht und krisselig war. Selbst wenn die Fenster weit geöffnet waren, blieb der Dampf, seine feuchte Hitze ließ die Wangen der Frauen rot und ihre Haut weich werden. Nun, wo das Tagwerk begonnen hatte, erklang aus allen Ecken das Zischen der Kessel und Maschinen, nur ab und zu unterbrochen von Scherzworten, die zwischen den Frauen hin und her flogen.

»Hier.« Eine der Wäscherinnen, kaum älter als Nellie, brachte Lucy einen Stapel Wäsche, bereit, gebügelt zu werden. Lucy kam sich vor wie der griechische Mann, von dem die Schwestern Birdwhistle erzählt hatten, dessen Namen sie jedoch vergessen hatte. Seine Götter hatten ihn damit bestraft, dass er einen Felsblock immer wieder einen Berg hochschieben musste, jedoch nie dessen Spitze erreichte. Eine Tätigkeit ohne Ende. So fühlte auch sie sich: Niemals hörte der endlose Strom zu bügelnder Wäsche auf zu fließen.

Hier allerdings gab es ein festes Arbeitsende, sodass ihre Tage sogar kürzer waren als die auf Hazelwell Manor. Das Beste jedoch war die Kameradschaft mit den anderen Wäscherinnen. Zum ersten Mal war Lucy nicht das unterste Glied in einer langen Kette von Hierarchien, sondern bewegte sich als Gleiche unter Gleichen. Der Umgangston war rau, nicht alle Frauen bemühten sich, freundlich zu ihr zu sein, aber bereits am ersten Tag fand sie Anschluss an Dorothy, eine kräftige Frau Mitte zwanzig, deren Hände von der jahrelangen Arbeit rot und aufgerissen waren, so sehr sie sich bemühte, sie durch Eincremen zu schützen.

»Kleines, lass dir nicht alles gefallen.« Dorothy verengte die grünen Augen, die von dichten, dunklen Augenbrauen beschattet wurden. »Pass auf, dass die Vorarbeiter dich nicht antatschen.«

»Was?« Ängstlich sah Lucy sich nach den beiden Männern um, die mit gewichtiger Miene zwischen den Wäscherinnen schlenderten und immer wieder eine der Frauen anherrschten, schneller zu arbeiten. »Was meinst du?«

»Sie denken, wir müssten ihnen zur Verfügung stehen.« Dorothy sah aus, als hätte sie in eine unreife Pflaume gebissen. »Sie halten uns für rechtlos.«

»Aber …« Lucy fand kaum Worte, zu groß war die Angst, dass sie die Anstellung verlieren würde. Sie brauchte das Geld für ihre Mutter, für deren Medizin und musste auch ihrer Tante etwas für Kost und Logis geben. »Wie soll ich mich wehren?«

»Komm zu mir.« Beruhigend tätschelte Dorothy ihr die Schulter. »An mich wagen sie sich nicht heran.«

»Was willst du dafür?« Das Zusammenleben mit ihren Cousinen hatte Lucy gelehrt, dass es nichts umsonst gab, sondern dass sie für jede freundliche Geste bezahlen musste. »Ich kann dir nichts von meinem Lohn überlassen.«

Bevor Dorothy antworten konnte, kam einer der Männer näher. »Barley, verschon die Neue mit deinem politischen Kram. Arbeitet, sonst ziehe ich euch die Zeit vom Lohn ab.«

»Hab nicht so eine große Klappe«, zischte Dorothy ihm zu, aber ging wieder zurück an ihre Arbeit. »Wir sprechen in der Pause.«

Automatisch zog Lucy den Kopf zwischen ihre Schultern, versuchte, sich unsichtbar zu machen so wie auf Hazelwell Manor, und konzentrierte sich aufs Bügeln.

Endlich war es Zeit, das Brot zu essen, das Tante Bessie ihr mitgegeben hatte. Altbacken und hart war es, mit einem Käse belegt, dessen Ränder sich nach oben wellten. Neugierig ging sie zu Dorothy, die mit einem Brot in der Hand wild gestikulierte, was die vier Wäscherinnen, die um sie herumstanden, kaum beeindruckte.

»Frauen wie wir leben nicht lange.« Dorothy hustete, als wollte sie ihre Worte unterstreichen.

»Frauen wie wir?« Was meinte sie? Arme Frauen, Frauen,

die vom Land in die Stadt geflüchtet waren, oder eine wie sie, die keinen *character* erhalten hatte?

»Wäscherinnen, Kleines.« Dorothy machte eine ausholende Geste mit dem Arm. »Schau dich um, was die Chemikalien, die Hitze, die Gefahren aus uns machen.«

Vorsichtig, weil sie nicht die Aufmerksamkeit der Vorarbeiter auf sich ziehen wollte, sah Lucy sich um. Als hätten Dorothys Worte einen Schleier weggezogen, der Lucys Wahrnehmung beeinträchtigt hatte, nahm sie die anderen Frauen das erste Mal wahr, sah die Erschöpfung auf ihren Gesichtern, bemerkte die gebeugten Rücken, entdeckte fehlende Fingerglieder. Sie hörte den bellenden Husten, den die entwickelt hatten, die zu lange den Dämpfen ausgesetzt waren.

»Schuld ist, dass wir Frauen keine Rechte haben«, erklang Dorothys raue Stimme. »Und wir Arbeiterinnen erst recht nicht.«

»Ach, sei doch still. Als ob deine Sozialistenfreunde etwas Gutes für uns tun würden«, fuhr ihr eine hagere Frau über den Mund. Ihre grauen Augen blitzten vor Zorn, was Lucy nicht verstand. Was Dorothy gesagt hatte, klang in ihren Ohren richtig. Hatte sie nicht am eigenen Leib erlebt, wie ungerecht das Leben zu jemandem war, der auf der falschen Seite des Dorfs geboren war?

»Was meinte die Frau eben, als sie dich als Sozialisten beschimpfte?« Manchmal kam sich Lucy so dermaßen unwissend vor, dass sie es kaum wagte, eine Frage zu stellen aus Angst, sich der Lächerlichkeit preiszugeben.

»Sozialisten kämpfen für die Rechte von uns Arbeitern.« Dorothy reckte sich und wendete den Kopf von rechts nach links, wohl um die verspannten Schultern zu lockern. »Ich war mal Suffragette, aber jetzt sind das nur noch vornehme Damen.«

Konnte sie eingestehen, dass sie auch von diesem Wort mit S noch nie etwas gehört hatte, oder würde sie dann Dorothys Freundschaft verlieren?

»Nur wer fragt, der wird mehr wissen«, hatte der Dorflehrer stets gesagt und Lucy hatte sich das zu Herzen genommen, oft zum Verdruss von Mrs Ogden und Mrs Griffiths, die das Ziel ihrer vielen Fragen gewesen waren. Ein Moment von Heimweh überkam sie, doch dann erinnerte sie sich daran, dass niemand in Hazelwell Manor sich auf ihre Seite gestellt oder sie wenigstens nach ihrer Version der Geschehnisse gefragt hatte.

Ich will mich nicht mehr klein und ängstlich fühlen. Ich möchte so eine starke und mutige Frau wie Dorothy sein.

»Suffragette? Davon haben wir in Bownham nichts gehört. Wir leben ein bisschen ab vom Schuss.«

Sofort, nachdem sie die Worte ausgesprochen hatte, fiel ihr ein, dass das nicht stimmte. Auf Hazelwell Manor hatte Leopold einmal davon erzählt, dass Lord Ashworth und Miss Georgina sich einen erbitterten Streit über die Londoner Suffragetten geliefert hatten. Mr Hutchins hatte Leopolds Bericht sofort mit harschen Worten abgebrochen, sodass niemand weiter von den Suffragetten sprach.

»So nennen sich die Frauen, die das Wahlrecht fordern«, mischte sich ein zierliches Mädchen ein, deren sommersprossiges Gesicht Lucy an ihre frühere Zimmergenossin Jessie erinnerte. »Sie demonstrieren und kämpfen. Ich bewundere sie, weil sie so mutig sind.«

Ihre haselnussbraunen Augen leuchteten vor Aufregung. Beim Sprechen sprühte sie ein wenig Spucke auf Lucys Arm, aber sie traute sich nicht, das wegzuwischen.

»Stell dir vor, sie gehen sogar ins Gefängnis und hungern dort.«

»Warum?« Lucy vermochte beim besten Willen nichts Gutes daran entdecken, wenn man ins Gefängnis ging. Und Hunger hatte sie mehr als genug gekannt und konnte nicht nachvollziehen, warum jemand das freiwillig auf sich nehmen sollte.

KAPITEL 17

Hazelwell Manor 1913

Liebes Tagebuch,
wieder kann ich mich nur dir anvertrauen und selbst dir kann ich nur eine geschönte Wahrheit zeigen, weil ich fürchte, dass jemand dich liest.

Emma lauschte und legte den Füllfederhalter zur Seite. Nicht auszudenken, wenn ihre Mutter, die selbstverständlich zur Hochzeit angereist war, sie dabei ertappte, wie sie Zeit mit unnützer Schreiberei verbrachte, wo wichtige Hochzeitsvorbereitungen auf Emma warteten. Als ob sie etwas dazu zu sagen hatte.

In den vergangenen Wochen hatte Emma ihr Tagebuch vernachlässigt, weil sie kaum Zeit allein verbracht hatte. Sofort, nachdem Percival seinen Eltern von der Verlobung berichtet hatte, hatte Lady Ashworth mit den Planungen für die Hochzeitsfeierlichkeiten begonnen. Sie hatte sich nicht davon abhalten lassen, dass weder Emma noch Percival eine große Feier wünschten.

Der einzige Kompromiss, zu dem ihre Schwiegermutter – noch immer fiel es Emma schwer, so an Lady Ashworth zu denken – bereit gewesen war, war es, die Hochzeit im Mai zu feiern, vier Wochen nach Percivals erzwungenem Antrag.

Vor einer Woche waren ihre Eltern angereist und seitdem verbrachte Emma ihre Tage mit Anproben des Hochzeitskleids, mit der Frage, wer wo sitzen sollte, was sie nicht im Geringsten interessierte, und endlosen Diskussionen über das Menü. Sie war es so leid, fühlte sich so müde und wünschte, sie könnte die Eheschließung wieder auflösen. Selbst die Liebe – oder sollte sie es als das bezeichnen, was es war: verzehrende, hoffnungslose Leidenschaft – für Percival bedeutete ihr nicht so viel, dass sie diese Strapazen noch länger ertragen wollte.

Heute endlich war es ihr gelungen, sich nach dem Lunch in ihr Zimmer zurückzuziehen, mit der Ausrede, dass sie Kopfschmerzen hätte. Endlich niemand, der mit ihr über vollkommen unwichtige Themen wie den Geschmack der Hochzeitstorte reden wollte, endlich Zeit, sich mit sich selbst und ihren Fragen zu beschäftigen.

Nur noch wenige Tage und ich werde heiraten. Noch vor einem halben Jahr habe ich darin den Weg in die Freiheit gesehen, vor sechs Wochen habe ich darin die Erfüllung meiner unendlichen Liebe gesehen, doch heute …

Heute frage ich mich, wie ich so naiv sein konnte. Mit Percival heirate ich nicht einfach den schönsten Mann, den ich je gesehen habe. Ich vermähle mich mit Percival Blakenham, dem zukünftigen Earl of Ashworth, mit seiner Familie und mit Hazelwell Manor. Niemals werde ich frei sein.

Eine Träne tropfte auf das Papier und drohte, ihre Worte zu verschmieren. Eilig griff sie nach einem Löschblatt, um ihre Gedanken vor dem Verschwinden zu retten. In dem Moment klopfte es an ihrer Tür. Hastig schob sie das in Leder gebundene Notizheft, das ihr als Tagebuch diente, unter das Briefpapier, das mit dem Familienwappen der Ashworths, einer Krone, die in einem großen A verschlungen war, geschmückt war.

»Ja?« Ihre Stimme klang so matt, wie sie sich fühlte. Warum nur durfte sie sich nicht in das wunderbar bequeme Bett legen und schlafen, unendlich lange schlafen?

»Miss Emma?« Ihre Zofe – Jessie, Jenny, Jane, es war ihr peinlich, dass sie sich die Namen der Dienstboten einfach nicht merken konnte – kam ins Zimmer und knickste. Immerhin ein Gutes hatte die bevorstehende Heirat – seither behandelten sie alle, Familie wie Diener, mit großem Respekt. Selbst das vermochte ihre triste Stimmung nicht aufzuhellen, galt die neu gewonnene Freundlichkeit doch ihrem Status und nicht ihrer Person.

»Ja?« Jedes weitere Wort hätte gewaltiger Anstrengung bedurft, auch wenn Emma eigentlich die Menschen verachtete, die für ihre Dienstboten nur knappe Worte übrig hatten. Getrieben vom schlechten Gewissen schob sie nach: »Was ist denn?«

Das ist auch nicht besser. Meine Stimme klingt ungeduldig. Oh, Himmel, ich höre mich immer mehr an wie meine Mutter, die kurz angebunden nur das Wichtigste mit den Subalternen bespricht, wie sie es nennt. Ist das eine Nebenwirkung der Heirat? Man wird wie die eigene Mutter, so wie man es nie wollte.

Ein bitteres Lachen drängte sich aus ihrer Kehle, was ihr einen irritierten Blick des Mädchens einbrachte. Aber es war zu gut geschult, als dass es sich mehr hätte anmerken lassen.

»Ihre Mutter und die Schneiderin warten im Salon mit dem Hochzeitskleid.« Das Mädchen lächelte ihr zu. »Es ist wunderschön.«

»Danke. Bitte sag ihnen, dass ich in zehn Minuten bei ihnen sein werde.« Emma presste die Lippen aufeinander und kniff sich mit Daumen und Zeigefinger der rechten Hand in das empfindliche, weiche Fleisch des linken Unterarms. Trotz ihrer Bemühungen konnte sie die Tränen nicht zurückhalten.

Das wird Mutter zur Weißglut treiben. Sie hasst es, wenn Menschen ihre Gefühle zeigen. Undankbar wird sie mich nennen und niemals verstehen, warum ich mich so unglücklich fühle.

Wenn wenigstens Percival mir nur ein Zeichen, ein winziges Signal seiner Zuneigung gezeigt hätte … Kann ich das wirklich erwarten, nachdem ich ihn zu dieser Ehe gezwungen habe? Warum ist mir das nur jemals als gute Idee erschienen?

All diese Menschen sind gekommen, um gemeinsam mit mir zu feiern, dachte Emma, während sie die schier endlose Prozession der Gäste betrachtete, die auf die Eingangshalle zustrebte. Von dem Fenster ihres Zimmers aus hatte sie einen guten Blick auf die Einfahrt, bewunderte die Zahl und Größe der Automobile, die dort geparkt waren. Etliche Nachbarn waren mit Kutschen angereist, um die sich die

Stalldiener kümmerten. *Nein, die Menschen sind nicht meinetwegen hier, sondern wegen der Familie, in die ich einheirate. Wegen des Namens, den ich tragen werde. Ich und meine Wünsche, wir spielen keine Rolle.*

Als wollte der Tag sie verspotten, präsentierte sich das englische Wetter von einer ungewohnt freundlichen Seite. Am hellblauen Himmel zeigten sich nur winzige Schäfchenwolken, die von den Strahlen der Sonne zerstreut wurden.

Emma dachte an die Zelte, die ihre Schwiegermutter im Garten hatte aufbauen lassen, im sicheren Vertrauen darauf, dass der Tag sonnig und warm werden würde.

Nicht einmal das Wetter wagt es, sich den Wünschen von Lady Ashworth zu widersetzen.

Das Bedürfnis, dieser Farce zu entfliehen, wurde übermächtig, doch sie wusste, dass ihre Mutter sie niemals entkommen lassen würde. Und wo sollte sie auch hingehen? Als es an der Tür klopfte, fühlte sie sich in einem Albtraum gefangen, der niemals enden würde.

Zu ihrer großen Überraschung trat ihr Vater ins Zimmer, elegant und unnahbar in seinem dunklen Frack mit dem gestärkten weißen Hemd.

»Emma. Kind.«

Bitte nicht. Eine seiner Predigten über Pflichterfüllung und Preußentum kann ich jetzt nicht ertragen. Was will er von mir?

»Ja?« Ihre Stimme zitterte nur wenig. Sicher würde er es nicht bemerken. Ihr Vater war kein Mensch für feine Nuancen und Zwischentöne.

»Ich … ich wollte dir nur Glück wünschen und dir sagen, was für ein glorreicher Tag das ist.« Konnte es wirklich sein, verschlug es ihm vor Rührung die Sprache? »Ich bin stolz auf dich, Kind. Es ist mir eine Ehre, dich zum Altar zu führen.«

Dann, als wäre ihm dieser Gefühlsüberschwang peinlich, drehte er sich um und stürmte aus ihrem Zimmer, bevor sie noch ein Wort sagen konnte. Als hätten sie sich abgesprochen, trat ihre Mutter ins Zimmer.

»Bist du bereit für die Hochzeit?«

Emma schüttelte den Kopf.

Wenn das der schönste Tag ihres Lebens werden sollte, warum fühlte sie sich, als müsste sie sich jeden Moment übergeben und das spärliche Frühstück von sich geben?

»Das ist normal«, sagte ihre Mutter, nachdem sie einen Blick auf Emma geworfen hatte. »Jeder Braut ist übel an ihrem großen Tag.«

»Er liebt mich nicht.« Warum hatte sie das nur ausgesprochen, wusste sie doch, dass sie von ihrer Mutter kein Mitgefühl zu erwarten hatte.

»Liebe vergeht, Besitz besteht.«

Ich heirate ihn, weil ich ihn liebe. Hoffnungslos und von ganzem Herzen. Aber du könntest das niemals verstehen. Manchmal frage ich mich, ob du nicht einen Stein in deiner Brust trägst, einen Rubin oder Diamanten.

»Sagst du bitte der Zofe Bescheid.« So würde sie ihre Mutter wenigstens für kurze Zeit loswerden.

Emma schaute in den Spiegel. Nicht einmal mit vielen Schmink- und Frisierkünsten würde sie eine schöne Braut werden. Ihre Knochen waren zu stark, ihre Nase zu breit, ihre Augen zu klein und der Mund zu schmal. Da halfen auch ihre schönen Wimpern und das Grübchen in ihrem Kinn nicht. Niemals entsprach sie dem Ideal einer englischen Rose. Ihr Teint war viel zu dunkel, ihre Haut zu großporig – je länger sie ihr Ebenbild betrachtete, desto mehr Fehler fand sie. Kein Wunder, dass Percival sich nur durch Erpressung in diese Ehe fangen ließ.

Ich baue mein Glück auf dem Unglück von Millicent auf, das kann nur ein schlechtes Omen sein. Auch wenn es der Kleinen inzwischen besser geht, wird sie sicher nie ganz gesund. Wie kann ich da erwarten, dass meine Ehe glücklich wird?

Viel zu früh kehrte ihre Mutter zurück, gefolgt von Lady Ashworths Zofe, die ihr in Korsett und Kleid halfen und ihr eine Frisur zauberten, die Emmas Vorteile betonte. Nie hatten ihre Augen größer ausgesehen, nie zuvor hatte sie ihren Hals als so schwanengleich wahrgenommen.

»Sie sind eine wundervolle Braut«, sagte die Zofe, nachdem sie die letzte Locke mit einer Haarnadel befestigt und den Schleier auf der Pracht festgesteckt hatte. »Wie eine Prinzessin.«

»Jede Braut ist schön. Lass uns allein.«

»Musst du so unfreundlich sein?«, fragte Emma, nachdem die Zofe die Tür hinter sich geschlossen hatte. »Hier gilt Unhöflichkeit als Zeichen von Schwäche.«

Himmel, wo kam das auf einmal her? Das musste die Nervosität sein, die Anspannung wegen dem, was sie erwartete.

»Komm nicht auf den Gedanken, ihn vor dem Altar stehen zu lassen. Noch wissen sie hier nichts von deiner Dummheit. Aber die Welt wird täglich kleiner.«

Dummheit – das konnte nur jemand so Kaltes wie ihre Mutter sagen. Emma hatte Johannes von ganzem Herzen geliebt und gedacht, dass er ihre Liebe erwiderte. Sein Verrat hatte sie unerwartet und deshalb zutiefst getroffen.

»Das musst du mir nicht sagen.« Emma wünschte sich nichts mehr, als dass der *Scarlet Pimpernel* oder ein anderer Abenteurer erschien und sie entführte, aber das waren nur Albernheiten. Sie würde ihre Pflicht erfüllen und einen Mann heiraten, der sie niemals gewollt hatte. »Bitte gib mir ein bisschen Zeit für mich.«

Ein letzter prüfender Blick, dann verließ ihre Mutter das Zimmer. Bestimmt hätte sie Emma gern eingesperrt, nur um absolut sicher zu sein, dass sie keine Dummheit beginge.

Als ob eine größere Narretei möglich wäre als die, die sich in wenigen Minuten hier abspielen würde.

Immer düsterer wurden ihre Gedanken, sodass sie froh war, als es an der Tür klopfte. Sie wandte sich halb um, erwartete, dort ihre Mutter zu sehen, aber es war Lady Ashworth, auf deren ebenmäßigen Zügen sich ein Lächeln zeigte. Obwohl Emma in den vergangenen Wochen kaum etwas gegessen hatte, war sie immer noch kräftig, richtiggehend fett, wenn sie sich mit Percys schlanker, eleganter Mutter verglich.

»Ich will dich nicht lange stören, Liebes. Wie fühlst du dich?«

»Nervös. Mir ist übel.«

War das zu ehrlich? Hätte sie etwas Belangloses antworten sollen?

»So ging es mir auch. Ich fürchte, das gehört zum Heiraten dazu.« Lady Ashworth nahm Emmas Hand und drückte sie kurz. »Ich freue mich, dass du bald zu unserer Familie gehörst.«

»Danke. Das ist sehr freundlich.«

»Komm, die Gäste warten auf dich. Heute ist dein Tag.«
»Danke. Ich weiß.« *Wenn ich es nur glauben könnte …*

Kapitel 18

Hazelwell Manor 1913

Liebes Tagebuch,
gestern also habe ich geheiratet, den Mann, den ich haben wollte. Die Feier war wundervoll, so wie im Märchen, außer dass der Pfarrer viel zu lange gepredigt hat. Alle waren sie so unglaublich nett zu mir. Das Essen war unfassbar lecker, die Musik hervorragend und jeder Mann wollte mit der Braut, also mir, tanzen.

Alles war gelogen. So hätte die Hochzeit verlaufen sollen, wenn Emma in einem Roman leben würde, doch die bittere Wahrheit war eine andere. So sehr sie an dem geschönten Bild festhalten wollte, ihre Gedanken liefen immer wieder davon.

Wenn ich nicht einmal in meinem Tagebuch ehrlich sein kann, wo dann?
Aber es fällt mir so entsetzlich schwer, die Wahrheit zu schrei-

ben, mir einzugestehen, was für ein furchtbarer Tag und was für eine schreckliche Nacht es war.

Percy hat nicht einmal versucht, den Schein zu wahren. Nicht ein freundliches Wort habe ich von ihm zu hören bekommen. Weder zu meinem Kleid noch zu der wundervollen Frisur, die die Zofe aus meinen dünnen Haaren gezaubert hat. Sein Blick war so böse, dass ich erwartete, er würde am Altar Nein sagen, aber er hat Ja gesagt. So wie ich auch.

Sobald wir am Tisch saßen, begann er zu trinken.

Emma presste die Lippen zusammen, als die Erinnerung sie mit Macht niederdrückte. Ihr Ehemann – wie fremd und seltsam es sich anfühlte, Percival so zu nennen – hatte mit Champagner begonnen, den er wie Wasser heruntergestürzt hatte. Bald danach war er zu den härteren Getränken gewechselt, die er unfassbar gut vertrug. Bis zum Ende der Feier hatte er getanzt, gelacht und sich amüsiert. Bei ihrem Ehrentanz, den einzigen, den Percival Emma gewährt hatte, hatte er ihr zugeflüstert: »Genieße den Abend. So schön wird es nie wieder.«

Ja, sie hatte gewusst, dass Percival sie nicht liebte. Aber ihr war nicht bewusst gewesen, dass ihr Ehemann sie sogar hasste. Doch nach der gestrigen Nacht gab es keine Zweifel mehr.

Nur gut, dass man auch als Ehepaar in getrennten Betten schlief, so hatte sie sich in den Schlaf weinen können, ohne Angst haben zu müssen, von ihm verspottet zu werden.

Ich bin auf sein attraktives Gesicht hereingefallen. Auf sein Äußeres und seine ausnehmend guten Manieren. Wie hätte ich ahnen können, was für eine Finsternis sich dahinter verbirgt? Ein grausamer Mann, der mich mit Worten mehr verletzt hat, als seine Fäuste es gekonnt hätten.

»Hoffentlich kommen unsere Kinder nach mir und nicht nach dir. Du kannst doch welche bekommen, oder?«

Sie hatte nur nicken können, mit vor Scham brennenden Wangen hatte sie ihn hilflos angesehen, aber das hatte alles nur noch schlimmer gemacht. Der Ekel und die Verachtung auf seinem schönen Gesicht hatten ihrer Selbstachtung den Todesstoß versetzt. Doch es kam noch übler.

»Erkundige dich, wann du fruchtbar bist. Ich will dich nicht öfter besteigen als nötig.«

Sie hatte sterben wollen, doch ein winziger Rest Widerstand war ihr geblieben. Nein, diesen Gefallen würde sie ihm nicht gewähren. Sie würde leben und versuchen, glücklich zu werden ohne ihn.

Leises Klopfen zeigte an, dass es Zeit fürs Frühstück war. Das war ein Vorteil, der mit der Heirat einherging. Ein echter Luxus, als Ehefrau durfte sie im Bett frühstücken. Emma verspürte weder Appetit noch Hunger, sondern wollte sich nur in die Decke einrollen und niemanden sehen. Doch das war ein frommer Wunsch. Ihr neuer Status als Ehefrau brachte mit sich, dass sie Besuche bei Verwandten unternahm und – ja was eigentlich? Was waren die Aufgaben einer englischen Lady?

Schön auszusehen, Tee zu trinken, vielleicht auf die Jagd zu gehen – war das wirklich alles? Ihre Schwiegermutter kümmerte sich um die Organisation des Haushalts, das wusste Emma. Einmal in der Woche setzte sie sich mit Mrs Ogden zusammen und besprach die anliegenden Mahlzeiten und Feiern und sonstigen organisatorischen Dinge. Aber was machten junge Frauen? Sollte sie von jetzt an ein Leben wie Florence und Georgina führen, die darauf warteten, geheiratet zu werden?

Nein, den Schritt habe ich bereits vollzogen. Vielleicht kann ich mich um Millicent kümmern.

Beim Gedanken an die arme Kleine wurde ihr Herz schwer. Vielleicht könnte sie Abbitte leisten und sich um das Kind sorgen, da sie sonst nichts zu tun hatte.

»Mylady.« Olive oder Alice, das jüngere Dienstmädchen, trat ins Zimmer, auf den Händen ein Tablett mit Toast, Eiern, Bohnen, Schinken und Orangenmarmelade, wie Emma erkannte, als sie es vor ihr abstellte. Und der unvermeidliche Tee natürlich.

»Könnte ich bitte Kaffee bekommen?«

»Sehr wohl, Mylady.«

Nachdem Olive die Tür hinter sich geschlossen hatte, überfiel Emma das schlechte Gewissen. Das arme Mädchen musste ihretwegen die vielen Treppen aus der Schlafetage hinunter in die Küche laufen. Dabei wäre ihr Tee auch recht gewesen. Emma war sicher, dass Tee es auch tun würde, da ihr Kaffee wahrscheinlich nicht munden würde. Nicht nach der grässlichen Nacht, nichts würde ihr schmecken nach der furchtbaren Nacht.

Eine Woche später kam Percival angetrunken zu ihr ins Zimmer. Sie hasste den Geruch von Whiskey und Zigaretten beinahe so sehr wie den Beischlaf mit ihm. Aber das war der Preis, den sie für die Ehe zu zahlen hatte.

Immerhin, so tröstete sie sich, ging es meist sehr schnell. Auch heute hatte ihr Ehemann den Beischlaf hinter sich gebracht wie eine leidige Pflicht. Zu ihrer Überraschung verließ er danach nicht fluchtartig ihr Zimmer, sondern sprach sie an.

»Nächste Woche kehre ich nach London zurück.« Percival strich sich über die Haare, obwohl sie perfekt lagen. So wie alles an ihm vollkommen war, jedenfalls äußerlich.

London. Vielleicht würde sie dort etwas finden, was sie vom Elend ihrer Ehe ablenkte. Auch wenn sie die Vorstellung, in einer so großen Stadt zu leben, etwas beängstigend fand, würde sie diese Angst liebend gern eintauschen gegen die Ödnis der Tage auf Hazelwell Manor.

»Emma!« Sein Tonfall war so scharf, dass sie zusammenzuckte und sich duckte, obwohl er noch nie die Hand gegen sie erhoben hatte. »Hör mir zu, du dummer Tropf.«

»Ja.« Sie hasste es, wenn ihre Stimme so klein und ängstlich klang. »Entschuldige, meine Gedanken wanderten nach London.«

Er verzog keine Miene.

»Du musst dir keine Gedanken machen. Mir wäre es lieb, wenn du hierbleibst.«

Nein! Das kannst du mir nicht antun. Ich werde hier verrückt vor Langeweile. Aber wenn ich das sage, wird es ihm ein besonderes Vergnügen sein, mich hier einzusperren. Schnell, mir muss etwas einfallen.

»Wenn du das möchtest.« Demütig senkte sie den Blick. »Doch dann wird es sicher noch dauern, bis wir ein Kind bekommen.«

»Bist du immer noch nicht schwanger?« Percival stieß einen Seufzer aus. »Nun gut, dann kommst du eben mit, bis du endlich deiner Pflicht Genüge getan hast.«

Ob er sich wohl manchmal selbst zuhört? Oder er bemerkt gar nicht mehr, wie pompös er sich anhört. Was habe ich nur jemals attraktiv an ihm gefunden? Wie konnte ich nur so dumm sein, mich durch seine schöne Hülle blenden zu lassen?

»Wo werden wir wohnen?«

»Wir werden das Haus am St. James's Square beziehen.« Percival gähnte unverhohlen, was Emma als Affront begriff, aber zu müde für einen Streit war. »Ganz in der Nähe von *The Rag*. Dorthin kann ich vor dir fliehen.«

Er lachte, aber sie beide wussten nur zu gut, dass er nicht scherzte.

»The Rag?« Ob es wohl je dazu käme, dass sie nicht mehr nachfragen müsste und sich als Fremde und Außenseiterin fühlte.

»*Der Army and Navy Club*.«

»Du warst weder in der Armee noch bei der Marine.«

»Ich kenne die richtigen Leute.« Nun stand er auf und kam auf sie zu. So nahe stand er vor ihr, dass sie die Zigaretten und einen Hauch von Whiskey in seinem Atem riechen konnte. »Du wirst sie ebenfalls kennenlernen. Ich rate dir, enttäusche mich nicht.«

Emma versuchte, seine Hand abzuschütteln, aber er griff nur noch fester zu. Sie biss die Zähne zusammen, damit ihr kein Schmerzenslaut entfuhr. Percival und sie standen sich schweigend gegenüber und starrten sich an.

Er trinkt zu viel. Die roten Äderchen im Weiß seiner Augen hatte er vor unserer Hochzeit nicht. Was habe ich nur getan? Durch meine Intrige habe ich uns beide unglücklich gemacht.

»Hast du etwas von Reginald Sutcliffe gehört?«

Sein bester Freund war nicht zu ihrer Hochzeit gekommen, hatte ihnen aber ein ausnehmend teures Präsent senden lassen.

»Sprich nicht von ihm.«

KAPITEL 19

London 1913

Mit angehaltenem Atem lauschte Lucy in die Dunkelheit. So sehr Daisy und Nellie sie auch gepiesackt hatten, heute vermisste sie die Sicherheit, die ihre Cousinen ihr garantiert hatten. Onkel Harold hatte die beiden für eine Woche zu seiner Schwester nach Kent geschickt, wo sie auf deren Bauernhof mal ordentlich das Arbeiten lernen sollten, wie er es ausgedrückt hatte. Statt Geld sollten ihre Cousinen Lebensmittel bekommen, was ihre Tante und ihr Onkel kaum erwarten konnten.

Allerdings gab es noch etwas anderes, auf das sich Onkel Harold freute. Jedenfalls hatte er das zu Lucy gesagt. Deshalb fürchtete sie sich davor, einzuschlafen. Lucy blinzelte gegen die Tränen an, die ihr in die Augen traten. Es konnte … es durfte nicht sein, sie musste Onkel Harold missverstanden haben. Niemals würde er sich heute Nacht in ihr Zimmer schleichen, wie er es in ihr Ohr geflüstert hatte. Unangenehm nah war sein Gesicht gewesen, sodass sie seinen Geruch nach Schweiß und kaltem Zigarettenrauch eingeatmet hatte. Speicheltröpfchen hatte er versprüht.

»Heute Nacht zeige ich dir, wie man eine Frau wird. Ist ja langsam Zeit.«

Tante Bessie musste das mitbekommen haben, sie würde niemals zulassen, dass ihr Ehemann sich an ihrer Nichte vergriff, nicht wahr? Ja, das war der Rettungsanker, an dem sich Lucy festhalten konnte. Darauf konnte sie setzen. Selbst wenn ihr Onkel seine Worte ernst gemeint hatte, würde Tante Bessie ihn aufhalten, sobald er versuchte, in Lucys Zimmer zu gelangen. Warum nur wollte das Stimmchen nicht verstummen, das ihr einredete, wie wenig ihre Tante sich gegen den Onkel auflehnen würde?

Aber sie wird mich nicht opfern, nicht wahr? Ich bin ihre Nichte, das wird sie Mum niemals antun. Wie soll Mum davon erfahren? Niemals könnte ich ihr das erzählen, sollte mir so etwas Undenkbares geschehen.

Noch nie in ihrem Leben war sie sich so allein und schutzlos vorgekommen, nicht einmal damals, als sie gerade erst 14 Jahre alt geworden und von Bownham nach Banbury zu den Birdwhistles geschickt worden war. Obwohl sie sich vor dem, was sie in ihrem ersten Dienst erwartete, gefürchtet hatte, war sie auch aufgeregt und gespannt gewesen.

Selbst der Flucht nach London hatte sie noch etwas Gutes abgewinnen können, aber jetzt … jetzt blieb ihr nichts. Seitdem Dorothy entlassen worden war, gab es in der Wäscherei niemanden mehr, dem sie sich anvertrauen konnte.

Sollte das Furchtbare wirklich sein, musste sie das über sich ergehen lassen, weil ihr kein Ausweg blieb?

Müdigkeit drohte, sie zu überwältigen, sodass Lucy sich auf den Fingerknöchel biss, damit der Schmerz sie wachhielt. Trotzdem dämmerte sie langsam weg, erschöpft von dem langen Arbeitstag in der Wäscherei. Weil Dorothy nicht mehr dort arbeitete, kam Lucy die Tätigkeit härter vor. Es schien ihr, als würden die Vorarbeiter sie nun schikanieren, weil sie es bei ihrer Freundin nicht gewagt hatten.

Ich weiß nicht einmal, wo Dorothy wohnt, was aus ihr geworden …

Da! Was war das? Schlagartig war sie hellwach, meinte sie doch, das typische Knarren des losen Dielenbretts gehört zu haben. Ihr Herz wummerte so laut, dass sie nichts anderes wahrnehmen konnte. Lucy setzte sich auf, versuchte sich zu beruhigen und konzentrierte sich auf die Geräusche im Dunkel.

Da war es wieder – ein Tappen, als ob jemand auf Socken heranschlich. Die Gedanken jagten und überschlugen sich, während Lucy fieberhaft versuchte, einen Ausweg zu finden.

Ich kann es erdulden. Wo soll ich denn sonst hin?

Nein! Niemals lasse ich zu, dass er meinen Körper berührt.

Lieber sterbe ich.

Und wer wird dann für Mum, Bertie und Whiskers sorgen?

Da bewegte sich die Türklinke – und alles Denken verschwand. Lucy verwandelte sich in ein von der Angst getriebenes kleines Tier. Gedankenschnell sprang sie auf, beugte sich unter das Bett und zerrte mit zitternden Fingern den Nachttopf aus Emaille hervor. Mit einem großen Sprung erreichte sie die Tür. Dort reckte sie sich zur vollen Größe und erhob den Pott über ihren Kopf.

In dem Moment öffnete sich die Tür – unendlich langsam. Lucy hielt den Atem an, bis sich endlich der runde Kopf ihres Onkels durch den sich öffnenden Spalt schob. Nach einer Sekunde des Überlegens ließ sie den Nachttopf mit aller Kraft, zu der sie fähig war, auf seinen Kopf donnern. Es gab ein seltsam sattes Geräusch, er gab ein Grunzen von sich und fiel zu Boden.

Hastig stürmte Lucy hinaus, raste zur Wohnungstür, drehte den Schlüssel um und sprang die Stufen herab, getrieben von der Angst, dass ihr Onkel wieder erwacht wäre und sie voller Zorn verfolgte.

Kurz hatte sie erwogen, bei Winifred Clarke zu klopfen, aber die arme Frau hatte bereits genug eigene Probleme, da brauchte sie die von Lucy nicht noch huckepack obendrauf. Konnte sie sich einer anderen Wäscherin anvertrauen? Jede dieser Frauen hatte hinreichend mit ihrem Leben zu tun und war sicher nicht bereit, ein Mädchen aufzunehmen, das vor seinem Onkel geflohen war.

Wahrscheinlich würden die meisten denken, dass ich mich nicht so zieren soll. Fast alle von ihnen haben Schlimmes erdulden müssen. Warum sollte es mir besser ergehen?

Nach der kopflosen Flucht war Lucy einfach weitergewandert, ohne Ziel, ohne Richtung, dorthin, wo ihre Füße sie führten. Stunden musste sie unterwegs gewesen sein, denn inzwischen schien eine blasse Morgensonne durch die grauen Wolken. Ein feiner Nieselregen, typisch für London, setzte ein, sodass Lucy den Kopf zwischen die Schulter zog und weitereilte, wohin auch immer.

So plötzlich, wie er gekommen war, endete der Regen. Lucy schaute auf, suchte nach einem Hinweis, wohin ihre Flucht sie verschlagen hatte.

Trotz ihrer niedergedrückten Stimmung blieb sie stehen und starrte das imposante Bauwerk an, das sich auf der anderen Seite der Brücke befand.

Hoch ragte der Uhrenturm in den Himmel, das gewaltige Zifferblatt zeigte ihr, dass es inzwischen sieben Uhr war, zu spät, um ihre Arbeit pünktlich zu beginnen. Die vielen Türmchen und Spitzen gaben dem unglaublich riesigen gelblich-braunen Gebäude den Anschein, als wäre es ein kleines Dorf mit vielen Kirchen. Selbst Hazelwell Manor hatte sie nicht so tief beeindruckt, als sie es das erste Mal gesehen hatte. Ob das der Palast des Königs war?

Was immer es auch sein mochte, es half ihr nicht aus ihrer Misere. Lucy setzte einen Fuß auf die Brücke, dann den nächsten, obwohl ihr die Höhe Angst machte. Sie blieb stehen, ihr Blick suchte die Tiefe der Themse.

Vielleicht ist das am einfachsten. Wenn ich springe, ist alles vorbei. Was bleibt mir noch? Mum kann ich nicht mehr helfen, meine Arbeit werde ich verlieren, eine Wohnung habe ich nicht …

Um sie herum eilten Menschen, die Wichtigeres zu tun hatten, als sich um ein Mädchen zu kümmern, das in den Fluss starrte. Wie konnte man sich nur so einsam fühlen, inmitten so vieler Londoner?

»Sie sollten gute Gründe haben, so etwas Verzweifeltes tun zu wollen.«

Lucy zuckte zusammen, als unvermutet die helle Stimme neben ihr ertönte. Eine kultiviert klingender Tonfall, der gewiss einer Lady gehörte, die sich nur darum sorgen musste, was für ein Kleid sie zum Dinner anzog. Was wusste so jemand von ihrem Elend? Trotzdem fühlte Lucy sich ertappt und spürte, wie ihre Wangen brannten.

»Ich … ich habe mir nur den Fluss angeschaut.« Selbst für sie klang diese Ausrede äußerst dürftig. Warum sollte jemand seine Zeit damit vergeuden, sich diese dreckig-braune Brühe anzuschauen, die im wahrsten Sinne des Wortes zum Himmel stank? Daher schob sie trotzig nach: »Was ich mit meinem Leben anstelle, geht nur mich etwas an.«

»Das will ich nicht leugnen. Allerdings habe ich beobachtet, dass Sie längere Zeit damit verbrachten, in die Themse zu starren. Daraus schloss ich, Sie seien unschlüssig.«

Nun wandte sich Lucy zu dem Störenfried um, neugierig, was für ein Mensch so hochgestochen sprach. Trotz ihres Tonfalls und der großen Worte, die sie nutzte, sah die Frau auf den ersten Blick eher aus wie ein Dienstmädchen als wie eine Lady. Ihre Kleidung war sauber, aber abgetragen und von einem langweiligen, stumpfen Braun. Als sie genauer hinschaute, erkannte Lucy, dass ihr Gegenüber niemals Wäsche geschrubbt oder Kaminöfen gesäubert hatte. Dafür waren die Hände zu zart, die Fingernägel zu sauber. Erst auf den zweiten Blick entdeckte Lucy die Leine in der Hand der Fremden. An deren Ende saß ein schmutzigbrauner Hund, der aussah, als wäre er eine Mischung aus mindestens fünf verschiedenen Hunderassen. So ein zauseliger Köter wäre niemals auf Hazelwell Manor geduldet worden.

»Sie müssen nicht Sie zu mir sagen. Warum verkleidet

sich eine Lady als unsereins? Warum haben Sie keinen schönen Hund?«

Ein feines Lächeln ließ die Frau jünger wirken, obwohl sich Fältchen um ihren schmalen Mund und die tiefblauen Augen abzeichneten.

»Robinson ist mir zugelaufen.« Eine elegante Hand deutete auf den Hund, dann zeigte sie auf ihre Kleidung. »Ich muss mich an die Kleidung gewöhnen, falls ich ins Gefängnis komme.«

Nun war Lucys Interesse größer als ihr Ärger über die Störung.

»Was haben Sie angestellt?«

»Noch nichts, aber ich plane, Schaufensterscheiben einzuwerfen.«

Lucy blinzelte mit den Augen, so sehr erstaunten sie diese Worte, die ruhig und selbstverständlich ausgesprochen wurden.

»Warum? Womit hat der Ladeninhaber Sie verärgert?«

Ein tiefes, dunkles Lachen erklang, das so gar nicht zu der hageren Person passen wollte.

»Nein. Damit kämpfen wir für das Frauenwahlrecht.«

Das gab Lucy etwas zum Nachdenken.

»Ich versteh nicht viel von Politik, aber warum das was bringen soll, begreife ich nicht.«

»Das zu erklären, braucht Zeit. Lassen Sie uns irgendwo hingehen, wo es wärmer ist.«

»So wichtig ist es mir nicht.«

»Lassen Sie uns einen Handel abschließen. Ich erzähle Ihnen meine Geschichte und Sie mir Ihre. Springen können Sie auch nach dem Tee noch.«

Misstrauisch sah Lucy sie an. Sie brauchte etwas Bedenkzeit.

»Ist das der Königspalast?«

»Das ist Westminster. Früher einmal war es der Palast des Königs, heute wird dort Unrecht getrieben.«

»Ist es ein Gefängnis?«

»Nein.« Ihr Gegenüber verengte die Augen, was ihrem Gesicht die Sanftheit nahm. »Dort trifft sich das Parlament, das uns seit Jahrzehnten das Wahlrecht verweigert.«

»Erzählen Sie mir davon?«

»Mit Vergnügen. Mein Name ist übrigens Eleanor Ingham.«

»Lucy. Lucy Marshman.«

Zögernd folgte sie der Lady, die so seltsame Dinge erzählte. Sollte sie etwa vom Regen in die Traufe geraten? Aber was hatte sie schon zu verlieren?

Vor einem hohen Zaun blieb Eleanor Ingham stehen. Durch ihn hindurch konnte Lucy einen großen, sehr gepflegt wirkenden Garten und ein prachtvolles Haus mit Säulen erkennen. Das konnte nicht sein. Warum sollte jemand, der hier wohnte, sich verkleiden und Schaufensterscheiben einwerfen wollen?

Doch zielsicher öffnete ihre Begleiterin das Tor und klingelte an der massiven Holztür. Lucys Blick glitt nach rechts und nach links, auf der Suche nach dem Dienstboteneingang, wo sie hingehörte. Doch zu spät, die Tür öffnete sich bereits.

Ein Butler, dessen steifes Auftreten sie an Mr Hutchins erinnerte, musterte erst Eleanor Ingham und dann Lucy. Schließlich wanderte sein Blick zu Robinson, der sich hingesetzt hatte und sich mit seinem Hinterbein am Ohr kratzte.

»Miss Eleanor.« Der Butler seufzte. »Erst Katzen, dann Hunde, jetzt eine junge Frau … wo soll das nur enden?«

KAPITEL 20

London 1913

Lucy hörte Big Ben schlagen, jedenfalls meinte sie, dass es dieser besondere Glockenton wäre, der sie weckte. Neun Schläge zählte sie und streckte sich lang aus. Die Matratze fasste sich unglaublich weich an, das Federbett, mit dem sie sich zugedeckt hatte, war leicht und doch warm – es fühlte sich immer noch an wie ein Traum. Obwohl sie bereits zehn Tage hier wohnte und einen Luxus erlebte, der dem auf Hazelwell Manor in nichts nachstand, konnte sie ihr Glück nicht glauben.

Jeden Morgen, wenn sie zu einer unglaublich dekadent späten Zeit aufstand, erwartete sie, dass ihr schönes Leben endete, dass ihre Gastgeberin es sich anders überlegte und sie hinauswarf. Als sie ihrer Retterin einmal davon erzählt hatte, hatte die nur gelacht.

»Du kannst hier so lange wohnen, wie du möchtest.« Eleanor Ingham schaute sie vollkommen überrascht an.

»Und nenn mich bloß nicht Lady Ingham. Sag Eleanor zu mir.«

»Das … das kann ich nicht. Ich kann Sie nicht duzen.«

»Dann sag Miss Eleanor zu mir. Warum sollte ich dich davonschicken?«

Weil ich schon einmal davongejagt wurde. Weil man mir die Schuld an einem furchtbaren Unglück gegeben hat.

Immer wieder setzte sie an, ihrer unkonventionellen Freundin – durfte sie es wirklich wagen, Miss Eleanor so zu nennen? – von Hazelwell Manor zu erzählen, aber jedes Mal verließ sie der Mut.

Je länger sie unter Miss Eleanors Dach lebte, desto stärker lastete diese Lüge auf ihrer Seele, sodass Lucy den Appetit verlor und überlegte, wieder nach Bownham zurückzukehren, was immer sie dort auch erwarten mochte. Ihrer Mutter hatte sie geschrieben, dass sie nicht mehr bei der Tante wohnte. Sie hatte ihr die neue Adresse genannt und sie dringend gebeten, Bessie nichts davon zu sagen.

Zu ihrer Arbeit in der Wäscherei war sie nicht zurückgekehrt aus Sorge, dass Tante Bessie ihr dort auflauerte, sie um ihr Geld brachte und zurück in die enge, düstere Wohnung schleifte, wo Onkel Harold auf sie wartete.

Diese Geschichte hatte sie ihrer Gastgeberin erzählen können, obwohl es ihr furchtbar peinlich gewesen war. Jedenfalls bis Miss Eleanor auflachte.

»Du hast ihm den Nachttopf über den Schädel gezogen?« Ihr Lachen war ansteckend und voller Fröhlichkeit. »Nur bedauerlich, dass er nicht mehr voll war.«

Nach einem Moment des Schocks, dass eine Lady so etwas sagte, war Lucy in das befreiende Lachen eingefallen und malte sich aus, wie sie ihren Onkel mit einem gut gefüllten Pott begrüßte.

So war Eleanor Ingham – offenherzig, humorvoll und herzlich, ganz anders als Lady Ashworth und deren Töchter. Ihrer neuen Freundin schien es egal zu sein, was die Konventionen vorschrieben und wen sie mit ihren deutlichen Worten vor den Kopf stieß. Nun gut, dank einer großzügigen Erbschaft einer wohl ebenso exzentrischen Tante konnte sie es sich auch leisten, ihren eigenen Weg zu gehen.

Lucy hingegen musste Geld verdienen, das sie ihrer Familie schicken konnte. Auch hier hatte Miss Eleanor sich als ihr rettender Engel erwiesen.

»Kannst du schreiben?«

»Ja. Natürlich.« Lucy verstand nicht, was die andere Frau von ihr wollte. »Ich wäre gern weiter zur Schule gegangen.«

»Dann wirst du meine Sekretärin.« Miss Eleanor nannte ihr eine fürstliche Summe für eine Tätigkeit, die Lucy wie ein Urlaub erschien, wenn sie sie mit der Arbeit als Wäscherin oder Zimmermädchen verglich.

Als Lucy abwehren wollte, sagte Miss Eleanor nur: »Papperlapapp. Ich habe so viele Gedanken, die in meinem Kopf galoppieren, das wird eine harte Arbeit für dich.«

Also lebte sie nun ein Leben, das wundervoller war als alles, was sie sich hätte erträumen können. Wenn nur ihr furchtbares Geheimnis nicht wäre …

Nachdem Lucy sich angekleidet hatte – sie weigerte sich standhaft, die Dienste von Miss Eleanors Zofe zu beanspruchen –, ging sie herunter zum Frühstückszimmer.

Obwohl es verführerisch roch, nachdem sie die Tür geöffnet hatte, lag ihr das schlechte Gewissen wie ein Kloß im Magen, sodass sie sicher nichts herunterbringen würde.

Zu ihrer Überraschung saß Miss Eleanor, die eine Langschläferin war, bereits am Tisch und blätterte in einer Zeitung, die neben ihrem Teller lag. Robinson saß – wie jeden Morgen – neben ihrem Stuhl und starrte sie aus großen braunen Augen bettelnd an. Wie ebenfalls jeden Morgen steckte Miss Eleanor ihm immer wieder eine Leckerei zu. Es lebte noch ein winziger wuscheliger weißer Hund im Haus, der allerdings so schüchtern war, dass er Miss Eleanors Zimmer nur selten verließ.

Die beiden Katzen, Gwen John und Mary Cassatt, lebten ausschließlich in dem großen Garten, der das Haus umgab, und fauchten selbst Miss Eleanor an, obwohl diese ihnen das Leben gerettet hatte. Lucy hatte sich so sehr gefreut, wieder eine Katze zu haben, aber die beiden waren wild und rannten jedes Mal davon, sobald sie ihnen näher kam.

»Guten Morgen, Lucy. Du siehst blass aus. Beanspruche ich dich zu sehr?«

Nun war der Kloß in ihrer Kehle, wo er sie zu ersticken drohte. Nein, sie durfte nicht weiter lügen, das war einfach erbärmlich und ihre Gastgeberin hatte Besseres verdient.

»Ich … ich muss Ihnen etwas Furchtbares gestehen.« Lucy konnte nicht weitersprechen. Sie würde alles verlieren, erneut, nur weil sie einen Fehler begangen hatte. Aber Miss Eleanor hatte es verdient, die ganze furchtbare Wahrheit zu kennen.

»Setz dich erst einmal.« Ihre Freundin legte die Zeitung zur Seite, stand auf und schenkte Lucy eine Tasse Tee ein.

»Trink einmal einen Schluck. Nimm viel Zucker. Nichts hilft besser als ein süßer Tee.«

Lucy konnte nur nicken, noch immer weigerte sich ihr Mund, auch nur ein Wort herauszubringen.

»Meine Liebe, ich kenne dich nicht lange.« So sanft kannte Lucy ihre Gastgeberin nicht. »Aber ich bin mir sicher, dass du nichts wirklich Böses getan hast.«

»Doch«, konnte Lucy nun zwischen Schluchzern hervorstoßen. »Doch, das habe ich.«

Miss Eleanor reichte ihr ein blütenweißes Taschentuch, bestickt mit ihrem Monogramm, was Lucy selbst in ihrer Traurigkeit bemerkte.

»Ist es, weil sie dich auf Hazelwell Manor entlassen haben?«

Vor Schreck ließ Lucy die Teetasse fallen, die sie auf halbem Weg zum Mund geführt hatte. Das Porzellan klirrte leicht, als es auf den Unterteller stieß. Glücklicherweise blieb die feine, zierliche Tasse heil.

Ein Schluckauf löste ihr Schluchzen ab und sie hielt den Atem an und sich die Nase zu. Miss Eleanor goss ihr ein Glas Wasser ein.

»Trink das, es hilft gegen das Hicksen.« Ihr Lächeln war weiterhin freundlich, was Lucy sich nicht erklären konnte, wenn ihre Freundin von dem entsetzlichen Tag wusste. »Meine liebe Lucy, unsere Welt ist eine kleine, in der wenig geheim bleiben kann.«

»Seit wann wissen Sie es?«, gelang es Lucy schließlich, die Frage zwischen zwei Schluckaufs hervorzustoßen, die ihr am meisten auf der Seele brannte. »Warum haben Sie es mir nicht gesagt?«

»Ich wollte warten, bis du bereit bist, es mir zu erzählen.«

»Muss ich nun gehen?«

»Ich möchte deine Version der Geschichte erfahren.«

Lucy zögerte, aber dann platzte sie mit allem heraus, redete schneller und schneller. Erschöpft hielt sie schließlich inne und wagte es kaum, Miss Eleanor anzusehen.

»Es tut mir so leid, dass dir so etwas Entsetzliches geschehen ist.« Miss Eleanors Tonfall war wütender, als Lucy befürchtet hatte. »Wie konnten die Kerle dir das nur antun?«

»Sie wollten sich einen Scherz erlauben.«

»Nein!«, unterbrach sie Miss Eleanor brüsk. »Sie wollten ihre Macht zeigen, wollten dich in Angst versetzen, so wie Männer es immer tun.«

Das erschien Lucy sehr hart, selbst wenn sie an ihren Onkel dachte. Es gab auch gute Männer wie ihren Bruder oder Lord Ashworth.

»Du solltest es öffentlich machen. In die Zeitungen bringen.« Miss Eleanors Gesicht rötete sich, ihre Stimme klang schriller. »Sie dürfen damit nicht davonkommen. Sie haben dir die Zukunft genommen.«

»Mein Leben ist jetzt viel besser.« Lucy atmete auf. »Erzählen Sie mir von den Suffragetten, bitte.«

Ihre Gastgeberin lächelte. »Sag mir, wenn ich dich langweile. Ich neige zum Ausschweifen, sobald ich begeistert bin.«

»Ich glaube nicht, dass Sie mich langweilen könnten.«

»Also gut. Es war einmal eine reiche Erbin, die so lebte, wie sie wollte, zum Ärger ihrer Familie.« Miss Eleanor zwinkerte Lucy zu. »Nach dem 18. November vor zwei Jahren musste sie einsehen, dass auch sie für die Rechte aller Frauen kämpfen sollte.«

»Warum gerade da?«, fragte Lucy, die sich allerdings mehr dafür interessierte, ob sie sich wohl noch einen der köstlichen Kuchen nehmen durfte. »Warum hat dieser Tag Ihre Meinung geändert?«

»Es war eine Kundgebung der Suffragetten. Ich habe am nächsten Tag in den Zeitungen davon gelesen.« Miss Eleanor schüttelte den Kopf, als konnte sie noch immer nicht glauben, was damals geschehen war. Lucy wusste nichts darüber, aber entschied, dass sie sich noch eine Süßigkeit nehmen durfte. Schließlich wusste sie nicht, wie lange das Glück ihr hold blieb und sie so etwas Wunderbares zu essen bekam.

»Was ist an dem Tag geschehen?« Wenn sie Miss Eleanor weiterhin Fragen stellte, würde diese vielleicht nicht bemerken, wie viele Kuchen Lucy sich noch gönnte. »In Bownham haben wir nichts darüber erfahren.«

»Friedlich demonstrierende Frauen wurden von der Polizei niedergeschlagen, beschimpft, bespuckt und begrapscht.« Auf Miss Eleanors Gesicht zeichnete sich ein Ausdruck ab, gemischt aus Ekel und Empörung. »Das Vorgehen der Polizisten war so brutal, dass Frauen starben. Da wusste ich, ich kann nicht länger wegschauen.«

Lucy, die ihre Hand erneut zu den Tellern mit Köstlichkeiten wandern ließ, hielt inne. Zu schrecklich klang das, was ihre Gastgeberin erzählte. Es erschien ihr unpassend, ungerührt weiter Sandwiches und Kuchen in sich hineinzuschaufeln, während Miss Eleanor von Tod und Gewalt sprach.

»Haben Sie keine Angst, dass so etwas noch einmal passiert? Dass Sie verletzt werden?«

»Natürlich habe ich Angst.« Miss Eleanor schob Lucy den Teller mit den Leckereien zu. »Aber unser Ziel ist es wert.«

Nachdem sie ein Gurkensandwich ausgewählt hatte, dachte Lucy über diese Worte nach.

»Was haben Frauen davon, wenn sie wählen dürfen? In der Wäscherei müssen wir 12 Stunden am Tag arbeiten, werden krank und verlieren Finger. Was hilft uns das Wahlrecht?« Je mehr sie darüber nachdachte, desto zorniger wurde sie. »Frauen verdienen halb so viel wie Männer. Nachdem mein Vater gestorben war, musste ich in den Dienst, weil meine Familie sonst im Arbeitshaus gelandet wäre. Was nützt mir das Stimmrecht?«

»Wenn Frauen wählen dürfen, können sie auch Gesetze machen. Gesetze für eine gerechtere Welt. Dafür kämpfen wir unter Einsatz unseres Lebens.« Miss Eleanors Augen leuchteten. »So wie Mrs Pankhurst es von uns fordert.«

»Sie ist eine Lady. Ihr wird es immer gut gehen, so wie Mr Percival und seinem Freund.«

»Auch sie musste große Opfer bringen.«

»Eine reiche Dame wie sie?« Es fiel Lucy schwer, das zu glauben.

»Mrs Pankhursts Schwester ist im Dezember 1910 gestorben, kurz nachdem sie aus dem Gefängnis entlassen wurde.«

»Wie furchtbar.« Lucy durchfuhr es heiß. So sehr sie sich über Bertie ärgerte, die Vorstellung, dass er plötzlich sterben könnte, erschütterte sie zutiefst. »Alles nur für das Wahlrecht?«

»Heute Nachmittag ist eine Demonstration. Ich werde hingehen und würde mich freuen, wenn du mich begleitest.« Miss Eleanor nickte. »Aber bitte fühle dich nicht verpflichtet.«

KAPITEL 21

London 1913

Bitte fahr vorsichtiger.« Emma hätte es vorgezogen, wenn Percival einem Chauffeur das Steuer des Automobils überlassen hätte, aber ihr Ehemann liebte es, den Wagen in halsbrecherischem Tempo über die Landstraße zu lenken. Er würdigte sie keiner Antwort und riss das Steuer herum. Das Hinterteil des Wagens drohte auszubrechen, als sie um die Kurve rutschten. Emma krallte die Finger in das weiche Leder des Sitzes und schloss die Augen. Wenn sie schon auf dem Weg nach London sterben musste, dann wollte sie dem Tod wenigstens nicht ins Antlitz blicken.

Wie weit mochte es noch bis London sein? Ob das Leben in der Stadt ihrer Ehe guttun würde? Glaubte sie an Wunder oder Märchen? Die Zeit seit der Hochzeit hatte ihr überdeutlich gemacht, wie wenig sie zu erwarten hatte. Absolut nichts hatte ihre Ehe mit den romantischen Liebschaften gemeinsam, wie Emma sie aus Romanen kannte. Allzu oft hatte sie sich gefragt, ob sie sich durch die Romane möglicherweise ein zu verklärtes Bild von Liebe und Ehe gemalt hatte.

Es ist, wie es ist. Ich habe mich in diese Sache hineingeritten und muss die Suppe nun auslöffeln. Autsch, das ist ein Metaphernsalat.

Der Anflug von Galgenhumor half ihr, Percivals Fahrkünste zu ertragen. Endlich waren die Vororte zu sehen. Emma hatte sich in der Bibliothek über die Stadt informiert, in der sie leben würde, und war überrascht gewesen, wie gewaltig sie war. London war fast fünfzigmal so groß wie Braunschweig mit seinen nicht einmal 150.000 Einwohnern, eine derartig gewaltige Zahl, dass Emma sie sich nicht wirklich vorstellen konnte. Auch wenn ihr der Gedanke, dort mit Percival allein zu leben, nicht sonderlich behagte, tröstete sie sich damit, dass sie beide sicherlich nur wenig Zeit miteinander verbringen würden.

Daher hatte Emma sich eine Liste erstellt, die sie in einem neuen Notizbuch führte. All die Sehenswürdigkeiten Londons, die sie sich anschauen wollte. Das war ein echter Vorteil des Verheiratetseins: Nun war es ihr möglich, allein etwas zu unternehmen.

Im Kopf ging sie die Zusammenstellung durch, angefangen von Westminster Abbey über St. Paul's Cathedral und die Tower Bridge bis hin zu Kensington Gardens.

Obwohl sie selbst leider nicht malen konnte, was gewiss an ihrem Zeichenlehrer lag, mochte sie Kunst und freute sich darauf, in den Londoner Museen die Gemälde zu sehen, von denen sie bisher nur Reproduktionen kannte. Besonders gespannt war sie auf die *Rokeby Venus* oder *Venus mit Spiegel* von Diego Velazquez, die nach Ansicht ihres ehemaligen Zeichenlehrers eine der schönsten Frauen aller Zeiten wäre.

Auch wenn ihr Ehemann anscheinend versuchte, sie beide umzubringen, wurde Emmas Herz leichter. Dieses Mal würde sie von Beginn an dafür Sorge tragen, sich Freiheiten zu nehmen und London zu *ihrer* Stadt zu machen. Vor ihrem geistigen Auge sah sie sich bereits einen Literatursalon ins Leben rufen, der sich in ihrem Haus treffen würde. Platz genug gab es sicher, oder?

»Wir sind gleich da«, knurrte Percival, der inzwischen langsamer fuhr. Das lag wohl an dem unglaublichen Verkehr, der in London herrschte. So viele Menschen, Kutschen und Automobile hatte Emma noch nie zuvor gesehen. In den Straßen dieser großen Stadt musste man sich bestimmt vorsichtiger bewegen als im beschaulichen Braunschweig.

Außerdem hatten Nebel und Nieselregen eingesetzt, die die Stadt grau und trist erscheinen ließen. Obwohl das Wetter unfreundlich war, drosselte Percival das Tempo nur wenig. Sie hatte es aufgegeben, mit ihm zu reden, und schaute stattdessen aus dem Fenster, um sich ein Bild von dem Ort zu machen, an dem sie leben würde.

Durch das Grau des Nieselregens und die feinen Nebelschwaden konnte sie vieles nur wie durch einen leichten Schleier sehen, aber das, was sie erkennen konnte, war sehr beeindruckend.

»Was ist das?«, wagte sie Percival zu fragen, obwohl sie nicht wusste, ob er sie überhaupt einer Antwort würdigen würde.

»St. James's Park.«

Das half ihr nicht weiter, aber Emma hatte keine Lust, sich eine erneute pampige Antwort einzufangen, und schwieg. Sie würde nachlesen, was es mit der gewaltigen Grünfläche auf sich hatte.

Während der Nebel sich langsam zurückzog, fuhr Percival das Automobil an den Straßenrand und hupte dreimal. Sofort kam ein Diener angerannt und öffnete ein schmiedeeisernes Tor, dessen Stangen zu filigranen Mustern geformt waren. Percival nickte dem Mann zu und fuhr an ihm vorbei auf einen hellen Kiesweg, auf dem der Regen einige Pfützen hinterlassen hatte.

Zum ersten Mal sah Emma das Haus, in dem sie mit ihrem Ehemann von nun an leben würde. Wie zu erwarten war, handelte es sich um ein prachtvolles viktorianisches Gebäude, das mit Säulen geschmückt war. Wirkte es wie etwas, das ein Heim werden könnte, oder diente es nur dazu, die Bedeutung der Familie Blakenham zu zeigen?

»Es ist sehr groß«, sprach Emma das Erste aus, was ihr durch den Kopf ging.

»Keine Angst«, sagte Percival in dem spöttischen Ton, den sie zu hassen gelernt hatte. »Du musst dich um nichts kümmern. Mutter hat eine Köchin, einen Butler, einen Diener, zwei Küchenmädchen und zwei Hausmädchen für uns eingestellt. Du kannst eines davon zu deiner Zofe machen.«

Emma sagte nichts, obwohl es ihr lieber gewesen wäre, wenn sie sich das Personal selbst hätte aussuchen können.

»Mylord. Mylady. Willkommen.« Der Butler, der ein Zwilling des Mannes auf Hazelwell Manor sein konnte, verneigte sich. »Möchten Sie einen Tee einnehmen?«

»Später«, sagte Percival, begleitet von einem falschen Lächeln. »Liebes, ich schlage vor, dass du dich von der anstrengenden Reise ausruhst und ich dir vor dem Dinner das Personal vorstelle.«

»Wie fürsorglich du bist.« Emma erwiderte sein Lächeln. Niemals vor den Dienstboten streiten. »Schickst du mir bitte eines der Mädchen als Zofe?«

»Aber selbstverständlich.«

Auch in ihrem Haus entdeckte Emma Zimmer mit kleinen Schildern, die den Namen der Gäste vorbehalten waren. Inzwischen hatte sie erfahren, wozu diese auch dienten.

Florence und Georgina hatten hinter vorgehaltener Hand darüber getuschelt, dass es bei einem Besuch einen kleinen Skandal gegeben hatte. Ein Gentleman war überraschend im Zimmer einer Lady aufgetaucht, was diese mit lauten Schreien begrüßt hatte.

»Warum hat sie ihre Zimmertür nicht abgeschlossen?«, hatte Emma die Frage gestellt, die ihr sofort in den Sinn gekommen war.

»Man sagt, sie habe so wütend gekreischt, weil es der falsche Gentleman gewesen ist.«

Hoffentlich würden sich derartige Szenen nicht in ihrem Haus abspielen. Aber wer sollte sie schon besuchen?

Ihr Zimmer war genauso eingerichtet, wie Emma es erwartet hatte, schließlich kannte sie Lady Ashworths Geschmack aus Hazelwell Manor. Hätte sie selbst auch die schweren weißen Teppiche und die bunten Perserteppiche gewählt? Auf jeden Fall hätte sie sich gegen grüne Vorhänge entschieden, weil Blau ihre Lieblingsfarbe war, aber danach hatte niemand gefragt.

Das elegante Sofa und die zierliche, verspielte Frisierkommode entsprachen auch nicht ihrem Geschmack, aber sollte sie sich deswegen streiten? Emma setzte sich auf das Bett, das genauso aussah wie das auf Hazelwell Manor, und hoffte, dass die Zofe bald käme, um sie aus Kleid und Korsett zu befreien.

Das also ist mein neues Zuhause. Sie schaute sich weiter um. *Ich werde ein Bücherregal einbauen lassen, auf Percivals Rechnung unglaublich viele Bücher kaufen und andere Bilder an die Wand hängen und es so nach und nach zu meinem Zimmer machen.*

»Morgen gehen wir in die Oper. Am Wochenende erwartet man uns in Newmarket.« Percival teilte Emma diese Termine mit, als wäre sie sein Kammerdiener, der wissen musste, zu welchen Festlichkeiten sein Herr gehen wollte. »Ich hoffe, du hast dir passende Kleidung schneidern lassen.«

»Muss ich an allem teilnehmen?« Emma fühlte sich müde und erschöpft. Diese Feiern und Treffen, bei denen man gepflegt Small Talk hielt, laugten sie aus. Nie war ihr bewusster, dass sie Ausländerin war als auf den Veranstaltungen, die sie gemeinsam mit Percival besuchte. Wenn er sich wenigstens für die Oper oder das Theater interessiert hätte, aber für ihn war das nur eine weitere Gelegenheit, unter seinesgleichen zu sein und seine Kontakte zu pflegen – und möglichst wenig Zeit mit ihr zu verbringen.

Wie naiv sie gewesen war – in nahezu allem. Nachdem sich ihre Ehe auf Hazelwell Manor als eine äußerst unerfreuliche Angelegenheit entpuppt hatte, hatte Emma all ihre Hoffnungen auf London gesetzt. Eine große Stadt, Museen, Theater, vielleicht sogar Literaturzirkel – hier würde sie hoffentlich die Freiheit finden, nach der sie sich so sehr sehnte. Die Vorfreude, endlich das Leben zu erfahren, nach dem sie sich in Deutschland so verzehrt hatte, ließ sie selbst die Nächte mit Percival ertragen.

Das Beste, was man über ihre Ehe sagen konnte, war, dass seine nächtlichen Besuche nur die absolut notwendige Zeit andauerten. Er kam, schob sich über sie, bewegte sich auf und ab, keuchte, rollte sich von ihr herunter, wischte sich mit einem eleganten blütenweißen Taschentuch sauber, zog seine Hosen an und verschwand. Gedemütigt blieb sie liegen und fragte sich, ob es für alle Frauen so war. Hieß es nicht, die körperliche Seite wäre der Preis, den Frauen für die Ehe zu zahlen hatten?

Inzwischen bedauerte Emma es, nie eine gute Freundin gehabt zu haben, mit der sie über dieses Thema tuscheln und verstohlen kichern konnte. Niemand fiel ihr ein, der ihr zur Seite stehen könnte, und ihre geliebte Literatur half ihr in dieser Frage leider auch nicht weiter. Sicher, sie hatte gerüchteweise von pikanten Romanen gehört, wie *Three Weeks* von Elinor Glyn, aber sie wusste beim besten Willen nicht, wo sie derartige Geschichten erhalten sollte. Hätte sie nur auf Hazelwell Manor den Mut gefunden, das Buch zu lesen.

»Emma!« Der Tonfall seiner Stimme war so scharf, dass sie aufschreckte.

»Entschuldige, ich überlegte, was ich anziehen werde.«

»Frauen und ihre Kleider.« Percival stieß einen theatralischen Seufzer aus. »Ich sagte, dass du heute zum Tee bei Lady Chamberlin erwartet wirst. Das hast du hoffentlich nicht vergessen.«

»Wie könnte ich das?«

»Was möchten Sie anziehen?«

»Gar nichts«, rutschte es Emma heraus, bevor sie nachgedacht hatte. »Einfach irgendein Kleid.«

Warum musste sie sich überhaupt ankleiden? Warum konnte sie nicht einfach im Bett liegen bleiben, sich die Decke über den Kopf ziehen und die Welt ausschließen? Wie hatte sie nur denken können, dass sich in London alles zum Besseren wenden würde.

Percival verbrachte keinen Abend gemeinsam mit ihr, sondern in Klubs, Bars und Etablissements, deren Namen sie nicht einmal zu denken wagte. In den Nächten, in denen er ihr Zimmer betrat, stank er nach Zigaretten, Whiskey und allzu oft auch nach billigem Parfüm, dessen süßlichen Geruch Emma zu hassen gelernt hatte.

Sie hatte einige Anstandsbesuche bei entfernten Verwandten und Freunden ihrer angeheirateten Familie gemacht, die leider alle unerfreulich verlaufen waren. Steif hatte sie auf unbequemen Stühlen gesessen, Tee getrunken und verzweifelt nach Gesprächsthemen gesucht. Jedes Mal hatte sie sich unbeholfen, unattraktiv und unbritisch gefühlt, sodass sie weitere Einladungen mittlerweile unter Vorwänden ausschlug.

Nur heute nicht. Percy hatte ihr aufgetragen, diesen Besuch vorzunehmen, weil es sich um eine der wichtigsten Familien Londons handelte. Also musste sie diese Pflicht auf sich nehmen und sich bemühen, einen guten Eindruck zu machen. Was auch bedeutete, dass sie angemessen gekleidet sein musste.

»Polly, ich habe mich entschieden. Das dunkelblaue Kleid.«

Nachdem sie die Ankleideprozedur hinter sich gebracht hatte, setzte Emma sich vor ihren Spiegel, während die Zofe ihr den Hut, ein immens großes, mit Federn und feinen Schleiern geschmücktes Stück, befestigte.

In der Kutsche grübelte sie darüber nach, was sie heute Nachmittag erwartete. Endlich hatten sie das Anwesen erreicht, das deutlich größer und wuchtiger als ihr Haus am St. James's Square war.

Albern. Es ist einfach albern. Warum kann ich nicht selbst zur Tür gehen und klingeln?

Je unglücklicher ihre Ehe war, desto mehr stieß sich Emma an all den Regeln und Geboten, an die eine Lady sich zu halten hatte. Obwohl sie eine Einladung zum Tee erhalten hatte, musste sie in der Kutsche warten, bis der Diener ihre Karte, auf die das Wappen der Familie Blakenham geprägt war und die ihren Namen trug, dem Butler übergeben hatte. Hätte sie sich nur ihren Roman mitgenommen, dann hätte sie die Wartezeit sinnvoll nutzen können.

Endlich kam der Diener und öffnete die Kutschentür. Galant reichte er ihr seinen Arm, damit sie aussteigen konnte. Er würde vor der Tür warten, bis sie den Besuch beendet hatte. Sie lächelte ihm zu, in der sicheren Gewissheit, dass er nicht lange ausharren müsste. Nie hatte sie sich mehr geirrt.

KAPITEL 22

London 1913

Nachdem sie ihren Mantel abgegeben hatte, atmete Emma einmal tief durch und folgte dem Butler, der sich noch gerader hielt als der auf Hazelwell Manor, obwohl er vom Äußeren dessen jüngerer Bruder hätte sein können. Oder vielleicht sahen alle Butler so aus: wohlgenährte Herren in den mittleren Jahren mit Sorgenfalten auf der Stirn und schütter werdendem Haar, die ihre dunklen Anzüge und gestärkten Hemden mit stiller Würde trugen.

Er führte sie in den Salon, der eine Nachbildung des Raums auf Hazelwell Manor zu sein schien. Selbst der große Flügel stand an der gleichen Stelle. An den kleinen Tischen, auf denen silberne Etageren mit Sandwiches und kleinen Kuchen lagen, saßen bereits Gäste, die wohl pünktlicher als Emma waren – oder zu einem früheren Termin gebeten worden waren.

Auch nicht das noch. Emma seufzte innerlich, aber nach

außen behielt sie das künstliche Lächeln bei, das sie in England perfektioniert hatte. Erschien es ihr schon schlimm genug, mit einer britischen Lady einen langweiligen und anstrengenden Nachmittag zu verbringen, so sah sie sich unverhofft vier Exemplaren dieser Gattung gegenüber. Zwei in ihrem Alter und zwei deutlich älter, vielleicht Mütter oder Tanten der jüngeren Frauen. Jede von ihnen personifizierte das, was Emma in England fürchtete: selbstsichere Eleganz und kühle Arroganz. Hätte sie nur ihrem ersten Impuls heute Morgen nachgegeben und wäre im Bett geblieben! Was verlangte die Höflichkeit, wie lange musste sie bleiben?

»Meine liebe Lady Blakenham, wie schön, Sie zu sehen.«

Lady Chamberlin erhob sich, trotz ihrer bestimmt 50 Jahre war sie immer noch eine schöne Frau mit glatter Haut und auffallend hellblauen Augen.

»Herzlichen Dank für die Einladung.« Emmas Lächeln musste wirken wie eingefroren, so fühlte es sich jedenfalls an. Ihr wurden die anderen Gäste vorgestellt, die sie höflich, aber ohne großes Interesse begrüßten. Emma war dankbar, als sie sich setzen und einen Tee trinken konnte. Unauffällig schaute sie sich um.

Gab es denn nur schlanke, hochgewachsene Schönheiten mit perfekter Haut, ebenmäßigen Zähnen und vollen Haaren? Neben den eleganten, kultivierten Engländerinnen fühlte Emma sich noch plumper und deutscher als normalerweise. Sie hatte vor Verzweiflung gehungert, um nicht immer unter diesen perfekten Frauen aufzufallen wie ein Walross unter eleganten Pinguinen. Nein, das war ein unpassendes Bild. Wie ein deutscher Ackergaul unter den Vollblütern, die in Ascot oder Epsom liefen.

»Es tut mir leid, ich musste einen Hund retten, der von einer Kutsche angefahren wurde.«

Überrascht von diesen Worten schaute Emma auf. Wer war diese ungewöhnliche Person, die verspätet und mit verdrecktem Kleid zu einem Afternoon Tea kam? Zierlich war sie, mit einer markanten Nase und großen tiefblauen Augen. Die braunen Haare hatten sich aus der Hochsteckfrisur gelöst und standen wild unter dem kleinen Hut hervor.

»Eleanor.« Lady Chamberlin sprach das Wort aus, als galt es einem Ungeziefer. »Wie schön, dass du es noch geschafft hast, uns neben deinen bedeutenden Aktivitäten zu besuchen. Hast du den Hund etwa mitgebracht?«

»Sei nicht albern, Tante Lavinia. Ich habe ihn zu mir schicken lassen.«

Emma konnte förmlich sehen, wie viel Contenance es die Gastgeberin kostete, kein weiteres Wort zu sagen, sondern den Neuankömmling allen vorzustellen. Endlich waren sie bei Emma angekommen.

»Lady Blakenham, das ist Eleanor Ingham, meine … Nichte.« Wie vielsagend eine Pause klingen konnte. Langsam fand Emma Spaß an dem Nachmittag.

»Sie sind die Deutsche, nicht wahr?«

Emma verschluckte sich an ihrem Gurkensandwich. So eine erfrischende Offenheit hatte sie in England bisher nicht erlebt.

»Ich war so neugierig, Sie kennenzulernen. Um ehrlich zu sein, habe ich meine Tante gedrängt, Sie einzuladen.« Lady Eleanor beugte sich zu Emma. »Wie steht es denn um das Frauenwahlrecht in Deutschland?«

Himmel! Mit dieser Frage hatte Emma überhaupt nicht gerechnet. Wie peinlich, wie wenig sie darüber wusste.

»Das … das kann ich nicht sagen. Ich habe auf dem Land gelebt, wo die Uhren anders gehen.«

Das war nicht ganz die Wahrheit, aber verglichen mit London war Braunschweig ein Dorf, also stimmte es nahezu.

»Selbst auf den Dörfern müssen Sie doch etwas vom Kampf unserer Schwestern gelesen haben.« Ein strenger Blick begleitete die Worte. »Oder gehören Sie auch zu denen, die meinen, dass Frauen sich nicht für Politik interessieren sollten?«

»Nein, ja, auf keinen Fall«, stammelte Emma, deren Wangen vor Verlegenheit brannten, weil sich alle Blicke auf sie richteten. »Ich bin sicher, Frauen sind so klug wie Männer.«

»Eleanor, das ist kein Thema für einen Tee.«

»Wenn du meinst, liebste Tante.« Lady Eleanor lächelte süßlich. »Waren Sie schon in der Oper?«

Nachdem die anderen Damen ihre Gespräche wieder aufgenommen hatten, beugte sich die junge Frau noch näher zu Emma.

»Warum engagieren Sie sich nicht?«

»Ich weiß nicht, wo und wie.« Selten hatten sich Worte so langweilig und bieder angehört. Kein Wunder, dass Spott in den nahezu veilchenfarbenen Augen der jungen Frau ihr gegenüber glitzerte. »Ich bin erst seit Kurzem in London.«

»Ich bin seit dem schwarzen Freitag dabei.« Entschlossen streckte Eleanor ihr starkes Kinn nach vorne. »Vorher habe ich mich nicht für die Forderungen der WSPU interessiert.«

»Noch einmal, das ist kein Thema für einen Afternoon

Tea.« Der Tadel in Lady Chamberlins Ton war nicht zu überhören, was die jüngere Frau jedoch nicht einschüchterte. Das gab Emma den Mut, die Frage zu stellen, die ihr auf der Zunge brannte.

»Entschuldigung, aber was ist der schwarze Freitag? Was ist die WSPU?« Emma hatte einen Moment gezögert, ob sie wieder einmal ihre Unwissenheit preisgeben sollte, aber letztlich war ihre Neugier stärker. »Ich bin erst seit Kurzem in England.«

Nachdem sie die Erklärung nachgeschoben hatte, ärgerte sie sich darüber, dass sie sich schon wieder für alles und jedes entschuldigte. Sicher würde sich diese Lady Eleanor einen Spaß auf ihre Kosten machen. Stattdessen nickte sie ihr freundlich zu und machte eine wegwerfende Geste mit der Hand, die die anderen Damen, den Afternoon Tea und das elegant eingerichtete Zimmer einschloss.

»Ich bin mir sicher, dass keine der hier Anwesenden mehr über den schwarzen Freitag weiß als Sie, aber …«, ein verschwörerisches Zwinkern, »immerhin sind Sie ehrlich genug, Ihr Unwissen einzugestehen, und mehr noch, Sie sind interessiert an dem, was ich sage.«

»Eleanor, hör auf damit, Lord Blakenhams Frau mit deinem Suffragettengeschwätz zu belästigen.« Lady Chamberlin deutete auf die Gruppe von Frauen, die sich um einen Tisch versammelt hatten. »Meine liebe Lady Blakenham, wir brauchen Sie als vierten Mann beim Bridge.«

»Oh, wie schade.« Emma neigte den Kopf. »Das Spiel beherrsche ich leider nicht. Außerdem«, setzte sie mit süßlicher Stimme und ebensolchem Lächeln hinzu, »hat Lady Eleanor meine Fragen noch nicht beantwortet.«

»Die *Women's Social and Political Union* ist die schlagkräftigste Bewegung, die sich das Frauenstimmrecht nur wünschen kann.« Lady Eleanor nickte bekräftigend mit dem Kopf. »Der schwarze Freitag ist der Tag, an dem unsere Regierung, die wir Frauen nicht wählen durften, mit brutaler Polizeigewalt gerechtfertigt demonstrierende Frauen an der Ausübung ihrer Rechte hinderte.«

»So etwas Furchtbares kann ich mir kaum vorstellen. Habe ich nicht in der *Times* gelesen, dass das Stimmrecht gewährt werden soll?«

»Versprechungen, hohle Versprechungen, mit denen sie uns seit Jahren hinhalten. Aber jetzt ist genug.«

»Vielleicht sind es zu wenige, die für das Stimmrecht kämpfen.« Nachdem sie es ausgesprochen hatte, hätte Emma ihre Worte am liebsten zurückgenommen. Eine Fanatikerin wie Lady Eleanor mochte sicher keinen Widerspruch.

»1908 gab es in London eine Kundgebung mit einer unglaublichen Begeisterung. Sonderzüge mit Unterstützerinnen kamen aus ganz England.« Lady Eleanors Augen leuchteten. »Eine viertel Million Menschen, manche Zeitungen schrieben sogar von einer halben Million.«

»Das muss ein beeindruckender Anblick gewesen sein.« Eine halbe Million Menschen – das konnte Emma sich selbst mit viel Fantasie nicht vorstellen.

»Hat es etwas genützt?« Lady Eleanors Tonfall klang resigniert. »Man müsste doch meinen, dass die Regierung das nicht einfach ignorieren kann. Aber nein, sie haben taktiert und getrickst – und wir dürfen immer noch nicht wählen.«

»Warum sind die Politiker gegen das Stimmrecht für

uns?« Emma konnte es nicht verstehen. War es denn wirklich so etwas Besonderes?

»Sie behaupten, Frauen seien zu emotional, um vernünftige Entscheidungen zu treffen. Oder sie sagen, dass wir Frauen sowieso das wählen, was unser Ehemann uns sagt. Also benötigen wir kein eigenes Stimmrecht.«

»Was ist mit unverheirateten Frauen?«

»Ich glaube, sie haben nur Angst, dass Frauen die Regierung *nicht* wählen. Überlegen Sie nur, wie viel Macht wir haben. Wir sind die Hälfte der Bevölkerung …«

»Aber wohl ohne Macht«, konnte Emma sich nicht enthalten. »Selbst eine halbe Million hat nichts erreicht.«

»Deshalb …«, Lady Eleanor lehnte sich an Emma an und flüsterte ihr ins Ohr, »kämpfen wir nun mit härteren Bandagen.«

Dunkel erinnerte sich Emma daran, dass ihr Vater vom Bürgerkrieg gesprochen hatte, den die Frauen führten. Sie erinnerte sich an Zeitungsnotizen über Brandbomben in Bahnhöfen und zerstörte Briefkästen. Sie hatte die Meldungen allerdings für übertrieben gehalten - so etwas taten Ladys nicht, nicht wahr?

»Was kann ich mir darunter vorstellen?«

»Sie hätten vor einem Jahr hier sein sollen.« Lady Eleanors Augen leuchteten auf. »Am 4. März zogen wir Frauen durch die Innenstadt und das West End. Überall hörte man das Klirren von splitterndem Glas.«

»Hat es Erfolg gehabt?«, kam Emma nicht umhin zu fragen. »Ein weiteres Jahr ist vergangen, ohne dass die Frauen das Stimmrecht erhalten haben.«

»Der Kampf wird noch andauern. Leider. Solange die

Regierung Versprechen macht, die sie bricht, müssen wir ihnen zeigen, wie ernst es uns ist. Mit Bomben und Zerstörung.«

»Verlieren die Suffragetten nicht alle Unterstützung, wenn sie Briefkästen und Bahnhöfe zerstören?« Emma zögerte. Schließlich kannte sie ihr Gegenüber erst kurze Zeit. War ihre Frage vielleicht zu vermessen? »Geben sie so nicht denjenigen recht, die behaupten, dass Frauen nicht reif genug sind, um wählen zu können?«

»Wir haben es lange genug auf dem friedlichen Weg versucht und nichts erreicht.«

»Ist jetzt so viel mehr gewonnen?«

»Wir bekommen unglaublichen Zuspruch. Unsere Aktionen sind in allen Zeitungen des Landes und sogar über die Grenzen hinaus.« An der Art, wie Lady Eleanors Stimme in die Höhe stieg, konnte man erkennen, wie sehr sie sich dieser Sache verschrieben hatte. Emma bedauerte es, dass sie sich auf dieses Gespräch eingelassen hatte. »Unser Krieg ist ein Kampf um Gerechtigkeit. Wir werden siegen.«

»Eleanor. Es ist genug.« Lady Chamberlin stand auf und kam auf sie zu.

»Besuchen Sie mich in den nächsten Tagen einmal zum Tee.« Lady Eleanor schüttelte ungeduldig den Kopf. »Hier ist weder der richtige Ort noch die richtige Zeit.«

»Sehr gern.« Emma lächelte und dachte: *Auf gar keinen Fall. Niemals werde ich mich mit einer Verrückten einlassen.*

KAPITEL 23

London 1913

»Kommen Sie zum Tee vorbei oder besuchen Sie am besten eines unserer Treffen.« Die Abschiedsworte von Lady Eleanor gingen Emma nicht aus dem Kopf. Das, was ihre Zufallsbekanntschaft ihr erzählt hatte, löste die unterschiedlichsten Empfindungen in ihr aus. Neid darüber, dass Lady Eleanor etwas in ihrem Leben hatte, was ihr so wichtig war. Verwunderung über die Radikalität, mit der die Frau ihre Meinung vertreten hatte, Abscheu, weil Lady Eleanor es wagte, sich über alles hinwegzusetzen, was wichtig für eine Dame war, und wiederum Neid, weil die Suffragette sich um Regeln und Grenzen nicht zu scheren schien.

Bringe ich den Mut auf, zu einer dieser Versammlungen zu gehen? Nachher finde ich mich noch bei den Steinewerferinnen wieder und muss ins Gefängnis. Undenkbar! Das wäre ein Skandal, den Mutter mir nie vergeben würde.

»Wir sind eingeladen, von Samstag bis Montag.«

Emma war so tief in ihren Gedanken versunken, dass die Worte ihres Ehemanns sie überraschten. Normalerweise sprach Percival beim Lunch nicht mit ihr. Beim Dinner redete er auch wenig, aber das sah er meist als die Gelegenheit an, ihr die Planungen mitzuteilen.

»Wohin?« Emma winkte den Dienstboten, dass sie das Zimmer verlassen konnten. Sie hatte das untrügliche Gefühl, dass sie dieses Gespräch *nicht* vor dem Personal führen sollten.

»Nach Winston Abbey.«

Einen Moment lang war sie baff, überrascht von der Dreistigkeit, mit der Percival diese Worte hervorbrachte. Hielt er sie für so dumm, dass sie nicht davon wusste?

»Ich halte es für besser, wenn du allein fährst.« Mit der Gabel piekte sie ein Stück geräucherten Fisch auf, voller Zorn, der Percival galt. »Ich würde doch nur stören.«

»Man erwartet uns beide.«

»Wer? Deine Liebschaft etwa?«

»Du weißt davon?« Percivals Miene war dermaßen schockiert, dass Emma sicher gelacht hätte, wäre es nicht so bitter für sie.

»Ganz London weiß von eurer *Cinq*-à-*sept*-Liebelei. Du hättest wenigstens den Anstand aufbringen können, mich nicht zum Gespött der Stadt zu machen.«

»Als ob du besser bist als ich.«

Was wollte er damit sagen? Emma schaute ihn an, schwieg und harrte der Dinge, die kamen.

»Gestern habe ich im Army und Navy Club George, einen alten Freund, getroffen, der den Kontinent bereist hat.«

Percivals Lächeln machte deutlich, wie sehr er das genoss. »Er war auch in deiner Heimatstadt Braunschweig.«

Etwas an der Art, wie er die letzten Worte betonte, bereitete ihr Sorgen. Hatte er etwa von Johannes erfahren? Emma legte die Hände übereinander, um deren Beben zu verbergen. Sie würde ihrem Ehemann nicht zeigen, wie viel Angst seine Worte in ihr hervorriefen.

»Wie schön für ihn. Ich hoffe, es hat ihm dort gefallen.« Obwohl sie sich um Gelassenheit bemühte, zitterte ihre Stimme. »Hat er sich den berühmten Löwen angesehen?«

Percival antwortete ihr mit einem Schnauben.

Er weiß es. Himmel, er weiß es.

Obwohl sie sich nichts mehr wünschte als davonzulaufen, blieb sie sitzen. Ihre Beine fühlten sich so schwach an, dass sie sie nicht tragen würden. Ihr Herz schlug so schnell und laut, dass Percival es bemerken musste, oder?

»Ein Zeichenlehrer. Ich wusste, dass du naiv bist, aber ich ahnte nicht, wie weit deine Dummheit reicht.«

»Ich war jung.« Sie hob das Kinn und schaute ihm in die Augen. Aufbrandender Zorn raubte ihr die Stimme. »Was ist deine Entschuldigung?«

»George hat erzählt, dass du der Spott ganz Braunschweigs bist.« Percival sprach jedes Wort so akzentuiert aus, dass sie ihm ins Gesicht schlagen wollte. »Er hat dir den Himmel versprochen und dich dann …«

»Ich war dabei.« Ihre Hände ballten sich zu Fäusten, ihr Atem kam stoßweise, während sie sich nur wünschte, ihren Ehemann zum Schweigen zu bringen. »Nun weißt es auch du.«

»Wie viel Geld haben ihm deine Eltern gegeben, damit

er dich verlässt?« Percival legte den Kopf leicht zur Seite. Es kam ihr vor, als beobachtete er sie, als wäre sie ein Fuchs, den er zur Strecke bringen wollte. »Wie billig war deine Liebe zu kaufen?«

»Nicht teurer als du, mein Herz.« Ihn erbleichen zu sehen, bereitete ihr Vergnügen. Sollte das ihre gemeinsame Zukunft sein? Würden sie beide beim anderen nach Schwachpunkten suchen, um ihn zu verletzen?

»Sag mir, Darling, hast du dich von ihm verabschiedet? Tränenreich und romantisch?«

Sein Lachen fühlte sich an wie ein Schlag ins Gesicht. Der Mann, mit dem sie den Rest ihres Lebens verbringen musste, schien es sehr zu genießen, sie leiden zu sehen.

»Du weißt bereits alles. Da muss ich nichts mehr sagen.«

Ihr Zorn wurde so gewaltig, dass sie es nicht mehr mit ihm in einem Raum aushielt. Voller Wut stieß sie den Stuhl zurück und sprang auf. Ohne ihren Ehemann eines Blickes zu würdigen, ging sie zur Tür. Nur unter Aufbietung aller Kraft widerstand sie der Versuchung, sie hinter sich ins Schloss zu werfen. Sie wollte den Dienstboten nicht noch mehr Tratschmöglichkeit bieten. Mit geschürztem Rock lief sie die Treppe hoch, geradewegs in ihr Zimmer. Dort warf sie sich aufs Bett und schlug mit den Fäusten auf das Kissen ein.

Der verfluchte Johannes. Ich wusste, dass mich meine verliebte Narretei eines Tages einholen wird. Wenn Percival nicht der wäre, der er ist, hätte ich ihm sicher davon erzählt. Wie verzweifelt ich damals war, dass ich mir vorstellte, mit Johannes ein romantisches Künstlerleben in München zu führen.

Als es an der Tür klopfte, dachte Emma, es wäre das Dienstmädchen, das den Raum säubern wollte. Doch zu ihrer Überraschung war es ihr Ehemann. Wollte Percival sich etwa entschuldigen?

»Was maßt du dir an, mich sitzen zu lassen?«

»Ich hatte dir nichts mehr zu sagen.«

»Du bist meine Ehefrau und tust, was ich will.« Er verzog die Lippen und fletschte die Zähne. »Auch wenn du es nicht schaffst, mir einen Sohn zu gebären.«

»Warum soll es meine Schuld sein?« Vor ohnmächtiger Wut ballte Emma die Hände zu Fäusten. »Vielleicht liegt es an deiner Trinkerei.«

»Glaube mir, *Darling*.« Unglaublich, wie viel Verachtung Percival in dieses Kosewort zu legen vermochte. »Es gibt einige Bastarde, die bezeugen können, dass es nicht an mir liegt.«

Es fühlte sich an, als schlüge er ihr mit der flachen Hand ins Gesicht, als prügelte er ihr ihr Versagen als Ehefrau mit seinen Worten ein. Trug sie wirklich die Schuld, dass sie ihm noch nicht den gewünschten Erben geschenkt hatte?

»Mir kann man nicht vorwerfen, dass ich mich nicht genug bemühe.« Percival ließ seinen Zeigefinger in der Luft kreisen. »Obwohl es mir wahrlich kein Vergnügen bereitet, dich nachts zu besuchen.«

»Wie kannst du es wagen?« Emma sprang auf. »Ich will die Scheidung! Sofort!«

Kein weiteres Wort würde sie sich anhören. Ohne nachzudenken, eilte sie zur Tür, zerrte einen Mantel von der Garderobe und lief hinaus.

»Mylady!«, hörte sie die Zofe rufen. »Mylady, Sie können doch nicht ohne Hut auf die Straße gehen.«

Und ob ich das kann, dachte Emma. *Wenn ich sowieso sonst nichts vollbringe, muss ich mich nicht mehr an die Regeln der Schicklichkeit halten.*

Im Laufen warf sie sich den Mantel über und eilte weiter, ohne Ziel, nur weg von ihrem Ehemann und dem gemeinsamen Haus, das ihr vorkam wie ein goldener Käfig. Wie hatte sie nur glauben können, dass die Ehe ihr die Freiheit brächte, die sie sich so sehnlich gewünscht hatte? Statt ein erfülltes, interessantes Leben zu führen, war sie verdammt zu einer unglücklichen Ehe und leeren Tagen mit nichtssagendem Geplauder, das sie zu Tode langweilte.

Nein, jetzt bin ich ungerecht. Der Nachmittag mit Lady Eleanor, die Debatte über das Frauenwahlrecht, da habe ich mich lebendig gefühlt. Es ist nur meine Feigheit, die mich davon abhält, mich ihr und ihren Gesinnungsgenossinnen anzuschließen. Ich bin noch nie mutig gewesen, niemals würde ich im Gefängnis auch nur einen Tag überleben. So sehr ich unser Haus auch hasse, so weiß ich zu würdigen, was für ein schönes Leben ich dort habe.

Nachdem sie genügend Abstand zwischen das Haus und sich gebracht hatte, verfiel Emma in einen langsamen Trott und schaute sich um, wohin ihr Lauf sie geführt hatte. Bevor sie aus der kleinen Seitenstraße trat, verrieten ihr die Geräusche bereits, dass sie in einer der Einkaufsstraßen, wohl in der Oxford Street, gelandet war. Der Krach, den herantuckernde Automobile, Pferdewagen und Fahrradklingeln machten, war unverkennbar. Als wäre es nicht bereits laut genug, ertönten von allen Seiten die Rufe der Zeitungsjungen, die Menschen auf sich aufmerksam machen wollten.

Emma strich sich über die bloßen Haare. Nun, wo ihr Zorn verraucht war, fühlte es sich seltsam an, ohne Kopfbedeckung zu sein. Sie könnte zu Selfridges gehen und sich dort einen neuen Hut kaufen. Der Gedanke, dass Percival die Rechnung zahlen musste, bereitete ihr Genugtuung. Langsam schlenderte sie weiter und genoss die ungewohnte Freiheit.

Dicht an dicht standen hier mehrstöckige viktorianische Häuser aus grauem Stein mit ihren hohen Fenstern mit halbrunden Bögen. Auf den breiten Bürgersteigen wimmelte es von Männern in dunklen Anzügen, einige von ihnen mit hellen und daher auffallenden Strohhüten auf den Köpfen, die meisten jedoch trugen dunkle Hüte oder Mützen. Die wenigen Frauen, die sich in der Stadt zu Fuß bewegten, waren respektabel dunkel gekleidet; nur wenige trugen braune oder blaue Kleider. Die einzigen Farbtupfer stellten die roten, runden Briefkästen dar.

Während Emma sich suchend nach dem großen Kaufhaus umschaute, konnte sie nur bewundern, wie sich Fußgänger todesmutig daran machten, die befahrene Straße zu überqueren. Ein Kutschpferd wieherte panisch, als ein Auto an ihm vorbeizog. Ein Bus kam herangefahren und bahnte sich seinen Weg ohne Rücksicht auf die Radfahrer, die versuchten, ihm auszuweichen.

Die Vielfalt der Fahrzeuge brachte einen ganz eigenen Geruch mit sich: Die Abgase der Automobile mischten sich mit dem sauren Schweiß von Menschen und dem würzig-süßen Duft der Pferdeäpfel, der an vielen Tagen vom harzigen Rauch verbrennender Kohle überlagert wurde.

Während Emma sich noch zu orientieren versuchte, hörte sie auf einmal einen furchtbaren Tumult. Pferde wieherten,

Männer brüllten unflätige Worte, Frauen schrien um Hilfe. Himmel, in was war sie da nur hineingeraten?

Emma blieb stehen, unschlüssig, ob sie nachschauen sollte, was die Ursache des Ganzen war und ob vielleicht jemand ihre Hilfe brauchte oder ob es klüger war, umzudrehen und nach Hause zurückzukehren, so schnell sie konnte.

Das Schicksal nahm ihr die Entscheidung ab. Während sie noch überlegte, kam eine Frau um die Straßenecke gebogen, blickte über ihre Schulter zurück und lief mit voller Wucht in Emma hinein. Ihr Schwung war so groß, dass sie Emma umwarf und auf ihr landete.

»Entschuldigung«, stieß sie hervor und erhob sich, danach streckte sie Emma die Hand entgegen. »Bitte, ich helfe Ihnen auf.«

Empört darüber, dass sie wie ein Maikäfer auf dem Rücken lag und jeder vorbeikommende Passant sie in einer so unschicklichen Pose sehen konnte, schlug Emma die Hand weg.

»Passen Sie doch auf!« Ungeschickt richtete sie sich auf und klopfte sich Staub und Dreck von ihrem Mantel. »Ich hätte mir etwas brechen können.«

Sofort schämte sie sich für den Tonfall und die Art, wie sie das sagte. Genauso klang ihre Mutter auch immer: ungeduldig, barsch, mit einem Beiklang von Beleidigtsein.

»Tut mir leid«, sagte die Frau atemlos. Immer wieder schaute sie über ihre Schulter. »Ist Ihnen etwas passiert? Ich hatte nur so Angst.«

»Nicht so schlimm.« Emma stutzte. »Ich … ich kenne dich.«

Wie konnte das nur geschehen? Wie konnte es sein, dass

sie in der Millionenstadt London ausgerechnet der Frau begegnen musste, auf deren Unglück sie ihr vermeintliches Glück aufgebaut hatte?

»Nicht jetzt«, antwortete die junge Frau, wobei ihr Blick immer wieder nach hinten irrte. Ob sie eine Taschendiebin war, die von der Polizei gejagt wurde?

»Aus Hazelwell Manor. Olive, nicht wahr?«

»Lucy. Kommen Sie.«

Das unverschämte Mädchen griff nach ihrem Arm und zerrte Emma in einen Hauseingang hinein. Bevor sie ihrer Empörung Luft machen konnte, rannten zwei Männer in dunklen Uniformen mit blitzenden silbernen Knöpfen an ihnen vorbei, die Schlagstöcke hoch erhoben.

Das grelle Kreischen ihrer Trillerpfeifen peinigte Emmas Ohren.

»Sind die etwa hinter dir her? Was hast du getan? Etwas gestohlen?«

»Fensterscheiben eingeworfen«, antwortete das Mädchen mit hörbarem Stolz in der Stimme.

Oh weia, was hatte Emma nur angerichtet? Aus einem Hausmädchen war durch ihre Schuld eine Kriminelle geworden.

KAPITEL 24

London 1913

Wo willst du hin?«

Himmel! Emma war sich sicher gewesen, dass Percival das Haus kurz nach dem Lunch verlassen hatte und nicht vor Mitternacht zurückkehren würde, so wie nahezu jeden Tag. Nicht einmal das Dinner nahm er noch gemeinsam mit ihr ein. Manchmal polterte er nachts in ihr Zimmer, stank nach Bier und billigem Parfüm und beschimpfte sie, weil sie immer noch nicht schwanger war.

Inzwischen war sie abgestumpft und hoffte nur noch, dass er zu müde oder zu betrunken wäre, um sich ihr zu nähern. Seit dem Tag, an dem sie aus dem Haus geflohen und auf Lucy getroffen war, hatte sich in ihr etwas verändert. Es interessierte sie nicht mehr, ob er sie lieben könnte. Auch war es ihr nicht mehr wichtig, einen guten Eindruck in seinen Kreisen zu hinterlassen. Es musste mehr im Leben geben, als sich über Kleider und Frisuren zu unterhalten oder hinter vorgehaltener Hand über andere Menschen zu tratschen.

Drei Anläufe hatte sie genommen, um endlich dieses Mehr, dieses Wichtige zu erfahren, aber jedes Mal hatte sie im letzten Moment der Mut verlassen. Zu präsent war ihr die Polizei, zu deutlich erinnerte sie sich an die Geschichten, die Lucy erzählt hatte, von Männern, die die demonstrierenden Frauen beschimpften und betatschten.

Wenn ich es heute nicht schaffe, muss ich mich der bitteren Wahrheit stellen, wie feige ich bin. All meine Träume von Freiheit, mein Hoffen auf eine gerechtere Welt sind nur Ideen, die ich in meinem Zimmer spinne, aber niemals in die Praxis umsetze.

Lucy ist jünger als ich, hat Schlimmes erlebt und findet trotzdem den Mut, für ihre Ziele und Hoffnungen einzustehen und etwas zu riskieren.

Aber sie hat auch weniger zu verlieren als ich. Wenn sie ins Gefängnis kommt, hat das keine schwerwiegenden Konsequenzen. Ich hingegen – ich würde alles verlieren, riskiere meinen Status, mein Heim, meine Ehe.

Als ob etwas davon mich glücklich macht.

Emma stieß ein bitteres Lachen aus. Immer wieder drehten sich dieselben Gedanken in ihrem Kopf, ohne dass sie das letzte Quäntchen Mut aufbrachte, endlich Taten statt Worte folgen zu lassen. Sie setzte sich vor ihren Spiegel, betrachtete die Frau, die ihr entgegensah. Eine deutlich schlankere Frau, unter deren Augen dunkle Ringe zeigten, wie schlecht sie schlief.

Leblos, ich sehe leblos aus. Warum klammere ich mich immer noch an meine Ehe, an die gesellschaftlichen Konventionen, an das bequeme Leben, wenn es mir kein Glück bringt.

Genug!

Sie klingelte nach ihrer Zofe, damit diese sie frisierte und ihr den Hut auf den Haaren befestigte.

»Wohin wollen Sie, Mylady?«, fragte Polly. »Damit ich den passenden Hut auswählen kann.«

»Der blaue mit dem Schleier ist schon richtig.« Ob wohl bald eine Mode kommen würde, die den Frauen kleinere Hüte diktierte und ihnen so das Leben deutlich erleichterte?

Emma beobachtete im Spiegel, wie ihre Zofe ihr den schweren Hut aufsetzte und mit den spitzen Hutnadeln, 15 davon hatte Emma gezählt, feststeckte. Die Prozedur war so kompliziert, dass Emma das schwere Gebilde den ganzen Tag lang tragen würde. Selbst bei einem Besuch setzte man die Kopfbedeckung nicht ab.

»Vielen Dank, Polly, Sie sind eine Künstlerin.« Mit dem Bollwerk des gewaltigen Huts auf dem Kopf fühlte Emma sich stark genug, endlich ihr Vorhaben in die Tat umzusetzen. »Ich werde einen Spaziergang machen, die Sonne genießen. Zum Dinner bin ich wieder zurück.«

Im Spiegel konnte sie sehen, wie Polly den Mund öffnete, als wollte sie etwas zu Emmas Plänen bemerken, aber dann entschied sich die Zofe wohl dafür, dass es klüger wäre, ihre Ansichten für sich zu behalten.

Noch kann ich zurück. Unschlüssig blieb Emma in einiger Entfernung vom Versammlungsort der Suffragetten stehen. Es erschien ihr klüger, erst einmal zu beobachten, was das für Frauen waren, die sich für das Wahlrecht einsetzten und dabei vor Gewalt nicht zurückschreckten. Doch sie überwand ihre Zweifel und betrat das Haus. Mit seiner schlichten Fassade aus hellbraunen Steinen wirkte das zweistöckige Gebäude wie ein unauffälliges Wohnhaus, nicht wie der Versammlungsort von Frauen, die Attentate planten.

Innen erwartete sie der nächste Schrecken. Sie hatte mit zehn, höchstens 20 Frauen gerechnet, doch es waren mindestens 80 Frauen in dem Raum, der sonst wohl als Empfangshalle diente. Ein buntes Sammelsurium an Stühlen stand darin, mit Blickrichtung auf ein Rednerpodest, das selbst gezimmert aussah. Überall unterhielten sich Frauen in Grüppchen, die meisten von ihnen elegant gekleidete Damen mit auffallenden Hüten. Emma fühlte sich verloren und wollte gerade gehen, als sich eine Hand auf ihren Unterarm legte.

»Wie schön, dass Sie gekommen sind.« Mit vor Aufregung geröteten Wangen kam Lucy auf sie zu. »Ich möchte Ihnen jemand Wichtiges vorstellen.«

Überrascht von der freundlichen Begrüßung und hilflos gegenüber der Selbstsicherheit, die dieses junge Ding ausstrahlte, konnte Emma ihr nur folgen. Unglaublich, dass diese mutige junge Frau einmal ein verhuschtes Zimmermädchen auf Hazelwell Manor gewesen war.

Im Unterschied zu mir hat sie ihre Freiheit gefunden. Oder will ich mir das nur einreden, um meine Schuld daran zu mildern, dass man sie davongejagt hat?

»Lady Blakenham, das ist Lady Eleanor Ingham.« Der Rotton auf Lucys Wangen wurde etwas dunkler. »Sie hat mir das Leben gerettet.«

»Lady Blakenham, wie schön. Wunderbar, dass Sie sich dazu entschieden haben, uns eine Chance zu geben.« Dann wandte sie sich zu Lucy, die ungläubig von einer zur anderen schaute. »Wir haben uns auf einem der furchtbaren Tees meiner Tante kennengelernt.«

»Was für ein Zufall«, sagte Emma lahm, oder war dies etwa geplant? War es ein Trick von Lucy, um sich an Emma zu rächen? Nein, denn woher sollte das Mädchen wissen, dass Emma sie verraten hatte?

»Mrs Pankhurst ist vor wenigen Tagen aus dem Gefängnis entlassen worden.« Lady Eleanor knetete ihre Hände vor Aufregung. »Obwohl sie im Hungerstreik war und sicher geschwächt ist, wird sie heute für uns reden.«

»Haben Sie sie schon einmal gesehen?« Emma hatte die unterschiedlichsten Dinge über die Gründerin der WSPU, der Women's Social and Political Union, gehört. Percivals Freunde hielten sie für wahnsinnig und waren sich einig, dass Mrs Pankhurst nicht in ein Gefängnis, sondern in ein Irrenhaus gehörte. Die Suffragetten, mit denen Emma nur wenige Worte gewechselt hatte, verehrten sie wie eine Heilige. Allerdings hatte eine von ihnen auch kritisch geäußert, dass Mrs Pankhurst die WSPU führte, als gehörte sie ihr allein.

»Emmeline ist angekommen«, verbreitete sich die Botschaft, andächtig geflüstert, als wäre Queen Mary höchstpersönlich angekommen. Alle Frauen strebten zu ihren Plätzen, Emma wurde mitgerissen und verlor sowohl Lucy als auch Lady Eleanor aus dem Blick. Sie nahm auf einem Holzstuhl Platz, der leider so unbequem war, wie er aussah, und nickte der Frau neben sich zu, die ihr vage bekannt vorkam. Vielleicht waren sie einander in der Oper vorgestellt worden. Bevor sie etwas sagen konnte, trat eine Frau an das Rednerpult, die aussah wie eine freundliche Großmutter, die gerne davon redeten, wie gut die guten alten Zeiten gewesen waren. Mit ihren silbergrauen Löckchen, dem runden Gesicht und dem schlicht geschnittenen Kleid wirkte sie nicht wie eine Frau, die sich für das Stimmrecht einsetzte. Wer mochte das sein? Mrs Pankhurst war es gewiss nicht, die Anführerin der Suffragetten war hagerer und hochgewachsener, soweit Emma das auf den Zeitungsbildern erkennen konnte.

Wenn ich mich so umsehe, sind hier viele Damen, die ich eher in Salons, der Oper oder beim Pferderennen erwarten würde als bei der Versammlung einer Gruppe, die Landsitze anzündet und Minister mit Pferdepeitschen attackiert. Percival sollte erfreut sein, in was für vornehmer Gesellschaft ich mich bewege.

»Seit 1884 dürfen fast alle Menschen wählen«, rief die Rednerin mit einer weittragenden Stimme. »Jedenfalls, wenn sie männlich sind. Uns Frauen bleibt dieses Menschenrecht verwehrt. Das stellt uns auf eine Stufe mit Kriminellen und Geisteskranken. Das will ich nicht länger hinnehmen.«

Zu Emmas Überraschung erklang donnernder Applaus. Ihr war nicht bewusst gewesen, dass die vornehmen Ladys zu so viel Temperament fähig waren.

»1903 hat unsere Anführerin, die unglaubliche Emmeline Pankhurst, die WSPU gegründet. Seitdem kämpfen wir Frauen unter Einsatz unseres Lebens. Was haben wir erreicht? Dürfen wir wählen? Haben die Politiker auch nur ein Versprechen eingehalten, das sie uns gaben? Liberale wie Labour sind gleich – wir sind ihnen nichts wert.«

Wie konnte es sein, dass die Frauen so lange etwas forderten und es nicht erhielten? Hier versammelten sich doch nicht die armen Frauen aus dem East End, sondern vornehme Damen, die sicher in Belgravia, Piccadilly oder Park Lane lebten? Wie konnte es sein, dass Emma so wenig von diesen Kämpfen wusste? Anstatt ihre Nachmittage bei langweiligen oder anstrengenden Afternoon Teas zu vergeuden, sollte sie besser die Zeitung lesen, um endlich zu erfahren, was wirklich in London geschah.

»Taten, nicht Worte!«, rief der Rednerin.

»Taten, nicht Worte«, antwortete ihr das Publikum.

»Meine lieben Mitstreiterinnen, ich will Sie nicht mit einer langen Einführungsrede langweilen, Sie warten alle nur auf sie, die Eine, die wunderbare Emmeline Pankhurst.«

Die Rednerin wirkte so stolz, als galt der tosende Applaus ihr. Von rechts näherte sich langsam, fast zögernd eine schmale Frau.

Sie erinnert mich an eine strenge Gouvernante, fiel Emma unwillkürlich ein, als sie Emmeline Pankhurst sah. Die Führerin der Suffragetten hielt sich sehr gerade. Ihre hagere Gestalt wirkte, als würde sie nur von einem eisernen Willen aufrecht gehalten. Ihr eher rundes Gesicht sah eingefallen und ausgezehrt aus und Emma erinnerte sich daran, dass Lucy ihr erzählt hatte, dass Mrs Pankhurst erst vor Kurzem aus dem Gefängnis entlassen worden war, wo sie in Hungerstreik getreten war. Obwohl sie die Führerin der Suffragetten auf den ersten Blick nicht sehr sympathisch fand, konnte Emma nicht leugnen, dass sie Mrs Pankhurst dafür bewunderte, was sie alles für die Durchsetzung ihrer Ziele auf sich nahm.

»Es ist genug.« Emmeline Pankhursts Stimme klang immer noch rau von der Zwangsernährung, die sie in Holloway hatte erdulden müssen. »Wir haben es friedlich versucht, aber sie wollen nicht hören, sondern verhöhnen uns. Sie wollen Krieg, dann bekommen sie Krieg.« Ein leichtes Lächeln glitt über Emmeline Pankhursts Lippen. Sie schaute von einer Frau zur anderen, ohne etwas zu sagen. Emma fühlte sich, als ob dieses kleine, erschöpfte Lächeln nur ihr galt und sie schwor sich, alles zu geben, um das Vertrauen von Mrs Pankhurst nicht zu enttäuschen.

»Was wollen wir tun?«, erklang eine Stimme aus dem Hintergrund. »Noch mehr Demonstrationen, noch mehr Petitionen?«

»Nein.« Jetzt sank Emmeline Pankhursts Stimme zu einem Flüstern ab. In dem Zimmer wurde es so still, dass ein einzelnes Hüsteln klang wie ein Gewehrschuss.

»Wir werden ihnen den Krieg erklären und ihnen das nehmen, was sie lieben.«

»Ich greife keine Menschen an.«

Erneut leuchtete das feine Lächeln auf.

»Unsere Politiker lieben Menschen nicht so sehr wie die Symbole ihrer Macht und ihres Reichtums. Wir werden dies attackieren: ihre Golfplätze, ihre Landsitze.«

»Und Briefkästen und Telegrafenmasten«, mischte sich eine Frau ein, die aussah wie eine jüngere, weniger verbissene Ausgabe von Mrs Pankhurst. »Sie sollen spüren, was es bedeutet, von allem abgeschnitten zu sein. Dieses Mal werden wir ihnen wehtun.«

KAPITEL 25

London 1913

Eine Rednerin folgte der nächsten, jede erhielt Applaus, aber keine so stark wie Mrs Pankhurst. Emma hörte nur mit halbem Ohr zu, weil sie noch dabei war, die Informationen zu verarbeiten, die auf sie eingeprasselt waren. Seit ihrem Gespräch mit Lady Eleanor hatte sie die *Times* intensiv gelesen und war immer wieder auf kleine Notizen über die Taten der Suffragetten gestoßen. Aber das, was die Zeitung schrieb, klang ganz anders als das, was die Frauen zu berichten hatten.

»Marion Wallace Dunlop war die Erste, die in Hungerstreik getreten ist, aber sie wird nicht die Letzte sein.« Erneut konnte Emma sich nur wundern, wie aufgewühlt diese Damen wirkten. »Die Regierung hat mit dem *Cat and Mouse Act* geantwortet. Das zeigt nur, wie hilflos sie sind.«

»Der Cat and Mouse Act?«, flüsterte Emma ihrer Nachbarin zu, die so wirkte, als wäre sie nicht das erste Mal auf einer Versammlung der Suffragetten.

»Eigentlich heißt das Gesetz *Prisoner's Temporary Discharge for Ill Health Act.*« Neben ihnen zischten ein paar Frauen, sodass ihre Nachbarin weiterflüsterte. So leise, dass Emma sich zu ihr beugen musste. »Suffragetten, die im Hungerstreik sind, werden entlassen, sobald ein Arzt dies anordnet. Dann dürfen sie sich zu Hause erholen und müssen den Rest ihrer Strafe verbüßen, sobald es ihr Gesundheitszustand erlaubt.«

Emma schwieg einen Moment, zutiefst erschüttert von dieser Auskunft.

»Aber … aber das ist ja barbarisch. Und grausam.«

»Wohl wahr, aber was wollen Sie von einer Regierung erwarten, die uns seit Jahrzehnten ein Menschenrecht verweigert?«

Nachdem die Rednerin geendet hatte, erhoben sich die Damen und sammelten sich in kleinen, zwanglosen Grüppchen, um miteinander zu plaudern, so als wäre es ein Sonntagnachmittagspicknick und keine politische Versammlung. Emma stand ebenfalls auf und suchte Lady Eleanor, die sie im Gespräch mit einer unmodisch gekleideten Frau sah, deren braune Locken unter einer Art Schirmmütze hervorstanden.

Bevor sie ihre Bekannte erreichen konnte, hielt eine Frau sie auf. Die stämmige Dame in einem äußerst eleganten Kleid und mit einem beeindruckenden, wagenradgroßen Hut auf den ergrauenden Haaren drückte Emma eine Zeitung in die Hand. »Wenn Sie mehr erfahren möchten, lesen Sie das.«

»Danke. *Votes for Women*, edited by Frederick and Emmeline Pethick-Lawrence«, las Emma halblaut. »Ein Mann als Herausgeber?«

»Wir haben auch Männer auf unserer Seite, nur wenige, aber die besten.«

Da entdeckte Emma den klein gedruckten Preis von einem Penny und nestelte in ihrer Handtasche nach Münzen.

»Nehmen Sie alles. Für Ihren Kampf.«

Die Frau nickte ihr zu und ging dann weiter, sodass Emma zu Lady Eleanor gehen konnte, die ihr neben Lucy die einzig Vertraute war.

»Lady Blakenham, wie schön. Ich möchte Ihnen jemanden vorstellen.« Lady Eleanor lächelte so stolz, als hätte sie eine großartige Erfindung gemacht. »Das ist Johanna Spangenberg aus Deutschland. Wie Sie.«

Nur weil wir beide zufällig aus dem gleichen Land kommen, muss das nicht bedeuten, dass wir gleich die allerbesten Freundinnen werden. Percival würde es sicher nicht begrüßen, wenn ich mich mit Deutschen umgebe, vor allem nicht mit dieser.

Emma musterte Johanna Spangenberg, die beileibe nicht so aussah, als passte sie zu den vornehmen Ladys, die sonst zu Lady Eleanors und Mrs Pankhursts Kreisen gehörten. Ihre Kleidung war äußerst unmodisch und schien eher praktischen Erwägungen genügen zu wollen. Ihre Hände trugen deutliche Spuren von Arbeit, sie sahen rau und rot aus, nicht so weiß und zart wie Emmas.

»Was machen Sie in London?«, fragte Emma, höflichkeitshalber auf Englisch, damit auch Lady Eleanor dem Gespräch folgen konnte.

»Ich suche nach Strategien für unseren Kampf.« Ihr Akzent war sehr stark, was Emma beinahe peinlich war, als trüge sie die Verantwortung für jede Deutsche, die in England weilte. »Von der WSPU können wir viel lernen. Finden Sie nicht auch?«

Sollte sie die Wahrheit eingestehen oder vorgeben, mehr zu wissen, als es wirklich der Fall war? Nein, die Zeit der Lügen war vorbei.

»Ich weiß es nicht. Ich muss Ihnen eingestehen, dass ich so gut wie gar nichts über den Kampf der Frauen weiß. Weder hier noch in Deutschland.«

»Machen Sie sich keine Vorwürfe. Manchmal bin ich selbst verwirrt, wo wir gerade stehen. Es gibt zu viele Gruppen und Grüppchen mit eigenen Interessen.«

»Können Sie es auf den Punkt bringen? Für mich. Nur die grobe Richtung.«

»Ich hoffe, Sie haben Zeit, denn selbst das wird dauern.«

Doch bevor Fräulein Spangenberg etwas sagen konnte, kamen Lady Eleanor und Lucy auf sie zu, beide zappelten mit den Fingern, leckten sich über die Lippen und schienen äußerst aufgeregt zu sein.

»Lady Blakenham.« Voller Überschwang griff Lady Eleanor nach Emmas Arm. »In wenigen Tagen wollen wir eine Kundgebung organisieren. Wäre das nicht eine wunderbare Gelegenheit für Sie?«

Nichts hasste Emma so sehr, wie unvermutet mit Anfragen und Bitten überfallen zu werden. Wie kam Lady Eleanor nur auf die Idee, dass Emma sich an so etwas beteiligen würde? Sie hatte gerade erst begonnen, sich mit den Forderungen dieser Frauen zu beschäftigen. Da war es viel zu früh, sich an einer Kundgebung oder Aktion zu beteiligen, nicht wahr?

»Ja, ich bin dabei.« Nachdem sie die Worte ausgesprochen hatte, tastete Emma mit der Hand nach einem Stuhl und ließ sich schwer darauf fallen. »Danke.«

Hastig griff sie nach dem Glas Wasser, das eine der Frauen ihr reichte, und stürzte es herunter. War sie wirklich mutig genug, sich an dieser Aktion zu beteiligen? Wenn sie Mrs Pankhurst richtig verstanden hatte, drohten ihnen Prügel und sogar Gefängnis.

Ja, das nehme ich in Kauf. Ich ertrage es nicht mehr, rechtlos zu sein. Selbst der dümmste Mann kann die Politik des Landes bestimmen, indem er sein Kreuz bei der Wahl macht, und mir und meinen Geschlechtsgenossinnen wird dieses Menschenrecht vorenthalten.

Noch immer schwirrte ihr der Kopf von all den Dingen, die sie heute erfahren hatte. Von den Kämpfen und Erfolgen, die Frauen in anderen Ländern erzielt hatten. Zu ihrer Verwunderung musste man bis ans andere Ende der Welt blicken, wenn man Frauen suchte, die ihre politische Meinung auf einem Wahlzettel kundtun durften.

Neuseeland und Australien hatten bereits das Stimmrecht für Frauen verabschiedet, während der Kampf sich in Großbritannien seit unglaublich vielen Jahren hinzog.

Nachdem sie gehört hatte, wie Emmeline Pankhurst alle Versprechen auflistete, die den Suffragetten von Politikern gegeben und leichtfertig gebrochen worden waren, stieg Zorn in ihr auf. Selbst ein Gesetzesentwurf über Rosinen und Korinthen hatte das Thema Frauenwahlrecht von der Agenda des Parlaments verdrängt. Kein Wunder, dass die Frauen es aufgegeben hatten, an die Ehrlichkeit der Parteien und Politiker zu glauben, und stattdessen einen Weg wählten, der ihnen viel Aufmerksamkeit einbrachte.

Diese Empörung hatte Emma dazu gebracht, sich für die geplante Aktion zu melden, was sie jetzt bedauerte. Gleichzeitig war sie aber stolz auf sich, dass sie nun nicht mehr nur von Veränderung und Freiheit träumte, sondern bereit war, ihren Worten Taten folgen lassen. Jetzt war eine Zeit für Mut.

»Leisten Sie mir Gesellschaft bei einem Tee?«, fragte sie Johanna Spangenberg. »Ich möchte zu gern erfahren, wie es um das Stimmrecht in Deutschland steht.«

»Falls Sie je in Berlin sind, besuchen Sie uns, damit ich es Ihnen zeigen kann.« Johanna Spangenberg lächelte. »Unsere Versammlungen sind … anders.«

»Man hat dich gesehen.« Percivals Stimme klang leicht schleppend, ein deutliches Indiz, dass er dem Whiskey zugesprochen hatte. »Im Rag bin ich angesprochen worden, ob meine Frau jetzt eine von den Suffragetten ist. Erklär mir das.«

Himmel, wie hatte ihr das nur passieren können? Sie war so in die Frage versunken gewesen, ob sie wirklich den Mut fände, für ihre Meinung einzutreten, dass sie keinen Gedanken daran verschwendet hatte, ob jemand sie erkennen würde. So ein Pech!

»Du hast doch gesagt, ich soll ein eigenes Leben führen«, verteidigte sie sich halbherzig. »Lady Eleanor hat mich eingeladen.«

»Die gute alte Eleanor.« Percival zog einen Mundwinkel hoch, in einer abschreckenden Parodie eines Lächelns. »Mich wundert, dass ihre Familie das zulässt.«

Emma führte die Gabel mit einem Stück Braten zum Mund, das ihr schmeckte wie Papier. Sie kannte ihren Ehemann gut genug, um zu wissen, dass seine Worte erst der Auftakt zu einer Diskussion waren, bei der er sicher versuchen würde, sie in die Ecke zu drängen wie eine Katze die Maus.

Das war doch etwas. Vielleicht konnte sie ihn damit ablenken.

»Heute sprach eine Frau vom Cat and Mouse Act. Wusstest du davon?«

»Selbstverständlich. Diese Weiber haben versucht, die Regierung auszutricksen mit ihrer Hungerei.«

»Warum?«

»Jede dieser Irren, die wegen Hungerstreiks entlassen wurde, erhielt quasi eine Amnestie.« Percival spießte ein Stück Braten auf, als wollte er es ermorden. »Wie soll Gefängnis da noch abschrecken?«

»Die Frauen wurden zwangsernährt. Das ist Strafe genug, meinst du nicht?«

Wie sie es erwartet hatte, konnte sich Percival die Gelegenheit, ihr eine Lektion zu erteilen, nicht entgehen lassen. Mit der Gabel, auf der nun eine Karotte aufgespießt war, deutete er auf sie und begann zu salbadern.

Unglaublich, wie sehr er meinem Vater ähnelt, erkannte Emma voller Grauen. *Ich bin von einem Mann, der alles weiß, zum anderen gegangen, der ebenso von seiner eigenen Klugheit und Weltgewandtheit überzeugt ist.*

»Was sollte das Parlament denn anderes tun?« Sie konnte Percival ansehen, wie sehr er sich konzentrierte. »Sie mussten etwas gegen diese verrückten Weiber tun. Diese verdammten Hungerstreiks haben ihnen viel zu viel Aufmerksamkeit gebracht.«

»Es muss furchtbar sein, über einen Schlauch ernährt zu werden.« Mit Grauen erinnerte sie sich an die Schilderungen, die sie heute Nachmittag gehört hatte.

»Dann sollen sie nicht in den Hungerstreik treten. Jede von ihnen entscheidet das für sich.« Percival aß die Karotte und spülte sie mit einem großen Schluck Rotwein hinunter. »Diese ganze Sache ist doch nur ein plumper Versuch, in die Presse zu kommen.«

»Es funktioniert«, wagte Emma einzuwenden. Nach dem heutigen Nachmittag fiel es ihr schwerer als sonst, stumm zu bleiben und sich das anzuhören, was ihr Ehemann von sich gab. »Der politische Weg hingegen ist gescheitert.«

»Wenn ich etwas zu sagen hätte, kämen die Weiber alle ins Irrenhaus. Da gehören sie hin.« Nun richtete er einen durchdringenden Blick auf sie. »Ich kann davon ausgehen, dass du dort nie wieder anzutreffen sein wirst.«

Gestern noch hätte sie ihm nachgegeben, wäre dem Konflikt aus dem Weg gegangen, heute jedoch, aufgewühlt durch all das, was sie erfahren hatte, reckte Emma ihr Kinn hoch.

»Du hast von mir verlangt, mich in deinen Kreisen zu bewegen.« Ihr Lächeln sah sicher künstlich aus, aber sie hielt seinem Blick stand. »Bei den Suffragetten sind einige der vornehmsten Damen Englands.«

Sein ungläubiger Blick, weil sie ihm dermaßen offen widersprach, war es wert, sich seinen Zorn einzuhandeln.

Auch wenn sie sich ein wenig fürchtete, wie weit er in seiner Wut gehen würde. In letzter Zeit schien er ihr immer unkontrollierbarer, etwas, das sie besser bedacht hätte.

»Du bist meine Frau und tust, was ich dir sage.«

»Ich bin ein Mensch und habe das Recht auf eine eigene Meinung.«

»Solltest du noch einmal bei den wahnsinnigen Weibern gesehen werden …«, seine Stimme wurde leise und schneidend, sein Blick voller Triumph, »dann werde ich deine Eltern informieren.«

Nach dem ersten Schrecken loderte Wut in Emma auf, so heiß und glühend, dass es sie erschreckte.

»Damit alle erfahren, wie wenig du deine Frau im Griff hast?«, spottete sie. »Kannst du *das* vor deinen feinen Freunden eingestehen?«

Alle positiven Gefühle, die backfischhafte Leidenschaft, die sie einmal für ihn empfunden hatte, waren lange erkaltet, erkannte sie in aller Deutlichkeit. Was geblieben war, waren Trauer, Zorn und der Wunsch, ein anderes, ein besseres Leben zu finden.

»Du tust, was ich dir sage.« Obwohl er die Worte ruhig und leise aussprach, fröstelte Emma. »Geh in dein Zimmer. Ich komme gleich nach.«

»Nein!«, wollte sie ihm antworten, aber ihr fehlte der Mut, sodass sie nur aufstand, schwer, als wäre sie 100 Jahre alt, und aus dem Raum schlich. Ihre Kehle war trocken, ihr Herz schwer, wusste sie doch, was sie gleich erwartete.

KAPITEL 26

London 1913

Lucy wusste nicht, was sie stärker in Aufregung versetzte, die Kundgebung in wenigen Stunden oder die Überraschung, die Miss Eleanor ihr versprochen hatte. Als das *Cab*, die Mietkutsche, sie allerdings ins East End brachte, schlug ihr Herz schneller aus Sorge, Tante Bessie oder Onkel Harold zu begegnen.

Erst als Miss Eleanor dem Kutscher befahl, auf sie zu warten, wurde Lucy etwas ruhiger.

»Was wollen wir hier?«, wagte sie zu fragen. Inzwischen hatte sie sich in London eingewöhnt. Von Miss Eleanor begleitet, erschien ihr die Stadt nicht mehr so bedrohlich und angsteinflößend, obwohl Lucy immer noch fürchtete, sich im Gewimmel der Straßen zu verlaufen.

»Seit Kurzem kann man sich Essen kaufen und im Gehen verzehren.« Miss Eleanor steuerte zielsicher auf einen kleinen Laden zu. »Ich wollte das immer probieren, aber meine Zofe ist dafür viel zu vornehm. Du hoffentlich nicht, oder?«

»Ich weiß nicht. Was ist es denn?«

»Fish & Chips. Komm, ich hole uns etwas. Wer weiß, wann wir das nächste Mal zu essen bekommen.«

»Ist es wirklich so gefährlich?« Lucy betrat hinter ihrer Freundin das Geschäft, in dem ein kräftiger Mann mit breiter, vormals weißer Schürze panierte Fischstücke und Kartoffelstreifen in Zeitungspapier einrollte, das Ganze mit Salz und Essig würzte und dem Mädchen vor dem Tresen reichte.

»Hier. Einen Penny.«

»Der Nächste.« Es schien ihn nicht zu überraschen, so eine vornehm gekleidete Dame wie Miss Eleanor zu sehen, die zwei Portionen bestellte.

»Bitte schön.« Miss Eleanor drückte Lucy den Kegel aus Zeitungspapier in die Hand. Das Fett tropfte hindurch und wärmte ihre Handfläche. Nachdem sie bezahlt hatte, nahm sie ihr Essen. »Guten Appetit, Lucy.«

»Wie … wie soll ich das essen?«

»Mit den Fingern. Ist das nicht wunderbar?«

Was den Leuten so alles einfiel. Nur jemand wie Miss Eleanor, die immer von Porzellantellern und mit silbernem Besteck gegessen hatte, konnte Freude daran empfinden, heiße Kartoffelstücke mit den Fingern zu essen.

»Wie viele Frauen werden heute Abend kommen?«

»Viele, hoffe ich. Bist du schon aufgeregt?«

Lucy nickte nur, sie wollte lieber nicht darüber nachdenken, was sie erwartete. Sonst hätte sie den fettigen Fisch sicher wieder ausgespuckt.

Wenn ihr das jemand vor einem Jahr gesagt hätte, dass sie einmal Arm in Arm mit der Ehefrau von Mr Percival in London für das Frauenstimmrecht marschieren würde, hätte Lucy sicher lachend oder vollkommen verschüchtert abgewehrt. Heute hingegen erschien es ihr fast selbstverständlich, Seite an Seite mit vornehmen Damen zu demonstrieren und ihnen zu begegnen, als wären sie ihresgleichen.

Nein, das stimmt auf keinen Fall. Miss Eleanor sehe ich als Freundin an, aber vor den meisten anderen Ladys habe ich immer noch einen Heidenrespekt. Wenn Mrs Pankhurst mich ansprechen würde, brächte ich bestimmt keinen Ton heraus.

Und auch bei Lady Blakenham fühle ich mich nicht sicher. Vielleicht auch, weil sie mich an Hazelwell Manor erinnert, weil ich durch sie wieder in meine Vergangenheit gerissen wurde.

Genug von diesen Gedanken, ich muss mich jetzt auf unseren Kampf konzentrieren. Miss Eleanor hat gesagt, es wird härter als je zuvor. Wir müssen mit dem Schlimmsten rechnen. Ich hoffe, ich kann es ertragen und enttäusche sie nicht. Gemeinsam werden wir alles ertragen.

»Verrückte Weiber!«

»Geht zu euren Kindern!«

»Verschwindet!« – das war noch das Harmloseste, was ihnen entgegengeschrien wurde. Von vollkommen durchschnittlich aussehenden Männern bekam Lucy Schimpfworte zugeworfen, die ihr vor Scham das Blut in die Wangen trieben. Auch Lady Blakenham an ihrer Seite wirkte schockiert, aber schaute stur geradeaus, als gäbe es die unfreundlichen Rufer am Straßenrand nicht.

Lucy presste die Lippen zusammen, reckte sich und holte dann tief Luft. Obwohl sie bereits so viel vernommen hatte, was Frauen bei Demonstrationen geschehen war, musste sie erkennen, dass es ein großer Unterschied war, die Erfahrungen anderer zu hören oder sie am eigenen Leib zu erleben.

Ich kann das. Ich kann das ertragen. Für Miss Eleanor, für mich, für all die Frauen, die Ungerechtigkeit und Gewalt erleiden müssen. Wir brauchen eine bessere Welt, eine gerechtere Welt.

»Votes for Women«, skandierte die erste Reihe. Alle nachfolgenden Frauen griffen die Parole auf und aus Hunderten von Kehlen erklang die Forderung, die sie vereinte. »Den Frauen das Stimmrecht.«

Neben sich spürte Lucy, wie Lady Blakenham stolperte und den Halt zu verlieren drohte. Eilig verstärkte sie den Griff um den Arm der anderen Frau und half ihr, das Gleichgewicht wiederzufinden.

»Danke.« Lady Blakenham lächelte ihr zu, ihre Wangen waren gerötet, sicher von der gleichen Aufregung, wie auch Lucy sie verspürte. »Hast du keine Angst?«

Mit dem Kopf deutete sie in Richtung der Polizisten, die bedrohlich herankamen. Zwei Bobbys rückten näher; ihre Gesichter unter den hohen Hüten waren kaum zu erkennen, nahezu verdeckt durch struppige Schnauzbärte und den Kinnriemen der Hüte. Auf den Mienen der Ordnungshüter ließ sich nicht ablesen, was sie von den protestierenden Frauen hielten. »Etliche von ihnen sind uns wohlgesinnt«, hatte Miss Eleanor gesagt, »aber sie müssen ihre Arbeit erfüllen, so wie wir unsere.«

Die Männer am Straßenrand hingegen, die gekleidet waren wie Gentlemen und Worte von sich gaben wie Bierkutscher, waren ein anderes Kaliber. Sie waren hier, weil sie es wollten, sie planten, den Frauen ihren Platz anzuweisen und ihnen den Mut zu nehmen, für ihre Rechte zu kämpfen. Der blanke Hass, der ihr aus so vielen Augenpaaren entgegenschlug, bereitete Lucy Sorgen. Von diesen Kerlen, die voller Wut waren und wohl auch Angst um ihre Privilegien hatten, war zu befürchten, dass sie kaum Grenzen kennen würden.

Bereits jetzt kamen einige von ihnen näher, derbe Entschlossenheit in den Mienen, die zu Fäusten geballten Hände hochgereckt. Auf einmal waren sie da, zerrten an ihr, rissen sie an den Haaren und beschimpften sie unflätig.

Lucy konnte sich nicht rühren; sie konnte es nicht fassen. Waren diese ... diese unzivilisierten Wesen, die ihr Kleid zerrissen und sie in die Brüste kniffen, wirklich englische Gentlemen? Außer sich vor Zorn schlug sie nach einem Mann, dessen Hand versuchte, unter ihren Rock zu gelangen. Was dachten sich diese unverschämten Kerle? Nur weil sie Frauen waren, die ihr Recht einforderten, waren sie noch lange kein Freiwild. Nachdem es ihr gelungen war, aus dem Pulk zu entkommen, lehnte sie sich an eine Hauswand und rang nach Atem. In einer Art Schockstarre konnte sie nur ungläubig die Szenen anstarren, die sich hier abspielten. Gentlemen in eleganten dunklen Anzügen brüllten Schimpfworte, die Lucy nicht einmal in den dunkelsten Pubs des East Ends erwartet hätte. Viele Gesichter waren von so einem tiefen und zerstörerischen Hass verzerrt, dass sie kaum menschlich wirkten.

Zwei Polizisten zerrten eine junge Lady davon, die mehr als einen Kopf kleiner als die beiden war und sich dennoch heftig wehrte. Zwei andere Bobbys hielten eine Frau, deren einfache Jacke und schmale Mütze sie als Arbeiterin auswiesen, in hartem Griff und verdrehten ihr die Arme so stark, dass der Frau Tränen über das Gesicht liefen. Ein dritter Polizist kam dazu, die rechte Hand hinter dem Rücken versteckt, was sicher nichts Gutes zu bedeuten hatte.

»Machen Sie doch endlich ein Foto«, herrschte Lucy einen Fotografen an, der unbeweglich am Rand der Kundgebung stand. »Das gehört in die Zeitung. Was denn sonst?«

Er schüttelte den Kopf, als hätten ihre Worte sie aus der Erstarrung gerissen, die das entsetzliche Geschehen hervorgerufen hatte. Das wiederum konnte Lucy verstehen. Ihre Beine wollten laufen, so schnell sie nur konnten, aber sie blieb, um ihren Freundinnen und Mitstreiterinnen beizustehen – und um diesen Mann anzutreiben, damit er bezeugte, was die Polizei den friedlich demonstrierenden Frauen antat.

Hinter ihnen trieb ein berittener Polizist sein braunes Pferd, dessen Fell vor Schweiß nahezu schwarz glänzte, weiter in die Menge hinein. Bobbys mit hohen Hauben und Kinnriemen setzten ihre Schlagstöcke gegen wehrlose Frauen ein. Noch bedrohlicher waren die berittenen Polizisten, die ihre schwarzen Pferde steigen ließen, bevor sie mit dem Schlagstock ausholten.

Lucy wich zur Seite aus und zog Lady Blakenham mit sich, die wie angewurzelt stand. In ihren Augen erkannte man die blanke Panik, ihr Gesicht war so blass, dass Lucy fürchtete, die Frau würde gleich ihr Bewusstsein verlieren.

Nicht jede war für den Kampf geboren. Zu spät, ein Polizist hatte sie erreicht.

»Lassen Sie die Dame frei, bitte«, wandte Lucy sich an den hochgewachsenen Bobby mit den sanften braunen Augen, der Emma fest im Griff hielt. »Sie gehört nicht zu uns. Ehrlich nicht.«

»Stimmt das?«, fragte er mit einer angenehm dunklen Stimme. Er schien ihnen wirklich nichts Böses zu wollen. »Sie sind keine der Frauenrechtlerinnen?«

Lady Blakenham war in seinem Griff zusammengesackt. Lucy war sich sicher, dass Mr Percivals Frau zusammengebrochen wäre, hätte der Polizist sie nicht gehalten.

Es ist zu früh für sie. Sie ist nicht stark genug für unseren Kampf.

Ein Hauch von Genugtuung begleitete die Gedanken, wofür sich Lucy ein wenig schämte, aber es war doch nun einmal wahr. Lady Blakenham fehlte das letzte Quäntchen Mut, sich gegen alles zu stellen, was ihr gewohntes Leben war, und sich für das einzusetzen, was sie für richtig hielt.

»Mylady?« Nun klang sein Tonfall dringend, denn um sie herum wurde der Tumult lauter, Steine flogen und Menschen schrien. »Gehören Sie zu den Frauen oder nicht?«

Bevor Lucy reagieren konnte, griffen drei Polizisten nach ihr und schoben sie in einen schwarzen Wagen, in dem schon andere Frauen saßen. Eine von ihnen stöhnte auf und hielt sich den blutenden Kopf. Lucy beugte sich aus der *Black Maria* heraus, um zu sehen, was ihrer Mitstreiterin geschah.

Lady Blakenham stieß einen tiefen Seufzer aus und hob den Kopf. Dann schüttelte sie den Kopf und öffnete den Mund, um die Frage des Bobbys zu beantworten.

KAPITEL 27

London 1913

Obwohl man ihr unglaublich schnell den Prozess gemacht hatte, war Emma sicher, dass sie alles ertragen konnte. Sie war stark, die Gemeinschaft der Suffragetten gab ihr die Kraft, sich dem Gefängnis zu stellen. Etliche von ihnen hatten Erfahrungen mit Holloway und würden Emma sicher helfen, sich hier einzufinden.

Ich bin eine Kämpferin, mich bekommt ihr nicht klein, dachte sie, während die Black Maria, der Gefangenentransport, über die Straßen schaukelte und sie ihrem Ziel näher brachte. Was ihr ein wenig Sorge bereitete, waren die anderen Frauen, die man gemeinsam mit ihr beförderte. Nur zwei von ihnen kannte sie von der Kundgebung. Die anderen gehörten sicher nicht zu ihnen, sondern waren wegen alltäglicher Vergehen angeklagt. Die Frau neben ihr, die schwer nach einem überaus süßlichen Parfüm duftete, trug auffallend roten Lippenstift. Bestimmt war sie eine …

Emma konnte nicht einmal das Wort denken, auch wenn sie versuchte, die Frau nicht zu verurteilen.

»Warste schon mal in Holloway?«, fragte die Frau, nein, das Mädchen ihr gegenüber. Es konnte höchstens dreizehn, vierzehn Jahre alt sein, obwohl seine abgehärmten Gesichtszüge es älter wirken ließen. Es trug abgerissene, mehrfach schlecht geflickte Kleidung. Was mochte ihr Verbrechen sein?

»Ruhe!«, kam ein harscher Befehl der Wärterin in schwarzer Kleidung, die etwas entfernt von ihnen saß, sie jedoch nicht aus den Augen ließ. »Haltet den Mund. Wir sind gleich da.«

Es sind doch auch Frauen. Müssten die Wärterinnen nicht verstehen, wofür wir kämpfen, dass wir auch ihre Situation verbessern wollen?

Emma senkte den Kopf und schwieg, bis sie in Holloway angekommen waren. Dort warteten weitere Wärterinnen auf sie. Die dunklen Uniformen ließen sie aussehen wie einen Schwarm Krähen. Selbst die weißen Kragen und Manschetten konnten den Eindruck von Finsternis nicht mildern. Auf keinem Gesicht konnte Emma auch nur ansatzweise Mitgefühl oder Freundlichkeit ablesen. Langsam geriet ihre Selbstsicherheit ins Wanken.

Eine Wärterin, auf deren hartem Gesicht sich keine Regung abzeichnete, forderte Emma auf, ihre Kleidung abzulegen.

»Wenn Sie sich weigern, werden wir Sie ausziehen.«

Emma presste kurz die Lippen zusammen und ging ihre Möglichkeiten durch. Die Vorstellung, von diesen brutal aussehenden Frauen berührt zu werden, ekelte sie. Daher fügte sie sich und zog ihr Kleid, das Korsett und selbst ihr Unterkleid aus und schlüpfte in die Gefangenenkleidung, die ihr viel zu weit war. Der Stoff war hart und kratzte. Nur nicht darüber nachdenken, wie viele Frauen vor ihr diese Kleidung getragen hatten.

»Wo bringen Sie mich hin?«

»Halten Sie den Mund!« Als niemand anders zu ihr hinschaute, versetzte ihr die Wärterin einen Knuff. »Solche wie Sie haben wir hier mehr als genug. Machen uns nur Arbeit.«

Bevor Emma eine passende Erwiderung einfallen konnte, kam eine andere Wärterin und schubste sie in einen Korridor, der in einen weiteren Gang mündete, an dessen Ende der Zellenblock war. Emma war immer noch so erschüttert über die unfreundliche Behandlung, die man ihr angetan hatte, dass sie der Frau vorausging, ohne sich zu wehren.

Als sie die vielen Türen sah, die alle verschlossen waren, fiel Emmas Mut in sich zusammen wie ein Kartenhaus. Von Panik überwältigt, blieb sie stehen und rang nach Atem, so als fürchtete sie, dass sie hinter den Türen nie wieder Luft bekäme.

»Vorwärts. Für so was hab ich keine Zeit.« Ein Knuff in den Rücken verlieh den Worten Nachdruck.

»Bitte, nur einen Moment.«

»Das ham Se sich selbst zuzuschreiben.« Die Wärterin schubste Emma, was sie ins Stolpern brachte. Nachdem sie sich gefangen hatte, taumelte sie weiter, bis ein »Halt!« sie stoppte.

Die stämmige Aufseherin schloss eine Tür auf und schob Emma in die Zelle. Hier befanden sich bereits vier Frauen. Emmas Herz wurde leichter, als sie Lucy und Lady Eleanor erkannte, die nebeneinander auf dem unteren Bett einer doppelstöckigen Pritsche saßen und sich an den Händen hielten.

»Lady Blakenham.« Lady Eleanor streckte eine Hand nach ihr aus. Die freundliche Geste brachte Emmas mühsam aufrecht erhaltene Selbstsicherheit zum Zusammenbruch. Tränen strömten ihr aus den Augen, als sie auf Lady Eleanor und Lucy zu stolperte.

»Bitte.« Lucy reichte ihr ein Taschentuch, das Emma dankbar annahm. Sie tupfte sich die Augen ab, schnaubte sich leise die Nase und schaute sich dann um. Die Zelle war schlimmer, als sie es sich ausgemalt hatte. Das Tageslicht kam gebrochen durch ein winziges vergittertes Fenster, so hoch oben, dass man nicht hinausschauen konnte. Grau und trostlos war der Zement des Fußbodens. Von einer ebenso tristen Farbe war die harte, vom vielen Waschen ausgeblichene Wolldecke, auf der sie saß.

Sie stützte die Ellenbogen auf die Oberschenkel und vergrub ihren Kopf in den Händen.

Mitfühlend wollte Lucy Lady Blakenham die Schulter tätscheln, aber sie stoppte ihre Hand, kurz bevor sie die Frau berührte. Zu groß erschien ihr immer noch die Distanz zwischen ihnen, auch wenn sie gemeinsam in einer Zelle saßen.

Aus der linken Ecke erklang leises Weinen, gefolgt von einem beruhigenden Gemurmel. Lucy schloss einen Moment die Augen und wünschte sich, sie könnte Ohren und Nase ebenfalls gegen all das abschotten, was auf sie eindrang. Weinen, Schmerzgewimmer, panische Schreie, gedämpft durch die Zellenwände, vereinten sich zu einer Kakofonie des Schreckens. Der Geruch von Blut aus kleineren Wunden, die ihre Mitkämpferinnen erlitten hatten, mischte sich mit dem Gestank von Erbrochenem und Urin. Wie lange würden sie hier wohl ausharren müssen, bis man sie auf Einzelzellen verteilte?

Miss Eleanor stand auf, wohl um der weinenden Frau Trost zu spenden. Lucy kannte sie nicht und fühlte sich auch zu erschöpft, um ihr beistehen zu können. Nun, wo die Anspannung der Flucht vor der Polizei und der Schrecken der Gefangennahme von ihr abfielen, blieb nur noch eine bleierne Müdigkeit, begleitet vom Ekel über die furchtbaren Bedingungen in dieser Zelle. Sie schloss die Augen und seufzte.

Sanft legte sich eine Hand auf ihre Schulter. Sie öffnete die Augen und drehte den Kopf zur Seite.

»Hier, bitte schön.« Lady Blakenham hielt ihr ein blütenweißes Taschentuch entgegen, das so gar nicht in diese schmutzige und stinkende Umgebung passte. »Halte es dir unter die Nase. Das hilft ein bisschen.«

Mit einem dankbaren Nicken nahm Lucy das Stoffstück entgegen, schüttelte es aus und versenkte ihr Gesicht hinein. Tief sog sie den angenehmen Duft nach Lavendel und ein wenig Zitrusfrucht in sich ein. Was für eine kluge Idee von Lady Blakenham, ein parfümiertes Taschentuch dabeizuhaben.

»Einen Arzt! Himmel, wir brauchen einen Arzt.« Miss Eleanor sprang auf, eilte zur Tür und rüttelte an den Stäben. Mit lauter, befehlsgewohnter Stimme rief sie: »Wärterin, kommen Sie hierher. Sofort!«

»Ich … ich muss dir etwas sagen.« Lady Blakenham flüsterte so leise, dass Lucy sich ihr zuwenden musste, um die hingehauchten Worte zu verstehen. »Es tut mir so furchtbar leid.«

Was meinte sie? Ihr Zögern, als der Polizist sie gefragt hatte, ob sie zu den Suffragetten gehörte? Nun, das war doch mehr als verständlich. Bei ihrer ersten Demonstration und dem ersten Zusammenstoß mit der Polizei war Lucy auch davongerannt wie ein Hase. Die Gewalt der Auseinandersetzung, die Schreie, der Tumult – all das hatte sie überwältigt, obwohl sie inzwischen an die lauten und dreckigen Straßen Londons gewöhnt war. Für eine Dame wie Lady Blakenham, die aus einer geschützten und behüteten Welt kam, in der man die dunklen Seiten der Stadt mied, musste alles viel bedrohlicher erschienen sein.

»Jede von uns hat Angst«, sagte Lucy daher. »Aber dass wir den Mut finden, sie zu überwinden, das macht uns zu Kämpferinnen.«

Sie wandte sich Lady Blakenham noch ein wenig mehr zu und überlegte, ob es vermessen wäre, wenn sie die Schulter der anderen Frau tätschelte. Auch wenn sie gemeinsam demonstriert hatten, blieben die Unterschiede zwischen ihnen bestehen.

»Das meine ich nicht.« Endlich sah Lady Blakenham auf. Ihr Mund war zu einer Grimasse verzogen, als müsste sie jedes Wort mühsam aus ihm herauspressen. »Es … es geht um das Geschehen auf Hazelwell.«

Nun war es an Lucy, den Kopf abzuwenden und einen

Seufzer zu unterdrücken. Würde dieser eine furchtbare Fehler, den sie gemacht hatte, sie ihr Leben lang verfolgen?

»Wie … wie geht es Millicent?« Diese Frage hatte sie Lady Blakenham von ihrer ersten Begegnung an stellen wollen, aber es nicht gewagt, aus Angst vor der Antwort, die sie erhalten könnte. Von ihrer Mutter hatte Lucy nur erfahren, dass das Kind lebte, was ihre Schuld etwas abgemildert hatte.

Lucy schaute Lady Blakenham an, krallte ihre Finger in den Stoff ihres Kleides, um sich festhalten zu können, sollte die Antwort zu schmerzhaft sein. Mr Percivals Frau seufzte.

»Es fällt ihr schwer, sich Dinge zu merken. Sie verläuft sich oft und ist langsamer als früher.«

»Das tut mir leid. Wird sie gesund werden?«

»Die Ärzte können es nicht sagen. Ein Spezialist meint, es gebe Chancen auf Besserung mit jedem Tag, der vergeht. Ein anderer sprach davon, dass die Hirnschädigung nicht zu heilen sei.«

Hätte ich nur nicht so dumm reagiert! Wie ein aufgescheuchtes Huhn bin ich davongelaufen. Nur weil die beiden Männer … Nein, sie konnte es nicht einmal denken, zu beschämend war die Situation gewesen.

»Ich mache mir so große Vorwürfe. Ich würde alles geben, den Tag ungeschehen zu machen.«

»Nein!« Vehement schüttelte Lady Blakenham den Kopf. Sie hatte das Wort so laut ausgestoßen, dass sie die Aufmerksamkeit ihrer Mitgefangenen auf sich zog. Daher flüsterte sie ihre nächsten Worte. »Es war nicht deine Schuld.«

»Ich habe Millicent im Stich gelassen.«

»Wenn einer die Verantwortung für ihr Schicksal trägt, dann ist es mein Mann.« Lady Blakenham griff sich mit der Hand ans Herz. »Das weiß er auch. Er trinkt, um zu vergessen. Seine inneren Dämonen lassen ihm keine Ruhe.«

Meine jagen mich auch, dachte Lucy, bis ihr bewusst wurde, was Lady Blakenham verraten hatte.

»Hat Mr Percival Ihnen davon erzählt?«

»Nein!« Erneut seufzte Lady Blakenham. »Ich stand am Fenster und habe alles beobachtet. Ich … ich hätte die Wahrheit sagen und für dich einstehen müssen.«

»Selbst wenn Sie etwas gesagt hätten, hätte das nichts geändert.« Dessen war sich Lucy inzwischen gewiss. Niemals hätte die Familie zugelassen, dass Mr Percival schuldig wäre. »Sie brauchten einen Sündenbock. Wer wäre dafür besser geeignet als ich?«

Kapitel 28

London 1913

Am liebsten hätte sie das Mädchen umarmt, aber das wagte Emma nicht. Auch wenn Lucy ihr keine Schuld an ihrem Schicksal gab, spürte Emma, dass zwischen ihnen weiterhin ein Graben bestand, den sie wohl erst viel, viel später überwinden würden können.

Zeit genug bleibt uns ja. Zu wie vielen Tagen hat der Richter uns verurteilt? Ich habe nicht richtig zugehört, weil ich es nicht begreifen konnte, vor Gericht zu stehen, angeklagt zu sein, nur weil ich ein Menschenrecht einfordere.

Auch wenn zwischen ihnen eine Kluft herrschte, fühlte es sich unendlich befreiend an, Lucy endlich die Wahrheit gestanden zu haben. Jetzt, wo sie diese riesige Hürde hinter sich gebracht hatte, war es Emma möglich, sich wieder auf ihre Situation zu konzentrieren. Das Gefängnis war schlimmer, als es ihre Fantasie auszumalen vermocht hatte. Möglicherweise hing sie romantisierenden Vorstellungen nach, geprägt vom *Grafen von Monte Christo*, den sie bestimmt sieben Mal gelesen hatte.

Die Wirklichkeit war jedoch weit weniger romantisch als die Festungshaft, die Alexandre Dumas beschrieben hatte. Eng war es hier, düster und kalt. Ob sie wohl schlafen könnte, umgeben von fremden Frauen? Wie sollten sie überhaupt schlafen, waren sie doch zu fünft und es gab nur vier Betten? Warum kam keine Wärterin?

Obwohl sie sich wünschte, zur Ruhe zu kommen, hörten Emmas Gedanken nicht auf, sich zu drehen, eine Frage nach der nächsten aufzuwerfen.

Ob ihr Ehemann wohl bemerkt hatte, dass sie verschwunden war? Würde er sich denken können, wohin es sie verschlagen hatte? Würde er sich für sie einsetzen, sollte er erfahren, dass sie im Gefängnis saß? Wollte sie das überhaupt?

So viele Fragen kreisten nun, nachdem sie von Lucy die Absolution erhalten hatte, durch Emmas Kopf. Sie musste einsehen, dass sie – wieder einmal – etwas naiv an das Unterfangen herangegangen war. Im Vorfeld hatte sie sich nur wenige Überlegungen gemacht, wie sie mit den Konsequenzen der Kundgebung umgehen würde. Sie hatte sich darauf verlassen, dass die anderen Suffragetten über hinreichend Erfahrungen verfügten und alles regeln würden.

Wenn sie sich allerdings so umschaute, sah es nicht so aus, als wären ihre Mitgefangenen klüger oder besser vorbereitet als sie. Ihnen stand die Panik ins Gesicht geschrieben, eine hatte sich zurückgezogen und ließ ihren Tränen freien Lauf. Doch Lady Eleanor nahm die Zügel in die Hand und begann, Ordnung in das herrschende Chaos zu bringen.

Erst tröstete sie die weinende Frau, bis diese nur noch leise schluchzte, dann wandte sie sich ihnen zu.

Ihr schmales Gesicht leuchtete wie im Fieber. Ihre Augen glänzten, als sie von einer Frau zur anderen schaute.

»Gemeinsam werden wir unser Recht erstreiten. Wir sind keine Kriminellen, wie sie uns glauben machen wollen. Wir sind politische Gefangene. Dafür kämpfen wir.«

»Ja«, rief die zierliche Frau, die Emma gegenübersaß und bisher eher großäugig vor sich hin gestiert hatte. »Hungerstreik!«

Schwach drangen durch das Fenster und die Wände der Zellen weitere »Hungerstreik! Hungerstreik!«-Rufe, begleitet von Klatschen, als schlüge jemand rhythmisch gegen die Wände.

»Was soll das bedeuten?«, flüsterte Emma Lucy zu. Dunkel erinnerte sie sich, auf der Versammlung etwas über Hungerstreiks und den Cat and Mouse Act gehört zu haben, aber naiv war sie davon ausgegangen, dass nur die Anführerinnen der WSPU und einige ausgewählte Kämpferinnen die Nahrung verweigerten.

»Wir fordern die Anerkennung als politische Gefangene.« Lady Eleanor hatte sich neben sie gesetzt und griff nach Emmas Hand. »Solange die Justiz uns in die *Second Division* von Holloway bringt, gelten wir als gewöhnliche Kriminelle. Dagegen kämpfen wir an. Mit unserem Leben. Bist du dabei?«

So sehr Emma sich auch fürchtete, so wenig wagte sie es, Nein zu sagen. Sie hatte gewusst, dass es gefährlich werden könnte, als sie mit Lucy und Lady Eleanor auf die Kundgebung gegangen war. Nun musste sie in sich den Mut finden, die Konsequenzen ihrer Entscheidung zu tragen.

Als die Klappe in der Zellentür aufging und ihnen Tabletts mit Essen in Blechschüsseln und Tee in Emaillebechern gereicht wurden, nahm Emma, so wie alle anderen, nur den Tee. Nach einem kurzen Blick auf das Essen, das grau aussah wie ihre Wolldecke, entschied sie, dass es ihr sicher nicht schwerfallen würde, die Mahlzeiten zu verweigern.

Eine Wärterin kam herein, sammelte die Tabletts ein und forderte die immer noch schluchzende Frau auf, ihr zu folgen. Obwohl Lady Eleanor bat, sie bei ihnen zu lassen, musste sie gehen. Nun waren sie zu viert und das Hungern begann.

Zwei Tage später, die Emma vorkamen, als wäre sie in einen der Höllenkreise aus Dantes Inferno geraten, holte die Wärterin sie aus der Zelle. Müde und vom Hunger erschöpft schlurfte Emma hinter der kräftigen Frau her, der das Schicksal ihrer Gefangenen vollkommen gleichgültig zu sein schien.

»Wo bringen Sie mich hin?«, fragte Emma schließlich, weil das dumpfe Schweigen an ihren ohnehin gespannten Nerven zerrte. »Bitte … sagen Sie doch etwas.«

»Ein Besucher.« So kurz angebunden wie die Antwort klang, war Emma sicher, dass sie nicht mehr von der Frau erfahren würde.

Es konnte nur ein Mensch sein, der sie hier in diesem Vorort der Hölle aufsuchen würde. Auch wenn ihre Liebe zu Percival inzwischen erkaltet war, fühlte Emma Wärme in sich aufkommen, weil ihr Ehemann sie nicht im Stich gelassen hatte. Das musste sie ihm hochanrechnen, vor allem, weil sie die Trennung von ihm verlangt hatte. Erstaunlich, dass er es überhaupt über sich brachte, sie hier aufzusuchen.

Als die Wärterin die Tür zu dem Besucherraum öffnete, sah Emma ihren Ehemann, der an einem Holztisch saß und mit den Fingern darauf trommelte, als wollte er ihr Morsezeichen geben.

»Danke. Lassen Sie uns allein.« Er nickte der Wärterin zu, die den Kopf schüttelte und sich hinter ihnen an die grau gestrichene Wand stellte.

Ob sie denkt, er ist hier, um mir bei einem Fluchtversuch zu helfen?, dachte Emma amüsiert, dann jedoch wandte sie ihre Aufmerksamkeit ihrem Mann zu.

»Ich bin bereit, deine Strafe zu zahlen und dich mit nach Hause zu nehmen.« Percival hielt sich nicht mit einer höflichen Begrüßung auf. Ärger verzerrte seine attraktiven, wenn auch vom Alkoholmissbrauch deutlich gezeichneten Züge. »Selbstverständlich nicht bedingungslos.«

Sein kalter Blick glitt an ihr auf und ab, sodass Emma sich allzu deutlich bewusst wurde, wie heruntergekommen sie nach den Tagen in Haft aussah. Ihre Kleidung war verdreckt und stank – anders konnte man es selbst mit viel Höflichkeit nicht umschreiben; ihre Frisur hatte sich aufgelöst und nur dank Lucys Hilfe hatten ihre Haare überhaupt noch ein bisschen Form.

»Guten Tag, Percival. Wie schön, dich zu sehen.« Emma bemühte sich nicht einmal, den Sarkasmus zu verbergen. Wie hatte sie nur erwarten können, dass von ihm etwas Gutes kam? »Nenn mir deine Bedingungen.«

»Du hältst dich in Zukunft von diesen Frauen fern. Das zum ersten.« Mit dem Zeigefinger der linken Hand berührte er erst den Daumen der rechten, dann deren Zeigefinger. »Zum zweiten wirst du dich nur noch mit Damen treffen, für die ich eine Vorauswahl getroffen habe. Zum dritten …«

»Aufseherin. Bitte bringen Sie mich zurück in die Zelle.« Emma hob die Hand, um Percivals Aufzählung zu unterbrechen. Sie ahnte bereits, was er noch fordern würde, und wusste, dass sie nichts davon nachkommen würde. Inzwischen war sie nicht mehr das verunsicherte Mädchen, das er geheiratet hatte. Nun war sie eine Frau, die mutig für ihre Rechte und Interessen eintrat, auch wenn das mit Opfern verbunden war.

Die Wärterin trat vor und warf Percival einen fragenden Blick zu, was Emma hochgradig verärgerte. Dann jedoch sagte sie sich, dass ihr Ehemann der Frau wahrscheinlich Geld zugesteckt hatte. So machte er sich Menschen gefügig – mit Bestechung oder Drohungen. Auch sie hatte sich dem viel zu lange unterworfen. Doch nun war es damit endgültig vorbei. Emma stand auf.

»Setz dich.« Percival sprach mit der gefährlich leisen Stimme, die sie früher in Angst und Schrecken versetzt hatte. »Es ist dir anscheinend nicht klar, wie wichtig das für dich ist.«

»Sprich.« Emma blieb stehen.

Nun erhob sich auch Percival – für ihn schien es unerträglich zu sein, wenn sie auf ihn herabsehen konnte. Schwer stützte er seine Handknöchel auf den Tisch.

»Das ist deine letzte Chance. Wenn du nicht einwilligst …«

»Was ich nicht vorhabe.«

»Wenn du nicht zustimmst«, ignorierte er ihren Einwand, »werde ich dich hier verrotten lassen. Dann können sie mit dir machen, was ihnen gefällt.«

Es kostete Emma all ihre Kraft, sich von dieser Drohung nicht einschüchtern zu lassen. Nein, einschüchtern ließ sie sich davon, da brauchte sie sich nichts vormachen. Aber es war ihr immens wichtig, ihrem Ehemann nicht zu zeigen, wie sehr sie seine Worte trafen.

»Dann soll es so sein.« Sie drehte ihm den Rücken zu und sah die Wärterin auffordernd an. Percival musste der Frau ein Signal gegeben haben, denn sie griff nach Emmas Ellenbogen und führte sie hinaus.

»Klug war das nicht«, raunte die Wärterin ihr zu. »Wissen Sie, wie sich das anfühlt, wenn die Ihnen einen Schlauch in den Hals stecken? Oder – schlimmer noch – in die Nase.«

»Nein«, antwortete Emma. »Das weiß ich nicht, aber ich werde es überleben, wie so viele Frauen vor mir.«

Drei Tage später sollte sie an diese Worte zurückdenken und sie bereuen.

KAPITEL 29

London 1913

Sie kommen.« Emma schreckte hoch, als sie Lady Eleanors Worte hörte. Seit gestern dämmerte sie im Halbschlaf vor sich hin, fühlte sich zu erschöpft, um mehr als den körperlichen Notwendigkeiten nachzukommen. Die ersten beiden Tage des Hungerns waren schwer gewesen, ihr Magen hatte äußerst unfreundliche Geräusche von sich gegeben und es hatte sich angefühlt, als brannte der Hunger ein Loch in ihren Bauch. Noch nie war ihr etwas so schwergefallen, wie der Versuchung zu widerstehen, die selbst das gräulich aussehende Gefängnisessen mit sich brachte.

Zu ihrer Überraschung hatte das Hungergefühl am dritten Tag nachgelassen und einer seltsamen Leichtigkeit Platz gemacht. Bald darauf folgte die Mattigkeit, die von Tag zu Tag anzuwachsen schien.

»Sie werden uns bald holen«, hatte Lady Eleanor gestern Abend geflüstert. »Seid vorbereitet.«

Hoffentlich nehmen sie mich nicht als Erste, hatte Emma gedacht und sich für die Furchtsamkeit ihrer Gedanken geschämt.

»Wie … wie fühlt es sich an?«, hatte sie gefragt, aber Lady Eleanor hatte nur den Kopf geschüttelt, was Emmas Ängste nicht schmälerte.

Nun war es also so weit. Emma setzte sich auf, auch wenn sie das unendlich viel Kraft kostete. Ja, jetzt konnte sie es auch hören, das gefürchtete Klirren der Schlüsselbunde und das Klackern der Schuhe, das anzeigte, dass sich Wärterinnen ihrer Zelle näherten.

Langsam öffnete sich die Tür. Die Spannung zerrte an Emmas Nerven, die sich nun wünschte, als Erste ausgewählt zu werden, damit sie nicht länger warten und ihren Fantasien freien Lauf lassen musste.

»Lady Blakenham.« Die Wärterin, deren hochgeschlossenes schwarzes Kleid die Blässe ihres Gesichts hervorhob, deutete auf Emma. »Kommen Sie mit.«

»Nehmen Sie mich.« Lucy sprang auf und taumelte, wohl zu geschwächt für rasche Handlungen.

»Nein, es ist gut. Danke.« Emma bemühte sich um ein tapferes Lächeln und hoffte, dass es ihr nicht misslang. »Gehen wir.«

»Noch können Se dem entgehen«, zischte die Wärterin ihr zu. »Essen Se was und sparen Se sich die Qual.«

»Erst wenn wir als politische Gefangene anerkannt werden.« Sie klang bravouröser, als sie sich fühlte, aber vielleicht gelang es ihr, sich selbst Mut zuzusprechen.

»Dann haben Se sich das selbst zuzuschreiben.«

Die Wärterin schob sie in einen kahlen Raum. Hier warteten bereits vier weitere Wärterinnen und ein Mann, dessen Kleidung ihn als Arzt auswies.

So viele Menschen nur für mich. Dabei bin ich schwach wie ein neugeborenes Fohlen und könnte mich gar nicht wehren.

Automatisch wurde Emmas Blick von einer Liege angezogen, an der Lederriemen befestigt waren. Sie schluckte. War sie wirklich mutig genug, dies durchzustehen?

Der Arzt musterte sie. Sie erwiderte den Blick, reckte das Kinn hoch und ballte die Hände zu Fäusten.

»Also gut, fangen wir an.«

Bevor Emma noch begreifen konnte, was ihr geschah, zerrten zwei Wärterinnen sie auf den Stuhl und hielten sie fest. Zwei weitere Frauen umklammerten ihre Beine, als sie nach dem Arzt trat. Schließlich kam die fünfte Wärterin dazu, deren Finger Emmas Kiefer wie eine eiserne Klammer umschlossen, bis sie widerwillig den Mund öffnete. Der Arzt führte einen fingerbreiten, nach Gummi stinkenden Schlauch in ihren Mund. Sofort setzte der Würgereflex ein. Tränen traten in Emmas Augen und sie versuchte, den Schlauch auszuspucken. Doch gegen die Kraft des Arztes hatte sie keine Chance. Tiefer und tiefer glitt der Schlauch, ihr Körper zuckte und Emma meinte zu ersticken. Obwohl sie ein Röcheln von sich gab und die Tränen über ihre Wangen strömten, setzte der Mann ungerührt einen Trichter auf den Schlauch. Emma spürte, wie ein kalter, widerlicher Brei in ihrem Magen landete. Sie wünschte sich eine gnädige Ohnmacht herbei, doch selbst ihr geschwächter Körper war dafür zu stark. Mit vollem Bewusstsein musste sie die furchtbare Prozedur über sich ergehen lassen, einem Mann und fünf Frauen hilflos ausgeliefert. Sie konnte nicht sagen, was schlimmer war – diese Erniedrigung oder das körperliche Elend, das sie durchlitt.

Noch zweimal unterwarf man sie der Zwangsernährung. Am vierten Tag schüttelte der Arzt den Kopf und Emma wurde entlassen, ohne sich von ihren Kameradinnen verabschieden zu können.

»Wenn es Ihnen besser geht, kommen Se wieder.« Die Wärterin schob Emma auf das Gefängnistor zu. »Bis dahin müssen Se zu Hause bleiben.«

»Ich weiß, ich weiß.« Nun, wo die Freiheit in Sichtweite war, fasste Emma wieder Mut. »Der Cat and Mouse Act. Ich darf keine Versammlungen besuchen.«

»Halten Se sich dran.«

Als das Tor zu Holloway endlich aufging, konnte Emma es nicht erwarten, zu entkommen. Endlich frei. Sie konnte ihr Glück kaum fassen. Immer noch geschwächt von den Tagen des Hungers und der Zwangsernährung taumelte sie und musste sich an der Wand abstützen, die das Gefängnis umgab.

»Wie geht es Ihnen?«, sprach sie eine ihr unbekannte Frau an. An dem Band mit den weißen, violetten und grünen Streifen erkannte Emma sie als eine der Mitstreiterinnen. Sie hielt einen Blumenstrauß in den Farben der Suffragetten in der Hand, den sie Emma mit einem freundlichen Lächeln überreichte. »Kommen Sie, hier habe ich etwas Suppe zur Stärkung.«

Dankbar trank Emma mehrere Schlucke von der lauwarmen Suppe. Niemals zuvor hatte ihr etwas so gut gemundet. Sie schmeckte Salz und Pfeffer und das Fett des Suppenhuhns sowie einen Hauch würziger Petersilie. Gierig hielt sie der Fremden ihre Tasse erneut hin.

»Tut mir leid. Sie sollten nicht mehr zu sich nehmen. Das verträgt ihr Körper nicht.« Sie nahm Emma die Tasse ab. »Ich bin Alice Rushforth, eine Freundin von Eleanor Ingham.«

»Emma Blakenham. Sind Lady Eleanor und Lucy Marshman ebenfalls frei?«

Miss Rushforth schüttelte den Kopf. Ihr Blick verdüsterte sich, als sie nach Emmas Arm griff und sie sanft mit sich zog.

»Eleanor ist seit gestern zu Hause. Es geht ihr nicht gut. Von Lucy haben wir noch nichts gehört.« Ihre Stimme klang bitter. »Mit den armen Frauen gehen sie in Holloway viel, viel schlimmer um als mit uns Ladys. Trotz Constance Lytton.«

Von der Tat dieser Frau hatte selbst Emma schon viel gehört. Lady Constance Georgina Bulwer-Lytton hatte sich als Jane Warton, eine Arbeiterin, verkleidet, um der Welt zu beweisen, wie unterschiedlich arme und reiche Frauen im Gefängnis behandelt wurden.

»Gibt es eine Möglichkeit, wie wir etwas über Lucy erfahren können?« Die Ungerechtigkeit zerriss Emma das Herz. Nicht nur, dass das Dienstmädchen auf Hazelwell Manor leiden musste, nein, nun büßte sie auch mehr als die reichen Damen. »Können wir sie besuchen? Einen Anwalt für sie beauftragen?«

»Das alles haben wir bereits versucht.« Miss Rushforth ballte die Hände in ohnmächtiger Wut zu Fäusten. »Aber sie lassen uns nicht zu ihnen. Es wird immer schwerer, je länger unser Kampf dauert. Die Mächtigen schlagen immer brutaler zurück.«

»Noch brutaler? Sie haben mir einen Schlauch in den Hals gesteckt und mich so festgehalten, dass ich mich nicht wehren konnte.«

Ihr Magen krampfte sich bei der Erinnerung an die furchtbare Prozedur zusammen, sodass sie beinahe die wunderbare Suppe von sich gegeben hätte.

»Ich weiß.« Mitfühlend tätschelte die Suffragette ihre Schulter. »Viele von uns mussten das erdulden.«

»Sie auch?«

»Ich bevorzuge es, nicht mehr daran zu denken. Kommen Sie, wir werden erwartet.«

Emma schaute an sich herunter. Als sie den Arm bewegte, stieg eine Wolke aus Schweiß, ungewaschenem Körper und auch Urin, wie sie voller Ekel feststellte, von ihr auf.

»Ich würde gern erst nach Hause, mich baden und die Kleidung wechseln.«

»Ich rufe Ihnen eine Kutsche.«

Miss Rushforth winkte ein Gefährt heran, übergab dem Kutscher etwas Geld und schaute Emma fragend an. Die war so erschöpft, dass sie einen Moment der Überlegung brauchte, was die andere Frau von ihr wollte.

»St. James's Square.« Ihre Stimme klang genauso müde, wie sie sich fühlte. Als sie den abwertenden Blick des Kutschers sah, raffte sie ihre verbliebenen Kräfte zusammen und reckte sich. Das schien den Mann noch nicht zu überzeugen.

»Das kostet extra. Ich muss innen hinterher sauber machen«, sagte er halblaut zu Miss Rushforth, so deutlich, dass

Emma ihn verstehen konnte. Aber sie war viel zu müde, um wütend zu werden.

»Mehr gibt es nicht.« Ihre Retterin ließ noch ein paar Münzen in die gierig ausgestreckte Hand des Kutschers fallen und wandte sich dann Emma zu. »Ruhen Sie sich aus. Heute Abend wollen wir unsere Strategie planen, aber wenn Sie Schlaf benötigen, werden das sicher alle verstehen.«

Das klang so gut, dass Emma in Versuchung geriet, das Angebot anzunehmen. Schlafen, einfach nur schlafen, in einem weichen Bett unter Daunen. Allein, ohne die vielfältigen Geräusche anderer Schlafender oder mit dem Schlaf kämpfender Frauen.

»Danke, aber wir müssen Lucy helfen – und natürlich den anderen Gefangenen.«

Den Fuß anzuheben, um ihn auf die Trittstrebe der Kutsche zu setzen, erforderte eine unglaubliche Kraftanstrengung. Emma wankte und wäre sicher gestürzt, hätte nicht Miss Rushforth ihren Arm ergriffen. Obwohl ihre Retterin sich bemühte, es sich nicht anmerken zu lassen, konnte sie ihren Ekel nicht verbergen, als Emmas Gestank ihre Nase erreichte.

»Ein Bad. Bitte lassen Sie mir sofort ein Bad ein.« Emma war zu müde, um ihrer Zofe mehr Erklärungen zu geben. Sollte die sich einen Reim darauf machen, wie ihre Herrin aussah und roch. »Helfen Sie mir, bitte.«

Polly war zu gut ausgebildet, als dass auch nur ein Zucken eines Gesichtsmuskels verraten hätte, was sie von ihrer verdreckten und stinkenden Herrin dachte. Mit geschickten Fingern half sie Emma aus der schmutzigen Kleidung und der ebenfalls unsauberen Unterwäsche. Auch wenn ihr Körper ungewaschen war, fühlte es sich bereits befreiend und besser an, Kleid und Korsett auf dem Boden liegen zu sehen. Wenn sie beides wegbringen ließ, würde die Erinnerung an die grausame Zeit in Holloway damit vielleicht schon abgemildert.

»Lassen Sie die Kleider waschen. Besser noch, werfen Sie sie weg. Oder verbrennen Sie sie.«

Während Polly den stinkenden Haufen zur Seite räumte und dann ins Badezimmer ging, um Emmas Bad vorzubereiten, schaute diese sich im Spiegel an. Kein Wunder, dass sowohl der Kutscher als auch der Butler so erschrocken gewesen waren.

Nicht nur, dass ihre Haut fahl und krank wirkte, sie hatte blaue Flecken um den Mund herum und am Kinn, dort, wo jemand mit eisernen Fingern ihren Mund aufgesperrt hatte, um ihr den fingerdicken Schlauch in die Kehle zu stoßen. Was würde ihr Ehemann wohl dazu sagen?

KAPITEL 30

London 1913

Jede Faser ihres Körpers schmerzte und Emma wünschte sich nichts mehr, als einfach schlafen zu können, aber von der Erfüllung dieses Wunsches war sie meilenweit entfernt. Statt sich von den Strapazen Holloways zu erholen, musste sie sich mit Percival auseinandersetzen. Wäre es zu viel verlangt gewesen, wenn er ihr ein wenig Ruhe gegönnt hätte? Stattdessen sorgte er dafür, dass Zorn und Empörung in ihr aufbrandeten.

»Das … das kannst du nicht tun.« Vor Fassungslosigkeit fehlten Emma die Worte. Sie öffnete den Mund, aber konnte nichts weiter herausbringen, was sie auf eine ungesunde Mischung aus Erschöpfung und Entrüstung zurückführte.

Nach dem Bad, das sie unglaublich genossen hatte, war sie ins Bett gekrochen mit der Anweisung an ihre Zofe, dass diese sie frühestens um 17:00 Uhr wecken sollte. Stattdessen war sie rüde aus dem tiefen Schlummer gerissen worden, als ihr Ehemann in ihr Zimmer gestürmt kam. Ohne ein Wort zu sagen, riss Percival die schweren Vorhänge zur Seite; Sonnenlicht traf Emmas halb geöffnete Augen und sie blinzelte, versuchte, die Schwere in ihrem Kopf zu besiegen.

Ihr Mann starrte sie an, als wäre sie eine Zirkusattraktion, die Frau mit den zwei Köpfen oder die bärtige Dame. Nachdem sie einigermaßen wach war, erwiderte sie seinen Blick, ebenfalls schweigend. Wenn er einen Kampf wollte, konnte er ihn bekommen. Sie hatte das Gefängnis überstanden, war an der Zwangsernährung nicht zerbrochen – glaubte ihr Gatte wirklich, er könnte ihr Angst machen?

»Du bist also zurück«, brach Percival schließlich das Schweigen. Er musterte sie mit ebenso viel Abscheu, wie sie für ihn empfand. »Meinetwegen hätten sie dich in Holloway behalten können, bis du deine Lektion gelernt hast.«

»Was?« Sie musste träumen. Vielleicht war sie immer noch im Gefängnis und stellte sich nur vor, in dem Stadthaus zu sein und ihrem Ehemann gegenüberzutreten. Für Höflichkeit fehlten ihr Kraft und Geduld.

»Du hast schon richtig gehört. Ich will mich nicht mehr mit deinen Launen herumärgern. Deine Mutter wird morgen hier eintreffen.«

»Was?« Schlagartig war Emma hellwach. Sie setzte sich auf, zog die weiche Decke bis an ihr Kinn und starrte ihren Ehemann an. Percival stand vor dem Fenster, das Sonnenlicht zauberte Glanzlichter in seine Haare, was sie noch vor Kurzem attraktiv gefunden hätte. Jetzt wünschte sie sich nur noch, dass er sie allein ließe, dass sie ihn niemals mehr sehen müsste.

»Nachdem man dich ins Gefängnis geworfen hatte, habe ich deiner Familie ein Telegramm gesandt.« Unglaublich, wie viel Selbstgerechtigkeit ihr Ehemann ausstrahlte. »Ich bin nicht länger bereit, allein mit deinen Eskapaden leben zu müssen.«

Stattdessen rufst du meine Mutter zu Hilfe. Wie konnte ich mich nur in einen erbärmlichen kleinen Jungen, der nie erwachsen geworden ist, verlieben? Nicht einen Tag länger verbringe ich hier. Irgendwo werde ich schon unterkommen. Eine der Suffragetten wird mir bestimmt für eine Weile Unterschlupf gewähren.

»Du musst mich nicht länger ertragen. Ich verlasse dich.« Es fühlte sich so gut an, diese Worte auszusprechen, sich endlich die Freiheit zu holen, die sie sich immer gewünscht hatte. »Uns beiden wird es besser gehen, wenn wir uns trennen.«

»So einfach ist das nicht.« Percivals Gesicht verzog sich zu einem bösartigen Lächeln. »Für eine Scheidung brauchst du triftige Gründe.«

»Du hast mir sicher genügend geliefert.« Inzwischen fühlte Emma sich wach genug, sich ihm entgegenzustellen. »Wenn du keinen Skandal willst, sollten wir uns um eine einvernehmliche Regelung bemühen.«

»Ich muss nichts mit dir regeln.« Nun trat er an das Bett heran, streckte seine Hand nach ihr aus und ergriff ihr Kinn. Sie schlug nach seiner Hand, aber er lachte nur. Als wäre sie ein Kind, drehte er ihren Kopf von links nach rechts. »Sie haben dir ganz schön zugesetzt. Ich hoffe, du hast deine Lektion gelernt.«

»Heute Abend gehe ich zu einer Versammlung.« Mit einem Ruck entzog sie sich seiner Hand. »Ich werde nicht aufgeben.«

Seine Reaktion erstaunte und erschreckte sie. Zorn hätte sie verstanden, lautstarken Protest hatte sie erwartet, sein fröhliches Lachen ließ ihr einen kalten Schauer den Rücken herunterlaufen. Percival musste ein Ass im Ärmel haben, wenn er so gelassen auf ihre Ankündigung reagierte. Angst kroch in Emma hoch. Verzweifelt versuchte sie, sich nichts anmerken zu lassen, damit ihr Ehemann nicht glaubte, die Oberhand über sie gewinnen zu können.

»Du, meine liebe Gemahlin«, Spott tropfte aus jedem einzelnen Wort, »du wirst das Haus nicht mehr verlassen. Du unterliegst dem Cat and Mouse Act, so lange, bis du deine Strafe abgesessen hast.«

»Das kannst du mir nicht verbieten.« Emma erhob sich etwas, spürte die wunderbare Weiche des Kopfkissens, die leichten Daunen der Bettdecke, was für eine Wohltat nach der rauen Wolle Holloways. Doch sie ließ sich nur kurz durch diese Freuden ablenken.

»Du hast kein Recht dazu, mir mein Leben vorzuschreiben«, schob sie nach, strich sich eine Haarsträhne aus dem Gesicht und funkelte ihn zornig an.

»Oh doch, das Recht habe ich.« Weil er auf ihre Wut nur mit einem spöttischen Lächeln reagierte, wünschte sie sich die Kraft, ihm ins Gesicht zu schlagen. »Ich habe Polly die Anweisung gegeben, dich in deinem Zimmer einzuschließen.«

»Das kannst du nicht tun«, protestiert sie in hilflosem Entsetzen, aber Percival lachte nur als Antwort.

»Erhol dich gut. Ich werde die Köchin anweisen, dir ein

leichtes Abendessen zusammenzustellen.« Erneut näherte er sich ihr und zwang sie, ihm in die Augen zu sehen. »Du wirst ab sofort alle Mahlzeiten in deinem Zimmer einnehmen. Den Dienstboten sage ich, du musst dich erholen.«

Bevor sie ihm antworten konnte, stand er auf und verließ den Raum. Sie hörte, wie er den Schlüssel im Schloss umdrehte.

Gefangen!

Ich bin wieder gefangen.

Getrieben von Panik rang sie nach Luft. Für sie fühlte es sich an, als kämen die Wände des Zimmers näher, als würden sie sich verengen, um ihr die Kehle abzuschnüren wie in einer dieser grausigen Geschichten des düsteren Amerikaners Edgar Allen Poe. Emma warf die Bettdecke von sich, aber trotzdem blieb das Gefühl, ersticken zu müssen.

Verzweifelt taumelte sie zum Fenster und öffnete es. Die einströmende Luft umschmeichelte ihre erhitzten Wangen. Ihre Brust hob und senkte sich in dem verzweifelten Bemühen, Atem zu finden und gegen die Erstickungsandrohung zu siegen. Endlich ließ ihre Panik etwas nach.

Nachdem sie dreimal tief durchgeatmet hatte, suchte sie nach einem Ausweg. Niemals würde sie sich hier einsperren lassen. Vorsichtig lehnte sie sich aus dem Fenster, aber die Entfernung zum Boden erschien ihr einfach zu groß, als dass sie herausklettern wollte.

Ich muss Polly auf meine Seite ziehen, mit Bestechungen oder wenn es nicht anders geht mit Drohungen. Sie muss mir helfen zu fliehen, am besten, bevor meine Mutter ankommt.

Dieser Gedanke ließ Emma jede Hoffnung verlieren. Sie konnte sich nur allzu gut vorstellen, was für eine Predigt ihre Mutter ihr halten würde. Den üblichen Sermon über gutes Benehmen, Schicklichkeit, die Aufgaben einer Frau und die unglaublich tiefe Enttäuschung, die Emma ihrer Familie bereitet hatte.

Wie hinterhältig und gleichzeitig strategisch klug von Percival, ihre Familie hineinzuziehen. Obwohl Emma ihm nichts bedeutete, kannte er sie anscheinend gut genug, dass er ihre Schwachstellen nutzen konnte, um seine Ziele durchzusetzen. Wie er sich Verbündete in diesem Krieg suchte, zu dem ihre Ehe geworden war.

Allein kann er mir wohl nicht entgegentreten, dachte Emma mit einer Spur von Genugtuung. *Mein Ehemann ist feige, aber schlau genug, mir das Leben schwer zu machen.*

Sie schloss das Fenster und ging im Zimmer auf und ab, so wie sie in den ersten Tagen in Holloway ihre Zelle durchmessen hatte. Erneut in einem Gefängnis, luxuriöser und eleganter, aber nichtsdestotrotz eine Zelle. Voller Zorn griff Emma nach einer silbernen Haarbürste, die ihr Monogramm trug, und schleuderte sie gegen die Tür. Als Nächstes warf sie einen Handspiegel, der zu Boden fiel. Seine Scherben verteilten sich wie glitzernde Diamanten vor der Tür.

Sieben Jahre Pech. Als ob mein Leben noch schlimmer werden kann. Ich muss mich beruhigen, ich muss meinen Zorn bändigen und mit kühlem Kopf einen Plan entwickeln, wie ich Percival und meiner Mutter entkommen kann.

Sie spielte die Möglichkeiten durch, die ihr blieben, und ahnte, dass keine von ihnen erfolgreich sein würde. Polly würde sich niemals auf ihre Seite stellen, dafür fürchtete die Zofe den Zorn von Percival viel zu sehr. Lucys Schicksal hatte Emma mehr als deutlich gezeigt, wie schnell man die Anstellung verlieren und auf der Straße landen konnte. Ohne Zeugnis, ohne Chance auf eine neue Anstellung. Ohne überhaupt angehört zu werden, um die eigene Sicht des Geschehens zu zeigen.

Lucy. Wie es ihr wohl geht? Was bin ich nur für ein Mensch! Da sitze ich und jammere, weil Percival mich in diesem Luxus einsperrt, während meine Mitstreiterinnen in Holloway um ihr Leben kämpfen. Einen Brief, ich werde Eleanor Ingham schreiben – das kann Percival mir nicht verwehren, nicht wahr? Aber wenn er sich weigert, den Brief überbringen zu lassen?

Emmas Mund öffnete sich, während ihre Augen sich mit Tränen füllten. Wieder einmal musste sie erkennen, wie einsam sie hier in England war. Was stimmte nur mit ihrer Familie nicht, dass Emma sich vor dem Besuch ihrer Mutter fürchtete und nicht hoffte, jemanden zu haben, der an ihrer Seite stand?

Trotz der Furcht, dass Percival es mit allen Mitteln verhindern würde, dass Emma zu Lady Eleanor oder einer anderen Suffragette Kontakt aufnahm, setzte Emma sich an ihren Frisiertisch und griff nach dem Briefpapier. Was es sie auch kosten würde, sie musste einen Weg finden, sich mit Lady Eleanor in Verbindung zu setzen.

KAPITEL 31

London 1913

Lucy hatte jegliches Gefühl dafür verloren, wie viel Zeit seit ihrer Gefangennahme vergangen war. Die Tage flossen dahin, verloren wie in einem Traum, allerdings keinem schönen, sondern einem dunklen, düsteren, der einen nur mit einem Wunsch zurückließ: möglichst schnell zu erwachen. Doch wo würde sie sich finden? In ihrer kleinen Dienstbotenkammer, geweckt von Jessie, deren morgendliche Fröhlichkeit selbst dem grauesten Tag ein wenig Sonne verlieh? Oder in dem Schlafzimmer in London, neben Daisy und Nellie, gefangen in Angst vor dem Tag, an dem Onkel Harold sich ihr erneut näherte?

Immer wieder spielte Lucy in Gedanken diese Möglichkeiten durch, wünschte sich, sie wäre noch auf Hazelwell Manor und der entsetzliche Tag am Brunnen wäre nur ein Albtraum, hervorgerufen von einem zu schweren Abendessen. Doch diese Illusion hielt nur kurze Zeit an, bis sie sich an der düsteren Mauer der Gefangenschaft brach. Selbst eine gedankliche Flucht blieb ihr versperrt.

Obwohl sie auf der harten Pritsche vor sich hin dämmerte, zu schwach, um sich an den Gesprächen der anderen zu beteiligen, ging ihr immer wieder die bange Frage im Kopf herum, wann die Wärterinnen sie heute holen würden. Niemand konnte sagen, ob es eine bewusste Schikane war, dass die Gefangenen jeden Tag zu einer anderen Zeit zur Zwangsernährung gezerrt wurden, oder ob es das Ergebnis von Gedankenlosigkeit war. Was immer es auch war, für Lucy und ihre Mitgefangenen bedeutete es, dass sie auf jeden Schritt vor der Tür lauschten, sich jedes Mal verkrampften, sobald sich der Schlüssel quietschend im Schloss umdrehte und die Furcht sie ständig einschloss wie ein zu eng geschnürtes Korsett.

Eigentlich hätte sie die Wärterinnen hassen müssen, die wie Raben um sie herumflatterten, sie in den Raum brachten, wo ihrem Körper Gewalt angetan wurde, die sie festhielten, während der eklige, nach Gummi und saurer Milch stinkende Schlauch in ihren Mund – oder schlimmer noch: in ihre Nase – eingeführt wurde. Aber inzwischen war sie zu matt, um starke Gefühle wie Hass zu empfinden.

Immer öfter fragte sie sich, ob sich der Kampf lohnte. Würde sie eine der Suffragetten verurteilen, sollte sie ihr Hungern beenden? Sie war die letzte von ihnen, die noch in Holloway ausharren musste. Als Erster hatte der Cat and Mouse Act Miss Eleanor die Freiheit geschenkt, als Nächste folgte Lady Blakenham.

Ob sie mich weiter quälen, weil sie wissen, dass niemand hinter mir steht, dass keine reiche Familie empört sein wird, weil ich von Tag zu Tag entschwinde? Meine Kraft reicht nicht einmal aus, den Arzt anzuflehen, mich zu verschonen. Ich ertrage alles nicht aus Mut, sondern aus Mattigkeit.

Da, da war es schon wieder … das gefürchtete Poltern, das genagelte Schuhe auf dem Steinfußboden hinterließen. So elend Lucy sich auch fühlte, sie richtete sich auf, wollte ihren Peinigern nicht im Liegen entgegensehen. Der Hungerstreik hatte an ihren Kräften gezehrt, sodass sie sich an der kühlen Steinmauer abstützen musste.

»Der Arzt will sich euch ansehen.« Wie konnte die Wärterin nur so kalt bleiben, wenn sie all das Leid vor sich sah? »Du da, Lucy, du zuerst.«

Obwohl ihr Körper danach schrie, sich wieder hinlegen zu dürfen, obwohl jeder Schritt sich anfühlte, als zerre sie eine gewaltige Eisenkugel an einer schweren Kette nach sich, zwang sich Lucy dazu, der Wärterin zu folgen und ihren Kopf aufrecht zu tragen.

»Name«, knurrte der Arzt, ein überraschend junger Mann, den sie vorher noch nicht hier gesehen hatte, und schaute Lucy über den Rand seiner runden Brille hinweg an.

»Lucy Marshman.« So sehr sie sich auch bemühte, ihre wunde Kehle brachte nur ein Flüstern heraus.

»Alter?«

»18.«

»Seit wann im Hungerstreik?«

»Ich … ich weiß es nicht.« Hilfesuchend schaute Lucy sich nach der Wärterin um.

»Seit zehn Tagen.«

Wieso stellte der Arzt ihr all diese Fragen? Die Informationen standen sicher in ihrer Akte, die vor ihm auf dem dunklen Holztisch lag.

»Darf ich mich setzen?«, konnte Lucy flüstern, bevor ihre Beine unter ihr nachgaben und sie auf den steinernen Fußboden sackte.

»Verdammt!«, hörte sie den Arzt rufen, dumpf wie durch eine Wand aus Stoff. »Helfen Sie dem armen Ding und legen Sie sie auf die Liege.«

Während Lucy versuchte, sich aus der Schwäche und Dunkelheit herauszukämpfen, spürte sie, wie Hände sie unter den Armen griffen und über den Fußboden schleiften.

»Nicht zur Liege, nicht zur Liege«, stöhnte sie, immer noch halb benommen, und begann, panisch um sich zu schlagen. Vergebens. Trotz ihrer verzweifelten Gegenwehr fand sie sich auf der Pritsche wieder, die sie mit so vielen entsetzlich schmerzhaften Minuten verband. Ihr Atem ging keuchend und unter Aufbietung aller Kraft gelang es ihr, die Augen aufzureißen.

»Schschsch«, sagte der junge Arzt mit beruhigend sanfter Stimme. »Es wird Ihnen nichts geschehen.«

Wie gern hätte sie ihm eine passende Antwort entgegengeschleudert, aber selbst dafür fühlte sie sich zu matt.

Ich werde auch diesen Tag überleben, so wie den gestrigen und den morgigen. Andere Kämpferinnen haben das auch durchgestanden und sind nicht zerbrochen.

Obwohl sie sich das wieder und wieder sagte, konnte Lucy nicht verhindern, dass ihr gepeinigter Körper zitterte und bebte. Als die warme Hand des Arztes nach ihrem Handgelenk griff, zuckte Lucy zurück, fand jedoch nicht die Kraft, ihn abzuwehren.

»Der Puls rast«, sagte der Arzt. »Der Allgemeinzustand ist schlecht. Diese Frau wird heute entlassen. Sonst kann ich für nichts garantieren.«

Sie musste träumen. Das konnte nicht sein, dass sich ihre Wünsche erfüllten, oder doch? Frei, endlich Holloway verlassen zu können – das erschien Lucy so unglaublich, dass sie ein »Wirklich?« herauspresste.

»Ja.« Er seufzte. »Warum müssen Frauen wie Sie sich selbst so etwas zufügen? Die Spätfolgen eines Hungerstreiks sind nicht abzusehen.«

»Weil wir politische Gefangene sind.« Die wundervolle Aussicht, das Gefängnis verlassen zu dürfen, verlieh ihr neue Kräfte, auch wenn jedes Wort schmerzte, als wäre es in Stacheldraht eingebunden. »Man erkennt das nicht an. Also müssen wir Aufmerksamkeit erzwingen.«

»Auf Kosten der Gesundheit.« Erneut schüttelte der Arzt den Kopf. »Sie sollten vorsichtig sein, wenn Sie mit dem Essen wieder beginnen. Ihr Körper ist schwach und Ihr Magen sicher verengt.«

»Ja, ja«, antwortete Lucy, aber sie konnte sich nur auf eines konzentrieren: endlich frei zu sein, das Elend und die Schmerzen hinter sich zu lassen.

Da überfiel das schlechte Gewissen sie mit Macht – sicher, sie mochte Holloway endlich hinter sich lassen, aber wie viele andere Suffragetten blieben eingesperrt, zu Gewalt und Qualen verdammt? Wie viele Frauen mussten in das Gefängnis zurückkehren, weil ihr Gesundheitszustand sich verbessert hatte? Das drohte auch ihr. Für heute wäre sie frei, aber sobald sie sich erholt hatte, musste sie zurückkehren, musste sie sich wieder dem Kreislauf aus Hungern, Zwangsernährung und Entlassung unterwerfen.

Ist das wirklich mein Krieg?, fragte sie sich, als sie – gestützt auf eine Aufseherin – das Verfahren der Entlassung durchlief. Erst erhielt sie ihre Kleidung zurück, die sich als viel zu weit erwies und um ihren abgemagerten Körper schlackerte. Dann endlich brachte die Wärterin sie zum Tor. Lucy blinzelte, obwohl der Himmel grau und verhangen war, doch es kam ihr vor, als hätte sie ewig kein Tageslicht mehr gesehen. Sie war zu schwach für den Hofgang und daher an die Zelle gefesselt gewesen.

Die wenigen Schritte bis zum Tor erschienen ihr als unüberwindbare Distanz; sobald sie einen Fuß hob, fürchtete sie, eine Stimme zu hören, die rief, dass man sich geirrt habe, dass sie weiterhin bleiben müsse.

Ihre Beine zitterten, ihr Atem ging so schnell, als würde sie nicht über den Hof schlurfen wie eine alte Frau, sondern mit ganzer Kraft rennen, um Holloway für immer zu entkommen.

»Wir sehen uns wieder.« Die Abschiedsworte dröhnten in Lucys Ohren, nachdem die Wärterin sie aus dem Tor hinausgeschoben und es hinter ihr geschlossen hatte. Suchend schaute sie sich um. Niemand erwartete sie. Enttäuschung überflutete sie. Wenn Mrs Pankhurst oder ihre Töchter aus dem Gefängnis entlassen wurden, hielten die Suffragetten Paraden ab, Hunderte von in Weiß gekleideten Damen mit Schärpen in den Farben der Suffragetten – Weiß für Reinheit, Violett für Würde und Grün für Hoffnung – begrüßten ihre Heldinnen, um sie zu feiern.

Ich bin nicht wichtig genug. Ich habe gehungert und gelitten und bin nicht einmal so bedeutend, dass jemand kommt, um mich abzuholen.

Lucy lehnte sich an die Mauer, ließ sich daran herabgleiten und legte den Kopf auf die Knie, während sie ihren Tränen freien Lauf ließ. Da hörte sie eine Stimme, die ihren Namen rief, und hob den Kopf.

Wie durch einen Nebelschleier sah sie fünf Frauen auf sich zukommen, die Röcke geschürzt, damit sie laufen konnten, was sich keinesfalls für eine Lady schickte. Obwohl ihre zitternden Beine sich wehrten, stemmte Lucy sich hoch und schaute den Frauen entgegen. An der Spitze erkannte sie Miss Eleanor, die noch magerer wirkte als sonst. Ihr Gesicht war blass, als hätte sie längere Zeit in einem Krankenbett verbracht.

»Lucy! Meine liebe Lucy!« Miss Eleanor zog sie in ihre Arme, als wäre sie eine lang vermisste Schwester. »Wir haben es viel zu spät erfahren und dann sind wir mit der Kutsche nicht weitergekommen, weil ein Automobil mit einem Bus zusammengestoßen ist und die Straße gesperrt werden musste. Also sind wir ausgestiegen und gelaufen, weil wir fürchteten, dass du gegangen bist. Oh, Himmel, ich rede zu viel. Es tut mir so leid.«

Nun hatten sie auch die anderen Frauen erreicht, die Lucy auf die Schulter klopften, ihr Tee und Blumen reichten und auf sie einsprachen, so vielstimmig, dass sie kein Wort verstand. Aber das war ihr egal, von Bedeutung war nur, dass sie nicht mehr allein war, dass sie diesen Frauen wichtig genug war, für Lucy zu Fuß gekommen zu sein. Vor Glück wurde ihr schwindelig und dann dunkel vor Augen.

KAPITEL 32

London 1913

Emma Katharina Alma! Steh sofort auf, bade dich und kleide dich an.«

Normalerweise wäre Emma sofort aufgesprungen und dem Befehl ihrer Mutter nachgekommen, weil sie es von Kindesbeinen an gewöhnt war. Aber heute schlug sie nur kurz die Augen auf, nahm in sich auf, wie ihre Mutter in ihrem Zimmer stand, die zu Fäusten geballten Hände in die Hüften gestemmt. Warum sollte sie ihr Bett verlassen, wo sie ohnehin nur in der Enge ihres Zimmers gefangen war? Warum nicht einfach liegen bleiben, den Tag vergehen lassen wie den davor und den kommenden?

Ihr Leben erschien Emma sinnlos. Das Einzige, was ihr etwas bedeutet hatte, hatten ihr Ehemann und ihre Mutter ihr genommen. Heute, ermattet und trostlos, konnte Emma kaum noch glauben, dass sie einmal den Mut gehabt hatte, für das Frauenstimmrecht zu demonstrieren, für ihre Überzeugungen ins Gefängnis zu gehen. Was hatte sie davon gehabt? Eine furchtbare Zeit mit Zwangsernährung und Elend, gefolgt von einer erneuten Gefangenschaft, allerdings in einem luxuriösen Käfig.

Immerhin eins war ihr geblieben. Sie wandte auch in diesem Gefängnis das Mittel an, mit dem sie sich bereits in Holloway gewehrt hatte: Sie verweigerte die Nahrung. Seitdem Percival sie eingesperrt hatte, hatte Emma jedes Tablett zurückgehen lassen, ohne eine der Leckereien anzurühren, die die Köchin dort bereitgestellt hatte.

»Es ist genug, Emma.« Wenn es nicht ihre Mutter wäre, hätte Emma darauf gewartet, dass diesen Worten ein empörtes Aufstampfen mit dem Fuß folgte. Aber so weit würde ihre Mutter sich niemals gehen lassen. »Du hörst jetzt sofort mit diesem lächerlichen Benehmen auf.«

Soll ich mich mit ihr streiten? Soll ich versuchen, ihr zu erklären, wie ich die Welt sehe, wo ich genau weiß, dass sie kein Wort davon versteht? Wie sollte sie auch – sie hat ihr Leben gewählt und ist zufrieden mit dem, was sie sich gestaltet hat, oder etwa nicht?

»Was hältst du von den Forderungen der Suffragetten?« Emma setzte sich auf, spürte das weiche Kissen in ihrem Rücken. Seltsam, sie wusste, wie wenig ihr Vater von der Forderung der Frauen nach Stimmrecht hielt, aber noch nie hatte sie ihre Mutter eine Meinung dazu äußern hören. Wahrscheinlich folgte sie sowieso den Worten des Vaters und dessen Ansichten. Etwas anderes konnte Emma sich nicht vorstellen.

»Ich werde es dir sagen, sobald du präsentabel bist.«

»So wichtig ist es mir nicht.«

»Soll ich deine Zofe und zwei Hausmädchen holen, damit sie dich wie ein widerspenstiges Kleinkind in die Badewanne stecken und abschrubben?«

»Aber essen werde ich nichts.«

»Das wirst du. In einer halben Stunde komme ich wieder.«

Kaum hatte ihre Mutter die Tür hinter sich geschlossen, öffnete sich diese wieder und Polly steckte ihren Kopf hinein.

»Soll ich Ihnen wirklich ein Bad einlassen?«

»Ja. Bitte.«

»Welches Kleid wollen Sie tragen?«

»Such mir einfach eines aus. Außer meiner Mutter sieht mich heute ohnehin niemand. Und morgen auch nicht und den Tag danach wohl auch nicht.«

Polly antwortete nicht. Wahrscheinlich war es nicht Teil ihrer Ausbildung gewesen, mit einer Herrin zu leben, die vor Selbstmitleid zerfloss und sich keinen Deut um Äußerlichkeiten scherte.

Was ihre Zofe wohl von den Suffragetten hielt? Ob es den Frauen des Dienstpersonals überhaupt recht oder wichtig war, dass die WSPU für das Stimmrecht für alle kämpfte? Wollten Emmeline Pankhurst und ihre Mitstreiterinnen denn wahrhaftig das Wahlrecht für alle oder nur für die privilegierten Frauen, die über Geld und Macht verfügten?

Wie wenig ich wirklich weiß. Wie wenig ich nachgefragt habe, was mir die Suffragetten erzählt haben. Kann es sein, dass meine Mutter recht behält, habe ich mich verrannt? Habe ich mir einen Lebenssinn gesucht, weil sich mein größter Wunsch – der nach einem Kind – bisher nicht erfüllt hat?

Das waren Doras erste Worte gewesen, kaum dass sie in London angekommen war. Ungeachtet dessen, wie Emma sich fühlte, hatte sie ihre Tochter mit Vorwürfen überschüttet und von ihr verlangt, dass sie sich benahm, wie es sich für eine geborene zu Sommerfeldt gehörte.

»Reiß dich zusammen. Ich will keine weiteren Klagen von deinem Ehemann hören.« Wie typisch diese Worte für das Denken ihrer Mutter waren. Ob überhaupt Blut in ihren Adern floss oder Eiswasser?

»Das Bad ist fertig.« Polly kam ins Zimmer, ihr Gesichtsausdruck unergründlich wie immer.

»Würden Sie gerne wählen wollen?«

»Zwischen was?«

»Wie bitte?«

»Wozwischen soll ich mich entscheiden?«

»Nein.« Nun musste Emma trotz ihrer Traurigkeit lächeln. »Würden Sie gern bei der Wahl Ihre Stimme abgeben?«

»Das ist etwas für Ladys«, lautete die Antwort, die ihr die Zofe nach kurzem Überlegen gab. »Würde das Wahlrecht etwas an meinem Leben ändern?«

Diese Frage, die vollkommen berechtigt war, konnte Emma nicht beantworten, wie sie erschüttert feststellen musste. Was würde sich am Leben der Frauen, an ihrem Alltag, wirklich ändern, wenn man ihnen das Stimmrecht zugestand? Bisher hatte sie nur das gehört, was Emmeline Pankhurst voller Vehemenz gefordert hatte. Wenn man der Gründerin der WSPU glaubte, würde die Welt ein besserer Ort werden, wenn nur endlich Frauen in der Politik mitbestimmen konnten.

Würde das Stimmrecht Hunger und Elend abschaffen, wie es im East End herrschte?

Würden Wählerinnen solche Ungerechtigkeiten verhindern, wie sie Lucy geschehen waren?

»Polly, habe ich immer noch keine Antwort auf mein Schreiben an Lady Eleanor erhalten?«

Die Zofe drehte den Kopf weg, wohl um Emma nicht in die Augen sehen zu müssen. Sofort war ihr Verdacht geweckt. Wie hatte sie Polly nur vertrauen können, die früher auf Hazelwell Manor gearbeitet hatte und daher selbstverständlich auf der Seite von Percival stehen würde.

»Sie haben den Brief gar nicht aufgegeben, nicht wahr?«

Ihre einzige Möglichkeit, der Gefangenschaft in diesem Haus jemals entgehen zu können, hatte sich dank der Dienstbotin in Asche und Rauch verwandelt.

»Der Herr hat gesagt, ich soll ihm alles geben, was Sie schreiben.« Noch immer hielt Polly den Blick gesenkt, was Emmas Mitgefühl mit der Zofe weckte. Was hätte sie an deren Stelle getan, auf wessen Seite hätte sie sich geschlagen?

»Schon gut. Nach dem Bad werde ich mich ankleiden und mit meiner Mutter sprechen.«

Die Frauen, mit denen sie gemeinsam gekämpft und die grausame Zeit in Holloway durchgestanden hatte, schienen sie vergessen zu haben. Ihre Mutter war nicht müde geworden, Emma diese Tatsache wieder und wieder unter die Nase zu reiben.

»Du gehörst nicht zu ihnen, Kind. Das wirst du nie.«

Emma meinte, in den Augen ihrer Mutter Triumph zu erkennen, weil diese – wieder einmal – recht behalten hatte. »Dein Platz ist bei deinem Ehemann. Bekomme das Kind, was dir den Anspruch auf Hazelwell Manor sichert, und sei endlich zufrieden.«

»So wie du?«

»Ich habe alles erreicht, was ich mir wünschen konnte.«

»Bist du glücklich?«

»Glücklich ist man, wenn man seine Pflicht erfüllt.«

»Du zitierst Immanuel Kant?«

»Wie bitte?«

»Kant, der Philosoph …«

»Ich weiß, wer das ist. Ich bin nicht so ungebildet, wie du anscheinend denkst.«

»Entschuldige. Kant hat gesagt: ›Wir sind nicht auf der Welt, um glücklich zu werden, sondern um unsere Pflicht zu erfüllen.‹«

»Ein kluger Kopf.« Ihre Mutter stand auf. »Morgen reise ich ab. Versprich mir, dass du diese … Suffragetterei endgültig aufgibst und deinen Pflichten nachkommst.«

»Ich werde tun, was ich tun muss«, antwortete Emma und hoffte, dass ihre Mutter nicht bemerkte, wie sehr sich das gegebene Versprechen von dem geforderten unterschied. »Ich habe meine Fehler eingesehen.«

In einem unerwarteten Gefühlsüberschwang griff ihre Mutter nach Emmas Händen und nahm sie in ihre.

Wie lange ist es her, dass sie mich berührt hat? Selbst wenn ich als Kind krank war, konnte ich nicht darauf hoffen, Trost von ihr zu bekommen. Freundlichkeit und Liebe habe ich von den Kindermädchen erhalten, aber nicht von ihr.

»Emma, Kind.« Eindringlich sprach ihre Mutter auf sie ein, wobei sie Emmas Hände so festhielt, als fürchtete sie, dass ihre Tochter aufspringen und davonlaufen würde. »Letztlich ist es nur die Familie, die bleibt.«

»Ich weiß, Mutter«, musste Emma eingestehen. Vorsichtig versuchte sie, sich aus dem Griff zu befreien, aber es gelang ihr nicht. »Ich werde mich bemühen, Percival eine gute Ehefrau zu sein.«

Könnte ich mich auf meine Familie verlassen, wenn ich wirklich die Scheidung einfordere? Würdet ihr mich zurücknehmen? Was für eine schauderhafte Vorstellung, den Rest meines Lebens als geschiedene Frau mit meinen Eltern verbringen zu müssen.

»Wenn es Spannungen gibt, kommst du uns für eine Weile besuchen.« Endlich lockerte ihre Mutter den Griff und ließ Emma frei. »Oft hilft ein wenig Abstand, die Liebe zu erwärmen.«

»Liebe?«, fragte Emma, aber sprach nicht weiter, weil sich das Gesicht ihrer Mutter verschloss.

Kapitel 33

London 1913

Liebes Tagebuch,
was kann ich dir sagen? Ich dachte, ich könnte kämpfen und etwas in der Welt bewirken, doch nun bin ich unfreier und mutloser als je in meinem Leben.

Ja, ich bin aufgestanden und habe gemeinsam mit anderen versucht, etwas zu bewirken. Ja, ich habe mich nicht gescheut, ins Gefängnis zu gehen und zu hungern.

Doch wofür?

Noch immer bin ich gefangen und einsamer als zuvor. Percival verhindert, dass ich Lady Eleanor kontaktiere. Doch wenn ich ehrlich bin, ist es das nicht allein. Keine von den Suffragetten hat sich um mich gekümmert. Auch ohne dass ich ihnen eine Nachricht zukommen ließ, hätten sie mich aufsuchen können.

Wie meine Mutter es mir sagte, ich bin ihnen nicht wichtig genug. Ich war nur eine Fußsoldatin in einem Krieg, der Generälen wie Emmeline Pankhurst Ruhm bringt, aber Menschen wie mich zurücklässt, *unbekannt und unbesungen. Von Anfang an fühlte ich mich bei den Suffragetten wie eine Außenseiterin. Immer hatte ich den Eindruck, nicht von allen Planungen zu erfahren, sondern nur an den weniger bedeutenden Handlungen beteiligt zu werden.*

Emma pausierte einen Moment, um ihre Worte zu lesen. Ja, sie mochten pathetisch und düster klingen, aber so fühlte sie sich nun einmal. Einsam und im Stich gelassen. Verraten von allen Menschen, die sie umgaben: einer untreuen Zofe, einer ehrgeizigen Mutter und den arroganten Suffragetten, die sie nie akzeptiert hatten. Kämpferinnen, die einander feierten für Taten, die Emma überzogen und zu gewalttätig erschienen. Sie erinnerte sich daran, wie stolz die Suffragetten gewesen waren, nachdem sie *Votes for Women* mit Säure in Golfrasen geätzt, Telegrafenmasten gekappt und Sommerhäuser niedergebrannt hatten. Selbst die Bahnhöfe in Birmingham, Saunderton und Croxley Fernsby wurden von zornigen Stimmrechtlerinnen gesprengt. Wie solche Taten das Wahlrecht bringen sollten, konnte Emma beim besten Willen nicht verstehen.

Ich weiß nicht, ob ich das über mich bringen könnte. Nicht nur weil ich mich vor der Strafe fürchte. Darf man das Eigentum anderer Menschen zerstören? Diese Herrenhäuser sind Teil der Geschichte. Wenn sie abbrennen, geht so vieles verloren.

Ich bin und bleibe eine Außenseiterin, die nirgendwo hineinpasst, die immer die Fragen stellt, die andere nicht hören wollen. Das scheint mein Schicksal zu sein. Zu Hause habe ich mich in den falschen Mann verliebt, auf Hazelwell habe ich den falschen Mann geheiratet und in London habe ich mich auf falsche Freundinnen eingelassen.

Niemandem anders als mir kann ich den Vorwurf machen, dass alles, aber auch wirklich alles in meinem Leben in Scherben zersplittert ist. Meine Entscheidungen haben zu meinem Unglück geführt.

Wollte sie diese Überlegungen ihrem Tagebuch anvertrauen? Würde sie ihr Schicksal nicht festschreiben, wenn es erst einmal blau auf weiß auf dem Papier stand? Sie hätte nicht begründen können, warum sie sich davor scheute, all die Düsternis in ihr Tagebuch zu gießen. Vielleicht gab es ja noch einen winzigen Funken Hoffnung, den sie nicht durch schwarze Gedanken ersticken wollte.

Sie schob das Tagebuch zur Seite, stand auf und ging zum Sofa. Dort lagen mehrere Romane, die sie begonnen hatte, die sie jedoch nicht fesseln konnten. Am meisten Hoffnung hatte sie in *Die Zeitmaschine* gesetzt, hatte sich gewünscht, eine solche zu besitzen, um ihre Fehler ungeschehen machen zu können. Der Liebesroman *Greatheart* von Ethel M. Dell lag aufgeschlagen auf dem kleinen Tisch, aber sie würde ihn nicht beenden. Nach romantischer Lektüre stand ihr nicht der Sinn. Vielleicht sollte sie *Meadowsweet* der Baroness Orczy noch eine Chance geben, obwohl auch hier Liebeswirren eine wichtige Rolle spielten.

Warum haben diese Bücher so einen Erfolg? Im wahren Leben hält die Liebe nie, was sie verspricht, die Freundschaft auch nicht. Wie konnte ich nur glauben, dass ich Lady Eleanor etwas bedeute?

Als ein leises Klopfen ertönte, schreckte Emma auf. Sie war so tief in ihrem Grübeln versunken, dass sie die Außenwelt kaum wahrnahm. Eine Strategie, die sie in Holloway begonnen und nun hier in ihrem wunderschönen Stadthaus perfektioniert hatte.

»Lady Blakenham?« Polly war sofort nach dem Anklopfen in das Zimmer gekommen. »Sie haben Besuch. Er wartet im Salon.«

»Darf ich dort denn hinein?« Ihr Tonfall klang so spöttisch-schneidend, dass Polly zusammenzuckte. Das geschah der Verräterin nur recht. »Muss mein Gast nicht hierher kommen?«

Es war der Zofe sichtlich unangenehm, dass Emma ihr diese Frage stellte, aber inzwischen nahm Emma nur noch wenig Rücksicht auf die Gefühle anderer Menschen. Schließlich zeigte auch niemand ihr gegenüber Zartgefühl.

»Es ist Lady Eleanor Ingham.« Polly lächelte und schien wieder in ihrem Element zu sein. »Ich habe die Köchin angewiesen, eine leichte Mahlzeit zuzubereiten.«

»Danke.« Emma erhob sich von ihrem Sofa, auf dem sie gelesen hatte. So wie sie es jeden Tag tat, denn viel mehr Möglichkeiten hatte sie nicht, wie sie die Zeit verbringen konnte. Sie schlief, las und aß, allerdings nur wenig. Nicht einmal mehr das Tagebuchschreiben bereitete ihr Freude. Über allem lag ein dunkler Schleier, der ihr die Kraft und den Mut raubte und sie zur Untätigkeit verdammte.

Percival und Polly ahnten es nicht, aber sie mussten Emma längst nicht mehr einschließen. Selbst wenn die Tür zu ihrem Zimmer geöffnet gewesen wäre, wäre sie geblieben. Wo sollte sie auch hingehen?

Der Besuch ihrer Mutter und deren stetige Predigten, was sich schickte und was Emma zu tun hatte, hatten ihren Widerstand ebenso gebrochen wie die Traurigkeit darüber, dass keine der Suffragetten sie in den vergangenen zehn Tagen aufgesucht hatte, um sich nach ihrem Wohlbefinden zu erkundigen. Den heutigen Besuch hätte sich Lady Eleanor auch sparen können. Was würde geschehen, wenn sie einfach in ihrem Zimmer blieb und vorgab, krank zu sein? Aber ein winziger Funke Neugier ließ Emma aufstehen und sich in den Salon begeben.

Als sie die Tür erreicht hatte, verhielt sie einen Moment, reckte das Kinn hoch, streckte den Rücken und setzte die arroganteste Miene auf, zu der sie fähig war.

»Lady Blakenham. Wie geht es Ihnen?« Lady Eleanor, immer noch elegant und wunderschön, obwohl auch sie in Holloway gewesen war, sprang auf. »Ich muss mit Ihnen sprechen.«

»Lady Eleanor. Wie erfreulich, Sie zu sehen.« Obwohl sie höflich-kühl klingen wollte, konnte Emmas Tonfall nicht verbergen, wie tief gekränkt sie war. »Möchten Sie Tee?«

»Was ist mit Ihnen? Emma, ich darf Sie doch Emma nennen, nach all dem, was wir gemeinsam erlitten haben?«

»Was wollen Sie? Was soll ich für die Suffragetten tun?« Emma kam nicht dagegen an, Enttäuschung und Zorn brachen sich Bahn. »Es gibt sicher einen Grund für Ihren Besuch. Zehn Tage, nachdem ich aus Holloway entlassen wurde.«

Sie sieht aus wie das personifizierte schlechte Gewissen, dachte Emma, als ihr Gegenüber erbleichte. *Hält sie mich wirklich für so dumm, dass ich nicht bemerke, wenn ich benutzt werde? Mrs Pankhurst, Lady Eleanor und ihre Freundinnen ernten den Ruhm, während Menschen wie Lucy und ich den Preis dafür zahlen müssen.*

»Meine liebe Emma.« Während Emma noch düsteren Gedanken nachhing, war Eleanor Ingham näher getreten und ergriff ihre Hände. »Was denken Sie nur von mir? Von uns?«

»Was soll ich denn denken?«, sprudelten die Worte der Verbitterung aus Emma heraus. »Ich war im Gefängnis, wurde gefoltert und niemand fragte bisher, wie es mir ging.«

Überraschung zeichnete sich auf den klaren Zügen Lady Eleanors ab, eine so deutliche Verblüffung, dass Emma ihre harschen Worte beinahe bereute.

»Hat es Ihr Mann Ihnen nicht gesagt?«

»Wie bitte? Ich verstehe kein Wort.«

»Alice Rushforth war mehrmals hier, weil ich zu geschwächt war, um Sie zu besuchen.« Die Suffragette neigte leicht den Kopf. »Ich habe Lucy abgeholt – und mir dabei wohl zu viel zugemutet.«

»Das tut mir leid«, antwortete Emma mit einer Floskel. »Ich bin müde, bitte gehen Sie.«

»Ihre Zofe hat Alice abgewiesen, Sie wären zu krank, um jemanden zu empfangen.«

So einen Hass, so einen abgrundtiefen Hass hatte Emma noch nie in ihrem Leben verspürt. Wut auf Percival, aber auch auf die Zofe, die sich bedingungslos auf seine Seite geschlagen hatte. In diesem Haus, das erkannte sie voller Bitterkeit, gab es niemandem, dem sie vertrauen konnte.

»Einen Moment, bitte.« Emma klingelte nach dem Dienstmädchen und befahl ihm, die Zofe zu ihnen zu schicken. Während sie wartete, konnte sie ihren Gast auch ein paar Fragen stellen, die ihr wichtig waren. »Wie bedeutsam ist der Bewegung der Teil, den ich geleistet habe?«

»Zu Beginn haben wir die Entlassungen aus Holloway

noch groß gefeiert.« Lady Eleanor legte ihre Hand auf Emmas. »Es gab blumengeschmückte Wagen, Pferde, viele von uns. Aber jetzt fordern die Kämpfe all unsere Kräfte. Wir haben Sie nicht vergessen, Emma.«

»Ich … ich weiß.« Emmas Lippen verzogen sich wie von selbst, ihre Unterlippe begann zu zittern. »Ich … ich musste so viel erdulden und fühlte mich im Stich gelassen.«

»Emma.« Lady Eleanors Stimme klang sanft, aber ihre Worte waren hart und trafen Emma wie eine Peitsche. »Ich will Ihr Opfer nicht kleinreden, aber wir sind im Krieg. Andere Frauen haben ihr Leben verloren, ihnen wurden die Kinder genommen …«

Emma schwieg. Sie fühlte sich hin- und hergerissen, denn sie erkannte die Wahrheit, die in den Worten der Suffragette lag. Gleichzeitig wollte der Schmerz, den sie empfand, nicht weichen. Was sie erduldet hatte, war sicher nicht so schlimm, wie die eigenen Kinder zu verlieren, aber es hatte sie fast gebrochen.

»Meine liebe Emma, ich würde es verstehen und Sie nicht weniger schätzen, wenn Sie den Kampf aufgeben, aber wir vermissen Sie.«

»Sie haben mich rufen lassen«, unterbrach die Zofe den Moment. Was war nur mit dem Personal los, dass es sich nicht einmal mehr an die einfachsten Regeln hielt? Dienstboten hatten nur dann zu reden, wenn sie angesprochen wurden.

»Warum haben Sie mir die Besuche von Miss Rushforth verschwiegen?«

»Sie wären zu krank für Besuch, hat Mr Percival gesagt.«

So vieles hätte Emma sagen wollen, aber nichts davon erschien ihr noch von Bedeutung. *Lass Vergangenes vergangen sein,* sagte sie sich und nickt der Zofe zu. »Danke, das war alles.«

Nachdem Polly den Raum verlassen hatte, atmete Emma tief durch. Hier konnte sie niemandem trauen, alle Dienstboten erschienen ihr feindlich gesinnt und verrieten sie bei jeder Gelegenheit. Nach einem tiefen Seufzer wandte sie sich ihrem Gast zu: »Lady Eleanor, es tut mir so leid, dass ich glaubte, Sie hätten mich vergessen.«

»Das ist nicht wichtig.« Die schönen Augen wirkten so verzweifelt, dass Emma es mit der Angst zu tun bekam. »Wir brauchen Sie. Lucy stirbt. Sie … bitte … Sie müssen ihr helfen.«

»Ich kann Lucy nicht helfen, ich kann ja nicht einmal mir selbst helfen.«

KAPITEL 34

London 1913

Körperlich geht es ihr den Umständen entsprechend gut.«

Lucy hielt die Augen geschlossen und hoffte, dass sowohl der Arzt, der sie untersucht hatte, als auch Miss Eleanor endlich ihr Zimmer verließen. Solange sie die beiden nicht sah, konnte sie vorgeben, dass auch die beiden sie nicht sahen. Ja, ihr war bewusst, wie kindisch sie sich verhielt, aber sie konnte einfach nicht mehr.

Seitdem sie in die Sicherheit von Miss Eleanors Haus zurückgekehrt war, ging es Lucy schlechter als in der Zeit im Gefängnis. Sobald sie etwas essen wollte, fühlte ihre Kehle sich an, als würde sie zuschwellen. Lucy meinte, den durchdringenden Gummigeruch des Schlauches zu riechen, den man ihr in die Nase geschoben hatte, und sprang jedes Mal vom Tisch auf.

»Bitte, Liebes, iss etwas«, bat Miss Eleanor sie.

»Ich kann nicht. Wirklich nicht.«

Das Einzige, was sie überhaupt zu sich nehmen konnte, waren Suppen und Tee. Selbst Süßigkeiten, die Lucy so sehr geliebt hatte, lösten Ekel und einen Würgereiz aus. Man hätte meinen können, dass sie nach den Tagen des Hungers die Lebensmittel in sich hineinstopfen müsste, so wie Whiskers, kurz nachdem Lucy ihr Kätzchen gefunden hatte. Aber dem war keinesfalls so. Den Geruch, das Aussehen, selbst die Farbe der kunstvollen Mahlzeiten, die Miss Eleanors Köchin zubereitete – all das brachte nur die Erinnerungen an den Milchbrei hervor, den man ihr gegen ihren Willen eingetrichtert hatte.

Ich war mir so sicher, dass ich stärker bin. Aber Holloway hat mich gebrochen. Vielleicht wäre ich zu retten gewesen, wenn man mich früher entlassen hätte, aber nun ist die Zeit dort in mich eingebrannt und wird mich nie mehr verlassen.

Verzweiflung drohte über ihr hereinzubrechen. Um sich abzulenken, lauschte sie, was ihre Freundin und der Doktor miteinander besprachen. Als ob ihr ein Arzt helfen könnte. Jedes Mal, wenn der Mann sie anfasste, musste Lucy die wenige Kraft, die ihr verblieben war, aufwenden, um nicht zu schreien und zu heulen.

»Was soll das bedeuten? Körperlich geht es ihr gut?« Miss Eleanor flüsterte eindringlich, als würde Lucy wirklich schlafen und nicht nur vortäuschen, nicht in dem Zimmer anwesend zu sein. »Sie isst kaum etwas und wird von Tag zu Tag weniger.«

Als keine Antwort kam, öffnete Lucy ihre Lider ein wenig. Der Doktor hatte ihr den Rücken zugedreht, sodass sie seiner Miene nicht ablesen konnte, was er nicht aussprach.

»Nun, sagen Sie schon.« Miss Eleanors Tonfall war so

drängend, dass Lucy Schuld verspürte, ihrer Freundin so große Sorgen zu bereiten. »Sie sieht aus, als sei sie dem Tod näher als dem Leben. Das ist alles meine Schuld.«

»Nein«, entkam ein Krächzen aus Lucys Kehle, jedoch so leise, dass weder Eleanor noch der Arzt es hörten.

Es ist nicht deine *Schuld.* Ich *habe entschieden, zu der Demonstration und ins Gefängnis zu gehen. Niemand hat mich gezwungen, dem Hungerstreik zu folgen. Ich … ich konnte nicht ahnen, wie furchtbar …*

Selbst ihre Gedanken schreckten davor zurück, sich an die entsetzliche Zeit in Holloway zu erinnern.

»Es ist ihre Seele, sie hat einen Schaden erlitten, den ich nicht heilen kann.«

»Ich gebe Lucy auf keinen Fall in ein Asyl. Das hat meine Familie mir oft genug angedroht.«

In dem sich anschließenden Schweigen dämmerte Lucy langsam weg, obwohl sie sich vor dem Schlaf und den Träumen, die er mit sich brachte, fürchtete.

»Ich muss doch etwas tun können. Helfen Sie mir, bitte.« Miss Eleanors Worte klangen so verzweifelt, dass sie Lucy weckten.

Es tut mir so leid, meine liebe Eleanor. Du warst so gut zu mir und ich danke es dir damit, dass ich dich in Angst und Schrecken versetze. Glaube mir, ich würde gern gesund werden, aber ich weiß nicht wie.

»Wenn Lucy nicht bereits so erschöpft wäre«, der Arzt begleitete die Worte mit einem tiefen Seufzer, »würde ich raten, sie aufs Land zu bringen. In eine ruhige, vertraute Umgebung. Aber ich kann nicht garantieren, dass sie die Reise überleben würde.«

»Ich danke Ihnen. Sie sind wunderbar.« Beim besten Willen konnte Lucy nicht nachvollziehen, warum die Worte des Arztes Miss Eleanor in so eine Hochstimmung versetzt hatten, aber ihre Freundin klang voller Tatendrang. »Sie haben mir sehr geholfen.«

»Aha.« Auch der Mediziner schien verwundert zu sein, dass Miss Eleanor so begeistert reagierte.

»Lucy.« Sanft legte sich eine kühle Hand auf ihre Stirn. Obwohl Lucy sich wünschte, ihre Freundin anzuschauen, hielt sie die Augen geschlossen. »Alles wird gut. Das verspreche ich.«

Sie spürte einen sanften Hauch, als Miss Eleanors Lippen ihre Stirn berührten, dann hörte Lucy, wie sich die Tür schloss, und sie war allein. Allein mit ihren Erinnerungen, Ängsten und Albträumen.

»Wo ist Miss Eleanor?«, fragte sie das Hausmädchen, das ihr Suppe und Tee gebracht hatte. »Besucht sie wieder Lady Blakenham?«

Auch das war eine Enttäuschung. Nicht einmal zu einem Besuch hatte Miss Eleanor Lady Blakenham überreden können, obwohl diese Lucy im Gefängnis um Abbitte gebeten hatte. Aber die Reue von Mr Percivals Ehefrau schien nicht sehr weitreichend zu sein.

»Sie ist mit dem Auto davongebraust, als wäre der Teufel hinter ihr her.« Das Hausmädchen stellte das Tablett auf den Frisiertisch. »Die Köchin lässt grüßen, es ist gute Hühnersuppe.«

»Danke.« Lucy bemühte sich um ein Lächeln, was ihr wohl misslang, so erschrocken wie das Mädchen sie ansah. »Du kannst gehen.«

Mühsam erhob sie sich, schleppte sich die paar Schritte bis zur Frisierkommode, um etwas Tee zu trinken. Der würzige Duft der Hühnerbrühe ließ sie würgen, sodass sie die Teetasse mitnahm und ins Bett zurückkehrte. Nachdem sie das wärmende Getränk zu sich genommen hatte, ließ sie sich wieder auf die Kissen sinken und betete um einen tiefen, traumlosen Schlaf.

Lucy erwachte mit einem Schrei, als etwas auf ihrer Bettdecke landete. Etwas Schweres, das sich bewegte. Aus einem düsteren Traum gerissen, war sie einen Moment lang unfähig, sich zu bewegen oder die Augen zu öffnen. Abwehrend hob sie eine Hand, die etwas Weiches ertastete, etwas Vertrautes und unendlich Vermisstes.

Konnte es wirklich sein? Sie musste immer noch träumen, nicht mehr von Holloway, sondern von glücklichen Zeiten, von einem freundlicheren Leben. Ein Lächeln, das erste seit langer Zeit, trat in ihre Mundwinkel. Nur die Augen nicht öffnen, damit sie den Traum so lange behalten konnte, wie es nur möglich war.

Ein sanftes Schnurren und das Gefühl von Haaren, die ihr Kinn kitzelten, ließen ein Lachen in ihr aufperlen. Wie konnte das sein? So stark war selbst der intensivste Traum nicht. Lucy schüttelte den Rest der Benommenheit ab, die sie in ihren Fängen hielt.

»Whiskers! Whiskers! Bist du es wirklich?« Lucy öffnete ihre Augen und schaute in die grün schimmernden Augen ihrer Katze. »Wie bist du hierhergekommen?«

»Deine Freundin hat uns geholt.« Als Lucy die Stimme vernahm, setzte sie sich auf, so hastig, dass Whiskers von ihrer Brust purzelte, was die Katze mit einem empörten Maunzen quittierte. »Kind, was ist mit dir? Um Himmels willen, Darling, wie siehst du nur aus?«

Im schwachen Licht der Gaslaternen, das durch die Fenster fiel, glaubte Lucy, ihren Augen nicht zu trauen. Aber die Stimme, die kannte sie.

»Mum? Mum!« Obwohl ihr geschwächter Körper protestierte, schwang Lucy die Beine aus dem Bett, stand auf, wobei sie sich am Bettpfosten festhalten musste, und taumelte auf ihre Mutter zu. »Was machst du hier? Wo ist Bertie? Oh, Mum.«

Sie spürte die Arme ihrer Mutter um sich und nahm deren vertrauten Geruch nach Kernseife und frisch gebackenem Brot in sich auf. Die Wärme von Mums Körper milderte die Kälte, unter der Lucy litt. Endlich brachen sich die Tränen ihre Bahn, die sie so lange zurückgehalten hatte. Laut schluchzend klammerte sie sich an ihre schmale zarte Mutter, deren Hand beruhigend über Lucys Rücken strich.

»Ich lasse Sie allein«, konnte Lucy Miss Eleanor sagen hören, kaum vernehmbar über dem lauten Schluchzen. »Und warte im grünen Salon mit einem Tee, wenn Sie so weit sind.«

Erst nachdem sie gehört hatte, wie die Tür sich schloss, löste Lucy sich von ihrer Mutter und nahm deren Hände in ihre.

»Mum, wie bist du hierhergekommen? Wo ist Bertie?«

»Deine Freundin stand plötzlich bei uns im Haus und hat gesagt, wie sehr du mich und Whiskers brauchst.« Lächelnd deutete ihre Mum auf die Katze, die gerade dabei war, einen der schweren Vorhänge zu erklimmen. »Da habe ich nicht lange überlegt und meine Sachen und Whiskers gepackt. Lady Ingham ist gefahren wie der Teufel.«

Ihre Mutter schüttelte sich, wohl immer noch erschüttert über die Art und Weise, wie Miss Eleanor mit einem Automobil umging. Sie fuhr, als wollte sie es all den Männern beweisen, die meinten, dass Frauen keine Fahrzeuge führen konnten.

»Und Bertie?« Langsam begann Lucy, sich zu sorgen, weil ihre Mutter den Bruder nicht erwähnte. »Ist er nicht mitgekommen? Geht es ihm gut?«

»Setz dich, du bist ganz blass. Ihm geht es gut.« Ihre Mutter nahm Lucys Ellenbogen und führte sie zum Bett. »Er arbeitet jetzt bei einem Bauern in Westbury. Das macht ihm mehr Freude, als in die Schule zu gehen.«

Gerade als Lucy antworten wollte, stieß Whiskers ihren Kopf fordernd in Lucys Hand. Die strich der Katze lächelnd über das weiche Fell.

»Ich glaube, Whiskers hat Hunger. Und ich auch.«

KAPITEL 35

London 1913

Liebes Tagebuch,
nach Lady Eleanors Besuch muss ich es mir eingestehen: Ich bin nicht die Einzige, die unter der Folter gelitten hat. Auch wenn man Leid nicht gegeneinander aufwiegen kann, fühle ich mich schlecht, weil ich so sehr in meiner eigenen Düsternis versunken bin und mich für den Kummer anderer Menschen verschlossen habe.

Darf ich ausgerechnet Lucy meine Unterstützung verweigern, wenn sie sich so sehr quält? Wenn ich auf Hazelwell Manor mehr Courage bewiesen hätte, wäre Lucy niemals nach London gegangen, sondern hätte dort weiter ein beschauliches, wenn auch arbeitsreiches Leben geführt.

Trage ich deshalb Verantwortung für sie und ihr Schicksal? Aber was kann ich tun? Wie ich Lady Eleanor sagte, ich kann mir nicht einmal selbst helfen, wie soll ich da einem anderen Menschen eine Stütze sein?

Emma schraubte die Kappe des Füllfederhalters zu. Nachdem sie die Worte gelesen hatte, die sie ihrem Tagebuch anvertraut hatte, fühlte sie sich versucht, alles durchzustreichen oder die Seite herauszureißen. Gar zu jammernd klang ihr Geschriebenes, die klagenden Worte einer Frau, die aufgegeben hatte. Aber das war doch die bittere Wahrheit – ihr war der Mut, für irgendetwas zu kämpfen, verloren gegangen. Stattdessen war sie bereit, sich mit einem Leben abzufinden, das sie früher als einschränkend und leer empfunden hatte.

Hatte sie vorher in den Regeln und Konventionen nur Grenzen gesehen, die ihre Freiheit einschränkten und ihren Lebensentwurf beengten, so betrachtete sie heute all die Vorgaben als Sicherheit, die ihr den Weg wiesen und dafür sorgten, dass sie nicht stolperte oder verloren ging.

So weit ist es also mit mir gekommen – Percival braucht keinen Gefängniswärter mehr, der mich einschließt. Diese Aufgabe übernehme ich allein. Was für ein Leben erwartet mich, wenn ich bei dem ersten Hindernis, das sich mir in den Weg stellt, aufgebe?

Vielleicht lag es an ihr? Vielleicht war sie nicht fähig, vernünftige Entscheidungen zu treffen? Das hatte sie nun mehr als einmal bewiesen.

Emma blätterte zurück, suchte nach Einträgen aus der Zeit, als sie sicher gewesen war, ihr Zeichenlehrer Johannes wäre der richtige Mann für sie. Als sie geglaubt hatte, seine Gefühle für sie wären ebenso tief wie ihre für ihn.

Ich bin bereit, alles hinter mir zu lassen. Für ihn werde ich mein altes Leben aufgeben, ich werde mit meinen Händen arbeiten, damit er seiner Berufung folgen kann. Wir werden so glücklich sein.

Nie hatte sie seinen Namen genannt, nie Details verraten, aus Sorge, dass ihre Mutter oder die Zofe das Tagebuch lesen und herausfinden würden, was Emma plante. Diese Sorge hätte sie sich sparen können. Johannes, ihr Johannes, der ihr die Sterne vom Himmel holen wollte, war zu ihren Eltern gegangen und hatte sie über alles informiert. Für 30 Silberlinge hatte er sie verkauft, hatte sie nur benutzt, um Geld für einen Neuanfang in München zu erhalten, wo sich angeblich die besten aller Maler trafen.

Wahrscheinlich haben sie ihn nicht in ihre illustren Kreise aufgenommen, ich habe nie wieder etwas von ihm gehört. Und jetzt würde ich ihn wahrscheinlich nicht einmal wiedererkennen, sollte ich ihm in London begegnen. Ich war mir so sicher, dass ich ihn liebte. So wie ich meinte, Percival zu lieben.

Mit der linken Hand klappte Emma das Buch zu, so heftig, dass ein lauter Knall in die Stille ihres Zimmers platzte. Ohne sich zu rühren, starrte sie auf das geschlossene Buch, während in ihrem Inneren ein unglaublicher Aufruhr herrschte. Es kam ihr vor, als stünde sie hier und heute an der wichtigsten Kreuzung ihres Lebens, als müsste sie nun eine Wahl eingehen, die für immer bestimmte, wie ihre Zukunft aussah.

Ist nicht jede Entscheidung eine, die mein Schicksal bestimmt? Ist diese jetzt wirklich bedeutsamer als die, die ich an dem Tag getroffen habe, als ich Percival zur Ehe mit mir gezwungen habe? Habe ich nicht all das verdient, was mir seitdem zugestoßen ist, weil ich mein Glück auf dem Unglück von Lucy und Millicent aufgebaut habe?

Warum muss ich mich heute entscheiden? Lady Eleanor ist vor drei Tagen hier gewesen. Vielleicht ist Lucy ja bereits an den Folgen der Haft verstorben, weil ich erneut untätig war, anstatt ihr zu helfen?

Endlich erhob sich Emma, schwer, als wäre sie eine alte Frau, der nur noch wenig Zeit blieb. Sie schaute sich in ihrem Zimmer um, musterte all die Pracht, als würde sie sie zum ersten Mal sehen. Nichts davon bedeutete ihr etwas: weder die weichen Haarbürsten mit Monogramm noch die seidenbezogenen Sessel oder die Landschaftsbilder an den Wänden. Nichts davon hatte sie ausgewählt, alles hatte Lady Ashworth ausgesucht, die über einen erlesenen Geschmack verfügte, aber eben nicht Emmas. Das Einzige, was dem Raum ein wenig persönliche Note verlieh, waren die Bücher, die auf dem Frisiertisch, auf dem Sofa neben den Seidenkissen und natürlich auf dem Nachttisch lagen.

Wenn sie Percival verlassen würde, würde sie auch diesen Luxus und das verwöhnte Leben einer Lady aufgeben. Wogegen würde sie es eintauschen? Welche Möglichkeiten blieben ihr als geschiedene Frau in London? Durfte sie überhaupt weiterhin im Land bleiben oder müsste sie nach Deutschland zurückkehren, zurück in ihr Elternhaus, wo sie dann nur hoffen konnte, erneut einen Ehemann zu finden? Das waren wahrlich keine sonnigen Aussichten.

Als sie mit Johannes davonlaufen wollte, hatte sie geplant, eine Arbeit zu finden, mit der sie das Geld für sie beide verdienen wollte, damit er malen konnte. Warum sollte das jetzt nicht mehr möglich sein? Weil sie nichts gelernt hatte, ihr bliebe nur eine ungelernte Tätigkeit wie die, die Lucy verrichtet hatte. Niemandem konnte sie vormachen, dass sie das ertragen würde: den Lärm, die Feuchtigkeit, die langen Stunden.

Aber weiterhin mit Percival verheiratet zu bleiben, sich seinen Launen zu unterwerfen und vergebens zu hoffen, ihm endlich den Erben zu gebären – das war auch kein Leben, nicht wahr?

Gab es nur diese beiden Wege, die in ihre Zukunft führten, oder verbargen sich dort Möglichkeiten, an die sie nicht denken konnte, weil sie so eingeschränkt durch ihre Herkunft und ihr Leben war? Lucy war es gelungen, sich nach dem Scheitern auf Hazelwell Manor ein neues, ein besseres Leben in London aufzubauen. Weil sie Mut hatte, weil sie sich nicht durch Feigheit und Festhalten an Gewohnheiten aufhalten ließ. Weil sie eigene Entscheidungen getroffen hatte und nicht zuließ, dass andere ihr Leben bestimmten.

Jedenfalls bis zu ihrer Haft. Die schreckliche Zeit in Holloway hatte Lucy, wenn man Lady Eleanor Glauben schenkte, den Schneid für immer abgekauft. *So wie mir – wir beide sind Opfer im Krieg, den die Pankhursts mit Premierminister Asquith führten.*

Genug! Ich habe mich hinlänglich in Selbstmitleid gesuhlt. Nun wird es Zeit, Taten statt Worte sprechen zu lassen.

Erneut schaute Emma sich im Zimmer um, dieses Mal jedoch galt ihr Blick der Frage, welche Gegenstände ihr gehörten und sie begleiten sollten, wenn sie Percival verließ.

Viel war es nicht: ein wenig Schmuck, den sie von ihrer Großmutter geerbt hatte, Bücher, die sie sich gekauft hatte. Außerdem musste sie ein paar Kleidungsstücke mitnehmen, selbst wenn Percival dafür bezahlt hatte. Schnell hatte sie ihre wenigen Besitztümer in einer Reisetasche verstaut, die sie im Schrank versteckte. Dann klingelte sie nach ihrer

Zofe. Das Gelingen ihres Plans hing davon ab, dass Percival nur Polly eingeweiht hatte und die anderen Dienstboten zwar ahnten, dass Emma eingesperrt gewesen war, aber keine Anweisung erhalten hatten, sie am Verlassen des Hauses zu hindern.

»Mylady?« Polly knickste, aber ihr hochgerecktes Kinn strahlte Empörung aus. Die Zofe schien ihr nicht verziehen zu haben, dass Emma sie vor Lady Eleanor der Lüge bezichtigt hatte.

»Du musst etwas für mich holen.«

»Danke, dass ich bei Ihnen wohnen darf, Lady Eleanor.« Emma lächelte Eleanor Ingham zu, die sich mit gutem Appetit ihrem Frühstück widmete.

»Bitte, sag Eleanor und du zu mir.«

»Nur, wenn du mich ebenfalls duzt.« Irgendwie fühlte es sich seltsam an, ihre Gastgeberin so vertraut anzusprechen, obwohl sie hier wohnte. »Ich … ich werde mir bald etwas suchen, damit ich dir nicht länger zur Last falle.«

»Lass den Blödsinn.« Eleanor schüttelte den Kopf. »Das Haus ist groß genug und ohne Lucy, ihre Familie und dich wäre es furchtbar einsam.«

Obwohl Emma ihrer Gastgeberin überaus dankbar war, fühlte es sich falsch an, Eleanor auf der Tasche zu liegen. Lucy, der es von Tag zu Tag besser ging, plante bereits wieder, ihre Arbeit als Eleanors Sekretärin aufzunehmen. Emma hingegen hatte noch immer keine Vorstellung davon, wie sie ihren Lebensunterhalt sichern wollte.

»Lass das, du verfressenes Biest.« Das Lachen in ihrer Stimme strafte die harschen Worte Lügen. Vorsichtig tippte Eleanor Whiskers an, die auf einen Stuhl geklettert war und nun mit ihrer Pfote begehrlich nach dem geräucherten Fisch angelte. »Außerdem ist der *Kipper* viel zu salzig für dich. Nimm lieber das hier.«

Eleanor nahm ein Stückchen Lachs zwischen ihre Fingerspitzen, das sie der Katze hinhielt. Whiskers schnupperte kritisch und schlug überraschend schnell ihre Krallen in den Fisch.

»Du verwöhnst die Katze. Sie wird nie wieder Mäuse fangen.«

»Das muss sie auch nicht mehr. Ich bin mir sicher, dass ihr Schnurren den Ausschlag dafür gegeben hat, dass Lucy wieder genesen ist.«

»Wo ist Lucy? Frühstückt sie gemeinsam mit ihrer Mutter?«

»Die beiden sind das Landleben gewohnt und haben schon vor Stunden gegessen, nicht so spät wie wir verwöhnten Stadtdamen. Nun wollen sie sich Stoffe anschauen.«

KAPITEL 36

London, 1913

Gestern war ihre Mutter stundenlang mit Lucy durch die Straßen Londons geschlendert, hatte sich an den Auslagen der Geschäfte und der unglaublichen Auswahl bei Harrods nicht sattsehen können. In Lucy war die Hoffnung gewachsen, dass Mum gesund werden könnte, hier in der großen Stadt, untersucht und behandelt von Miss Eleanors Ärzten, die viel mehr Kenntnisse und vor allem neueres Wissen besaßen als der gute alte Dr. Culpepper.

Als sie ihre Mum heute Morgen aufsuchte, musste Lucy erkennen, wie hoch der Preis für den gemeinsamen Nachmittag war. Die Augen ihrer Mutter glänzten wie im Fieber, ihre Wangen leuchteten in einem ungesund wirkenden Rot und ein Husten schüttelte sie.

Lucy eilte zu ihr, stopfte die Kissen so hinter ihren Rücken, dass ihrer Mutter das Atmen leichter fallen sollte, und hielt deren Hand. Endlich war der Hustenanfall vorbei und

Mum lehnte sich zurück, die Wangen noch dunkler, die Augen gerötet, als ob sie geweint hätte.

»Bleib im Bett. Ich bitte das Hausmädchen, dir ein Frühstück zu bringen.«

»Nein, ich bin gleich so weit.«

»Niemals. Ruh dich aus. Vertrau mir, hier ist es nicht ungewöhnlich, im Bett zu frühstücken.« Lucy versuchte, ihre Sorgen hinter einem Lächeln zu verbergen. »Ich bestelle etwas und schaue nachher wieder nach dir.«

Wie schlimm stand es wirklich um ihre Mutter, fragte sie sich, nachdem sie in der Küche Bescheid gegeben hatte. Die Köchin war eine erfahrene Frau, die sicher am besten wusste, was man Mum servieren sollte.

In ihre sorgenvollen Gedanken versunken, betrat sie das Frühstückszimmer, wo Lady Blakenham und Miss Eleanor bereits saßen. Doch heute war etwas anders. Beide Frauen sahen so betrübt aus, wie Lucy sich fühlte. Ahnten sie etwa, wie schlecht es Mum ging? Wussten sie mehr als Lucy?

»Was … was ist geschehen? Was hat der Arzt gesagt?«

»Hast du gehört, was in Epsom passiert ist?« So erschüttert hatte Lucy ihre Freundin noch nicht gesehen. Miss Eleanors Hände zitterten, als sie die Tasse mit Tee zum Mund führen wollte. Ein Hauch von Whiskey erreichte Lucys Nase. Sofort spürte sie ein flaues Gefühl im Magen. Wenn die unerschrockene Miss Eleanor so erschüttert war, dass sie ihren morgendlichen Tee verstärken musste, musste etwas Furchtbares vorgefallen sein.

»Setz dich, Lucy.« Lady Blakenham schien einen kühleren Kopf zu bewahren.

»Sind sie wieder mit Gewalt gegen uns vorgegangen?«

»Nein.« Miss Eleanor schüttelte den Kopf, Tränen traten in ihre schönen tiefblauen Augen, sie schien unfähig, ein weiteres Wort zu sagen.

Lucy sprang auf, so heftig, dass der Stuhl umfiel, was Miss Eleanor ein winziges Lächeln entlockte. Mit wenigen Schritten war Lucy bei ihrer Freundin angekommen und nahm sie in die Arme.

»Emily … du erinnerst dich an Emily Wilding Davison?«

»Dunkel.« Ehrlich gesagt sahen die vornehmen Damen für Lucy alle gleich aus – bis auf die Pankhursts, die herausragten, weil sie wirkten, als ob sie von innen heraus leuchteten. Charisma, hatte Miss Eleanor das genannt, als Lucy ihr ihre Bewunderung beschrieben hatte. »Was ist mit ihr?«

»Das arme, dumme Ding wird sterben.« Ihre Freundin seufzte. »Sie ist auf die Rennbahn gelaufen, um dem Pferd des Königs eine von unseren Schärpen umzuhängen.«

»Oh nein.« Vor Schreck biss sich Lucy auf die Unterlippe. Obwohl sie sich vor der Antwort fürchtete, fragte sie: »Was ist geschehen?«

»Das Pferd ist gestürzt, hat panisch mit den Hufen gestrampelt und die arme Emily am Kopf erwischt.« Miss Eleanor nahm einen großen Schluck von ihrem Tee.

»Ist … ist sie …?« Lucy konnte das furchtbare Wort nicht aussprechen. Sie verspürte Mitgefühl und Traurigkeit, dass eine von ihnen das ultimative Opfer gebracht hatte.

»Sie liegt im Epsom Cottage Hospital«, warf Lady Blakenham ein. »Ohne Bewusstsein. Die Prognose … ist schlecht.«

Eine Frage tauchte auf, von der Lucy nicht wusste, ob sie sie Miss Eleanor stellen konnte. Nervös kniff Lucy die Lippen zusammen, aber konnte die Worte nicht zurückhalten. »Was ist mit dem Jockey? Und mit Amner?«

»Amner?« Miss Eleanor schaute sie aus tränenumflorten Augen an, die ein wenig glasig wirkten. »Ach so, das Pferd des Königs. Wieso kennst du seinen Namen?«

Sie schwieg, ein Schweigen, das Lucy als düster und drückend empfand. Ihre Gastgeberin schien enttäuscht zu sein, dass sie so etwas Unangebrachtes in Erfahrung bringen wollte.

»Aus der Zeitung. Ich … ich dachte, wir wollten weder Menschen noch Tiere gefährden.«

Da sprang Miss Eleanor auf und umarmte sie.

»Es tut mir leid, Liebes. Es ist nur …« Ihre Freundin schob Lucy zurück, sodass sie einander in die Augen sahen. »Du hast nichts falsch gemacht.«

»Aber?«

»Der König hielt Emily nicht einmal für wichtig genug, nach ihrem Befinden zu fragen.« Miss Eleanor kämpfte sichtlich gegen die Tränen an. »Wie es seinem Pferd ging, danach hat er sehr wohl gefragt. Wir sind ihnen weniger wert als ein Tier.«

»Vielleicht glaubt er, dass sie nur leicht verletzt ist.«

»Die Pankhursts haben ihre erste Märtyrerin.« Miss Eleanor spuckte die Worte förmlich aus. »Lucy, Liebes, Emily wird nicht überleben.«

»Ich … ich habe ein schlechtes Gewissen, weil ich mich kaum an sie erinnere.«

»Sie war eine der Ersten, eine der Radikalsten. Für den Kampf hat sie alles hinter sich gelassen, ihre Stelle als Lehrerin, ihre Familie und nun ihr Leben.«

»Wir sollten sie besuchen«, schlug Lady Blakenham mit sanfter Stimme vor. »Als Zeichen unserer Verbundenheit.«

»Mylady.« Davies, Eleanors Butler, der entspannter wirkte als Hutchins auf Hazelwell Manor, was Emma sehr schätzte, hatte das Zimmer so unauffällig betreten, wie es nur einem gut geschulten Dienstboten gelang. »Ein Herr möchte Lady Blakenham sprechen.«

Davies überreichte ihr ein silbernes Tablett, auf dem eine Visitenkarte lag, die ihr nur allzu bekannt vorkam. Wie naiv von ihr zu hoffen, dass Percival sie gehen lassen würde. Ihr Ehemann würde sicher Himmel und Hölle in Bewegung setzen, um Emma zurückzuholen, nicht weil er sie liebte, sondern weil er der Meinung war, dass sie ihm gehörte. Und natürlich, weil sich seine vornehmen Freunde sicher über ihn mokieren würden, über den Lord, dessen Ehefrau zu den Suffragetten übergelaufen war.

»Du musst ihn nicht sehen.« Eleanor schien Emma im Gesicht abgelesen zu haben, wer zu derart früher Stunde in ihr Haus gekommen war. »Ich kann Davies bitten, ihn davonzuschicken.«

»Nein.« Nachdem sie einen Schluck Tee getrunken hatte, fühlte Emma sich so weit gestärkt, dass sie ihrem Ehemann entgegentreten konnte. »Es würde es nur aufschieben. Irgendwann einmal muss ich die Konfrontation wagen.«

»Soll ich dich begleiten?« Eleanor schob ihren Stuhl zurück, was Davies sofort in Bewegung versetzte. Hastig trat er hinter sie und zog den Stuhl nach hinten, so wie es sich gehörte. »Du musst mir nicht deinen Mut beweisen, indem du dich ihm allein stellst.«

»Vielleicht muss ich *mir* etwas beweisen. Aber danke.«

Tröstend strich sie ihrer Freundin über die Schulter. Was bedeutete schon ihr Streit mit ihrem Ehemann gegen das Opfer, das Emily Wilding Davison gebracht hatte?

»Percival.« Einen Anflug von Angst kämpfte Emma erfolgreich nieder. Hier war sie in Sicherheit, hier konnte er sie weder einsperren noch ihr seinen Willen aufzwingen. »Was für ein unerwarteter Besuch.«

»Komm mit mir. Dann vergesse ich deine kurze Phase des Wahnsinns.« Sein Gesicht verzog sich. »Es ist ja bekannt, dass ihr Weiber einmal im Monat den Verstand verliert.«

»Dann solltest du dankbar sein, dass ich bei einer Freundin lebe und nicht bei dir.«

»Wo waren denn deine *Freundinnen*, als ich dich eingesperrt hatte?«

»Du hast sie nicht zu mir gelassen. Inzwischen kenne ich die Wahrheit.«

Zum ersten Mal, seitdem sie ihn kannte, fehlten Percival die Worte. Er starrte sie nur an, aber mit so viel Hass im Blick, dass Emma sich versucht fühlte, nach einem Dienstmädchen zu klingeln. Aber nein, diese Auseinandersetzung musste sie allein überstehen, sonst würde sie sich ihr ganzes Leben fragen, ob sie ihm jemals gewachsen gewesen wäre.

Er kann mir nichts tun, er kann mich nicht verletzen. Wenn er spürt, wie sehr ich ihn immer noch fürchte, wird er seine Macht über mich nutzen.

»Ich will die Scheidung!« Obwohl ihre Stimme ebenso sehr zitterte wie ihre Hände, hielt Emma dem Blick ihres

Mannes stand. »Unsere Ehe war von Anfang an ein Fehler.«

»Du wolltest mich unbedingt heiraten.« Percivals Stimme war scharf wie ein Glassplitter. »Weißt du überhaupt, was eine Scheidung für dich bedeutet?«

»Ich werde frei sein.«

»Himmel, wie naiv du bist.« Spöttisch kräuselte er die Oberlippe. »Du wirst gesellschaftlich tot sein.«

»Du auch. Wir beide werden verlieren.«

»Einem Mann sieht man vieles nach, auch eine gescheiterte Ehe. Eine geschiedene Frau hingegen …«

»Die Menschen, die mir wichtig sind, sehen über so etwas hinweg.«

»Bist du da sicher?«

»Willst du diese Farce wirklich weiterführen?«

Er kam ihr so nahe, dass er zwei Finger unter ihr Kinn legen und sie so zwingen konnte, ihm in die Augen zu sehen.

»Ich kann mich scheiden lassen, wenn du Ehebruch begangen hast. Willst du das?«

»Ich war dir immer treu.«

Allein die Vorstellung, des Fremdgehens bezichtigt zu werden, ließ sie taumeln, doch ihr Ehemann griff nach ihrem Arm und hielt sie aufrecht.

»Du kannst dich nur scheiden lassen, wenn du mich des seelisch grausamen Ehebruchs beschuldigst.«

»Jede deiner Liebeleien war bitter für mich.«

»Als ob du mich je geliebt hättest.«

Konnte es sein? War er genauso unglücklich wie sie?

»Ich liebte dich, aber nun nicht mehr. Gib mich frei.«

»Wenn ich in die Scheidung einwillige, musst du das Land

verlassen.« Ein hämisches Grinsen erblühte auf seinem Gesicht. »Ich werde dafür sorgen, dass man dich ausweist.«

»Ich habe auch Freunde.«

»Suffragetten.« Sein Lachen glich mehr einem Schnauben und war überdeutlicher Ausdruck der Verachtung, die er für sie, Eleanor und ihre Freundinnen empfand. »Glaubst du, sie können irgendetwas für dich bewirken?«

Nun war es an ihr, zu lächeln und mit ruhiger Stimme zu antworten.

»Du unterschätzt uns. Jede Suffragette ist auch Tochter, Mutter, Schwester oder Ehefrau eines mächtigen Mannes.«

KAPITEL 37

London, 1913

Zehn Tage nach dem verhängnisvollen Derby saßen sie erneut zusammen beim Frühstück, in tiefe Trauer versunken, aber nicht bereit, ihren Kampf aufzugeben. Emma schaute von Lucy, die in ihrem Kedgeree herumstocherte, zu Eleanor, die gehetzt wirkte und mit fahrigen Bewegungen den geräucherten Fisch auf ihrem Teller hin und her jagte. Mit einem lauten Scheppern schob Lucy den Teller zurück und rückte den Stuhl etwas ab, damit die Katze ihr auf den Schoß springen konnte.

»Ich bin dabei«, sagte Emma. Sie schluckte, aber zuckte nicht zurück. »Ich will Emily Wilding Davison die letzte Ehre erweisen.«

»Ich auch.« Etwas in Lucys Miene weckte Bedenken in Emma, aber sie fragte nicht nach. Es gehörte sich nicht, schließlich äußerte auch keine von ihnen Zweifel an Emmas Stärke.

»Seid ihr beide euch ganz sicher?« Eleanor schaute von Emma zu Lucy und wieder zu Emma. Sie musterte sie aus tiefblauen Augen so durchdringend, dass Emma sich sorgte, ihre Angst könnte an die Oberfläche treten und sie verraten. »Niemand würde euch einen Vorwurf machen, wenn ihr hier bleibt.«

Emma wandte sich zu Lucy um. Das ehemalige Dienstmädchen, das ihr eine so wunderbare Freundin geworden war, wirkte bleich, aber gefasst. Mechanisch streichelte sie mit der rechten Hand das Fell der Katze, die auf ihrem Schoß lag, während die linke die ihrer Mutter umklammert hielt. Helen Marshman sah etwas erholter aus, aber die Krankheit, die sie plagte, ließ sich nicht verleugnen.

»Ich habe furchtbare Angst, aber wenn ich mich davon kleinmachen lasse …« Mehr musste Lucy nicht sagen, sprach sie doch aus, was Emma und sicher auch Eleanor dachten und fühlten.

»Meine Kehle schnürt sich zu, wenn ich an Holloway denke«, ergänzte Emma mit leiser Stimme. Sie schloss einen Moment die Augen, um Mut zu sammeln. »Aber wenn ich heute kneife, haben sie gewonnen. Alle Opfer waren umsonst.«

»Wenn es mir gesundheitlich besser ginge, würde ich euch begleiten.«

Helens Augen glänzten wie im Fieber. Selbst Eleanors hervorragender Arzt konnte die Symptome ihrer Krankheit nur abmildern, aber nicht heilen. Er hatte ihr viele Spaziergänge, Ruhe und gutes Essen verordnet und Emma und Miss Eleanor eindringlich darauf hingewiesen, wie fragil Helens Gesundheit war. Trotzdem kam es Emma vor, als wäre Lucys Mutter aufgeblüht, seitdem sie in London angekommen und sich an die Größe der Stadt gewöhnt hatte. Was es allerdings mit dem Streit mit Lucys Tante auf sich hatte, das hatte Emma noch nicht herausfinden können, weil Lucy und ihre Mutter beharrlich darüber schwiegen.

»Was ist mit dir?«, stellte sie die Frage, die sie schon lange beschäftigte. »Auch du hast unter Holloway gelitten.«

»Aber längst nicht so schlimm wie Lucy oder du.« Kämpferisch streckte Eleanor ihr Kinn vor. »Dieses Mal folge ich Constance Lyttons Vorbild und verkleide mich als arme Frau.«

»Nein, das ist viel zu gefährlich.« Lucy sprang so hastig auf, dass die überraschte Whiskers von ihrem Schoß plumpste und empört fauchend auf die Anrichte hüpfte. »Du … du weißt nicht, wie sie uns behandeln.«

»Eben darum muss ich mich verkleiden. Wenn Constance Lytton diesen Mut fand, will ich ihr nicht nachstehen.«

Obwohl Emma Lucy zustimmte, dass diese Idee selbst für Eleanor sehr verwegen war, versuchte sie nicht, ihre Gastgeberin zu überreden, davon Abstand zu nehmen. Inzwischen kannte sie Lady Eleanor gut genug, um zu wissen, dass jeder Versuch der Einflussnahme scheitern musste.

Außerdem bewunderte sie Lady Lytton, die sich als Jane Warton, eine arme Frau, verkleidet hatte und furchtbar in Holloway leiden musste. Durch ihre mutige Tat hatte sie die Aufmerksamkeit darauf gelenkt, wie unterschiedlich gefangene Suffragetten behandelt wurden und welchen Misshandlungen ärmere Frauen ausgesetzt waren.

»Beruhigt euch.« Helen flüsterte fast, sodass alle sich wieder setzten und ihr die Aufmerksamkeit zuwandten. »Ihr geht auf einen Trauerzug. Selbst die schlimmsten Feinde der Suffragetten werden sich anständig benehmen, meint ihr nicht?«

Bevor eine von ihnen etwas sagen konnte, erhob Helen ihre Stimme: »Vergesst nicht, es gibt eine Zeit zum Kämpfen, aber es gibt auch eine des Trauerns und Gedenkens. Verderbt diesen Tag nicht durch einen unnötigen Krieg.«

Hatte Lucys Mutter recht? Sollten sie sich besinnen oder bot sich der Trauerzug für Emily Wilding Davison nicht an als Gelegenheit, ein Fanal für das Frauenstimmrecht zu setzen?

Was für ein Anblick, dachte Emma und spürte, wie ihre Kehle sich vor Rührung zuschnürte. Nein, sie würde nicht weinen. Nicht an diesem großartigen Tag, an dem sie Zeugin einer der beeindruckendsten Kundgebungen wurde, die man sich vorstellen konnte. Ein gewaltiger Zug aus Frauen, gekleidet in das schlichte Weiß der Suffragetten, zog durch Londons Straßen. Etliche von ihnen trugen die weißen Schärpen, eingefasst mit Violett und Grün, auf die *Votes for Women* gestickt war. Andere trugen stolz einen Stab mit einem breiten silberfarbenen Pfeil vor sich her, dem Zeichen, dass sie in Holloway gewesen waren.

Schweigend begleiteten die Stimmrechtlerinnen den von schwarzen Pferden gezogenen Wagen, auf dem der blumengeschmückte Sarg stand. Auf dem Sarg, das hatte Lady Eleanor ihr erzählt, war die Inschrift *Fight on and God will Give the Victory* eingraviert, die letzten Wort Jeanne d'Arcs.

Die Pferde wurden von Männern in dunklen Mänteln mit Zylindern geführt. Neben ihnen nahmen sich die weißen Kleider und weißen Hüte der Frauen noch auffallender aus. Eine Frau auf einem weißen Pferd, verkleidet als Jungfrau von Orleans, ritt neben dem Wagen einher. Emma kam nicht umhin zu bemerken, was für ein Spektakel die Suffragetten aus der Trauerprozession gemacht hatten.

Aber Emily Wilding Davison hätte gewiss gewollt, dass ihr Tod der Frauenrechtsbewegung dient. Trotzdem kommt es mir falsch vor.

Polizisten in schwarzen Uniformen flankierten den Zug, wohl, um jeglichem Ärger vorzubeugen. Denn an beiden Seiten der Straße standen Menschen, dicht an dicht. Die meisten von ihnen waren Männer, von denen nur wenige den Anstand besaßen, ihren Hut oder die Mütze abzunehmen, als der Trauerzug an ihnen vorbeikam.

Automobile folgten, auch sie über und über mit Blumen in den Farben der Suffragetten geschmückt. So traurig der Anlass für diese Kundgebung auch war, Emmas Brust schwoll an vor Stolz, dass sie dazugehörte, dass sie, Emma Blakenham, Teil dieser wichtigen Bewegung war. Nach dem heutigen Tage würde niemand mehr die Suffragetten vergessen oder ignorieren können.

Den Automobilen folgte eine weitere Gruppe der weiß gewandeten Suffragetten. Zwei von ihnen hielten ein Transparent gespannt, das ebenfalls die Inschrift *Fight on and God will Give the Victory* trug. Viele der Frauen trugen Blumensträuße in Weiß, Grün und Violett, die sie am Ende der Prozession auf den Sarg legen würden. Auf allen Gesichtern lag ein Ausdruck von Trauer, aber auch von

Ernsthaftigkeit und Bereitschaft, weiterzukämpfen, im Angedenken an die Frau, die ihr Leben für das Frauenwahlrecht gegeben hatte.

An St. George in Bloomsbury hielt der Trauerzug an, damit ein kurzes Gebet und eine kleine Trauerfeier für Emily Wilding Davison gehalten werden konnten.

Zu Emmas Entsetzen kam es hier zu Rangeleien, als Männer und auch Frauen versuchten, zum Sarg durchzubrechen. Die Polizisten standen den drängenden Menschen gegenüber, hielten sich untergehakt und versuchten, der Menge Herr zu werden.

»Mannweiber«

»Schlampen«

»Arme Irre« und noch üblere Schimpfworte erklangen aus der Menschenmenge, fast nur Männer, die Spalier am Rand der Straße standen. Emma versuchte, einzelne der Rufer zu erkennen, um ihnen etwas entgegenzuschleudern, aber sie sah nur eine anonyme Masse dunkler Anzüge und dunkler Hüte. Niemals hätte sie gedacht, dass den Suffragetten so viel Hass entgegengebracht wurde, forderten die Frauen doch nur ein Menschenrecht ein. Es erschütterte sie, dass die Männer selbst einer Trauerfeier gegenüber so wenig Respekt aufbrachten.

Als das grelle Trillern der Polizeipfeifen ertönte, ergriff Unruhe die bis dahin geschlossenen Reihen der Frauen. Etliche von ihnen schienen bereits schlimme Erfahrungen mit dem Eingreifen der Bobbys gemacht zu haben und kamen aus dem Tritt.

»Wir müssen etwas tun«, zischte Eleanor, die in ihrer Verkleidung als Arbeiterin vollkommen fremd aussah. »Wenn wir jetzt nicht für Zusammenhalt sorgen, verlieren wir den Trauerzug.«

»Was sollen wir tun?« Emmas Blick irrlichterte über die gewaltige Anzahl von Frauen, die eben noch gemeinsam marschiert waren, aber nun von Panik überwältigt zu werden drohten. »Was können wir schon ausrichten?«

Da entdeckte sie die Antwort auf ihre Frage, aber würde sie wirklich den Mut aufbringen, sich dermaßen zu exponieren? Bevor sie weiter darüber nachdenken konnte, schritt sie auf die Frau zu, die einen Stuhl trug. So gelang es den Rednerinnen der Suffragetten, Aufmerksamkeit auf sich zu ziehen. Sie stiegen auf einen hölzernen Stuhl, den sie vorher mitgebracht hatten, und begannen von dieser erhöhten Position aus, ihre Forderungen vorzutragen.

Emma hatte diese Frauen stets für ihre Courage bewundert, sich so deutlich zu zeigen und damit zu einem Ziel für Hohn und Spott, aber auch für Wurfgeschosse zu machen. Bisher hatte sie immer geglaubt, sie würde niemals so mutig sein können. Aber Zeiten der Verzweiflung forderten verzweifelte Maßnahmen.

»Darf ich die bitte haben?« Emma streckte ihre Hand aus, in die ihre Mitstreiterin die Glocke legte. Nachdem sie ausgiebig und laut geläutet hatte, um sich der Aufmerksamkeit der panischen Frauen zu versichern, erklomm sie ungeschickt den Stuhl, räusperte sich und begann zu sprechen. Nur blieb ihr die Stimme weg, sodass es ihr nicht gelang, die Aufmerksamkeit der Frauen auf sich zu ziehen, deren Reihen immer weiter auseinanderzogen.

Ich bin nicht so stark, wie ich es mir wünschte. Eleanor oder

Lucy, die würden hier eine Rede halten, ich ... ich bin nur eine von denen, die mitläuft.

Gerade, als Emma vom Stuhl herabsteigen wollte, lief Lucy auf sie zu. »Das ist eine großartige Idee. Erzähl ihnen davon, wie du den Mut gefunden hast, dich uns anzuschließen.«

Lucys lautes Rufen führten dazu, dass etliche der flüchtenden Frauen stehen blieben und sich zu Emma umwandten. Die Aufmerksamkeit so vieler Fremder trug nicht dazu bei, dass ihre Nervosität geringer wurde.

Es geht nicht um mich und meine Ängste, es geht um unser gemeinsames Ziel. Ich bin nur ein kleines Rädchen im Getriebe dieser großen Maschine, aber selbst ein winziges Rädchen muss seine Aufgabe erfüllen.

»Liebe Frauen, ja, ich fürchte mich.« Verblüfft von dem klaren und kräftigen Ton ihrer Stimme hielt Emma einen Moment inne, bevor sie weitersprach. »Aber wir sind heute hier, eine Schwester und Mitkämpferin zu ehren.«

Was sollte sie nun sagen? Auf einmal waren sie da, die Worte, die Frau Rotbusch, ihre Gouvernante, immer zum Besten gegeben hatte, wenn Emma wieder einmal verzagen wollte.

Stille senkte sich über die Menschen, was Emmas Herzschlag in die Höhe trieb, aber unbeirrt sprach sie weiter. »Ich möchte alle an die Worte Senecas erinnern: Nicht, weil es schwer ist, wagen wir es nicht, sondern weil wir es nicht wagen, ist es schwer. Lasst uns gemeinsam um Emily Wilding Davison trauern. Lasst uns dem Mob nicht nachgeben.«

Ein letztes Mal erhob sie ihre Stimme, holte tief Luft, damit sie ihre letzten Worte voller Kraft und Lautstärke aussprechen konnte. »Gebt den Kampf nicht auf, haltet die Frauen links und rechts neben euch fest. Gemeinsam können wir alles schaffen.«

Erst geschah nichts und Emma fürchtete, dass ihre Mühe vergebens gewesen war. Dann jedoch kehrten die Frauen zurück, griffen sich bei den Händen und bildeten eine starke Linie, die selbst die bösesten Rufer in die Knie bringen würde. Auf einmal bemerkte Emma, dass sich eine Filmkamera auf sie richtete. Eilig kletterte sie vom Stuhl hinab und hoffte, dass es rechtzeitig genug war. Nicht auszudenken, sollten diese Bilder je in Braunschweig gezeigt werden.

»Du warst wunderbar.« Eleanor umarmte sie und Emma fühlte, wie ihre Wangen brannten, voller Stolz. Hoffentlich hatte sie nun ihren Teil zum gemeinsamen Kampf beigetragen.

KAPITEL 38

London 1913

Das Herz schlug ihr immer noch bis zum Hals, als Emma endlich Lady Eleanors herrschaftliches Haus erspähte. Noch nie war es ihr so sehr wie ein Heim vorgekommen wie heute. Mit Lucy an ihrer Seite bemühte sie sich darum, gemessenen Schrittes zu gehen, um keine Aufmerksamkeit auf sich zu ziehen, auch wenn ihre Beine rennen wollten, so schnell sie nur konnte.

»Was für ein Tag«, flüsterte Lucy ihr zu, als Emma den Türklopfer betätigte. »Wo Miss Eleanor nur bleibt?«

Im Gewimmel, nachdem sich der Trauerzug aufgelöst hatte, hatten sie ihre Freundin verloren und waren daher nach Hause gegangen, so wie sie es vorher verabredet hatten.

Davies öffnete die Tür. Etwas in seinem Blick ließ Emma stutzen. Sie schaute an sich herab, ob sie die Ursache für seine sichtbare Irritation sein mochte. Obwohl Lucy und sie nur knapp einem Gerangel mit hasserfüllten Männern entkommen waren, sahen ihr Kleid und ihr Mantel erstaunlich ordentlich aus. Das war es also nicht. Was mochte den unerschütterlichen Butler also in Aufruhr versetzt haben?

»Willkommen, Lady Blakenham, Lucy.« Davies trat zur Seite, damit sie ins Haus gelangen konnten. »Lady Blakenham, es … es wurde ein Schreiben für Sie abgegeben. Bitte folgen Sie mir. Die Herren warten in der Bibliothek.«

Selbst für Davies' Verhältnisse war das extrem förmlich, was Emma nervös werden ließ. Der Butler, der an Eleanors Eskapaden gewöhnt war, ließ sich so schnell nicht aus der Ruhe bringen. Es musste also etwas sehr Bedrohliches sein, das sie erwartete. Warum konnte er ihr nicht einfach sagen, was das für Männer waren. Ob es Polizisten waren, die ihnen gefolgt waren?

»Lucy, bitte, begleite mich«, konnte Emma nur flüstern. Wie von selbst tastete ihre Hand nach der ihrer Freundin. Sie brauchte etwas, an dem sie sich festhalten konnte. »Allein kann ich dem nicht entgegentreten.«

»Ich werde Ihnen Tee bringen lassen«, sagte Davies, nachdem er die Tür zur Bibliothek geöffnet hatte. »Sollten Sie sonst noch etwas benötigen, klingeln Sie bitte. Wir stehen alle für Sie ein.«

»Danke«, konnte Emma nur antworten, gerührt von der Bereitschaft des Personals, sich auf ihre Seite zu stellen. Dabei kannte sie die Dienstboten erst seit Kurzem. In ihrem Haus waren alle auf Percivals Seite gewesen und sie hatte nicht einmal zu hoffen gewagt, dass einer von ihnen ihr half.

Mit neuem Mut öffnete sie die Tür zur Bibliothek. Sofort sprangen die beiden Männer auf, die dort gesessen hatten.

»Meine Herren, Sie wollten mich sprechen?« Sie kannte keinen von beiden, aber ihre Kleidung und die Art, wie sie sich sofort erhoben hatten, als Lucy und sie den Raum betreten hatten, wies sie als Gentlemen aus. Trotzdem strahlten sie etwas aus, eine Autorität und Selbstsicherheit, die Emma unbehaglich war.

»Sind Sie Lady Emma Blakenham, geborene zu Sommerfeldt?« Der Sprecher, ein hochgewachsener Mann wohl Ende 30 mit schütterem Haar, musterte sie so, wie sie es von Polizisten kannte. Wer war er? »Wir würden die unerfreuliche Angelegenheit lieber unter vier Augen mit Ihnen besprechen.«

»Da Sie zu zweit sind, wären es sechs Augen.« Woher sie die Gelassenheit aufbrachte, konnte Emma nicht sagen. »Ich habe den Eindruck, für mich ist es besser, wenn ich eine Zeugin unseres Gesprächs habe.«

Der leise Seufzer, den der Mann ausstieß, machte deutlich, wie wenig er Widerstand gewohnt war.

»Wir müssen Sie bitten, Ihre Koffer zu packen.« Nun sprach der Jüngere, dessen sanfte braune Augen und höflicher Tonfall sie nicht darüber hinwegtäuschten, wie ernst seine Worte waren. »Aufgrund der von Ihnen in unserem Land verübten Straftaten gelten Sie als unerwünschte Ausländerin und werden heute noch des Landes verwiesen.«

»Ich … ich bin mit Percival Blakenham verheiratet«, sagte Emma, nachdem sie ihre Fassung wiedergewonnen hatte. »Daher bin ich vor Recht und Gesetz Engländerin und keine Deutsche mehr.«

Durften diese Beamten das? War es wirklich so leicht, sie aus dem Land zu werfen? Percival! Sicher hatte ihr Ehemann einige Strippen gezogen und Gefallen bei seinen vielen Freunden eingefordert, damit diese beiden bedrohlich wirkenden Männer Emma in Angst und Schrecken versetzten. Doch was hätte ihr Ehemann gewonnen, wenn Emma wieder in Deutschland war? Musste sie nicht wenigstens am Tag ihrer Scheidung im Land sein? So viele Fragen und niemand, dem man sie stellen konnte.

»Ich klingele nach Davies. Er soll Eleanor sofort zu uns bringen, wenn sie nach Hause gekommen ist«, flüsterte Lucy ihr zu, wobei die Dringlichkeit in ihrem Tonfall Emmas Sorge verstärkte. Diese Beamten konnten sie nicht einfach dazu zwingen, das Land zu verlassen, oder? Selten hatte sie sich so hilflos gefühlt, als Fremde in diesem Land, das ihr eine Heimat hätte werden können, nun, wo sie endlich Freundinnen gefunden hatte.

»Ihr Ehemann hat uns über Ihren Gesetzesbruch informiert.« Der Ältere klang gelangweilt, als hätte er alle Bitten und Argumente schon hundertfach gehört und wusste um deren Bedeutungslosigkeit. »Ebenso wie darüber, dass er sich aus diesem Grund scheiden lassen wird.«

»Habe ich nicht das Recht, bis zur Scheidung im Land zu bleiben?«

»Sie haben jeden Rechtsanspruch verwirkt, als Sie sich mit den wahnsinnigen Weibern eingelassen haben.« Zum ersten Mal zeigte sich ein Riss in der Fassade kühler Gelassenheit. »Sie hätten vorher überlegen sollen, wo der Platz einer Ehefrau ist.«

»Zeigen Sie mir etwas Offizielles, sonst bewege ich mich keinen Schritt.«

Der Ältere nickte seinem Untergebenen zu. Dieser griff

in eine dunkle Aktentasche, die Emma vorher nicht wahrgenommen hatte, und holte einen Briefumschlag hervor.

»Wir wären Ihnen sehr verbunden, wenn Sie uns ohne Scherereien folgen würden.« Mit diesen Worten überreichte er ihr das Schreiben.

Emmas Finger zitterten so sehr, dass sie das Papier beinahe fallen ließ. Suchend sah sie sich um, bis sie auf dem Tischchen in der Ecke einen Brieföffner entdeckte. Langsam, sehr gemessen ging sie dorthin und öffnete das Schriftstück.

Obwohl sie wusste, was sie darin erwartete, traf es sie dennoch wie ein Schock, dass Percival ihr das angetan hatte. *Unglaublich, wie schnell er gehandelt hat. Sofort nach unserem Streit muss er begonnen haben, seine Strippen zu ziehen. Wie konnte ich hoffen, mir bliebe hinreichend Zeit, mir eine Verteidigung zu überlegen?*

Konnte es wirklich sein? Endete ihr Leben in London in den nächsten Stunden? Wohin sollte sie gehen? Die wenigen Menschen, die ihr etwas bedeuteten, lebten hier. Sollte sie etwa zurück nach Braunschweig gehen, zurück zu ihren Eltern, die ihr sicher ewig Vorhaltungen machen würden, weil die Ehe mit Percival gescheitert war?

»Ich werde nicht aus London abreisen. Nicht kampflos.«

In dem Augenblick klingelte es.

Eleanor! Sie wird mir sicher beistehen und helfen können.

»Bitte, Sie müssen warten. Lady Blakenham kann Sie jetzt nicht empfangen«, hörte sie Davies mit aufgeregter Stimme sagen. Wer mochte das sein, dass der Butler seine Contenance verlor?

Als sich die Tür zur Bibliothek erneut öffnete, verstand

Emma sofort, warum Davies wie ein aufgescheuchtes Huhn um den unerwarteten Gast herumtänzelte.

»Lady Ashworth. Ich … ich habe nicht erwartet, Sie, dich hier zu sehen.«

»Meine Herren, lassen Sie uns bitte allein.«

Als die Männer ohne ein weiteres Wort die Bibliothek verließen, erkannte Emma endlich, was hier wirklich gespielt wurde.

»Du steckst dahinter. Ich hätte es mir gleich denken können.« Sie verzog das Gesicht. »Percival ist einfach nicht klug genug.«

»Du musst mich verstehen.« Ihre Schwiegermutter nahm auf dem Sessel gegenüber Emma Platz. Wie immer sah sie äußerst elegant aus und hielt sich sehr gerade, doch heute entdeckte Emma Anzeichen, wie erschöpft ihr Gegenüber war. Um die schönen veilchenblauen Augen hatten sich tiefe Krähenfüße eingegraben, der Haaransatz war dunkel und von den Mundwinkeln zur Nase zog sich eine tiefe Falte. Lady Ashworth schloss einen Moment die Augen.

»Was meinst du?«

»Kann ich dir helfen?« Lucy steckte ihren Kopf zur Tür herein. Sie knickste, als sie Lady Ashworth sah. »Mylady, entschuldigen Sie.«

Alte Gewohnheiten ließen sich wohl so schnell nicht ändern. Emma lächelte ihrer Freundin zu. »Alles ist gut, bitte lass uns allein.«

»Emma, du kannst mir glauben, dass ich dich sehr schätze«, begann ihre Schwiegermutter, was Emma rüde unterbrach.

»Deshalb willst du mich auch heute noch nach Deutschland schicken.«

»Emma, nach dem, was du heute getan hast, so öffentlich, wie du dich zur Schau gestellt hast.«

»Woher weißt du davon?«

»Es geht hier nicht um meine oder deine Gefühle, es geht um Hazelwell Manor. Das kannst du nicht verstehen.«

»Versuche, es mir zu erklären.«

»Hazelwell ist mehr als nur ein Haus. Wir tragen Verantwortung für die Menschen, die dort arbeiten, für das Dorf.«

»Deshalb hast du zugelassen, dass dein Sohn die Hausmädchen belästigt. Er ist schuld an Millicents Schicksal.«

Lady Ashworths Miene verriet Emma, dass sie ihrer Schwiegermutter nichts Neues erzählte. Wie konnte sie nur mit diesem Wissen leben, ohne Percival zu hassen?

»Du wusstest es? Woher?«

»Reginald Sutcliffe hat es mir gesagt. Er konnte mit seiner Schuld nicht leben und bot an, eine Lebensrente für Millicent zu zahlen.«

»Dein Sohn hat es dir nie erzählt?« Emma verspürte Mitleid mit ihrer Schwiegermutter, die dieses Geheimnis mit ihr teilte. »Warum hast du ihn nie gefragt? Er leidet unter seiner Tat.«

Auch wenn sie ihren Ehemann nicht mehr liebte, wollte Emma nicht, dass Percival weiterhin versuchte, seine Traurigkeit in Alkohol zu ersäufen.

»Ich hatte gehofft, du könntest ihn lenken, aber …«

»Er wird sich zu Tode trinken.«

»Wir brauchen einen Erben.« Nun wurde das Gespräch Lady Ashworth sichtlich unangenehm. Sie nestelte an der Ärmelspitze ihres Kleides, wohl um Emmas Blick auszuweichen. »Keinen Skandal. Frederick und ich können dafür sorgen, dass die Scheidung unauffällig vonstattengeht.«

Obwohl sie die Trennung ebenfalls wünschte, ärgerte Emma sich darüber, wie sehr ihre Schwiegereltern sich in ihr Leben einmischten. Ihnen war es sicher unglaublich wichtig, alles unter einer Decke des Schweigens zu verstecken. Das bot Emma die Möglichkeit, Bedingungen zu stellen.

KAPITEL 39

London, 1913

Miss Eleanor.« Lucy seufzte erleichtert auf, als ihre Freundin endlich zur Tür hereintrat. »Lady Blakenham hat Besuch. Zwei Männer und ihre Schwiegermutter.«

»Verflucht! Wo sind sie?«

»In der Bibliothek.«

Miss Eleanor stürmte so schnell los, dass Lucy ihr nur folgen und hoffen konnte, dass es nicht zu einem heftigen Streit kam. Zu ihrer Überraschung standen die beiden Männer, die eben noch bedrohlich und bedeutend gewirkt hatten, wie kleine Schuljungen vor der Bibliothekstür. Lucy konnte sich ein Lachen nur mühsam verkneifen.

»Lady Ashworth möchte nicht gestört werden.« Der ältere Mann streckte seinen Arm aus, um Miss Eleanor zu blockieren.

Lucys Freundin reckte sich, hob ihr Kinn und sagte in einem unglaublich arroganten Ton: »Das ist mein Haus. Wie können Sie es wagen?«

Beide Männer wechselten einen Blick und traten dann zur Seite, sichtlich beeindruckt von Miss Eleanors Worten. Lucy nutzte die Gelegenheit und schlüpfte hinter ihr in den Raum.

Lady Blakenham saß auf einem bunt gemusterten Sessel, ein leichtes Lächeln auf den Lippen, während Lady Ashworth den Kopf gesenkt hielt und ihr Gesicht mit den Händen verdeckte.

»Emma, meine Liebe, ist alles in Ordnung? Lady Ashworth.« Miss Eleanor zog einen Sessel heran und setzte sich zwischen die beiden Frauen. Lucy entschied sich dafür, in der Nähe der Tür stehen zu bleiben und, sollte es nötig werden, Davies und die anderen Dienstboten zu Hilfe zu holen. Was sich wohl in den letzten Minuten abgespielt hatte? Lady Ashworth wirkte wie eine Kriegerin, die einsehen musste, dass ihre glorreichen Tage vorbei waren, aber hatte sie nicht alle Trümpfe in der Hand gehalten? Durfte Emma nun doch bleiben? Was hatte es mit den Männern und ihrer Drohung auf sich? Und was war mit den Gefängnisstrafen, die sie alle noch verbüßen mussten?

Am liebsten wäre Lucy mit all diesen Fragen herausgeplatzt, aber es erschien ihr klüger, im Hintergrund zu bleiben und zu lauschen.

»Danke, Eleanor, aber es hat sich alles geklärt.« Lady Blakenham lächelte, so wie nur jemand lächelte, der einen schweren Kampf für sich entschieden hatte. »Möchtest du es erläutern?«

Lady Ashworth seufzte, aber dann streckte sie sich, setzte sich mit sehr geradem Rücken an den Rand des Sessels und schaute Lucy an.

Sie wird sich nicht etwa bei mir entschuldigen? Ich wüsste gar nicht, was ich dann sagen sollte.

»Emma und ich sind übereingekommen …« Lady Ashworth machte eine kurze Pause, als fiele es ihr schwer, die Worte auszusprechen, »dass sie England verlassen wird. Ihre Gefängnisstrafe wird aufgehoben.«

»Die von Lucy und Eleanor auch«, ergänzte Lady Blakenham in sehr sanftem, aber auch sehr bestimmtem Tonfall. »Es wäre erfreulich, wenn du dich für weitere Suffragetten verwenden könntest.«

Niemals hätte Lucy gedacht, dass sie so etwas einmal zu sehen bekäme. Eine seufzende, sichtlich geschlagene Lady Ashworth. Fast bemitleidete sie die Herrin von Hazelwell Manor. Aber nur fast.

»Warum bleibst du nicht hier?« Miss Eleanor griff nach Lady Blakenhams Händen. »Ich würde mit den besten Anwälten für dich kämpfen. Sie hat kein Recht, dich einfach aus dem Land zu vertreiben.«

Lady Blakenham schwieg, als suchte sie nach Worten, die erklären konnten, warum sie ihre Entscheidung getroffen hatte. Endlich schien sie die passenden gefunden zu haben.

»Es gäbe einen hässlichen Prozess, den ich wahrscheinlich verlieren würde.« Ihre Augen blitzten auf und ein feines Lächeln trat in ihre Mundwinkel. »Machen wir uns nichts vor, ich bin eine verurteilte Kriminelle.«

»Der Prozess brächte uns Aufmerksamkeit«, rief Miss Eleanor aus. »Du könntest unserer Sache damit einen großen Dienst erweisen.«

»Wie können Sie es wagen?«, begann Lady Ashworth,

aber eine Geste von Lady Blakenham brachte sie zum Schweigen.

»Es wird genug Gelegenheit für die Suffragetten geben, Öffentlichkeit zu erhalten. Man muss nicht immer nur den Krieg sehen.«

»Was soll das heißen?« Miss Eleanor sprang auf. Nervös ging sie vor Lady Blakenham und Lady Ashworth auf und ab. »Der Kampf ist das Wichtigste.«

»Es ist so viel Unrecht geschehen. Ich will versuchen, einen kleinen Teil zu sühnen.« Lady Blakenham wandte sich Lucy zu. »Meine Liebe, du weißt, wie sehr es mir leidtut.«

»Es ist vergangen und vergessen«, bemühte Lucy einen Spruch, den sie von Miss Eleanor des Öfteren zu hören bekommen hatte. »Ich bin inzwischen glücklich und führe ein besseres Leben als auf Hazelwell.«

Das kommentierte Lady Ashworth mit einem undamenhaften Schnauben, sagte jedoch kein Wort.

»Du hast mir erzählt, wie gern du weiter gelernt hättest.« Lady Blakenham wandte sich ihrer Schwiegermutter zu. »Willst du es ihr sagen?«

Lady Ashworth presste die Lippen zusammen, als würde sie lieber ersticken, als ein Wort zu sagen, aber dann schaute sie Lucy an.

»Ich weiß, was Percival getan hat. Ich hätte dir damals beistehen müssen. Es war nicht richtig, was dir geschehen ist.«

»Danke, aber ich bin zufrieden mit meinem Leben, wie es jetzt ist.«

»Emma hat … angeregt, dass unsere Familie dich unterstützt, damit du zur Schule gehen und eine Ausbildung machen kannst.«

»Was? Entschuldigung, ich meine natürlich: wie bitte?« Lucy schüttelte den Kopf, fühlte sich versucht, mit den Fingern ihre Ohren zu säubern, weil sie sich bestimmt verhört haben musste. Gleichzeitig begannen die Gedanken in ihrem Kopf zu hüpfen wie Bullenkälber, die nach einem langen Winter das erste Mal auf die Frühlingswiesen gelassen wurden. Lernen, sie würde endlich lernen können. Eine Ausbildung – das war bisher so weit von ihrem Leben entfernt gewesen, dass sie sich niemals Gedanken darüber gemacht hatte. Was würde sie interessieren? Was konnte sie lernen? Konnte sie möglicherweise sogar … studieren?

Der Gedanke war wunderschön und gleichzeitig bedrohlich, dass es ihr die Sprache verschlug.

»Danke, vielen, vielen Dank«, stammelte sie, nachdem sie endlich die Fassung wiedergefunden hatte.

»Ich könnte auch für Lucys Schule aufkommen«, mischte sich nun Miss Eleanor ein. »Deshalb musst du nicht das Land verlassen, liebe Emma.«

»Das möchte ich nicht«, platzte Lucy heraus. »Sie haben schon so viel für mich getan. Noch mehr kann ich nicht annehmen.«

Nun stand Miss Eleanor auf, kam zu ihr und nahm ihre Hände. »Ich habe viel mehr Geld, als ich brauche, und ich würde wirklich gern etwas Gutes damit tun.«

»Dann helfen Sie den Mädchen in der Wäscherei. Vielen geht es viel schlechter als mir. Schaffen Sie eine Fabrik mit Arbeitsbedingungen, die Frauen gut tun.«

»Auf die Idee bin ich noch nicht gekommen.«

»Bevor die Damen weiter eine goldene Zukunft für die Frauen Englands planen, möchte ich von Emma die Zusage erhalten, dass unser Vertrag für beide Seiten bindend ist.«

»Ja, ich stehe zu meinem Wort.«

»Ich lasse morgen durch unseren Anwalt die Vereinbarung für Lucy aufsetzen.« Lady Ashworth erhob sich, ihr riesiger Hut wippte, als sie sich überraschend zu ihrer Schwiegertochter umwandte. »Ich bedauere es sehr, dich zu verlieren.«

»Ich danke dir.« Vorsichtig, als wäre sie nicht sicher, wie ihr Gegenüber reagieren würde, umarmte Lady Blakenham Lady Ashworth.

»Auf Wiedersehen, Lady Eleanor. Alles Gute, Lucy. Nutze deine Chance.«

Obwohl sie nicht musste, knickste Lucy erneut.

Sie warteten, bis Lady Ashworth die Tür hinter sich geschlossen hatten, bevor Lucy und Miss Eleanor Lady Blakenham mit ihren Fragen überfielen.

»Was für eine Vereinbarung?«

»Was für ein Wort hast du gegeben?«

»Warum ich?«

»Ganz ruhig.« Lady Blakenham hob lächelnd die Hände. »Ich erzähle euch alles.«

Nachdem sie ihr Gespräch kurz zusammengefasst hatte, schaute Lady Blakenham Lucy und Miss Eleanor an.

»Daher habe ich nun noch drei Tage Zeit, mich von allen Menschen zu verabschieden, die mir etwas bedeuten, bevor ich nach Deutschland zurückkehre.«

»Aber was willst du dort machen?« Miss Eleanor fuhr sich so oft mit den Fingern durch die Haare, dass die in alle Richtungen abstanden und sie wie einen Kobold aussehen ließen. »Wir brauchen dich hier! Glaubst du, deine Familie wird dich aufnehmen?«

»Das wird sich zeigen. Ich bin nur eine unter vielen.« Lady Blakenham drückte Miss Eleanors Hand. »Auch in Deutschland kämpfen Frauen für das Stimmrecht.«

»Also, ich halte das für feige, sich dem Wunsch der Blakenhams zu beugen und ihnen das Feld zu räumen.« Miss Eleanor hatte die Augen verengt, ihre Finger bewegten sich, als hätten sie einen eigenen Willen, ihr Tonfall war so barsch, dass Lucy zusammenzuckte. »Du hast nicht einmal gekämpft.«

»Nein!« Die Lautstärke, mit der sie dieses eine Wort ausstieß, überraschte Lucy, aber sie hasste Ungerechtigkeit – und Miss Eleanors Vorwürfe waren einfach ungerechtfertigt. »Lady Blakenham tut das, was sie für richtig hält. Das erfordert Mut. Jede von uns muss ihren Weg gehen.«

»Willst du mir etwas sagen?«

Lucy zögerte. War jetzt wirklich der passende Augenblick, mit Miss Eleanor über ihre Zweifel und Pläne zu reden? Wer sagte ihr, dass einmal ein besserer Moment kommen würde?

»Ich würde sehr gern wieder zur Schule gehen.« Lucy stieß den Atem laut aus, als könnte sie sich so befreien. »Ich möchte Frauen helfen, aber nicht nur durch das Stimmrecht.«

Beide Ladys schauten sie an, als hätte sie etwas Unanständiges gesagt, aber nun, wo der Anfang gemacht war, konnte sie einfach nicht mehr aufhören.

»Ich will den Frauen in Wäschereien helfen, ihren Kindern, die hungern müssen und nur eine Zukunft in der Wäscherei vor sich sehen, so wie dann ihre Kinder. Das Stimmrecht ist wichtig, aber diese Frauen brauchen etwas anderes, andere Unterstützung. Das wird mein Weg sein.«

»Oh, Lucy, es freut mich so sehr, dass du etwas für dich gefunden hast. Nutze das Geld, um zu lernen und etwas zu tun, das du für richtig hältst.«

»Und du? Willst du zu deiner Familie zurückkehren und dort klein beigeben?« Miss Eleanor klang gleichzeitig wütend und enttäuscht. »Willst du unseren Kampf aufgeben? Ich hätte mir mehr Mut erhofft.«

KAPITEL 40

Braunschweig 1913

So sehr Emma sich auch bemüht hatte, es war ihr nicht gelungen, sich mit Eleanor zu versöhnen. Während Lucy nachvollziehen konnte, warum Emma London verlassen musste, warf Eleanor ihr vor, eine Deserteurin zu sein, die ihre Kameradinnen im Stich ließ. Der Abschied am Bahnhof war äußerst kühl ausgefallen, was Emma bedauerte. Aber selbst für ihre Freundin konnte und wollte sie nicht in England bleiben.

Während der Reise hatte sie zehnmal einen Brief an Eleanor begonnen, den sie jedoch jedes Mal nach wenigen Zeilen wieder zerrissen hatte, da ihre Worte nicht ausdrücken konnten, was sie sagen wollte.

Vielleicht braucht es ein bisschen Zeit – für sie und auch für mich, bis es uns möglich wird, unbefangen miteinander zu sprechen. Oder ich habe eine Freundin verloren, kurz nachdem ich sie gefunden habe.

Traurig schaute sie aus dem Fenster des Eisenbahnwaggons. Die Landschaft war ihr nur allzu vertraut, denn sie war nur noch wenige Kilometer von zu Hause entfernt. Emma legte die Handflächen aneinander und trommelte die Fingerspitzen gegeneinander.

»Wann triffst du ein?« – mehr Worte hatte das Telegramm ihrer Mutter nicht enthalten, mit dem sie auf Emmas Nachricht geantwortet hatte, dass diese nach Braunschweig zurückkehren wollte. Nicht einmal die Frage nach dem Warum hatte ihre Mutter gestellt, was Emma kein gutes Gefühl vermittelte. Aber sie wollte es ein letztes Mal versuchen, wollte ihren Eltern die Gelegenheit geben, ihr zur Seite zu stehen. Falls sie Emma wieder im Stich ließen, müsste sie eine andere Lösung finden.

Ich kann nicht einmal sagen, ob ich es mir wünsche, dass sie mich wieder aufnehmen. Könnte ich mich wieder in meine Rolle als brave Tochter einfinden? Was für ein Leben erwartet mich, wenn ich hierbleibe?

Als der Zug in den Bahnhof einfuhr, hatte sie immer noch keine Antwort auf diese Frage gefunden. Aufgeregt sprang sie auf und eilte zur Tür. Nachdem die Eisenbahn angehalten hatte, sprang sie heraus und schaute sich suchend um.

Dass nur der Kutscher am Bahnhof auf sie wartete, nahm Emma als deutliches Zeichen dafür, was sie wohl zu Hause erwartete.

»Guten Tag.« Der Mann nickte ihr zu. »Wo ist Ihr Gepäck?«

Emma führte ihn zu dem Gepäckwagen, wo ihre beiden Koffer bereits ausgeladen waren. Ein Gepäckträger brachte die Sachen zur Kutsche, wo der Kutscher sie verstaute.

Emma suchte in ihrer Handtasche nach Münzen, doch dann fiel ihr ein, dass sie nur englische Währung dabeihatte.

»Könnten Sie bitte …?«, bat sie den Kutscher, der nickte und den Gepäckträger entlohnte.

Er öffnete ihr die Tür der Kutsche und sie stieg ein. Nachdem das Gefährt losgerollt war, schaute sie aus dem Fenster und hing ihren Gedanken nach.

Erstaunlich, wie ähnlich die Landschaft mit ihren Hügeln, Viehweiden und Wäldern den Cotswolds war. Allerdings gab es hier auch Tannen und andere Nadelbäume, während sie in England überwiegend Laubbäume gesehen hatte. Seltsamerweise vermisste sie Hazelwell Manor, sehnte sich nach der Weite, den wunderschönen Parks und der großartigen Bibliothek. Auch das pulsierende London fehlte ihr, die vielen Menschen, der unglaubliche Verkehr, die großartigen Bauwerke und Lucy und Eleanor. Ob sie die beiden je wiedersehen würde?

Als die Kutsche in die lang gestreckte Auffahrt einbog und das Haus in ihr Blickfeld geriet, musste Emma gegen Hoffnungslosigkeit ankämpfen, die sie plötzlich überfiel. Sollte es wirklich ihr Schicksal sein, geschlagen zu ihren Eltern zurückzukriechen, um ihr altes Leben als Tochter wieder aufzunehmen, als hätte es die Zeit in England nicht gegeben?

»Nein«, sagte Emma halblaut. »Nein, dafür ist zu viel geschehen.«

Aus Rücksicht auf den Kutscher hörte sie auf, ihre Gedanken laut auszusprechen. Stattdessen lehnte sie sich etwas nach vorne, damit sie das Bild ganz in sich aufnehmen konnte. Müsste sie nicht etwas spüren, ein warmes, heimeliges Gefühl, wenigstens etwas Nostalgie?

Früher hatte sie die herrschaftliche Villa für prachtvoll und mächtig gehalten, doch nachdem sie auf Hazelwell Manor gelebt und andere englische Landsitze kennengelernt hatte, erschien ihr das Haus ihrer Kindheit eher klein und unbedeutend.

Aber es wird mein Zuhause bleiben, wenn mir nicht etwas Besseres einfällt, wenn ich nicht eine andere Idee entwickele, was ich mit meiner Zukunft beginnen möchte. Denk nach, Emma, denk nach.

Viel zu schnell hatten sie die Villa erreicht. Niemand erwartete sie hier – nicht so wie auf Hazelwell Manor, wo das gesamte Personal Spalier gestanden hatte wie eine Schar Raben oder Pinguine, sobald der Sohn des Hauses eintraf. Oder andere Gäste.

Ob ich dort noch so empfangen würde? Oder müsste ich mich durch den Dienstboteneingang hereinschleichen, weil ich nicht mehr zu den Blakenhams gehöre?

Wahrscheinlich bekäme ich dennoch die perfekte Begrüßung, einfach weil es sich so gehört. Meine Familie, die sonst so viel von Konventionen und Regeln hält, lässt mich spüren, wie gering meine Bedeutung ist.

Ich bin ja auch nur eine Tochter – und eine, die alle Erwartungen ihrer treu sorgenden Eltern nicht erfüllt hat. Wahrscheinlich muss ich dankbar sein, dass sie überhaupt den Kutscher geschickt haben, um mich abzuholen.

Das mulmige Gefühl, das gewachsen war, je näher sie ihrem Geburtsort gekommen war, erreichte eine ungeahnte Intensität.

Ich habe Holloway überstanden, ich werde doch wohl einen Tag mit meiner Familie ertragen können. Selbst die schlimms-

ten Vorwürfe meiner Mutter können nicht furchtbarer sein als die Zwangsernährung.

So sehr sie sich das auch einzureden versuchte, es blieb der Wunsch, in der Kutsche sitzen zu bleiben und den Kutscher zu bitten, sofort wieder umzudrehen und sie zum Bahnhof zurückzubringen. Das Schnauben der Pferde zog sie aus ihren Gedanken.

Als ob überhaupt ein Zug fahren würde. Ich bin dazu verurteilt, mindestens die Nacht hier zu verbringen.

»Frau Blakenham.« Bertha, das Zimmermädchen, das die Tür öffnete, hatte hörbar Schwierigkeiten, den ungewohnten englischen Namen auszusprechen. »Ich soll Ihnen von den Herrschaften sagen, dass sie Sie in einer Stunde im Musikzimmer erwarten.«

Immerhin eine Stunde Gnadenfrist bleibt mir, in der ich mir etwas ausdenken muss. Sonst bleibt mir nichts übrig, als mich den Wünschen meiner Eltern zu unterwerfen. Soll ich die Zeit nutzen und Lucy und Lady Eleanor einen Brief schreiben?

Stattdessen öffnete sie ihr Tagebuch und blätterte darin, versuchte zu spüren, wer die junge Frau war, die hier gelebt und sich in ihren Zeichenlehrer verliebt hatte. Wie sie dann zu der Frau geworden war, die einen Mann zur Ehe erpresste, die das Unglück eines Kindes nutzte, um ihre Interessen durchzusetzen.

So bin ich hoffentlich nicht mehr, aber ich kann und will nicht verleugnen, dass ich einmal so war. Das Einzige, was ich tun kann, ist es, mir für die Zukunft vorzunehmen, eine bessere Frau zu werden.

»Frau Blakenham. Ihre Eltern erwarten Sie.« Meta, noch immer schnippisch, führte Emma durchs Haus, als wüsste diese nicht, wie der Weg dorthin wäre. Sie sagte kein Wort, was Emma nur recht war, da sie weiter grübelte.

Wenn ihr nur endlich etwas einfallen wollte, was ihr einen Ausweg bot! Sie wusste, dass es einen Weg gab, der irgendwo in ihrem Hinterkopf verborgen war. Zu dumm, dass es ihr nicht gelingen wollte, den Gedanken an die Oberfläche zu holen. Immer wieder blitzte er auf, nur um zu verschwinden, sobald sie versuchte, ihn zu fassen.

Kurz bevor sie das Musikzimmer erreichten, drehte die Zofe sich zu ihr um. »Dieses London, ist das wie Berlin?«

Emma konnte sie nur anstarren. Sie schlug sich mit der flachen Hand vor die Stirn. Wie hatte sie das nur vergessen können?

»Mehr als dreimal so groß wie Berlin«, antwortete sie. »Einen Moment, bitte.«

Doch da hatte Meta bereits die Tür geöffnet und ging zur Seite, damit Emma eintreten konnte.

Wie ein Tribunal hatten ihre Eltern sich im Musikzimmer aufgebaut. Ihre Mutter saß in dem dunkelblauen Sessel mit der hohen Lehne, Vater stand neben ihr, die Hand auf Mutters Schulter. Beinahe hätte Emma gekichert, weil beide so aussahen, als posierten sie für ein Gemälde. Gerade rechtzeitig fiel ihr ein, dass die Lage zu ernst war, als dass sie ihre Eltern durch ein unpassendes Kichern verärgern sollte.

»Mutter. Vater.« Emma ging auf ihre Eltern zu, die Hand ausgestreckt, aber keiner von beiden regte sich. Also blieb sie kurz vor ihnen stehen, senkte den Blick und bemühte sich, das Bild einer schuldbewussten Tochter abzugeben. Einer Tochter, die ihren Eltern unendlich dankbar dafür war, dass sie sie wieder aufgenommen hatten, trotz aller Verfehlungen.

»Ich bin enttäuscht. Zutiefst enttäuscht.« Ihr Vater kam auf Emma zu, blieb vor ihr stehen und schüttelte den Kopf. »Das solltest du wissen. Alles Weitere wird deine Mutter dir sagen.«

So ist das also, von Vater gibt es eine allgemeine Zurechtweisung, für die Details ist Mutter zuständig. Habe ich wirklich etwas anderes erwartet?

Ihre Mutter wartete, bis der Vater die Tür hinter sich geschlossen hatte. Dann wies sie mit der Hand auf das zierliche hellblaue Sofa. »Setz dich. Wir haben einiges zu bereden.«

Emma presste die Lippen zusammen, damit ihr nicht eine unfreundliche Antwort entkam. Wie hieß es im Englischen so zutreffend: *Beggars can't be choosers.*

Wenn sie an das wenige Gepäck dachte, mit dem sie nach Deutschland zurückgekehrt war, konnte man sie mit Fug und Recht als Bettlerin ansehen. Aber Emma weigerte sich zu akzeptieren, dass ihr keine Wahl bliebe.

»Wir nehmen dich keinesfalls wieder auf. Geh zurück zu deinem Mann und rette deine Ehe.«

»Da ist nichts mehr, was sich noch retten lassen würde.« Emma musste an sich halten, um nicht laut herauszuschreien. »Mein Mann will die Scheidung. Ich habe mit Lady Ashworth eine Vereinbarung getroffen, um den Skandal klein zu halten. Das sollte dir doch nur recht sein.«

»Meinst du, es wird sich nicht herumsprechen, was du getan hast? Erst diese närrische Liebelei, dann eine Scheidung.« Ihre Mutter sprang auf und ging vor Emma auf und ab.

»Hast du je darüber nachgedacht, was deine dummen, dummen Handlungen für deine Familie bedeuten?« Dora zu Sommerfeldt blieb stehen, ihr Blick fixierte Emma. »Du verdirbst Franz' Chancen auf eine gute Partie, machst uns zum Gespött der Stadt und dann tauchst du auf, als wäre nichts gewesen.«

»Wo hätte ich hingehen sollen?«

»Hier kannst du auch nicht sein. Sieh zu, wie du zurechtkommst.«

»Ich habe nicht wirklich erwartet, dass ihr mir helft.« Es war ihr eine innere Genugtuung, diese Worte sagen zu können, eine Alternative zu haben. »Ich habe Freunde … Freundinnen in Berlin. Die freuen sich gewiss, mich zu sehen.«

»Wovon willst du leben? Geld wirst du von uns nicht bekommen.«

»Ich werde arbeiten, Mutter. Stell dir vor, wie peinlich das wird, sollten deine Freunde das erfahren.«

»Nicht blamabler als das Scheitern deiner Ehe.«

Wollte sie weiter diesen Schlagabtausch führen? Warum konnte sie nicht einsehen, dass ihre Welt und die ihrer Mutter sich so sehr unterschieden, dass sie aus konträren Welten zu kommen schienen? Alle Versuche, Anerkennung oder Liebe zu erhalten, waren von vorneherein zum Scheitern verurteilt, denn sie setzten voraus, dass es Gemeinsamkeiten gab, etwas, von dem ihre Mutter und sie unendlich weit entfernt waren.

»Ich werde mich bemühen, euch keinen Skandal zu bereiten. Auf Wiedersehen, Mutter.«

»Danke. Auf Wiedersehen.«

Sollten das wirklich die letzten Worte sein, die sie mit ihrer Mutter wechselte? Musste es nicht etwas mehr geben, etwas Freundlicheres, etwas Persönlicheres, etwas Versöhnlicheres? Emma blieb stehen, die Hand bereits auf der Türklinke. Sie seufzte und drehte sich um. Ihre Mutter saß kerzengerade auf dem Stuhl, den Blick hatte sie aus dem Fenster gerichtet, keinerlei Regung zeigte sich auf ihrem klassisch schönen Gesicht.

Sie will es nicht. Selbst wenn ich ihr entgegenkäme, würde sie mich nur zurückstoßen.

EPILOG

Berlin, 12. November 1918

Liebe Emma,
ich hoffe so sehr, dass einer meiner Briefe Dich erreichen wird. Bisher habe ich fünf abgeschickt, ohne eine Antwort zu erhalten.
Wie Du Dir vorstellen kannst, habe ich die wildesten Ideen gesponnen – Du hast mir ja immer vorgeworfen, viel zu viel Fantasie zu haben.
Noch stärker ist jedoch mein Eigensinn. Ich bin nicht bereit, Dich aufzugeben, und schreibe Dir einfach so lange, bis ich eine Antwort erhalte. Ich war dumm, wütend auf Dich zu sein, weil Du nach Deutschland zurückgekehrt bist. Ich hoffe, dass wir uns wiedersehen und dass Du mir unseren traurigen Abschied verzeihst.
Herzliche Grüße
Deine Freundin Eleanor

Erst als ihre Tränen auf das Papier tropften und drohten, die Tinte von Lady Eleanors Briefen abzuwaschen, bemerkte Emma, dass sie weinte. Vorsichtig trocknete sie das Schreiben mit ihrem Taschentuch ab und legte es zur Seite, zu den Briefen von Lucy. Ihre Gefühle jedoch ließen sich nicht so einfach zur Seite legen, sondern befanden sich immer noch in Aufruhr.

Nun weiß ich endlich, wie es ihnen allen geht. Ich muss Lucy ein Kondolenzschreiben zum Tod ihrer Mutter senden. Auch wenn ich Helen nur kurze Zeit kannte, habe ich sie sehr geschätzt. Wenn meine Mutter nur einen Funken von Helens Warmherzigkeit und Lebensfreude besäße.

Wie wunderbar, dass Eleanor mir endlich verzeihen konnte. Ob sie zufrieden ist, dass ein Teil der englischen Frauen nun endlich das Stimmrecht hat? Wie ich sie kenne, wird Eleanor weiterkämpfen, bis alle Frauen wählen dürfen.

Ihr Herz fühlte sich gleichzeitig schwer und leicht an. Schwer, weil sie ihre englischen Freundinnen auf einmal entsetzlich vermisste und sich wünschte, morgen schon nach London reisen zu können, um sie in ihre Arme zu schließen. Leicht, weil der furchtbare Krieg endlich beendet war und es bald die Möglichkeit geben würde, Freunde in anderen Ländern zu besuchen. Allerdings fragte Emma sich, ob sie als Deutsche in London wirklich willkommen wäre. Dass die Menschen dort selbst Dackel angegriffen hatten, erschreckte sie sehr.

Als ob ich es mir in nächster Zeit leisten könnte, nach England zu reisen. Ich weiß nicht einmal, ob ich weiter Straßenbahnschaffnerin sein darf, wenn die Männer aus dem Krieg zurückkehren.

Genug der düsteren Überlegungen, ich möchte mich freuen, dass meine englischen Freundinnen leben. Und nicht nur sie. Nur jemand wie Lucy kommt auf die Idee, in ihrem Brief zu erwähnen, dass Whiskers inzwischen das Altenteil anstrebt. Was mir auch Übles in England passiert ist, niemand kann mir die Suffragetten und Lucy und Eleanor nehmen. Und natürlich Whiskers.

Nun blieb nur noch der eine Brief, den sie schon mehrmals in die Hand genommen, aber nicht geöffnet hatte. Erneut griff sie nach ihm.

Niemand wird es erfahren, wenn ich ihn einfach in winzige Schnipsel zerreiße. Aber ich würde es wissen und mich den Rest meines Lebens feige fühlen.

Also riss sie den Umschlag an einer Seite auf und schüttelte zwei Blätter des eleganten Briefpapiers von Hazelwell Manor heraus.

Meine liebe Emma,

Die Handschrift von Lady Ashworth war genauso wie die Dame selbst: elegant, klar und von ausgewiesener Präzision. Ein Schreiben von ihrer ehemaligen Schwiegermutter zu erhalten, überraschte Emma und sie ahnte, was Lady Ashworth ihr sagen wollte. Aber sie wusste bereits, dass Percival tot war.

Meine liebe Emma,
da ich mir nicht sicher sein kann, ob Dich die Nachricht bereits erreicht hat, obliegt mir die traurige Pflicht, Dir mitzuteilen, dass mein Sohn Percival gefallen ist.

Zu ihrer Verblüffung traten Emma Tränen in die Augen, sie weinte nicht um ihren Ehemann, sondern aus Mitgefühl mit ihrer Schwiegermutter, die einen Sohn verloren hatte. Sicher hatte Lady Ashworth Percival trotz seiner Fehler geliebt und litt entsetzlich darunter, ihr ältestes Kind verloren zu haben.

Wie so viele gute Männer hat dieser entsetzliche Krieg auch ihn das Leben gekostet.

Ein Tintenfleck neben den letzten Worten war ein sicheres Indiz dafür, dass jemand den Füllfederhalter abgesetzt hatte. Emma konnte förmlich vor sich sehen, wie Lady Ashworth eine kurze Pause einlegte, um sich zu sammeln und nach den richtigen Worten zu ringen.

Wahrscheinlich war es ihr schwergefallen, den Brief zu schreiben. Denn Emma stand nicht nur für den Skandal einer Scheidung, sondern auch aufseiten des Feindes, der dafür verantwortlich war, dass Percival jung gestorben war. Ein tiefes Gefühl von Hochachtung stieg in Emma auf. So wenig sie die Regeln und Grenzen des britischen Adels begriffen hatte, als sie noch dazugehörte, so sehr wusste sie die Konventionen jetzt zu schätzen.

Ich habe es Dir nie persönlich sagen können, meine liebe Emma, aber ich bedauere es sehr, dass Percival und Du nicht miteinander glücklich werden konntet.
Auf Hazelwell Manor hat sich vieles verändert und wird sich sicher weiter verändern. Millicent ist ein wahrer Sonnenschein und bereitet uns allen viel Freude. Sie lässt dich grüßen.

Florence hat im Krieg eine Ausbildung zur Krankenschwester gemacht und will diesen Beruf auch in Friedenszeiten ausüben, was uns alle verblüfft, wie Du Dir vorstellen kannst.
Georgina hingegen hat Reginald Sutcliffe geheiratet, was für mich eine große Überraschung war. Obwohl er ein Stadtmensch ist, hat Reginald viele neue Ideen für die Landwirtschaft auf Hazelwell Manor und hofft, dass Frederick ihm bald freie Hand gibt.
Ich würde mich freuen, von Dir zu hören, hoffe, dass es Dir gut geht und verbleibe
Clarice Ashworth
PS. Ich weiß ebenfalls nicht, ob die Nachricht bis zu Dir gedrungen ist, aber die Suffragetten haben nun endlich einen Erfolg verbuchen können, wenn sie auch nicht alles bekamen, was sie forderten.

Erstaunlich, dass Lady Ashworth überhaupt wusste, dass es Suffragetten gab. Fast konnte man meinen, dass ihre frühere Schwiegermutter den Zielen der Stimmrechtsbewegung wohlgesinnt war. *Wie wenig ich doch von ihr weiß. Wie verbohrt ich damals gewesen bin und zu wenig gefragt und zugehört habe. Ob wir unseren Frieden schließen können?*

Sie setzte sich auf, um zu dem eichefarbenen Sekretär zu humpeln, in dem sie ihr Briefpapier aufbewahrten, doch da hörte sie Schritte auf der Treppe. Polternde, sehr eilige Schritte. Hedwig stürmte herein, ihr Gesicht war rot vor Aufregung oder von der kalten Novemberluft.

»Sag schon!« Emma schaute ihre Freundin an, suchte nach Signalen, die ihr anzeigten, ob sie ihr Ziel erreicht hatten, aber Hedwigs Gesicht blieb unbewegt. Emma sprang auf, so hastig, dass sie nicht daran dachte, auf ihren Fuß zu achten.

»Autsch!« Auf einem Bein hüpfte sie auf Hedwig zu, packte deren Schultern und rüttelte sie. »Bitte, wie haben sie entschieden?«

War es so schlimm, dass ihre Freundin ihr die bittere Wahrheit verschweigen wollte? Waren all die Versprechen und Hoffnungen auf einen Neuanfang nur hohle Worte gewesen, denen keine Taten folgten? Taten, nicht Worte – fiel ihr ein. *Deeds, not words*. Das Motto der WSPU, deren Forderungen sich am 6. Februar endlich erfüllt hatten, jedenfalls zum Teil. In England durfte jede Frau wählen, sobald sie das 30. Lebensjahr vollendet hatte. Würde Deutschland dahinter zurückbleiben? Sie hielt den Atem an und fürchtete das Schlimmste, fürchtete, dass ihr Kampf nun erneut beginnen würde. Brächte sie noch einmal die Kraft dafür auf?

»Alle mindestens 20 Jahre alten männlichen und weiblichen Personen dürfen wählen. Ist es nicht unglaublich?« Hedwig umarmte sie. Nachdem sie Emma durch ihr Schweigen diesen Schrecken eingejagt hatte, sprudelten die Worte nun nur so aus ihr heraus. »Der Rat der Volksbeauftragten hat das verkündet. Bereits im Januar nächstes Jahr dürfen wir unser Recht ausüben. Wir haben gewonnen, Emma, wir haben gewonnen! Endlich.«

Bevor Emma ihr antworten konnte, polterten weitere Schritte die Treppe hoch.

»Kannst du es fassen?« Auguste zog sich den Hut vom Kopf und pfefferte ihn in die Ecke des Wohnzimmers. Der Mantel folgte kurz darauf. »Ist es nicht unglaublich? Ob wir irgendwo Sekt auftreiben können? Nein, Champagner. Ich will Champagner.«

»Das dürfte schwierig werden«, entgegnete Johanna in ihrer üblichen trockenen Art. »Wir können froh sein, wenn wir einen Selbstgebrannten ergattern können.«

»Hast du nicht irgendwo Kontakte?« Johanna wandte sich Emma zu, ihr Gesicht voller Lebensfreude. »Emma, Schatz, du *musst* uns helfen.«

»Können wir uns nicht einfach so freuen?«

»Einfach so? Einfach so?« Theatralisch fuchtelte Auguste mit den Händen. »Wir sind Zeuginnen bedeutender Ereignisse und du willst dich einfach so freuen!«

»Ausnahmsweise gebe ich ihr recht.« Johanna schnalzte mit der Zunge. »Das Ende des furchtbaren Krieges und der Aufruf vom Rat der Volksbeauftragten – das muss gefeiert werden.«

»Bis zur Besinnungslosigkeit.« Auguste machte ein paar Schritte, hob Hut und Mantel auf und kleidete sich an. »Komm, Johanna, gemeinsam sind wir stark und finden Champagner.«

Nachdem die beiden gegangen waren, begleitet von Lachen und lauten Freudebekundungen, nahm Hedwig Emmas Hände in die ihren.

»Gibt es schlimme Nachrichten aus England? Du hast geweint.«

»Alles ist gut. Ich … ich bin nur überwältigt.«

Noch kam es ihr vor wie ein Traum, noch erwartete sie jeden Augenblick, dass Percival sie weckte oder dass man sie in Holloway holte, aber nein, so unfassbar es war – sie hatten gewonnen. Sie durften wählen, endlich.

GLOSSAR

Afternoon Tea: Zwischenmahlzeit, bei der Sandwiches und kleine Kuchen gereicht werden; wurde 1840 erfunden von Anna, der siebten Duchess of Bedford. Die Duchess verspürte nachmittags Hunger, da das Dinner erst gegen 20:00 Uhr serviert wurde, und ließ sich Brot und Kuchen bringen. Weil ihr das so gut gefiel, lud sie bald Freundinnen und Freunde ein.

Black Maria: Gefängniswagen

Cab: Mietkutschen, die in London bis in die 1920er Jahre hinein als Taxi dienten.

Character: Referenz oder Zeugnis für Dienstboten. Ohne *character* war es so gut wie unmöglich, eine Neuanstellung zu finden.

Cinq-à-sept-Liebelei*:* Liebesaffäre zurzeit des Afternoon Teas (fünf bis sieben Uhr), in der Ladys fließende Gewänder trugen.

Drawing Room: Salon

Kedgeree: Aus Indien stammendes Gericht aus geräuchertem Schellfisch, Reis, Butter und gekochten Eiern.

Kipper: Gesalzener Hering

Lower Servants : Die unteren Bediensteten, die für die Herrschaft unsichtbar sind.

Nurse/Nanny: Kindermädchen

Nursery: Bereich, in dem die Kinder der Herrschaft leben.

Nursery Maid: Eine Art Hilfs-Kindermädchen, Mischung aus Hausmädchen und Kindermädchen.

Pug's Parade: Einmarsch der Upper Servants zum gemeinsamen Dinner der Dienstboten.

Pug's Parlour: Zimmer der Hausdame, in dem sich die Upper Servants vor dem Dinner versammelten.

Season: Die Zeit zwischen Ostern und August, in der die Ladys und Lords das Land verließen und in London Bälle, Blumenschauen, Theater und Pferderennen genossen. Debütantinnen wurden dem König vorgestellt.

Second Division: In die Second Division des Gefängnisses Holloway kamen Kriminelle, während die First Division politischen Gefangenen vorbehalten blieb. Gefangene der First Division durften ihre Kleidung behalten, eigenes Essen bestellen und jemanden kommen lassen, der die Zelle reinigte.

Upper Servants: Die höheren Bediensteten, die mit der Herrschaft zusammenarbeiten.

WSPU: Women's Social and Political Union, von Emmeline Pankhurst gegründete Frauenstimmrechtsorganisation.

DAS FEINE LEBEN AUF DEM LAND

Das feine Leben in den wunderschönen Herrenhäusern, die aufwendigen Dinners, die mehrtägigen Jagdgesellschaften, der unglaubliche Luxus – all das war wenigen Menschen vorbehalten. Zur Regierungszeit Edward VII. besaßen 10% der Menschen in England mehr als 90% des Reichtums des Landes. Damit die Herrschaften so elegant und luxuriös leben konnten, brauchte es die Arbeit von vielen, den Dienstboten. Tätigkeiten, die oft im Verborgenen, unsichtbar für die Adelsfamilie, geleistet wurden, lange Arbeitszeiten mit sich brachten und gering entlohnt wurden.

Man muss sich die Herrenhäuser als regulierte, sehr hierarchisch organisierte Gebilde vorstellen, in denen jede und jeder festgelegte Aufgaben und Rollen besaß, aus denen man nicht entkommen oder davon abweichen konnte. Das galt nicht nur für das Personal, sondern auch für die Herrschaft.

Die Menschen Upstairs mussten ebenso ihre Rollen spielen wie die Menschen Downstairs. Der Hausherr war politisch aktiv, leitete den landwirtschaftlichen Betrieb, der zum Herrenhaus gehörte, oder pflegte seine Kontakte auf Jagden. Die Herrin des Hauses hatte zu repräsentieren und musste sich wohltätig engagieren. Sie besuchte Verwandte und Bekannte, organisierte Besuche und Abendgesellschaften oder Basare, um Gelder für gute Zwecke zu sammeln.

Selbst wenn keine Gäste im Herrenhaus weilten, zogen sich die Damen zu jeder Mahlzeit um. Von englischen Ladys wurde außerdem erwartet, dass sie zu Pferd eine gute Figur machten, natürlich im Damensitz, und die Kunst der Konversation beherrschten. Kindererziehung hingegen gehörte nicht zu ihren Aufgaben, hierfür waren die Nurses/Nannys und Nursemaids zuständig. Kleine Kinder bekamen ihre Eltern oft nur eine Stunde am Tag zu sehen – selbstverständlich unter Aufsicht des Kindermädchens.

Die Bereiche von Lord und Lady waren stark getrennt, sodass Ehepaare sich oft nur bei den üppigen Mahlzeiten sahen. Selbst die Nächte verbrachten sie zumeist in getrennten Zimmern. Dies war oft der Tatsache geschuldet, dass die Ehe nicht aus Liebe, sondern aus praktischen Erwägungen heraus geschlossen wurde. Wenn man Glück hatte, verstand man sich gut bis hin zu einer aufkeimenden Liebe zwischen den Ehepartnern. Falls die Sympathie auf beiden Seiten gering war, gab es als Ausweg die Affären.

Die blieben Männern und verheirateten Damen vorbehalten, denn unverheiratete Frauen durften keinesfalls ohne Anstandsdame reisen oder einem unverheirateten Mann öffentlich begegnen. Mit der Eheschließung gewannen die Ladys mehr Freiheiten. Gelegenheiten boten die Samstag-bis-Montag-Besuche auf dem Land oder die Cinq-à-sept-Affären in der Stadt (und auch auf dem Land). In der Zeit des Afternoon Teas (17:00-19:00 Uhr) schlüpften elegante Damen in bequeme Kleider, sodass sie nicht die Hilfe ihrer

Zofe beim An- und Auskleiden bedurften, was das Fremdgehen erleichterte, allerdings auch Risiken mit sich brachte. So soll eine Lady ertappt worden sein, weil ihr Liebhaber das Kleid falsch verschnürt hatte.

Kommen wir zu den Menschen, die Downstairs lebten und durch ihre Arbeit das Herrenhaus am Laufen hielten und den Menschen oben ihr Leben und Lieben erst ermöglichten.

In der Edwardianischen Ära (1901-1914) arbeiteten etwa 5% der englischen Gesamtbevölkerung als Dienstboten, das waren rund 2 Millionen Menschen. Die Volkszählung kam zu dem Ergebnis, dass 100.000 von ihnen zwischen 10 und 15 Jahre alt waren. Der Anteil weiblicher Bediensteter stieg an, auch in ehemals männlichen Domänen – aus dem einfachen Grund, dass Landeigener Steuern für männliche Dienstboten zahlen mussten, während weibliches Personal steuerfrei blieb und »selbstverständlich« geringer entlohnt wurde.

Wie Lucy in meiner Geschichte erleben muss, gab es auch deutliche Rangunterschiede unter den Dienstboten. Ganz oben standen die *Upper Servants*, das sind die erfahrenen, oft gut ausgebildeten Dienstboten, meist höheren Lebensalters, die besondere Verantwortungsbereiche hatten, wie z. B. der Butler, der den Weinkeller verwaltete. Außerdem hatten sie direkten Zugang zur Herrschaft, indem sie wie Butler und Hausdame mit ihnen das Hausleben organisierten. Upper Servants verbrachten oft ihr ganzes Leben im Dienst bei einer Familie. Zu ihnen gehörten der Butler, die Hausdame (Housekeeper), der Kammerdiener (Valet), die Zofe (Lady's Maid) und die Köchin.

Die *Lower Servants* verrichteten ihre Arbeit im Hintergrund und die meisten von Ihnen blieben für die Familie Upstairs unsichtbar. Sie waren jung, kaum ausgebildet und viele von ihnen hofften, dass der Dienst nur eine Lebensphase bis zur Heirat war. Je nach Größe des Haushalts gab es hier eine Vielzahl von Beschäftigten. Auf Hazelwell Manor lernen wir die Diener oder Lakaien (Footmen) kennen, die Hausmädchen (Chambermaid) und die Küchenmädchen (Kitchen Maid/Scullery Maid).

Die geringe Bedeutung, die Lower Servants hatten, zeigt sich daran, dass es Herrenhäuser gab, wo man den Bediensteten einfach einen neuen Vornamen gab, weil Diener eben John oder James hießen, ungeachtet dessen, wie ihr wahrer Name war. Hausmädchen wurden oft Emma genannt, was meine arme Heldin zu hören bekommt.

Dienstbote zu sein, bedeutete lange Arbeitstage, wenig freie Zeit und die Befolgung strikter Regeln, vor allem für die Lower Servants. Zu Beginn des 20. Jahrhunderts erhielten Dienstboten einen halben Tag in der Woche frei, einen ganzen freien Tag im Monat sowie eine freie Woche im Jahr. Dass es trotzdem so viele Menschen gab, die als Personal arbeiteten, lag einerseits an mangelnden Beschäftigungsalternativen, andererseits ging es Dienstboten verhältnismäßig gut. Gerade für Kinder aus armen Bauernfamilien waren die Mahlzeiten, die in einem Herrenhaus Downstairs serviert wurden, nahezu luxuriös. Außerdem trugen gerade die Lower Servants mit ihrem Lohn dazu bei, dass es ihren

Familien besser ging. Eine Geschichte wie die von Lucy, die ihre verwitwete Mutter und ihren Bruder unterstützt, ist typisch für diese Zeit.

Jedes Landhaus hatte seine eigenen niedergeschriebenen Regeln, die äußerst drakonisch waren. Oft waren Hausherr und Hausherrin weniger harsch als Butler und Hausdame, wenn es um das Einhalten der Vorschriften ging. So mussten sich Dienstboten beispielsweise unsichtbar machen, wenn sie jemandem aus der Familie begegneten. Sie mussten ihr Gesicht zur Wand drehen und jeden Augenkontakt vermeiden. Außerdem durften sie niemals auf die Idee kommen, ungefragt mit der Lady oder dem Lord zu sprechen. Die Lower Servants durften nicht einmal bei den gemeinsamen Essen der Dienstboten reden, wenn sie nicht von einem Upper Servant angesprochen wurden.

Was erhielten die Dienstboten für ihre harte und anstrengende Tätigkeit? Auch in Herrenhäusern galt: Frauen bekommen weniger als Männer.
Verdienste unterschiedlicher Dienstboten im Jahr 1910:
Butler: 50-100 Pfund/Jahr
Hausdame: 40-70 Pfund/Jahr
Koch: 18-500 Pfund/Jahr (französische Köche waren sehr beliebt und verdienten unglaublich viel Geld)
Kammerdiener: 35-50 Pfund/Jahr
Zofe: 20-32 Pfund/Jahr
Erster Diener: 30-40 Pfund/Jahr
Küchenhelferin: 10-14 Pfund/Jahr
Nanny: 30-40 Pfund/Jahr

DER KAMPF DER SUFFRAGETTEN

»We are here, not because we are law-breakers;
we are here in our efforts to become law-makers.«
Wir sind hier, nicht weil wir Gesetzesbrecher sind.
Wir sind hier aufgrund unserer Bemühungen,
Gesetzgeber zu werden.
(Rede Emmeline Pankhursts, 21. Oktober 1908,
bei ihrem Prozess in London)

Mein Roman stellt die »Taten, nicht Worte« der WSPU in den Mittelpunkt. Allerdings begann der Kampf englischer Frauen für das Stimmrecht viel früher. In den Anfängen verließen sich die Wahlrechtskämpferinnen auf den parlamentarischen Weg, leisteten Lobbyarbeit, sprachen mit Politikern, verteilten Pamphlete und Merchandise-Materialien, ohne jedoch ihrem Ziel näherzukommen. Stattdessen mussten sie allzu oft die Erfahrung machen, dass Versprechen der Politiker nicht umgesetzt wurden, dass ihre Eingaben ignoriert wurden und dass Gesetzesentwürfe für das

Frauenstimmrecht mit allen zur Verfügung stehenden parlamentarischen Mitteln sabotiert und oft der Lächerlichkeit preisgegeben wurden.

Auch wenn die Taten der WSPU und ihre Bereitschaft, Gesundheit und Leben zu riskieren, aus heutiger Perspektive extrem erscheinen, muss man in Betracht ziehen, wie lange und wie erfolglos die Frauen den parlamentarischen Weg gegangen waren. Damit nicht genug, mussten Frauen sich – gelinde gesagt – seltsame Argumente anhören, warum sie nicht wählen durften. Die Begründungen der Stimmrechtsgegner reichten von Sorgen um das Ende der Familie über die Ansicht, dass jeder Ehemann schließlich die Interessen der ihm Angetrauten mitvertrete, bis hin zur generellen Unfähigkeit von Frauen, logisch zu handeln und bei Wahlen eine vernunftgemäße Entscheidung zu treffen. Mediziner behaupteten, das Denken des weiblichen Teils der Bevölkerung würde von der Gebärmutter und nicht dem Gehirn bestimmt. Daher wären Frauen während der Pubertät, der Menstruation, bei Schwangerschaften und in der Menopause nicht entscheidungsfähig.

So schrieb der Arzt und Bakteriologe Sir Almroth Wright am 28.03.1912 einen langen Brief an die London Times, in der er die generelle Unfähigkeit von Frauen konstatierte, sich mit Politik zu beschäftigen. Das zog viele Antworten nach sich, eine der schönsten (meiner Meinung nach) die einer Frau, die vorschlug, dass man das weibliche Geschlecht, dessen generelle Unfähigkeit nun nachgewiesen wäre, doch am besten vollkommen und für immer loswürde, unterschrieben mit »eine der Verdammten« (one of the Doomed).

Das ist ein Beispiel für die Kreativität, mit der die Suffragetten ihre Ziele verfolgten. Oft stehen deren Demonstrationen und militanten Aktionen im Mittelpunkt, was sicher berechtigt ist, aber zu kurz kommen lässt, wie viel sich die Frauen noch einfallen ließen, um das Stimmrecht zu gewinnen. Ein Beispiel ist der Boykott der alle zehn Jahre stattfindenden Volkszählung im Jahr 1911. Die WSPU hatte dazu aufgerufen, unter dem Motto: Wenn Frauen nichts zählen, müssen sie auch nicht gezählt werden. Der Zensus erfasste alle Personen eines Haushalts, die sich in der Nacht der Zählung im Haushalt befanden. Dies boykottierten die Frauen, indem sie das Formular mit Kommentaren oder bewussten Falschinformationen ausfüllten oder die Nacht nicht zu Hause verbrachten. In London trafen sich Suffragetten zu Picknick in Wimbledon oder zu einem nächtlichen Spaziergang am Trafalgar Square; auch in Cardiff, Manchester, Bristol, Liverpool und vielen weiteren Städten gab es organisierte nächtliche Versammlungen für Frauen, die nur ein Ziel hatten, sie der Volkszählung zu entziehen.

Trotz aller Kreativität, trotz aller Zerstörungsakte, trotz aller Versuche, erfolgreiche Koalitionen mit der Labour Party oder den Liberalen einzugehen, gelang es den Suffragetten bis 1914 nicht, das Stimmrecht durchzusetzen. Der Erste Weltkrieg stellte eine Zäsur dar, weil selbst radikale Kämpferinnen wie Emmeline Pankhurst die innenpolitische Einigkeit in Kriegszeiten für wichtiger hielten.

1918 erhielt ein Teil von Frauen das Stimmrecht, erst zehn Jahre später wurde das Wahlrecht allen Frauen ab 21 Jahren gewährt.

AUSGEWÄHLTE EREIGNISSE IM KAMPF UM DAS FRAUENSTIMMRECHT

1832 Mary Smith aus Yorkshire reicht am 3.8. eine Petition bei dem Parlamentsmitglied Henry Hunt ein, damit sie und andere ledige Frauen das Wahlrecht erhalten.

1866 Parlamentsmitglied John Stuart Mill präsentiert am 7.6. dem House of Commons die erste Frauenstimmrechtspetition mit mehr als 1.500 Unterschriften.

1870 Im Dezember erhalten verheiratete Frauen durch den *Married Women's Property Act* erstmals das Recht, ihren Besitz und ihr Geld zu behalten.

1890 Gründung der *Women's Franchise League* (WFrL) durch Emmeline Pankhurst, der ersten Frauenstimmrechtsorganisation, die sich für das Frauenstimmrecht bei kommunalen Wahlen einsetzt.

1894 Erneut im Dezember wird der *Local Government Act* verabschiedet: jede Frau, ob ledig oder verheiratet, darf sich an Kommunalwahlen beteiligen, sofern sie die finanziellen Voraussetzungen erfüllt.

1897 Formiert sich die *National Union of Women's Suffrage Societies* (NUWSS), in der sich siebzehn Frauenstimmrechtsorganisationen vereinigen. Langjährige Vorsitzende ist Millicent Fawcett, die neben dem Frauenstimmrecht auch soziale Reformen erreichen will. Die NUWSS setzt auf den parlamentarischen Weg und Lobbyarbeit, um das Stimmrecht zu gewinnen.

1902 Textilarbeiterinnen aus Nordengland legen dem Parlament eine Petition mit 37.000 Unterschriften vor, die das Frauenstimmrecht fordert.

1903 Am 10.10. formiert sich die *Women's Social and Political Union* (WSPU) im Haus von Emmeline Pankhurst in Manchester. Die WSPU hat nur etwa 2.000 feste Mitglieder, aber unglaublich viele Unterstützerinnen. Die von der Organisation herausgegebene Zeitschrift *Votes for Women* erreicht eine Auflage von 40.000 Exemplaren pro Woche.

1905 Die WSPU übernimmt das Motto »Taten statt Worte« (Deeds not Words), was zu militanten Aktionen führt. Bei einer Versammlung der Liberalen am 13.10. in der Free Trade Hall in Manchester steht eine Frau auf und fragt: »Wird die liberale Regierung den Frauen das Wahlrecht geben?« Gleich darauf erhebt sich eine zweite Frau und stellt die gleiche Frage. Dann entrollen Christabel Pankhurst und Annie Kenney ein Banner mit der Aufschrift: *Votes for Women.* Die Frauen werden wegen Unruhestiftung verhaftet und angeklagt. Bei der Verhandlung am nächsten Tag weigern sie sich, die Geldstrafe zu zahlen und gehen stattdessen ins Gefängnis.

1908 Im Juni marschieren 250.000 Menschen in der *Women's Sunday-Demonstration* in London.

1909 Juli: Marion Wallace Dunlop ist die erste Suffragette, die in Hungerstreik tritt.

1910 Die *Conciliation Bill*, die Frauen, deren Eigentum mehr als 10 Pfund beträgt, das Wahlrecht gewähren würde, scheitert im November.

Schwarzer Freitag: Am 18.11. marschieren 300 Suffragetten als Reaktion auf das Scheitern des Gesetzes zum Parlament. Der Protestmarsch wird mit nie gekannter Polizeigewalt niedergeschlagen. Verantwortung für den Polizeieinsatz trägt Innenminister Winston Churchill. 115 Frauen werden festgenommen, etliche erlitten schwere Verletzungen, zwei von ihnen sterben. Das Foto von Polizisten, die eine am Boden liegende Frau angreifen, erscheint am nächsten Tag auf dem Titelblatt einer nationalen Zeitung. Aufgrund der öffentlichen Empörung lässt die Regierung alle eingesperrten Frauen bis Weihnachten frei.

1911 Im November kündigt Premierminister Asquith einen Gesetzesentwurf an, der mehr Männern das Wahlrecht geben wird, auf Kosten des Frauenstimmrechts. Als Reaktion darauf beginnen Suffragetten, Fensterscheiben in ganz London einzuwerfen.

1912 Am 4.3. zertrümmern Hunderte von Frauen Schaufenster in London City und dem Westend. Einen Tag später lässt die Regierung die Herausgeber der *Votes for Women*, Mr und Mrs Pethick Lawrence, verhaften. Die beiden, Mabel Tuke sowie Emmeline und Christabel Pankhurst werden angeklagt, der Verschwörung mit dem Zweck böswilliger Sachbeschädigung.

Ende Mai werden die Anführer der WSPU vor dem Central Criminal Court, London, zu mehrmonatigen Gefängnisstrafen verurteilt.

1913 Der Kampf geht in eine erneute militante Phase mit gesteigerten Zerstörungen. Golfrasen werden mit Parolen verätzt, Fensterscheiben eingeworfen. Die Suffragetten schlitzen Sitze in Eisenbahnwaggons auf, zerstören Gewächshäuser in Kew Gardens, schreiben *Votes for Women* auf Theatersitze und in Konzertsäle und begehen Brandstiftung. Sie versenden Briefe mit Niespulver an die Mitglieder des Kabinetts, kappen Telegrafenmasten und brennen leerstehende Sommerhäuser nieder. Bahnhöfe in Birmingham, Saunderton und Croxley Green werden gesprengt. Am 26.2. erscheint ein Brief von Bertha Brewster im *Daily Telegraph*: Es gibt nur zwei Wege, den Zorn der Suffragetten zu stoppen. 1. Töten Sie jede Frau im Vereinigten Königreich. 2. Geben Sie Frauen das Stimmrecht.

April: Der *Prisoners Temporary Discharge for Ill Health Act*, bald *Cat and Mouse Act genannt*, wird verabschiedet. Bisher wurden hungerstreikende Suffragetten entlassen, sobald sich ihr Gesundheitszustand drastisch verschlechterte. Das kam einer Begnadigung gleich und die Strafe verfiel. Jetzt konnten Frauen entlassen werden, sich erholen und mussten ins Gefängnis zurückkehren, sobald ihr Gesundheitszustand es erlaubte. Während der Erholungsphase standen sie unter

Hausarrest und durften nicht an politischen Versammlungen teilnehmen.

Am 4.6. wirft sich Emily Wilding Davison während des Rennens in Epsom vor das Pferd des Königs. Vier Tage später stirbt sie im Krankenhaus.

Am 14.6. ist Emily Wilding Davisons Beerdigungsprozession. Tausende Suffragetten in den Farben Violett, Grün und Weiß begleiten den Sarg durch London zum King's Cross Bahnhof.

Neben dem Hungerstreik treten viele Suffragetten in einen Durststreik, Emmeline Pankhurst beginnt einen Schlaf- und Ruhestreik.

1914 stieg die Zahl der kämpferischen Aktionen und Zerstörungen an. Neben Briefkästen, Strommasten, Bahnhöfen und Golfplätzen werden Gemälde Ziel von Angriffen durch Suffragetten.

Im Juli beendet der Ausbruch des Ersten Weltkriegs alle Aktionen für das Frauenstimmrecht.

Quellen: Literatur zum Kampf der Suffragetten und folgende Internetseiten:

http://www.lettersofnote.com/2012/05/ought-women-not-to-be-abolished.html)
https://www.bl.uk/votes-for-women/articles/womens-suffrage-timeline
https://www.historic-uk.com/HistoryUK/HistoryofBritain/No-Vote-No-Census-1911-Census-Protests/
https://www.museumoflondon.org.uk/discover/malignant-suffragette-remembering-emily-wilding-davison

WANN ERHIELTEN FRAUEN DAS WAHLRECHT?

In England erhielten Frauen, die älter als 30 Jahre waren und bestimmte Eigentumsvoraussetzungen erfüllten, am 6. Februar 1918 durch den *Representation of the People Act* das Wahlrecht. Allerdings ermöglichte es ihnen erst der *Parliament Qualification of Women Act* vom 21. November 1918, auch gewählt zu werden.

Die englischen Frauen mussten noch weitere zehn Jahre warten, bis ihnen 1928 endlich der *Equal Franchise Act* das gleiche Stimmrecht gab wie den Männern: alle Frauen über 21 Jahren dürfen wählen.

Die erste Frau, die gewählt wurde, war Countess Constance Georgine Markiewicz, eine irische Nationalistin, die für die Sinn Féin ins Unterhaus gewählt wurde, aber ihr Mandat nicht antrat – so wie alle Mitglieder ihrer Partei.

Die erste Frau, die einen Sitz im Parlament erhielt, »erbte« ihn von ihrem Mann und war nicht Engländerin von Geburt, sondern Amerikanerin. Viscountess Nancy Astor trat in Plymouth zur Wahl an, nachdem ihr Ehemann Waldorf Astor seinen Sitz im House of Commons aufgab – zugunsten seines Platzes im House of Lords. Nancy Astor war bis 1945 Parlamentsmitglied für die Conservative Party.

Ebenfalls 1918 gilt als Geburtsstunde des Wahlrechts für die deutschen Frauen. Am 12. November hieß es im »Aufruf an das Deutsche Volk« des Rats der Volksbeauftragten: »Alle Wahlen zu öffentlichen Körperschaften sind fortan nach dem gleichen, geheimen, direkten, allgemeinen Wahlrecht aufgrund des proportionalen Wahlsystems für alle mindestens 20 Jahre alten männlichen und weiblichen Personen zu vollziehen.«

Am 30. November 1918 trat das Reichswahlgesetz mit dem allgemeinen aktiven und passiven Wahlrecht für Frauen in Kraft. Bereits am 19. Januar 1919 konnten Frauen erstmals in Deutschland wählen und gewählt werden – in den Wahlen zur Deutschen Nationalversammlung.

300 Frauen kandidierten, 37 von ihnen wurden gewählt, die meisten von ihnen gehörten der SPD an. Insgesamt gab es 423 Abgeordnete, der Frauenanteil lag bei 8,7% – höher als in der Bundesrepublik in den Jahren von 1961-1980.

Die Wahlbeteiligung der Frauen lag bei mehr als 80%.

Wahlrecht weltweit

1893 Neuseeland
1902 Australien
1906 Finnland
1913 Norwegen
1915 Dänemark, Island
1917 Kanada, Niederlande, Sowjetunion
1918 Deutschland, England, Irland, Luxemburg, Vereinigte Staaten von Amerika

1919 Österreich, Polen, Schweden, Tschechoslowakei
1924 Mongolei
1929 Ekuador
1931 Spanien, Brasilien, Thailand, Uruguay
1934 Kuba, Türkei
1935 Indien
1937 Philippinen
1942 Dominikanische Republik
1944 Frankreich
1945 Italien, Liberia, Bulgarien, Ungarn, Slowenien
1946 Albanien, Japan, Jugoslawien, Panama, Rumänien, Südafrika, Italien
1947 Argentinien, Bulgarien, Birma, China, Venezuela
1948 Belgien, Israel, Korea
1949 Chile, Costa Rica, Ungarn
1952 Griechenland
1971 Schweiz
1976 Portugal
1984 Liechtenstein

Quellen neben der angeführten Literatur:

https://www.parliament.uk/about/living-heritage/transformingsociety/electionsvoting/womenvote/keydates/

https://www.lpb-bw.de/publikationen/stadtfra/frauen3.htm

http://www.bpb.de/gesellschaft/gender/frauen-in-deutschland/49418/frauenanteil-im-deutschen-bundestag

https://www.bundestag.de/besuche/ausstellungen/parl_hist/frauenwahlrecht/einfuehrung/246998

HINTERGRUND-LITERATUR

Bei der Recherche für »Zeit des Mutes« konnte ich mich auf exzellente Bücher und Quellen stützen. Fehler im Roman sind ausschließlich mir zuzuschreiben und nicht den genannten Autorinnen und Autoren.

Hintergrundwissen zum »feinen Leben auf dem Lande« und dem vielfältigen Regelwerk, dem Herrschaft und Dienstboten unterworfen waren, verdanke ich:

Alison Maloney: Life Below Stairs: True Lives of Edwardian Servants. Thomas Dunne Books 2012

Jacky Hyams: The Real Life Downton Abbey: How Life Was Really Lived in Stately Homes a Century Ago. John Blake Publishing, London 2011

Jane Pettigrew: An Edwardian Childhood. Little, Brown & Company, London 1991

Juliet Nicholson: The perfect Summer: Dancing into Shadow in 1911. John Murray, London 2007

Juliet Gardiner: The Edwardian Country House. Pan MacMillan, London 2002

Luise Berg-Ehlers: Extravagante Engländerinnen – Adelige Landpartie zwischen Herrenhaus, Gartenidylle und Dinnerparty. Insel Verlag, Berlin 2016

Mark Girouard: Das feine Leben auf dem Lande. Architektur, Kultur und Geschichte der englischen Oberschicht. Campus Verlag. Frankfurt/New York 1989

Menschen, die ebenso begeistert von Bildern sind wie ich, empfehle ich die wunderschönen Begleitbücher zur unvergleichlichen Serie »Downton Abbey«:

Jessica Fellowes: Die Welt von Downton Abbey. Edel-Books, Hamburg 2012

Emma Rowley, Hinter den Kulissen von Downton Abbey: Der offizielle Begleiter zu allen vier Staffeln – Edel Books, Hamburg 2015

Das edwardianische London haben mir diese Bücher nahegebracht:

Victorian and Edwardian London from old photographs. Introduction and commentaries by John Betjeman. Batsford, London 1979

Victorian & Edwardian London by A. R. Hope Moncrieff. Brockhampton Press, London 1999

Spaziergänge durch das alte London. Historische Gemälde, Postkarten, Fotografien und Stadtpläne. Bassermann-Verlag, München 2009

Der Schwerpunkt der Recherche lag bei der Geschichte und den Kämpfen der Suffragetten. Besonders anregend und hilfreich waren diese Bücher:

Antonia Meiners (Hrsg.) Die Suffragetten. Sie wollten wählen und wurden ausgelacht. Elisabeth Sandmann Verlag GmbH, München 2016

David Morgan: Suffragists and Liberals. The Politics of Women Suffrage in England. Basil Blackwell, Oxford 1975

Lyndsey Jenkins: Lady Constance Lytton. Aristocrat, Suffragette, Martyr. Biteback Publishing Ltd, London 2015

Michaela Karl: »Wir fordern die Hälfte der Welt!« Der Kampf der Suffragetten um das Frauenstimmrecht. Fischer Taschenbuch Verlag, Frankfurt am Main 2009

Paula Bartley: Votes for Women, 1860-1928. Second edition. Access to history. Hodder Education, Gray Publishing, Turnbridge Wells 2003

Unglaublich faszinierend fand ich die Analyse von Kaethe Schirmacher, vor allem, weil sie vor mehr als 100 Jahren erschienen ist, was man ihr nicht anmerkt:

Kaethe Schirmacher: Die Suffragettes. Alexander Duncker Verlag Weimar 1912 / Buch im Projekt Gutenberg:

http://gutenberg.spiegel.de/autor/kathe-schirmacher-1894 / http://gutenberg.spiegel.de/buch/die-suffragettes-9731/1

Emmeline Pankhursts Biografie *My Own Story* ist ebenfalls online erhältlich: https://www.gutenberg.org/ebooks/34856

(Auf Deutsch: Emmeline Pankhurst: Suffragette. Die Geschichte meines Lebens. Steidl-Verlag, Göttingen 2016

Falls Emmas Geschichte dein oder Ihr Interesse an der deutschen Frauenbewegung und deren Positionen geweckt hat, empfehle ich als Einstieg diese Bücher:

Alice Schwarzer (Hrsg.): Damenwahl. Vom Kampf um das Frauenwahlrecht bis zur ersten Kanzlerin. Köln, Kiepenheuer & Witsch 2008

Angelika Schaser: Frauenbewegung in Deutschland, 1848 – 1933. Wissenschaftliche Buchgesellschaft Darmstadt, 2006

Antonia Meiners: Die Stunde der Frauen zwischen Monarchie, Weltkrieg und Wahlrecht. 1913-1919. Elisabeth Sandmann Verlag GmbH München 2013

Barbara Beuys Die neuen Frauen – Revolution im Kaiserreich. Hanser, München 2014

Michaela Karl: Die Geschichte der Frauenbewegung. Philipp Reclam junior Verlag, Stuttgart 2011

… und zum guten Schluss möchte ich euch und Ihnen meine Lieblingsserie Downton Abbey empfehlen und den wirklich wunderbaren Film »Die Suffragette« ans Herz legen, der den Kampf der britischen Frauen um das Stimmrecht in bewegenden Bildern eingefangen hat.

Mehr Hintergrundmaterialien, Links zu Filmen und Internetseiten habe ich auf meiner Internetseite www.christiane-lind.de zusammengestellt.

Nachwort: Hintergrund und historische Genauigkeit und Dank

Liebe Leserinnen und liebe Leser,

herzlich willkommen beim Nachwort. Hier ist der Ort, um zu erklären, warum ich zur Feier des Jubiläums »100 Jahre Frauenwahlrecht in Deutschland« ein Buch über englische Suffragetten geschrieben habe und wo die Geschichte von der Historie abweicht. Und ein paar Easter Eggs zu offenbaren, die ich im Roman versteckt habe.

Ursprünglich wollte ich eine Geschichte über die deutsche Frauenbewegung schreiben, doch je mehr ich las, desto mehr faszinierten mich die WSPU und deren Kämpfe. Ich wusste grob von Hungerstreiks und Zwangsernährung, von radikalen Positionen und großen Kundgebungen. Neu war für mich, dass der Kampf der Suffragetten den Namen wirklich verdiente und dass England sich im Bürgerkrieg befand, dass es nicht nur Demonstrationen und Hungerstreiks gab, sondern auch Brandstiftung, Bomben und Boykotte.

Wie Emmeline Pankhurst, die Gründerin und Anführerin der WSPU, es in ihrer Biografie »My Own Story« formuliert: »The W.S.P.U. is simply a suffrage army in the field. It is purely a volunteer army, and no one is obliged to remain in it.« (Die WSPU ist einfach eine Frauenstimmrechtsarmee im Feld. Sie ist eine Armee auf Freiwilligen, niemand wird gezwungen zu bleiben.)

»Zeit des Mutes« folgt den realen historischen Gegebenheiten, allerdings habe ich mir aus dramaturgischen Gründen ein paar Abweichungen erlaubt. Eine große Demonstration, wie die, auf der Emma, Eleanor und Lucy verhaftet werden, gab es 1913 nicht. Zu der Zeit konzentrierten sich die Aktionen der WSPU auf Brandstiftung, Bomben in Briefkästen, Säureanschläge auf Golfplätzen und Ähnliches.

Die Rede von Emmeline Pankhurst greift Themen und Ausschnitte unterschiedlicher Ansprachen der Gründerin der WSPU auf; die Ansprache selbst entstammt meiner Feder.

Die größte Abweichung habe ich mir bei der Trauerprozession erlaubt, die dem Sarg von Emily Wilding Davison folgt. In Wirklichkeit kam es zu Angriffen seitens männlicher Zuschauer, die jedoch von der Polizei im Zaum gehalten wurden. Daher kam es nicht zu einem Auseinanderbrechen der Frauendemonstration, wie ich es beschrieben habe, bei der Emma ihren Mut beweisen konnte.

In der Geschichte habe ich »Easter Eggs« versteckt.

Die Amerikanerin, die Emma auf Hazelwell Manor kennenlernt, trägt den Namen Nancy als Hommage an Countess Nancy Astor, die erste weibliche Abgeordnete im House of Commons.

Das Gemälde, das Emma sich in London anschauen will, die »Venus mit Spiegel« oder »Rokeby Venus« ist das Gemälde, das die Suffragette Mary Richardson im März 1914 in der Londoner National Gallery mit einer Axt angriff. Damit wollte sie dagegen protestieren, dass Kunstwerken mehr Wert zugesprochen wurde als den hungernden Suffragetten. Eine kleine Anekdote am Rande: Deutsche Touristen warfen ihre Baedeker-Reiseführer auf Mary Richardson, um sie an der Zerstörung der Venus zu hindern.

Nachdem auch andere Suffragetten Gemälde attackiert hatten, verweigerten etliche Museen Frauen den Zutritt. Ins Britische Museum durften sie nur in Begleitung eines Mannes, der ihr gutes Benehmen garantierte, oder mit einem Leumundsschreiben eines Mannes.

Das Cover von »Zeit des Mutes« greift die Farben der Suffragetten auf: Weiß für die Reinheit, Grün für die Hoffnung und Violett für die Würde.

Zum guten Schluss möchte ich mich bei den Menschen bedanken, die »Zeit des Mutes« begleitet und zu einem besseren Buch haben werden lassen.

An erster Stelle danke ich Grit Bomhauer, www.grittany-design.de, deren Coverentwurf meine Erwartungen übertroffen hat und die Stimmung des Romans wunderbar einfängt.

Meinen Lektorinnen Katrin Rodeit, www.julia-rodeit.de, und Melanie Lahmer, https://www.siegerland-krimis.de bin ich sehr dankbar für ihren Blick für Details, für ihre humorvollen Anmerkungen und die Fähigkeit, inhaltliche Fehler aufzudecken, auch wenn es wehtut.

Claudia Heinen, www.sks-heinen.de, sage ich herzlichen Dank für das Korrektorat. Ihre Kenntnisse der neuen deutschen Rechtschreibung und Kommasetzung sind unglaublich und extrem hilfreich.

Natürlich haben mich die Musekater auch bei »Zeit des Mutes« auf ihre eigene Art unterstützt, indem sie über die Tastatur liefen oder sich lautstark prügelten, wenn ich im Schreibfluss versunken war.

Meinen Freundinnen schulde ich keinen Dank, sondern eine Entschuldigung, weil ich monatelang kaum ansprechbar war und gedanklich mehr im vorigen Jahrhundert als in diesem weilte.

Meinem Ehemann Matthias danke ich dafür, dass er die schwierige Endphase des Romans mit Geduld und Ruhe ertragen hat. Irgendwann wird es besser, versprochen.

Und ganz zum Schluss danke ich Ihnen und euch, den Leserinnen und Lesern meiner Geschichten.

Über Rückmeldungen durch Rezensionen oder per Mail und Facebook freue ich mich sehr.

https://www.facebook.com/ChristianeLind
www.christianelind.de